丰子恺
译文集

第十四卷

丰陈宝　丰一吟
杨朝婴　杨子耘
丰睿

编

ZHEJIANG UNIVERSITY PRESS
浙江大学出版社

本卷说明

　　本卷收录丰子恺先生翻译的日本学者有关音乐类的著作四种,分别是田边尚雄的《孩子们的音乐》《生活与音乐》,门马直卫的《音乐的听法》,山根银二的《日本的音乐》。其中《孩子们的音乐》由开明书店初版于一九二七年十一月,本卷根据开明书店一九四七年七月重排初版("开明少年丛书"之一)校订刊出;《生活与音乐》由开明书店初版于一九二九年十月,本卷根据开明书店一九四九年三月四版("开明青年丛书"之一)校订刊出;《音乐的听法》由上海大江书铺初版于一九三〇年五月,本卷即据此版本校订刊出;《日本的音乐》由音乐出版社初版于一九六一年(据岩波书店"岩波新书"一九五七年版译出),本卷即据此版本校订刊出。

本卷目录

孩子们的音乐

［日］田边尚雄 著

丰子恺 译

告　母　性（代序）

　　世间做母亲的夫人们！我要称赞你们的幸福与权威：人间最富有灵气的是孩子，而你们得与孩子为侣，幸福何其深！世间最尊贵的是人，而你们得为人的最初的导师，权威何其大！

　　你们的孩子，不是常常认真地对你们提出不可能的要求的么？例如要你们给他捉月亮，要你们给他摘星，要唤回飞去的小鸟，要呼醒已死的小猫，这等在我们是不可能的事，然而他们认真地要求，志在必得地要求，甚至用放声大哭来要求！可知这明明是他们的真实的热情。在他们的心境中，这等事都可能——认真可能，所以认真地提出要求。故他们的心境，比我们的广大自由得多。我们千万不要笑他们为童稚的痴态，你该责备我们自己的褊狭！他们是能支配造物的，绝非匍匐在地上而为现实的奴隶的我们所可比。

　　你们的孩子不是常常热中于弄烂泥、骑竹马、折纸鸟、抱泥人的么？他们把全副精神贯注在这等游戏中，兴味浓酣的时候，冷风烈日之下也不感其苦，把吃饭都忘却。试想想看，他们为甚么这样热中？与农夫的为收获而热中于耕耘，木匠的为工资而热中于斧斤，商人的为财货而热中于买卖，政客的为势利而热中于奔走，是同性质的么？不然，他们没有目的，无所为，无所图。他们为游戏而游戏，手段就是目的，他所谓"自己目的"，这真是艺术的！他们不计利害，不分人我，即所谓"无我"，这真是宗教的！

慎勿轻轻地斥他们为"儿戏"！此间大人们一切活动,都是有目的的,都是为利己的,都是卑鄙龌龊的,安得像他们的游戏的纯洁而高贵呢！

你们的孩子,不是常常与狗为友,对猫说故事,为泥人啼笑,或者不问物的所有主,擅取邻儿的东西,或把自己家里的东西送给他人的么？宇宙万物,在他们看来原是平等的,一家的。天地创造的本意,宇宙万物原是一家人,人与狗的阶级,物与我的区别,人与己的界限……这等都是后人私造的。钻进这世网而信受奉行这等私造的东西,至死不能脱身的大人,其实是很可怜的,奴隶的"小人"；而物我无间、一视同仁的孩子们的态度,真是所谓"大人"了。

夫人们！这不是虚饰或夸张的话,请各拿出本心来,于清夜细思,一定可以相信天地的灵气独钟于孩子。而他们天天傍在你们的身边,夜夜睡在你们的怀里。你们的幸福何其深呢！

孩子是未来的大人,是未来的世界的主人翁。然而他们的心是造物的支配者,本来不预备到这世间来做人。所以如前所述,他们不谙这世间的种种情况。最初指导他们的,便是你们。他们惊讶这世间乍明乍暗,你们教之曰"这是昼夜"；惊讶这人类乍有乍无,你们教之曰"这是生死"。渐至山川、草木、禽兽、鱼虫,种种知识,最初无不由你们传授。善恶、邪正、美丑、优劣等种种意见,最初无不由你们养成。他们坠地的时候,对于这世间毫无成见,犹之一张白纸,最初在这白纸上涂色的,是你们。这最初的色是后来所添的一切色的底子,基础。你们现在的教训,便是预定他们将来的人格的。你们现在的指示,便是预定将来这世界的方针的。人类,世界,在你们的掌握中。你们的权威何其大呢！

世间做母亲的夫人们！所以我要称赞你们的幸福与权威！

然而夫人们！幸福越深,权威越大,母亲越难做！人类的母亲特别难做,不比做牛类、羊类、猪类、狗类的母亲的容易。牛、羊、猪、狗的母亲,只要喂乳,或者乳也不必喂,只要生出,就可毕母亲的能事。做人类的母亲,决不那样简单。因为人类有文化,有精神,有灵感,不但一个肉躯而已。大智、大慧、大贤、大圣,与夫恶徒、白痴、奴隶、走狗,所负的躯体是一样的,所异者只是一个心。主宰这个心的最初的方向的,是夫人们! 你们现在的教训,是预定他们将来的人格的;你们现在的指示,是预定这世界的将来的方针的。所以要当心现在的灯前小语,已经种下将来立己达人或杀身祸世的根苗;而现在的举手投足,也许埋伏着将来的国家的革命、世界的变迁的动机呢! 母亲的责任何其大,母亲何等难做!

　　夫人们! 不要害怕,不要灰心! 教养孩子的方法很简便。教养孩了,只要教他永远做孩子,即永远不使失却其孩子之心。

　　孟子说:"大人者,不失其赤子之心者也。"所谓赤子之心,就是前文所说的孩子的本来的心。这心是从世外带来的,不是经过这世间的造作后心。明言之,就是要培养孩子的纯洁无疵、天真烂漫的真心。使成人之后,能动地拿这心来观察世间,矫正世间,不致受动地盲从这世间的已成的习惯,而被世间所结成的罗网所羁绊。故朱子的注解说:"大人之心,通达万变;赤子之心,则纯一无伪而已。然大人之所以为大人,正以其不为物诱,而有以全其纯一无伪之本然。是以扩而充之,则无所不知,无所不能,而极其大也。"所谓"通达万变",所谓"不为物诱",就是能动地观看这世间,而不受动地盲从这世间。常人抚育孩子,到了渐渐成长,渐渐尽去其痴呆的童心,而成为大人模样的时代,父母往往喜慰;实则这是最可悲哀的现状! 因为这是尽行放失其赤子之心,而为现世的奴隶了。

　　要收回这赤子之心,用"教育"的一种方法。故教育的最大的使命,非在于挽回这赤子之心不可。孟子又说:"学问之道无他,求其放心而已矣。"所谓放心者,就是放失了的赤子之心。夫人们是孩子的赤子之心未放失时的最初的教育者,只要为之留意保护,培养岂不是很简便的么?

大人们的一切事业与活动,大都是卑鄙的;其能庶几仿佛于儿童这个尊贵的"赤子之心"的,只有宗教与艺术。故用宗教与艺术来保护,培养他们这赤子之心,当然最为适宜。从小教以宗教的信仰、出世的思想,勿使其全心固着于地面,则眼光高远,志气博大,即为"大人"。否则,至少从小教以艺术的趣味。音乐、绘画、诗歌,能洗刷心的尘翳,使显出片刻的明净。即艺术能提人之神于太虚,使人得看清楚世界的真相、人生的正路,而不致沉沦,摸索于下面的暗中了。

然而夫人们! 这工作全凭你们来做,是你们所独有的事业与功绩。所以我仍是要称赞你们的幸福与权威。

＊　　　　＊　　　　＊

这册书,是关于西洋乐圣的逸话及名曲的解说,是请母性者讲给孩子们听,或给孩子们自己读的。这书与音乐学习没有直接关系,但有整顿音乐学习的态度的大效用。因为一般人——尤其是中国人往往视音乐为茶余酒后的娱乐物、消遣品,不知音乐研究的严肃与音乐效能的深大,因而轻视音乐,永远不得其道而入。读此书可知自来西洋的乐圣的研究何等高深,与音乐的效能何等伟大。因之可矫正其对于音乐的观念,而蒙受音乐的惠赐了。原著者日本田边尚雄先生,出版者日本文化生活研究会。全书共十章。前八章的译文曾连载于《新女性》杂志。今并译后二章,刊成此书,以奉献于我国做母亲的夫人们与小朋友们。

民国十六年九月二十六日子恺三十年诞辰写于江湾缘缘堂

目　录

第一回　名耀世界的《月光曲》

——朔拿大的话

从前在德意志的有名的莱因河畔有一个叫做蓬（Bonn）的市镇。这市镇里统是贫民窟。一天晚快，有一个男子在一条小路里沉思而徘徊着，男子正是当时称为世界第一的音乐大家裴德芬（Ludwig van Beethoven，1770—1827）。裴德芬到今日还被赏赞为西洋音乐的神。

偶然走到一家很龌龊的茅屋前，裴德芬似乎吃了一惊地立定了。这是因为这龌龊的茅屋中有好听的披雅娜（piano，即钢琴）的音流出来；而其所奏的曲，正是裴德芬所作的《F调奏鸣乐》（Sonata in F）一个很难弹的乐曲。

"咦！这样的茅屋中有谁在弹我的曲？"裴德芬自言自语地走近窗下去，倾着耳朵听。不一会，忽然披雅娜的音戛然停止，同时听见一种可爱的女子的声音："唉！不行不行！这样难的曲我到底不会弹。一生只逢一次也好，总想听听裴德芬先生的演奏。"

回答的是一个男声："听说这回柯洛格拿的音乐会中，裴德芬先生演奏很好听的乐曲；评判好得很。我只要不是这样穷，无论多么贵的入场费也给你去听；像现在亟亟地逐每天的生活，真是没有法子。且忍耐一点罢！这几天内也许你的好运要来了。"

于是又听见女子的声音："哪里！我说说罢了。要阿哥牵挂，真是不敢当了!"那女子似乎哭泣着的样子。

听到了这等话的裴德芬,不能自禁,就突然推开了那外门而走进屋里去了。

屋中只有一个房间,只点着一支小蜡烛,满室薄暗,望过去只见人们的模糊的颜貌。叫做阿哥的那个男子面色似乎因营养不良而苍白,一心地在那里做皮鞋。这是一个皮鞋店里的工人。

在这皮鞋工作台的旁边,放着一架旧而坏的披雅娜。在披雅娜前面,一个衣服污秽,却又有清白之感的十六七岁的姑娘坐在椅子上。仔细一看,可怜这姑娘的眼睛是盲的。

因为裴德芬突然无言地闯进来,那阿哥就立刻停了工作,问:"先生是谁? 有甚么贵干?"

裴德芬说话不出似的吃吃地回答:"我是音乐家,想来奏音乐给这位姑娘听的。"

那阿哥听了这话,诧异地说:"那是感谢极了! 这般贫乏的人,实在没有甚么礼物可以敬客呢!"

"啊,甚么礼物都不要! 刚才我在外面听了你们两位的话,很不高兴;我想弹一曲披雅娜给你们听,就唐突地闯进来,失礼得很!"

"原来这样! 那真是感谢了! 不过这样污旧的披雅娜恐怕不中用呢!"

"不,甚么披雅娜都好。姑娘的眼睛看去似乎不自由,她怎样学得这难弹的乐曲的?"

那女子怕羞似的红晕了面孔,回答说:"这不是学得的。我们以前所住的房屋的邻家有一位上等的夫人,她每晚弹这曲,我只是隔窗听熟来的。"

　　裴德芬听了这番话，更加觉得可怜，就无言地坐到披雅娜前面去，开始弹一曲了。音响美得很使人决想不到从这样污旧的披雅娜会发出这样美妙的天女似的声响。那女子自不必说，连那皮鞋匠也似乎怕自己的呼吸会妨碍这美丽的音响，而屏息地听着。

　　裴德芬忘记了自身，出神地奏着。在键盘上飞移的指，电气似的动着。兄妹二人的眼中自然地流出泪来。

　　曲弹完了，裴德芬想要立起身来的时候，凑巧窗里吹进一阵风来，把蜡烛火吹熄了。那晚上月亮分外好，清光过了窗，照到披雅娜上，在这清幽的月光之前，一切事物都美了。想立起身来的裴德芬也感动于这美丽的清幽的光景，仍旧无言地坐在披雅娜前了。这时候好比从梦中渐渐醒来的阿哥，立起身来，低着头问："先生到底是谁？"

　　裴德芬不答，而开始另弹一曲。弹的就是起先那女子所弹的，裴德芬作的《F调奏鸣乐》，听了这弹奏的兄妹二人，好比触了电地突然立起来叫："嗄，你就是裴德芬先生！"

　　裴德分弹完了这曲的第一章，就立起身来想归去了。狂喜的兄妹二人，左右拦住了裴德芬说："无论如何请再弹一曲！"

　　本性重情的裴德芬不忍坚拒而归，就再坐在披雅娜前面了。

　　这时候月色愈加清冷，将那女子的半身，映成苍白色的石膏像似的有神；披雅娜的键盘受着银一般的美丽的光辉。感动于这神圣的光景的裴德芬的心中，自然地涌出了一个美的音乐。

　　"那末就以这美丽的月光为题目而作一曲罢！"说过之后，裴德芬就照所想出的在披雅娜上弹出了。起初是静的调子，所描写的仿佛在广大的海面的彼端，清丽的月静静地透出水面而登天，白沙都像晶莹的玉一般发着光辉；森林、旷野，都为了这月光而如画了。不久之后，调子立刻激烈起来,凄凉起来。这好像是在天的一方有许多妖灵出现,在月光中游戏,奏出不可思议的音乐而狂舞着。曲愈进愈急,终于变成怒涛飞散似的凄惨而又似庄严的声响,不可言喻。听着的兄妹二人,仿佛感到自己升天,茫然自失了。

不久之后,兄妹二人渐渐苏醒而有知觉的时候,裴德芬已经不在了,裴德芬弹完这曲以后立刻走出,飞奔回家。乘未曾忘却的时候,拿出五线谱纸来,费了一晚的工夫把刚才弹的乐曲记录出。这曲就是世界有名的《月光曲》,为裴德芬杰作之一种。《月光曲》,英语叫做"Moonlight Sonata"。moon 就是"月",light 就是"光",合起来就是"月光"。sonata 意译曰奏鸣乐,音译曰朔拿大,是用一种特别的作法作成的乐曲的总名。这特别的作法,要详说起来很难。简单地说,是距今百五六十年之前起于德意志人及奥斯德利亚人之间的一种音乐。那时候奥国的罕顿(Franz Joseph Haydn,1732—1809)、德国的莫札尔德(Wolfgang Amadeus Mozart,1756—1791)、意大利的克莱孟典(Muzio Clementi,1752—1832)等音乐大家,所作的朔拿大很多。裴德芬继这班人之后,作了许多非常好的朔拿大,其中《月光曲》是最有名的。又朔拿大曲,统是在披雅娜或怀娥铃(violin)上演奏的,没有歌词。朔拿大曲普通都很长,由四个(有时三个)部分作成,其第一部分名曰第一乐章,大都是快速的,但《月光曲》特别是静的。其第二部分名曰第二乐章,大都是极静而优美的。其第三部分名为第三乐章,普通是三拍子的轻快的舞曲。最后的第四部分名为第四乐章,又名终章(finale),是急速而激烈的。由这样的四乐章组成的曲,就叫做朔拿大。

裴德芬所作的朔拿大除前述的《月光曲》之外,还有许多,其中像表示悲怆的 Pathetic Sonata(《悲怆奏鸣乐》)及用怀娥铃与披雅娜合奏的

Kreulzer Sonata(《克洛伊赞尔朔拿大》)，通常是冠用特别的名称的；然大多数的朔拿大是像前举的《F 调奏鸣乐》地仅用曲的调子来称呼的。

　　与朔拿大同样组织的乐曲有 sonatina（朔拿典拿或小朔拿大），这是比朔拿大为短而又容易的乐曲。各作家所作的朔拿典拿非常多，凡练习披雅娜的人，一两年之后就可弹朔拿典拿，故这种乐曲，想来晓得的人是很多的。

第二回　拟奉献于大拿破仑的《英雄交响乐》

——交响乐的话

这也是前述的裴德芬所作的有名的乐曲之一。

说起英雄拿破仑,想来大家都晓得。距今百二三十年前,法兰西国内非常混乱,出了许多乱暴者,把皇帝、贵族都杀尽;遂致无罪的人民每天要被屠杀数万,国里的人,大家每天战战兢兢,不能安业,国已经差不多弄得不成样子了。如果听其这样下去,势必至于国中的大部分的人被杀尽,或者被平素相仇视的敌国攻灭。无论走哪一条路,法兰西总归要撞着灭亡的运命。

在那时候,忽然从法兰西南方的可尔西卡小岛上飞出了一个年轻的、做炮兵官的、叫做拿破仑的英雄来,救助这混乱的法兰西的国民。不仅如此,他又统一起兴奋着的国民的力来,用之于外国,到处占大胜利,进攻意大利、西班牙、比利时、荷兰、德意志、奥斯德利亚等四周的强国,使之参降,差不多欧洲的大部分归入他的属下了。这英雄的壮丽的成功,实在是奇观! 其威力真同神明一样不可思议。

其先,德意志与法兰西非常仇恶,差不多互相为敌国。故从德意志人的裴德芬看来,拿破仑是他们的敌人。虽然是敌人,但看了有这样的不可思议的威力的大英雄拿破仑的壮丽的成功,容易感动的裴德芬的心非常地感动了。尤其是眼看见法兰西的国民每日无罪而死亡者千百人,都战战兢兢,沉浸于忧患与恐惧之中,情深的裴德芬已经不知心痛得怎样了! 在这当儿忽然有大英雄拿破仑出世,来救这班国民,为他们解倒悬,裴德芬见了自然欢喜到流泪。他的崇拜拿破仑已经不是一朝了。

于是裴德芬就决心作一个赞美这大英雄的大合奏曲,预备远远地从德意志赠献于拿破仑。凡二年间,几乎夜间都不寝,结果作成了不劣于前述的《月光曲》的一个大合奏曲。这曲普通称为《英雄交响乐》(Eroica Symphony)。

现在须就所谓交响乐的一种音乐略说一说:所谓交响乐英语称为"symphony"(音译为薰风尼)。其作法大体与前述的朔拿大同。唯朔拿大可用披雅娜或怀娥铃等一二种乐器来演奏;交响乐则是用叫做管弦乐合奏(orchestra)的数十种乐器(怀娥铃类、笛、喇叭、鼓等)来演奏的大合奏曲。这种曲普通由四部分组成,与前述的朔拿大相同。

这《英雄交响乐》,最初的快速的第一乐章描写拿破仑的灿烂的功绩,其次的静和的第二乐章是带一点悲哀的沉闷的曲,这是牺牲于战争的兵士的送葬曲。谚云"一将功成万骨枯",大凡英雄的背后总有许多的牺牲者,裴德芬就是对他们表示厚葬的美的感情的。再次的轻快的舞蹈的第三乐章,是表示因这英雄而得救的法兰西国民的欣喜雀跃的心情的。最后的急速的第四乐章,是表示对于英雄拿破仑的赞叹的心的。以上四部分组合起来,完成这《英雄交响乐》的一大合奏曲。

这大曲渐渐完成了,就用很讲究的纸抄写,在封面的上端高处题"呈波拿巴尔德(Bonoparta)拿破仑君",下端低处题"裴德芬上"字样,预备经由德意志大使之手捧呈于法兰西的国会。

正准备好,要送到国会去的时候,即西历一八○四年五月,突然来了拿破仑无理地即法兰西皇帝位的报知。原来以前法兰西国中所以混乱的理由，是为了前法兰西王的无理专政，因此国民杀了这国王；拿破仑的救国乱，原是可感谢的，今自己无理地即帝位，这明明是为了要满足自己的野心，而以许多国民供牺牲的了。

得了这报知的裴德芬烈火似的发怒了！他说："我信拿破仑为理想的、清白的英雄，故崇拜他的；哪晓得他是只为满足自己的野心而出手的！我真受了他的骗了！"就把费了二年的苦心而作成的这乐谱撕得粉碎，抛在地上。

自此以后，凡十七年间，裴德芬绝不提起拿破仑，但因为这合奏曲作得非常好，裴德芬的朋友们都说让它埋没是可惜的，常常劝裴德芬发表。结果不作为拿破仑的曲而仅当作描写一个英雄的曲，定名为《英雄交响乐》于明年，即西历一千八百零五年四月七日发表于世，博得非常的声名。

十七年后，即西历一千八百二十一年五月五日，英雄拿破仑没落，哀死于太平洋中的圣海莱那孤岛上的报知传到的时候，裴德芬于是说："《英雄交响乐》是表示拿破仑的没落的，特是其第二乐章，是为拿破仑送葬的。"然这是后来过于厌恶拿破仑而说的话，作曲的时候决不是这样的。

裴德芬一生所作的大交响乐共有九曲。以作出的顺序而定名为第一、第二……第九交响乐。《英雄交响乐》为其第三种，故又称为《第三交响乐》。

关于《英雄交响乐》的话，止于上述。现在因谈起英雄拿破仑，乘便说说关于拿破仑通晓音乐的一二故事。

西历一千七百九十七年，拿破仑越阿尔比斯山，进攻意大利，将近阿尔比斯山麓，扎营于米朗的美丽的都邑，预备更南下，击破意大利全国。

正是日夜凝思于参谋的时候了。

在这时候,法兰西音乐学校的校长寄一封信给拿破仑,大意这样说:"闻意大利自昔富于优秀之音乐。乞为吾音乐学校在意大利各地收集高贵之音乐送下。"

在普通的将军,一定回复他说:"现在是战争正紧急的时候,不是为游玩来的。每日拼命杀敌,哪有从容留心音乐的余暇?"而叱詈这校长。拿破仑却立刻答复这音乐学校校长,这样说:"来书所嘱之事已悉,一切艺术中,能调和人类的感情,诱导世间的风俗的,莫如音乐。所以治国的政治家与法律家,应该竭力保护并奖励优良的音乐。仅用义理的话来治世,远不如使人民听到大音乐家所作的优良的美的音乐。比较起来,后者的教育的效果伟大得多哩!"从这点看来,拿破仑不仅善于战争,又是具有这样优美的心情的人。所以他在战争的最紧要的关头,也不忘却音乐。

讲起拿破仑,一般人大都只想到他是善于战争的,其实决不如此。他在赴战争的时候常常命令兵士,说哪种音乐不行,哪种音乐应该多奏。所以拿破仑常自己选军乐曲;敌人攻击来的时候,特意命他的兵士大奏音乐。

这时候他正要越阿尔比斯山的险阻,侵入意大利。说起阿尔比斯山,大家晓得这是世界有名的险阻的山,能越阿尔比斯而进攻意大利的,据说古来只有二人:其一是距今二千年前的、亚非利加北海岸的卡尔各塔都会的大将亨尼罢尔;其他一人就是拿破仑。

覆着雪的断崖绝壁,非一一越过不可。拿破仑部下的兵队,本来都是勇强的;但到了真的险阻的地方,也不能进行了。看见了这情形的拿破仑立刻自己选出活泼的音乐,命乐手演奏。兵士听了这种音乐,就勇气百倍,终于能越过这险阻的山,而进攻意大利了。

第三回　乐圣的悲怆的最后的胜利

——裴德芬的话

关于裴德芬，在前已经说过种种了。他究竟是怎样的人？何以这样伟大？现在再添说一点。

裴德芬（Beethoven），是他的姓，他的名字叫做罗特微希（Ludwig）。西历一千七百七十年十二月十六日，他生于德意志西方的有名的莱因河的河岸的叫做蓬的一个都会里。他的父亲是在王宫里当职的音乐家，是世人所相当地尊敬的人。但其收入，一年不过三十块钱，故生活实在贫乏得很。罗特微希是他的次男。

母亲是一个很好的人，很爱罗特微希，父亲却同母亲相反，是非常多口舌的、严格的人，从婴孩时候就常常骂他。故罗特微希每日苦楚地过来。像前面所说，他家的生活是贫乏的，故有趣的游戏和快乐的事，差不多全然没有，只是一心地钻研音乐。父亲想造成他一个了不起的大音乐家，每天非常严厉地督课。

这孩子从四岁时候就正式地学习披雅娜。每天从朝到晚在自己家里由父亲教授。这期间内的功课，实在严厉得很，使人想不到他们是普通世间的父子的关系。裴德芬从小就能一心不乱地用功。到九岁的时候，父亲所能教的已经完结了。于是去请更高深的先生，托他充分地教诲。裴德芬愈加勉励。到十二岁时候，已经能做当时有名的王宫音乐师耐费先生的代理了,岂不是可惊的事?这全是裴德芬以生知的天才而又一心不乱地用功所得的赐物。大凡只有天才而不热心用功的,决不能成伟人。世间稍有音乐才能的人,他人就恭维他说"你真是音乐的天才!"本人也自以为是天才,甚或作非常识的不规则的生活。这样的人实在很多,这决不是伟大的。应该以这裴德芬的苦心勉励为榜样才是!

裴德芬这样地用功,到十七岁的时候,别去耐费先生,独自初次旅行到德意志东南邻的奥斯德利亚国的首都维也纳地方去。他为甚么遥远地旅行到维也纳呢?因为在维也纳有当时世界第一的音乐天才莫札尔德,裴德芬想去一见莫札尔德,请他教导。莫札尔德比裴德芬年长十四岁。这时候莫札尔德的盛名已经震响在全欧了。

莫札尔德这时候也已经晓得有裴德芬其人。他曾经听人说:"裴德芬是不配他的年龄的非常天才;尤其是他想到甚么就当场作曲,立刻演奏得很好。"所以莫札尔德初次会见裴德芬的时候,就对他说:"你试拿现在所想到的事来作一个曲而演奏看!"裴德芬立刻坐到披雅娜面前去,很好地弹了一曲。

莫札尔德听了,觉得其成绩过于优良,就说:"这不是现在在此地作出的,一定是以前所作,而记忆着的。"不相信他是果真当场作出来的。于是裴德芬说:"那末请你指定一个别的特别的曲题,让我作曲看。"莫札尔德想出一个难一点的问题来,即拿以前自己所作的奇妙的调子的乐曲的一节和别一曲的一节,叫裴德芬组合起来,作成一曲。

裴德芬立刻巧妙地组合这两节,作成一大乐曲。莫札尔德听了真是非常感佩,就说:"这人必定是现今世界上第一个伟大的音乐家!"

裴德芬想暂在这里从莫札尔德受教;不凑巧从故乡接到了母亲病笃的信报,就匆忙回到故乡去。他母亲是久已患肺病的。裴德芬至急地赶到家里,正是母亲弥留的时候,只赶得上送终了。

　　二十二岁的时候,裴德芬再到奥斯德利亚国的维也纳去,自此以后,他的一生就在这地方度过。然这时候有名的莫扎尔德已经死去,不在人世了。还有当时与莫扎尔德并负世界第一的盛名的老大家罕顿住在维也纳。裴德芬就晤识了这罕顿,受他的教导了。这罕顿本来是奥斯德利亚人,是发明前述的交响乐,即 symphony 大曲的元祖。裴德芬第二次从德国到奥斯德利亚来的时候,德国人已经非常看重裴德芬;保护着他的华尔特斯泰因(Waldstain)侯爵介绍裴德芬到维也纳市去的书札里,也这样说着:"这人是在罕顿的形中装入莫扎尔德的魂的,故介绍他到维也纳来。"罕顿与莫扎尔德统是有当时世界第一之名的音乐家。罕顿是老大家,作形式非常整齐的庄严的音乐;莫扎尔德反之,他是青年的天才,作奔放自由的泼剌的音乐。集合二大家的长处,而使更放一种高贵的光的,是这裴德芬的事业。

　　裴德芬受教于罕顿,只有二年。他二十四岁时,罕顿旅居到英国去。于是只有裴德芬一人作曲,演奏,他就独立于世了。比较起莫扎尔德的十岁模样就立身为世界第一流音乐家来,裴德芬可说是大器晚成了。

　　这时候,裴德芬在维也纳市内几乎没有一人不晓得。贵族富豪等,争相招请裴德芬到自己家里去,想听他的音乐。原来裴德芬为人,既无风采,又属神经质,交际手段很是下劣;又并不是有钱的人,普通总没有受上流社会人们的欢迎的资格。但因为其音乐实在天似的壮大,又火似的热烈,所以大家想听这伟大的音乐,而招他到他们的邸宅里。裴德芬为了酬他们的好意,也欢喜为他们演奏,或拿自己所作的乐曲奉赠于他们。

　　因为这样的原故,裴德芬受着贵族富豪的爱护。出入他们的邸宅,非常自由，差不多像自己家里一样。要来了自己来，要去了自己去，有时高兴，尽管久居到半月、一月。大家还是尊敬他。

裴德芬性情非常郁勃，是一个骄慢的人，这是前面已经说过的。他没有家庭，全生涯是在宿店里度日的独身者，而且常常与宿主发生冲突而出屋，不知改换了几次的宿舍。有时宿店的房屋非常好，他非常欢喜，却为了宿主过于优待，使他不高兴，而终于出屋。又有时他到一个有名的诗人家里去玩，为了弹披雅娜时诗人的夫人站在那里听了一回，他就大怒，立刻起身回家。

他性情这样郁勃，但高兴的时候又很欢喜说笑话，使得人发笑。不但如此，他对于贵族或无论何人，都直呼其名，从不加称呼。例如对于保护他的那洛勃可微支侯爵，他叫他"洛勃可微支的驴马"。反之，如果有人对裴德芬说笑，他又常要发大怒。有一次，裴德芬的保护者之一的李塔娜勃斯奇侯爵去访问裴德芬，戏谈中坐到披雅娜前，说着："让我弹我所作的音乐给你听！"就弹起裴德芬所作的有名的《华尔特斯泰因朔拿大》(Waldstain Sonata) 的一乐节来。裴德芬忽然非常动怒，立刻把披雅娜盖上了。

但裴德芬实在是一个热心于音乐的用功人。他每日练习披雅娜，总要继续五六小时，以致指头发热，于是他把手指突入水中，冷了，又伸出来，继续弹奏。所以他往往弹到曲的激烈的处所，就旋转身来，将指突入水中，忽又拿出。结果弹琴的时候总弄得室中溅水满地，甚至楼板上的水流到楼下的人的床上。于是宿舍的女主人略有不平的话，裴德芬就当日搬出宿舍。

裴德芬每日出去散步，一面散步，一面作曲。无论雨下得怎样大，也是不张伞，满身濡水，悠然地散步着。因此邻近的小孩子就给他起了个绰号,叫做"濡湿的裴德芬"。

　　他又时时刻刻带着一本污旧的册子,作曲的想念浮起来的时候,不管在甚么地方,立刻取出册子来写。在行路的时候,访问朋友的时候,都不管时地,常常取出来写。有时在车马往来喧杂的街道的中央,忽然立停了,发狂似的在册子上写。

　　有时又默默地专心于思考,走到一个菜馆里,叫了菜,吃了一点,忽然埋头于思考;甚么都不顾,以致菜都冷了,弄得堂倌没有法子。又与很要好的朋友们谈话的时候,忽然想到作曲,就完全把朋友忘却,任凭怎样说都同不听见一样,只是头仰看着天空,管自在那里出神。于是朋友们只得默默地逃回去。

　　裴德芬如此热心用功,故好的作曲,实在很多,其名就照耀在世界历史上。然他到三十岁光景,耳渐渐坏起来,终于变成全聋。专长音乐的人耳朵不听见了,是何等苦痛的事!这时候裴德芬也非常惊慌;但他本来是热心的用功人,故决不自暴自弃,仍是用心作曲。但他的耳差不多已甚么都听不得了,故弹披雅娜、指挥合奏等事,已经不能再做。然十年之间,他还是不绝地出场于音乐会,指挥他自己作曲的合奏。这是甚么原故呢?因为许多的听众,大家希望舞台上有有名的裴德芬的姿态。这时候裴德芬如在梦中地舞着指挥棒。

　　四十四五岁以后,裴德芬几乎不再出场于音乐会的舞台。只是寂寂地埋头于作曲了。因为他是这样的一个伟人,故耳朵虽聋了,还可以在心中作曲,写在谱表上去发表,而实际地演奏起来,真是无比的高贵的美的音乐!

　　五十四岁时,他完成了世界最著名的、他的最后的交响乐。这交响乐叫做《第九交响乐》,是奏起来约历一小时半的光景的大曲。用非常多的乐器来合奏外，又加用男女多数人的合唱。感情雄大，变化复杂。裴德芬的伟大的人格，具体地表现在这曲中。有人批评说："这曲是自来地球上的人类所作出的最高尚的音乐。"

在这曲初次发表的音乐会中，久不出席的裴德芬立在舞台上，自己来指挥这合奏了，似乎听见地舞着指挥棒，但实际是不听见的。曲终的时候听众拍掌声如雷动。裴德芬全不听到，背向立着如同不闻。于是在裴德芬身边唱歌的一个姑娘起来捉住裴德芬的手，拉他旋转去向听众，裴德芬方才晓得听众在那里喝彩，表示心中欢喜，这是何等悲惨的事！

从这时候起，裴德芬患了很重的胃病，身体渐渐弱起来。五十六岁的残冬时候，他又因患风邪，变成肺炎。次年的三月二十六日傍晚，这伟大的音乐家的灵魂就遥遥地向天国去了。临终的时候，有二三个亲近的人在枕边。忽起暴风雨，电光、雷声俱下，呈凄惨的光景。突然雷声大作，裴德芬张眼，一手握拳向上突。这手放下来的时候，他已经死了。

世界第一的音乐家裴德芬死去的消息，忽然遍传于全欧罗巴。世界各国的人，都惊愕又悲叹。举行葬式的一天，灵柩后面有二万多尊重裴德芬的音乐的人随送，非常混杂。寺的入口，数万人拥挤着，由兵队护卫，分开道路。坟墓非常质朴，墓标上只题"BEETHOVEN"一词。这裴德芬的名字，震响于全世界，世人尊重他为音乐之神。

第四回　庆祝空前的战胜的千人大合唱

——合唱及管弦乐的话

第一次世界大战,起初德意志胜,法兰西败;五年之后终于德意志败,而联合军占胜。于是德意志皇帝退位,德意志帝国破坏而变成共和国。这原非德意志军队懦弱的缘故。德意志军队是非常强的,只因法兰西、英吉利、意大利、亚美利加及其他强国统统联合起来,四面夹攻,德意志就缺乏食料,经济又困难起来,终于败北。

然而,在离第一次世界大战约五十年前,情形恰好与这相反:法兰西与德意志发生大战,起初法兰西强,一年之后,德意志大胜利,法兰西的有名的皇帝拿破仑三世退位,法兰西帝国一变而为共和国。

这大战争叫做普法战争。德意志逞非常之势,而勃然兴起为一大帝国。德王在法兰西的凡尔赛的美丽的宫殿中举行即位式,是为德意志皇帝(德人称皇帝为 Kaiser)。

在这战争中,德意志以有名的大将莫尔德侃将军为总司令,又以有名的俾士麦名相为总管大臣,使握政治的实权。德意志之所以占大胜利,主由于这俾士麦及莫尔德侃将军的力。这二人的名望震响于欧罗巴。

在这时候的德意志国中,有称为世界第一的大音乐家。其人姓华葛耐尔(Wagner),名叫李遐德(Richard)。他有庄大雄伟的歌剧留传于世界,其歌剧方面的作曲有世界无比之称。关于歌剧的话后面再说,现在且说这华葛耐尔在普法战争之际所留传的有名的作曲的话。

这普法战争起于西历一八七〇年,终于次年即一八七一年。这大胜利,在德意志人真是何等的大欢喜!华葛耐尔在庆祝故国的光荣的大胜利之余,就作有名的《皇帝进行曲》(Kaiser Marche)献于德意志皇帝,俾士麦与莫尔德侃将军从战地凯旋的时候,就以他们两人为正客,招待部下将士数万人,演奏这大作曲给他们听。

这《皇帝进行曲》所用管弦乐合奏凡三百余人,又合唱队员男女共数千人。这样大的合唱,实在是第一次举行!大的管弦合奏,在此以前,原有住在英国的德意志人亨代尔(Handel)在伦敦的水晶宫举行过四百余人的大合奏。那时候各乐器所用的人数如下:

种类	乐器名	人数
弦乐器	1st violin(第一怀娥铃)	九十二人
	2nd violin(第二怀娥铃)	八十五人
	viola(微渥拉)	七十五人
	cello(赛洛)	五十八人
	contrabass(孔德拉罢斯)	四十八人
木管乐器(笛类)	piccolo(披可洛)	六人
	flute(弗柳德)	八人
	oboe(渥薄)	八人
	clarinet(克拉理耐德)	八人
	bassoon,即 fagot(罢笙,即法各德)	八人
	double bassoon,即 contrafagot(杜勃尔罢笙,即孔德拉法各德)	二人

金属管乐器(喇叭类)	horn(杭)	十二人
	cornet(可尔耐德)	六人
	trumpet(忒朗湃)	六人
	trombone(忒隆蓬)	九人
打乐器	drum(特朗姆即太鼓)	一人
	cymbal(欣罢尔)及其他	四人

共计四百三十六人

普通的管弦乐合奏人数不过百人内外,较大的也不过二百人光景。故像上列的多人的合奏,是极大的了。但近来所用的乐器的种类,与上列的诸种自然稍有不同了。

现在我要乘便就西洋的合唱与合奏的办法说一说:这是要懂西洋音乐的人们的极重要的知识。"合唱"(英语叫做 chorus),是许多人一齐唱的;一人唱的,叫做"独唱"(英语叫做 solo)。"合奏"是许多人一同奏种种乐器,独奏是一人奏一种乐器。

又在西洋音乐上,唱歌的人声分为男声与女声二种,每种又分为高的声、中等的声、低的声。即共分为六种如下:女声之高者曰高音部(英语为 soprano),女声之中等者曰次高音部(英语为 mezzosoprano),女声之低者曰中音部(英语为 alto),男声之高者曰次中音部(英语为 tenor),男声之中等者曰上低音部(英语为 baritone),男声之低者曰低音部(英语为 bass)。这等声部,不但高度不同,其音色(就是声音的性质)也大不相同,各有一种特色。即高音部的声像花一样美,中音部的声清而尊严,次中音部的声如有光辉,有时如浮空的,反之,低音部的声重而有强味,有时凄惨如恶魔。又次高音部的声,性质位于高音部与中音部之中间,上低音部的声性质位于次中音部与低音部之中间。

以上所述六种声音之中,通常以组合高音部、中音部、次中音部、低音部的四种声音来合唱的为最多。叫做"四重唱"或"四部合唱"(英语叫做 quatet)。

再就西洋普通流行的乐器合奏的办法说一说:在西洋,许多乐器合奏的组法,大概可分为室内乐与管弦乐二类。室内乐人数少,乐器也限定数种。又没有所谓指挥者的人,各自互相保持调和而合奏。

在西洋的室内乐中,最普通流行的,是"披雅娜三重奏"与"弦乐四重奏"。"披雅娜三重奏"就是披雅娜、怀娥铃和赛洛三种乐器的合奏。"弦乐四重奏"普通用两个怀娥铃、一个微渥拉和一个赛洛四种的乐器。微渥拉是怀娥铃之稍大者,弹法与怀娥铃同样。赛洛比微渥拉更大,奏者坐在椅子里,把乐器的腹部挟在两膝之间,竖直了弹奏。两个怀娥铃中,其一个主奏高音部的音,另一个主奏中音部的音。前者名为第一怀娥铃,后者名为第二怀娥铃。这"弦乐四重奏"与前述的四重唱正相似。即第一怀娥铃相当于高音部,第二怀娥铃相当于中音部,微渥拉相当于次中音部,赛洛相当于低音部。

管弦乐,由数十至数百人合奏。所用乐器也有数十种类。另外有一个人叫做"指挥者"(英语为 conductor),这人右手持长约一尺的指挥棒,舞动这棒,以指挥全体的合奏。这棒的舞法:不但计数拍子而已,又表示出演奏的曲的情趣。

西洋音乐上普通所用的管弦乐,分下列四组的团体,即:

第一,弦乐器——这都是用弓擦弦而发音的。有下列四种类,即前述的怀娥铃、微渥拉、赛洛及比赛洛更大的孔德拉罢斯,孔德拉罢斯是怀娥铃型的最大者,比人身还高,演奏时,奏者直立,乐器也直立。这乐器是用以奏比低音部更低的最低音部的音。在大的管弦乐中,第一怀娥铃、第二怀娥铃、微渥拉及赛洛各用数十人,孔德拉罢斯用四五人至七八人。又在西洋于这等用弓磨擦的弦乐器(总称为弓乐器)之外,普通又加一个或二个哈泼(harp)。哈泼意译为竖琴,是在弓形的木框上直张几十条弦线的乐器,用两手的指来弹奏。其音类似披雅娜,而比披雅娜为软。

第二,木管乐器——这是笛的种类。统用木制的管,吹管发音,故又称木制吹奏乐器。其中含有数种不同的乐器,约可分为三类:第一类是横笛类,普通用者长约三尺,名曰弗柳德。又有其小形者,长约一尺,各曰披可洛(piccolo),调子非常高,发锐的音。弗柳德普通相当于高音部。第二类是像箪篥的,有二重的簧的笛,直起来吹。其最小的名曰渥薄,其音相当于高音部。稍大者名曰英吉利杭(English horn),其音相当于中部。最大者,用长约八尺之管,中途曲折,并成一支,名曰罢笙,其音相当于低音部罢笙,德名法各德,普通都用德名,故以记忆德名为宜。第三类是有一重簧的管,直起来吹,名曰克拉理耐德,有大小数种,有能发高音的,有能发中音的。其特别大,而发相当于低音部的音的,名曰罢斯克拉理耐德(bass-clarinet),用于大的管弦乐中。

第三,金属乐器——这就是俗语所谓喇叭之类,普通用黄铜制,故又曰黄铜乐器,英语称为勃拉斯(brass)。brass就是黄铜。这种乐器统用黄铜制的圆的长管,作卷曲形,其一端细小,可用口吹。他端开广,名曰开端。普通管弦乐所用的喇叭,可分为四类:第一,管卷成圆形的,曰法兰西杭(French horn),又略称杭,有忧郁的感情的音色。第二,吹口与开端在一直线上的,名曰可尔耐德及弍朗洴,发非常明亮、爽快而雄壮的音。兵队所用的喇叭,即属于此种。第三,吹口与开端作反对方向,卷曲管非常长的,名曰弍隆蓬,发男性的威严的音。第四,吹口与开端作直角的方向的,名曰邱罢(tuba),发低而沉重的音。这种喇叭,普通都有瓣(piston),用指按瓣,发各种调子的音。唯式隆蓬中有不用瓣,而由管的伸缩发出种种调子的音的,名曰滑式隆蓬(slide trombone)。

第四,打乐器——这是由打击像鼓类的乐器而发音的。管弦乐中所用的鼓,英名汀拍尼(tympani),是并用两个半球形的胴上张皮的鼓的。此外,还有小太鼓(little drum)、三角棒(或称德拉伊昂格尔,triangle)、欣罢尔、钟(bell)等。钟是悬挂许多直径约二三寸金属制的长的圆管的,打管而发音。

管弦乐就是组合以上四组乐器而合奏的,恰好比陆军的组合步兵、骑兵、炮兵、工兵而出战。这譬喻非常有趣,即弦乐器的音,运动很滑,能应各种变化,富于表情,且音色都黏而强,十分紧合,很像步兵。又木管乐器,即笛类,为装饰的,音的刺戟很锐,运动快速,而缺乏黏性,在这点上似骑兵。又金属制管乐器,即喇叭类,音的运动不活泼,而合奏时有威力,在这点上似炮兵。又打乐器,大都没有独立演奏的能力,帮助别的乐器的音的运动而演奏,在这点上似工兵。普通战争,决胜败的中心势力,在于步兵,同样管弦乐合奏的中心势力,普通也在于弦乐器。

还有管弦乐的队员列于舞台上时,各乐器大致有一定的位置,不是随便排列的。指挥者立于前方的中央,在其左右两面,列弦乐器。即第一怀娥铃在左方,第二怀娥铃在右方,微渥拉在第二怀娥铃之后方,赛洛在第一怀娥铃的后方,孔德拉罢斯与打乐器同在最后方。为甚么缘故要这样安排呢?因为别的乐器统是坐在椅子里奏的,只有孔德拉罢斯与太鼓等要立了演奏,要使其不妨碍别的,故位在最后方。又木制管乐器与金属制管乐器,置于弦乐器与孔德拉罢斯的中间。这是亚美利加的波斯顿市的大交响管弦乐团(symphony orchestra)的排法。

第五回　因奋斗而得最后的荣冠的人

——华葛耐尔的话

　　前述的华葛耐尔,在少年时代是很困苦的人。他终身努力奋斗,终于在西洋歌剧(opera)上成为世界第一的大家,而名震于世。他的生涯的历史,实在是对于世间的懦夫的好教训。

　　华葛耐尔是他的姓,他的名叫做李遏德。他于西历一千八百十三年的五月二十二日生于德国的大都邑莱府(Leipzig)地方。这正是有名的法兰西英雄拿破仑进攻德意志的时候,为战争所霉烂了的莱府,结局流行了一种恶病。华葛耐尔的父亲就在生了这儿子后半年为这流行病而死。华葛耐尔的母亲领了连华葛耐尔一共七个孩子,不知所归。明年,就率了这七个孩子再嫁给一个喜剧优伶葛伊优尔。

　　华葛耐尔看惯了他的第二父亲葛伊优尔的舞台上的姿态,小心中感到兴味。后来他们暂时把全家移居于独莱斯顿。在独莱斯顿的剧场中,有当时德国歌剧界最有名的韦伯(Weber)大音乐家在,这人所作的有名的歌剧《自由射手》(*Freischutz*)就在这剧场中开演。歌剧,就是优伶自己唱歌而演剧的,附用的很高妙的音乐,均用管弦乐来演奏。这时候华葛耐尔还是一个幼儿,但他看了这韦伯的歌剧,大为感动,拼命在披雅娜上试弹,这歌剧的音乐,终于能圆熟地背弹了。其热心真足惊人!

　　华葛耐尔虽从小就从先生学音乐,然而他仅管弹自己所欢喜的曲,决不肯正式地用功。因此给先生的印象很坏,屡屡被先生斥责:"像你那样不肯用功,无论如何不能成音乐家,还是不学了的好!"

父亲葛伊优尔也说:"这孩子决不会成音乐者,叫他去学画罢!"就命华葛耐尔习画。但华葛耐尔对于握笔等事非常厌恶,他说:"开始就让我画王帝的肖像才好呢;练习那乏味的眼、鼻,真不高兴!"终于不习画了。但实际华葛耐尔并不是很厌恶画的。在幼年的华葛耐尔的头脑中,已充分地懂得绘画,所以他觉得乏味的练习不高兴。这证据,即后来华葛耐尔作出许多优秀的歌剧的时候,——都亲自设计舞台上的装饰画而使人描绘,所设计的都是优良的美术的,故可证明他一定是十分懂得绘画的。总之,像华葛耐尔是从小在各方面有天才的人。

对于音乐自不必说,从小就具有非常进步的头脑。前面所说起的当时称为德意志歌剧界第一人的韦伯,有一天来访问华葛耐尔的第二父亲葛伊优尔的时候,华葛耐尔的阿姊见了这韦伯笑起来。因为韦伯背脊很低,脚弯曲的,鼻子又向上,像狮子鼻,又架着一副大眼镜,穿着不称身的洋服,且有醉汉似的步履踉跄的习气。他阿姊看见了,轻轻地说道:"这古怪东西! 这样的音乐者我大不欢喜!"

华葛耐尔听了这话,立刻对阿姊说:"他是现今世界上最大的音乐者呢! 姊姊大概不会晓得他罢!"

这时候华葛耐尔还只是六七岁的幼儿。在这幼儿的头脑中,已经何等深切地了解伟大的艺术了。

故华葛耐尔欢喜韦伯的音乐,尤其欢喜听他的名曲《自由射手》的歌剧,几乎每日到剧场去听。父亲与母亲阻止他,他都不理。且一进剧场,立刻如入梦境,出神于音乐,听到好处,似乎这音乐在裂碎他的小小的胸膛,他就呜呜地哭泣出来。他母亲也觉得没有办法,常常骂他:"你怎么这样嘈杂地哭？下回决不再带你来了！"

有一次华葛耐尔爬到母亲的膝上，要求说："母亲！给我一个铜板！"

母亲问他："你要铜板甚么用？"

华葛耐尔说："要买写乐谱的五线纸。我想听了韦伯的音乐，把它在纸上写出来。"

幼儿的心，已经对于韦伯的音乐这样强烈地感动着了！

然而不幸又降临到这幼儿的头上来了：华葛耐尔刚八岁的时候，他的第二父亲葛伊优尔又因病亡故了。他的母亲又要带了这一群孩子过困苦的生活了。看见这境况的他的叔父，就领了华葛耐尔到自己家里去保护他，遣他进就地的小学校读书。到明年，他转学到独莱斯顿的宗教学校。这时候他正是十一岁，有一个朋友死了，他作了一阕悼死的歌，给先生看，先生认为优等成绩，成了全校的好评。可知华葛耐尔在文学方面也是有非常的天才的。十三岁时能用古希腊语作文，翻译了有名的古诗《奥地赛》(*Odyssus*)，先生惊叹说："这孩子将来会成一大文学者呢！"

华葛耐尔对于音乐，对于绘画，又对于文学，都从小具有特别的天才，这便是后来赍致世界歌剧上的非常的大成功的一个重大理由。

十四岁时，又与全家的人们一同回到故乡的莱府。在那里进了学校。但入学的时候被低一级取进了，于是华葛耐尔愤慨起来，一切都怠慢，全不用功，只是每日到音乐会去。那时候有名的莫札尔德及裴德芬的音乐正在盛行。华葛耐尔就比对于前述的韦伯的音乐感动更深地，倾心于莫札尔德与裴德芬的伟大的音乐上了。

到这时候，华葛耐尔就决心："我身决计要做一个音乐家。"

这正是十六岁的时候。这时候他从华因利希先生习音乐理论。华因利希先生教授他非常困难的、古风的复杂的音乐理论。但华葛耐尔学了六个月就毕业了。

不久，华葛耐尔在莱府入大学，研究美学了。但是他一刻不忘却音乐，到了十八岁的时候，方才学他所尊敬的裴德芬制作长大的乐曲。此后二三年间，只作两个大交响。作曲的评判很好。

但是这时候华葛耐尔的希望，是尽力于歌剧方面。于是开始作了一曲题名《婚礼》的歌剧。华葛耐尔的姊姊洛硕丽，是当时知名的女优，她见了这歌剧，就骂他，说："这样无聊的东西，没有用！"

华葛耐尔就戚然地抛弃了这歌剧。

他的阿哥亚尔佩尔德，曾帮助他的生活。这时候这亚尔佩尔德也是歌剧的演手，唱歌唱得很好，管弦乐指挥也很熟。华葛耐尔二十岁的时候，就寄住在这阿哥的家里。他想："这回一定要作一个成功的歌剧出来！"

拼命用功，就作出了第二歌剧《妖女》。高兴得很，立刻拿到莱府托他阿姊介绍，在她所出演的剧场上演奏。那舞台监督看了这歌剧说："这样无聊的东西，没有用！"不来理睬华葛耐尔。

差不多废寝忘餐地拼命作出的歌剧，这样不受人理睬，华葛耐尔大为失望了。但他原是富于奋斗精神的人，故对于他的前途决不绝望。他想："这回真要作出一个好的来，吓他们一吓！"又是拼命地研究了。

到了明年，即二十一岁的时候，就作出了第三歌剧《不许可的爱》。这一年的秋天，华葛耐尔就做了北方的马葛代勃尔地方的裴德芒剧场的音乐监督。二十三岁的时候，华葛耐尔就在自己的剧场上演这自作的歌剧《不许可的爱》。然而得到的评判很不好，大家不要听，以致剧场遭大损失而倒了。华葛耐尔刚才到手的职业，忽又失去，如今又是一个漂浪的人了。他彷徨在莱府及首都柏林之间，总想找个机会，把自作的歌剧

《不许可的爱》再演奏一次看，但是到处不受人理睬。负债一天一天地重起来，生活真是困难极了。

到了这年的岁暮，有一个同情于华葛耐尔的苦痛的女优，她的名字叫做敏那，华葛耐尔就同她结婚了。这时候华葛耐尔还是二十三岁的少年，苦于负债，前途正茫然无望，如今有了夫人，生活更是艰难了。这敏那在马葛代勃尔的时候，本来是与华葛耐尔同在裴德芒剧场出演的，她是一个美丽的女优，非常温和柔顺的女子。待华葛耐尔很好，华葛耐尔生活艰苦的时候，她为华葛耐尔尽不少的职。然而对于艺术，对于音乐，全然不懂，与华葛耐尔趣味不合，因此华葛耐尔的家庭生活很无趣味。可怜这夫人，为华葛耐尔而度辛苦的生活，积了三十年的辛苦，终于因病而死！

华葛耐尔与敏那结婚的明年，即二十四岁的时候，漂泊到近德意志东端的侃尼希斯裴尔克地方，在那里得到了某剧场的音乐监督的职业。但是薪俸很少，同他夫人敏那二人一同生活，实在很苦。他正想忍耐苦痛，再发表一自作的歌剧，不料不到半年，这剧场又破产了。华葛耐尔又从这地方逃出，向东漂浪去，出德国进俄国地界，到了叫做利葛的地方。

在利葛市有新办的剧场，华葛耐尔就做了这剧场的音乐监督主任。这时候在俄国音乐还没有像德国的进步，故他们对于华葛耐尔以为他是从德国来的，比较地优待，薪俸也比从前多一点。华葛耐尔似乎自己立刻变了富翁，就住非常广大精美的邸宅，穿丽都的美服，每日同夫人一同坐了马车向剧场往还，样子真好像是贵族。因为这样靡费，故有了一点余裕的薪俸，立刻用去，总不能还债。负的债仍是每日增大。

因为这样，二年之后他就被这剧场免职，生活忽然又困顿了。到真真没有办法的时候，他就打算黑夜逃出俄国，先叫他夫人扮作打柴的女子,托一个俄国打柴人领导,偷偷地爬过德国与俄国的交界的山而走,他自己也跟了逃出。但是在这交界的山中,有俄国的很强悍的哥萨克军队守着,于是他们终于被军队查见,追回了俄国。

爬山而逃的事不成功,于是他就托朋友雇一艘小艇,自己扮了舟人,渡了罗尔底克海,飞也似的通过了德意志,逃到了法兰西的首都巴黎。在俄国所欠的债,自然置之不顾了。

在巴黎也没有找食的方法。于是他想渡海到英国去,就再坐了小艇,渡过北海去。在海中恰巧逢着暴风雨的袭击。华葛耐尔所坐的小艇在如山的怒涛中,木叶一般地被风吹得打旋,有好几次似乎要沉到海底去,这恐吓真是无可形容! 然而华葛耐尔究竟是有天才的人,虽然逢到这可怕的光景,心中仍是不忘记歌剧,他把这看作神所显示的雄大的剧,镇静地对这壮大的天剧看守着。不久,风收了,艇子安然地达到了英国。然而这回航海中所逢的暴风的光景,在华葛耐尔的心中深深地铭印着,后来就作为大歌剧《彷徨的荷兰人》的材料,为华葛耐尔名震世界的端绪。

华葛耐尔暂时在英国的都城伦敦耽搁。但是他原无储金,又无职业,仍没有得食的方法,于是再回到巴黎。这时期的华葛耐尔,真是惨憺的困苦! 没有职业,没有进款,只是增长其债务。不得已,试为杂志做文稿,或出版乐谱。但这等事总是不能过活的。穷得已将三餐难全,身体全然衰弱了。华葛耐尔比较的是夭死的,这等无理的苦生活,恐便是其原因罢!

原来是奋斗家的华葛耐尔陷入不能得食的困苦了! 他仿佛要这样想:"唉! 音乐家是没有用的! 没有法子,索性做盗贼去罢!"

通常一个人到不能得食的时候,终于要不得已而做恶事,或流于盗贼。做了天才而降世的华葛耐尔,现在还是做罪人以终其一生呢,还是做世界的伟人而留名在历史上呢？实在到了人生的危险的歧途上了。

　　但是，在这陷落了的华葛耐尔的头上，幸福的神的救援的手伸下来了。有一天，还是饮食不全地困苦着的华葛耐尔得到了听有名的裴德芬的《第九交响乐》的机会。这曲是从来被评为世间最高的音乐的，听了一回这伟大的神明似的音乐的华葛耐尔，身体震栗起来，眼泪滚滚地流下来。归家之后，得了非常的热病，倒在床上了。因为高热的原故，口中发出呓语，全是关于这音乐的乱语。到这热病回复的时候，华葛耐尔叫道："啊！现在我方才是音乐家了！"

　　这便是他已经通过了这歧途，将不做盗贼，而做伟大的音乐家，而照耀其名于全世界了。

　　自此以后，华葛耐尔的活跃实在可惊。他以前就有"要做音乐务须不多作小的无聊的曲，而作一个大而好的歌剧"的决心。于是就取从前罗马的革命家黎安济将军的故事为题而苦心于制作歌剧《黎安济》(Rienzi)的大曲了。自从听了裴德芬的《第九交响乐》以后，华葛耐尔翻然大悟，到了二十七岁的时候，这大曲就完成，把它送到故乡的独莱斯顿去，托他们上演。到了明年，果真被允许上演了。华葛耐尔欢喜得很，就舍弃了度过多年困苦生活的，富于回想的巴黎，而回到故乡了。望见法兰西与德意志交界处的美丽的莱因河的时候，他不知不觉地眼泪流在颊上了。

　　明年，即华葛耐尔二十九岁之冬，他的歌剧《黎安济》开始在故乡独莱斯顿上演了。这次的成功，实在可惊！华葛耐尔忽然做了德意志的大音乐家，而名震于全世界了！因此就被任为独莱斯顿王宫剧场的音乐部长，薪俸也多，生活也安乐了。现在想起在巴黎时的困苦，真像梦中了。

　　《黎安济》完成了之后，又立刻作第二曲歌剧《彷徨的荷兰人》。这剧于明年，即华葛耐尔恰好三十岁的一年的新春正月初二日在独莱斯顿公演，于是他的声名愈加盛大了。但是，如果华葛耐尔得了这两点的成功就满足了，这就仅属一时的，不久即被世人所忘却，决不能成为永远留名于后世的伟大人物了。

华葛耐尔因这成功而得到了勇气，愈加向着高远的理想而努力奋斗。次年的春天，他又作了更有名的歌剧《汤霍伊才尔》（Tannhäuser），于这年的秋天公演，这剧也博得世间的非常的喝彩。但是华葛耐尔的理想愈加高起来，同时他的作品愈加为当时一般世人所不能理解了。尤其是他所用的音的组合非常复杂，在惯听简单的音的耳朵听来，这《汤霍伊才尔》的音乐好像是非常骚乱的杂音。关于这事，有一段有趣的话儿：

有一次，有一家人家的女儿在弹披雅娜，她母亲在旁听，说道："你弹出很难听的音来，弹错了么？"

女儿回答说："不，不弹错的，这是《汤霍伊才尔》的曲。"

母亲听了，说："唉，是《汤霍伊才尔》！那没有办法。"

关于这《汤霍伊才尔》的作曲，还有一段有趣的话儿·华葛耐尔很欢喜狗。豢养一只名叫泼比斯的小狗，平日常在华葛耐尔的室中跑来跑去。当他作这《汤霍伊才尔》的曲的时候，正在非常辛苦地组合这等复杂的音，泼比斯忽然爬上桌子，"汪——汪——"地吠起来。听见了这音的华葛耐尔，立刻像对朋友说地对这狗说："嗄！不错不错！这地方还没有注意到么？那么我就改正罢！"立刻把作曲改正了。这可爱的狗，后来不久生病而死了。华葛耐尔感到非常的悲哀。

这《汤霍伊才尔》公演后五年，即华葛耐尔三十七岁的时候，作成了有名的美的歌剧《罗安格林》（Lohengrin）。再经十五年，即五十二岁的时候，又作出充溢着人情的歌剧《德理斯当与伊索而第》（Tristan and Isoldy）。到了五十三岁的时候，始作成那世称为万世不朽的大歌剧《尼裴伦根的指环》(*The Ring of Neibeleogen*)。这大歌剧题材采自神话,即由《莱因的黄金》《华尔寇莱》《琪格弗理特》《诸神的黄昏》的四首歌剧连合而成。其理想的高远,规模的雄大,实可称为世界第一,古今未有。因此华葛耐尔就成了历史上的伟人。

虽在这样成功的时间,但华葛耐尔决不安乐地度日。他所住的独莱斯顿市,是德国的萨克索尼州的都会。当华葛耐尔三十六岁的时候,独莱斯顿的市民起了革命,放逐了州里的王,一时建起临时政府来。血气方盛的华葛耐尔,也与这班革命的人有关系。但萨克索尼北方的强大的普鲁士军队,救了萨克索尼王,而侵入独莱斯顿,打破了革命军,主谋者均被处死刑,华葛耐尔也将被捕,于是他扮作装货马车的车夫,逃出了他的成功地的独莱斯顿,漂泊于德意志的西部诸州,隐迹在世间凡十余年。过了十三年之后,渐渐昭雪其罪,始恢复其清白的身。在这隐匿逃避的期间,他非常苦痛;然仍是苦心地作曲。

在这苦痛之后,大的幸福又临到华葛耐尔的头上来了。就是德意志南方的罢罢利亚大国的皇太子路特微希,曾经听到华葛耐尔的歌剧《罗安格林》,大为感动,说:"我如果做了国王,我要把我的何等尊敬华葛耐尔的天才的心告示于世界。"华葛耐尔五十一岁的时候,这皇太子居然做了罢罢利亚的国王。国王一即位,立刻召华葛耐尔到罢罢利亚的首都牟亨市来,对他说:"一定要请你依照我的希望!"于是华葛耐尔就在牟亨市做国王的宾客了。在其间他安心地完成了他的大作《尼装伦根的指环》。

不但如此,国王又在罢罢利亚北方的山中访得一处风景美丽而闲静的罢洛伊德(Beyreuth)街,在那里建起一座非常精美而完备的剧场,专以送给华葛耐尔。长年的辛苦,今天完全得到报偿了。

于是华葛耐尔的成功,就成了世界的尊敬的中心。然而华葛耐尔决不以此自满，他奋勉他的七十岁的老躯，还希望更大的发展；但刚到满七十岁的一年的二月十三日，忽然患了心脏病，在意大利的水都凡尼司地方的友人家里死去了。

世界第一的歌剧家华葛耐尔的死的消息，忽然传遍了世界各国，没有一人不悼惜。罢罢利亚国王惊愕之余，立刻打一电报，严命在华葛耐尔身旁的人："我的敕使未到的时候，无论何人不准手触华葛耐尔的遗骸。"

二月十六日在凡尼司举行非常体面的葬仪，包着无数的花环的华葛耐尔的灵柩，由数万的意大利人护送，到车站去乘火车，送回德意志。这火车一入德意志国境，就有许多德意志人争先迎接着。到了罢罢利亚的首府牟亨，车站上已有国王遣来的敕使，送上一个最大的花环，上面写着一行字："罢罢利亚国王路特微希谨赠于伟大的音乐家华葛耐尔。"

敕使就上车，与华葛耐尔的灵柩同来，且赐以全用国王的礼待遇华葛耐尔的灵柩的特典。

不久柩车到了罢洛伊德的车站。这一天罢洛伊德全市的商店、学校都休业，各户都悬吊旗，市中张起黑布，市民全体穿了黑的衣服，出来迎接。华葛耐尔的死，真同一国的国王的大丧一样呢！

二月十八日傍晚，华葛耐尔的遗骸就在罢洛伊德的墓地中永久埋葬了。

诸君对于这种现象，作何感想？曾经在巴黎不能得食，甚至想不做音乐家而改做盗贼的华葛耐尔，今日如何呢？谁也不会预料到他将成为世界第一的伟人，而被用国王的礼来厚葬的！这全是由奋斗努力而来的结果！

第六回　歌剧《罗安格林》的故事

——歌剧的话

　　前回说述华葛耐尔的时候,曾经屡屡提及"歌剧"。现在要讲前述的华葛耐尔所作的歌剧《罗安格林》的故事,当作歌剧说明的一例。

　　歌剧,英语叫做"opera",就是优伶把说白统改作歌唱,一面歌唱,一面演戏。上台的都是非常高明的歌手,用优美的声音来歌唱,又伴着很大的管弦乐合奏,故把它当作音乐会看,实在也很可观。加之还有许多优伶,装饰得非常华丽炫目,在那里演戏或跳舞,其美观真是无可譬喻的!

　　所以歌剧的优伶,都要选用很会唱歌的、具有美的喉音的人。愈会唱歌,优伶的声价愈高。

　　在说述歌剧《罗安格林》以前,先须知道下面的事:这歌剧所表现的事实,是距今约千年前,即西洋的纪元第十世纪光景的故事。所以这歌剧的梗概,是古代的事,又加了一种神话,即关于诸神的事。所以这原非实际的事实,全是造作出来的话。这是在德意志西北的比利时的安德华浦市所发生的故事。在那时候这是德意志领地之一。又那时候的德国的制度,国有王,国王之下有管领各地的领主。这歌剧便是在安德华浦市的勃拉庞德国的领主的家里所发生的家庭骚动。

　　德意志王亨利,为了招集兵队,到安德华浦地方来,就见到这勃拉庞德领内有家庭骚动,正在扰乱。即勃拉庞德领主于数月前死去,这领主有两个子女,一是爱尔硕公主,一是其弟歌德弗利特公子。歌德弗利特还幼小得很,所以领主濒危的时候,召贵族推尔拉孟特前来,把公子托孤给他,拜托他说:"我死后请你照顾这孩子,将来教他承继我的爵位。"就死去了。不料这推尔拉孟特是一个坏人,自己发生了想占领这勃拉庞德领地的野心,就谋抛弃这歌德弗利特。有一天,爱尔硕公主和歌德弗利特正在庭园中休息,推尔拉孟特的妻恶尔脱罗特是一个懂得魔术的女子,就使起魔法来,使歌德弗利特变成了一只白鸟。这事别人全不晓得。只是歌德弗利特忽然不见了,自爱尔硕以下,大家都诧异地在那里探索。推尔拉孟特倒反说是爱尔硕公主自己想夺这国而杀死其弟的,上诉了亨利王。亨利王也难于裁判,正要叫推尔拉孟特和爱尔硕公主一同到神前去决断的时候,忽然叫做罗安格林的一个英雄不期地出现,来帮助爱尔硕公主,打罚推尔拉孟特。于是爱尔硕得胜了,就同罗安格林结婚,两人管领这土地。

然这罗安格林,实在不是普通的人,而是一个"圣杯的武士",即天神遣他下来守护基督升天之前最后上口的杯的武士,气力非常大,对无论哪个人打斗都不会败;只是他守着一个上天的律:"不得向人们宣布其名字。"即神明制定他,如果他向人说出了他的名字,就失却了一切的力,且不能住在人类的世界中 。

恶尔脱罗特想用魔法来破他这天律,以阻碍爱尔硕与罗安格林的结婚,就于那一晚,结婚式未开始的时候,秘密地去访会公主,道过昼间的事的失礼,随即对她说:"今夜将与你结婚的男子,是隐瞒着本姓的,倘然他果真对你有爱情,决不会把名字隐瞒你。"于是爱尔硕公主就在结婚式的场上问罗安格林的名字。罗安格林不得已,只得直说是"圣杯的武士"。于是罗安格林不能住在这人世上,仍旧升上天去。这故事的梗概如此。

前面已经说过,歌剧以听唱歌为最重要,故优伶都选用唱歌本领极好的人。这歌剧《罗安格林》的主要的优伶,规定须用具有下列各喉音的人:亨利王低音部,罗安格林次中音部,爱尔硕高音部,推尔拉孟特上低音部,恶尔脱罗特次高音部。

先明白了上述的事,然后去看歌剧。

舞台开幕以前,舞台前面下方有数百人的大管弦乐队,开始奏出美丽的音乐。这在普通歌剧上叫做"序幕"(overture);但在华葛耐尔歌剧上大都叫做"前奏"(prelude)。《罗安格林》的前奏,起初是很微的美丽的音,渐渐大起来,终于变为最大的音,最后又终于极微的音。中间有始终同样的美丽的音反复着。这旋律是表示"圣杯的武士"的。

这优美的音乐完结之后,立刻开幕。舞台上左右有美丽的林木,正面的后方有河流横着,这是安德华浦的附近的显尔德河的河岸。在右方正面的大树下面,亨利王坐在宝座上。其左右有萨克李尼的领主和邱林根的领主率了许多臣下排列着。又,在舞台的左侧,有勃拉庞德人并列着,在前面有推尔拉孟特及其夫人恶尔脱罗特并列着。

幕一开,喇叭手吹起喇叭来,亨利王对大众说:"现在我国因为要征东夷,正在募集强兵。你们大家须一致团结,忠勤我们德意志国!"

大众振剑作声,回答说:"我们同来发扬德意志国的光荣!"

这时候国王向勃拉庞德的人们说:"听说你们的领主近来亡故了,后辈正在骚乱。详情如何? 你们委细说来!"

说过之后,推尔拉孟特就上前来,忠诚地诉说:"先主勃拉庞德公病重的时候,召我到枕边,托以遗孤。奉命之后,一心抚育。不料某日爱尔

硕公主同了他到林中去游玩,就从此失去行踪。这一定是爱尔硕公主迷
于自身的利欲,而亲手图害她的骨肉的兄弟。愿国王公明裁判!"

国王听了之后,说:"如果属实,爱尔硕公主真是犯了凶恶的罪了。
现在就叫她来审问! 把公主呼来!"

传令使高声呼爱尔硕公主。就有美丽的爱尔硕公主穿着雪白的衣
服,出现于舞台上。一看真是美丽的神女似的公主。旁边的人都同声地
惊讶:"这样清秀的公主,会犯哪一种凶恶的罪孽的?"

国王审问爱尔硕公主的罪。爱尔硕公主忽然全身发战,不堪其悲痛
似的说:"那时候我在林中休息,朦胧地想睡,终于不知不觉地睡着了。
在睡梦中,我看见穿着闪闪发光的铠胄的雄壮的武士出现,到我的身旁,
梦就醒了。醒来,吾弟歌德弗利特已不知去向,呼寻了好几次,终于不见
他的行踪。"

听了这口供以后的国王及以下诸人,都非常同情于爱尔硕公主,叫
说:"这样年幼的公主,不会犯那种凶恶的罪。这究竟是甚么原因呢?"

但是推尔拉孟特反对他们,他主张:"这种任意捏造的梦,不可凭证。
这梦中的男子一定是怪物。务请国王公明裁判!"

于是弄得国王无所措手,说:"这确是奇怪的罪。这只有待神明来
裁判。"

大众听了这话,都说:"神明的裁判,一定正确!"

于是国王抽出自己的佩剑来,把闪亮的尖刃插在地上,先向推尔拉
孟特说:"原告推尔拉孟特伯爵! 用你的性命来决斗,你胜的时候,你的
诉是正!"

推尔拉孟特原是一个刚勇无双的壮士,立刻承应说:"遵命!"

国王又向爱尔硕说:"被告勃拉庞德公主爱尔硕! 你是年幼的弱女,

你可选择一个代你决斗的武士,同推尔拉孟特伯爵决胜负,以决定你的罪的有无!"

"唯王命是听! 代我去决胜负,为我雪这无实之罪壮士! 我把我的身和心奉献给他! 唉,皇天! 援助我呀!"

国王立刻下命令:"传令使快举号!"

于是传令使呼出四个喇叭手来,叫他们立在中央的四隅。喇叭手就向着东南西北四隅而立,仰天高吹喇叭。传令使向着天大声呼叫:"为勃拉庞德公主爱尔硕舍身赴斗的尊贵的勇士! 快来!"

喇叭手反复地向天高吹喇叭。人们都肃静起来,舞台上没有声息了。观客也吞吐着唾液,在那里默等。

忽然奏出非常美的音乐,舞台正面内方的河上就有一只白鸟曳着一艘小艇向这方面前进。小艇上有一个伟大的武士立着。看见了这情景的人们正在惊奇,武士忽然从小艇里走下来,立在舞台的正面。白鸟仍旧曳了小艇向彼方远远地消去了。

这真是一个雄壮的武士! 全身穿银的甲,戴银的胄,左手持银楯,右手持银柄的剑。其堂堂的风采,照映于周身。这武士便是罗安格林。

罗安格林徐徐地走向国王前面,行一个礼,陈说:"谨禀受天惠的我的大王:我是天遣我来为这罹了无实之罪的可怜的公主爱尔硕代赴决斗的人。"

又向爱尔硕公主方面说:"爱尔硕公主! 我现在为援助你而来。你可安心,万勿忧惧!"

茫然地呆看着的爱尔硕公主听了这话,梦醒似的欢喜,伏在罗安格林的足下了,说:"垂怜世人的尊贵的武士! 救我的无实之罪! 我把我的心和身一切奉献于你。但愿你战胜了的时候,你做我的丈夫,把这国,这人民,都奉献给你!"

罗安格林徐徐地握爱尔硕公主的手,扶她起来,反复地对她说:"我也但愿战胜这决斗,我和公主结偕老之缘,平安地治理这土地和人民。但是,有一事必须请你为我立誓,即无论何时,不可询问我的姓名与出身。只有这一事不可忘记!"

爱尔硕就立誓说:"我已牢记。决计无论何时不询问你的姓名和出身。"

于是罗安格林向大众大声叫道:"请列位听着!爱尔硕公主全然无罪,推尔拉孟特伯爵无理诉讼她,使她被这恶名。现在请看神明的裁判!来,看胜负!"

听到了这番话的推尔拉孟特伯爵,虽然心情恶劣,但他本是勇猛的将士,故立刻拔剑前进。

"无论如何要决个胜!胜败是时运。在我们的大王面前堂堂地争胜负,是武士的面目!"

"那末请大王就发决斗的命令!"

于是亨利王发了决斗的命令。

传令使传令之后,即有喇叭一声响出,国王拔起剑来,向挂在旁边的树上的楯击了三响。第一击响出时,罗安格林和推尔拉孟特起立,各装姿势。第二击响出时,两人各拔剑前进。第三击响出时,两人就开始战斗。斗了数合之后,推尔拉孟特肩上挨了一剑,就倒地了。罗安格林用剑指着倒地的推尔拉孟特的胸部,叫道:"神明的公明的裁判,是如此!要杀你容易;但我不欢喜作无益的杀生,饶你一条命。从今快快忏悔,去做和尚!"

推尔拉孟特伯爵和其妻恶尔脱罗特咬着牙齿,心中懊丧,然而已经没有办法。

国王以下诸人,大家赏赞这勇士的本领,就把罗安格林载在他的楯上,又把爱尔硕载在国王的楯上,大家抬了,唱着凯歌,向彼方去了,舞台就闭幕。以上是这歌剧的第一幕。

不久之后又有趣味不好的短促的音乐,由管弦乐奏出。忽然第二幕开幕了。舞台上是夜的光景,薄暗之中,右边是安德华浦城内的寺院的入口,后方是武士们的住家,左方是女官的住室的入口。

在这寺院的入口的石级上,有穿黑衣的男女二人在秘密地讲话。其一人是推尔拉孟特伯爵,他一人是其妻恶尔脱罗特。恶尔脱罗特眺望武士们的公馆的窗中的光,茫然地立着。

推尔拉孟特懊丧似的向其妻说:"吾妻!在这种地方,被人见了只是增羞。不如快快回去罢!"

恶尔脱罗特听了之后,说:"哪里!决不可回去。昼间的怨没有泄,一直不去。"

"泄怨,这恐怕不可能了罢!神明不许可我们!"

暂时这样互相争执了一回之后,恶尔脱罗特终于决心似的向推尔拉孟特提出:"今夜天明时,便是那武士和爱尔硕公主举行结婚式的时刻了。我要用我的魔术去阻碍他们的结婚式。"

推尔拉孟特听了,疑惑似的想。恶尔脱罗特低声向推尔拉孟特说:"那武士昼间从艇子里下来,将代替爱尔硕公主决斗的时候,曾经再三嘱咐公主,说即使结了婚,决不可询问他的名字和出身,并要她立誓。我由魔术探知了那男子的本性。他宣布他的名字和出身时,他就不能再住在这世界上。不但如此,而且他的一切力都要失却。昼间所以能战胜你者,也不过是一种妖术。"

推尔拉孟特听了这番话，大为动怒："那武士是以妖术战胜我的么？我始终被欺，悔极悔极！"

"现在我想揭破那男子的妖术，以报这股怨。"

这时候公馆的高楼上，爱尔硕公主穿了雪白的衣服出现。她在那里歌唱今宵与那武士结婚的欢喜。恶尔脱罗特听了这歌声，对她丈夫说："这正是爱尔硕公主。我须得接近她，好作报怨的手段。你暂时避去。"

推尔拉孟特退场。

于是恶尔脱罗特走到近爱尔硕那里，叫道："公主！爱尔硕公主！"

公主在暗中探索，问道："谁在呼我？——你是恶尔脱罗特夫人么？到此有何贵干？"

恶尔脱罗特作非常可哀怜的声调："我受了恶人推尔拉孟特的欺骗，无端地怀疑无罪的公主，我身的罪，直是后悔无及！要请公主原宥！"

素性温良的公主，听了这话觉得可怜，就对她说："现在已经由公明的神明的裁判，雪了我身的无实之罪，故我已全无怨恨之心。你不要立在这黑暗之中，可到这公馆里来。"就命令侍女，延恶尔脱罗特到公馆里来。

两个侍女擎着蜡烛，照出恶尔脱罗特的姿态。

恶尔脱罗特俯伏在公主的足下，说："谢谢公主！赦我的罪恶的恩德，我至死不忘。为图报这大恩，我有关于公主自身的话奉告公主，无论如何要奉告。"

"是甚么事呢？"

"是关于迫近在明晨的大婚式的不祥的事。"

"这不祥是甚么呢？"

"那高贵的武士，曾经叮咛嘱咐你不要询问他的名字和出身。我知道这是奇怪的妖魔的事。不然,岂有对于终身的发妻,不肯告诉名字和出身的道理呢? 所以公主在结婚以前务必先询问他的姓名。"

爱尔硕公主听了这话立刻身体发抖,眼中发出疑惑的光。然而立刻回复,徐徐地说:"不,我虽不晓得他的姓名,也完全信用他。"

恶尔脱罗特向后方低声说道:"虽说这样强硬的话,然公主的心已大起疑惑,我的怨因此可以报了。"

爱尔硕与恶尔脱罗特的姿态同时在公馆中消去。这时候推尔拉孟特从公馆的黑影中出现,独自说着:"我妻恶尔脱罗特的摆布真好! 从此可以打翻伤我的武士面目的仇人了。"就向彼方走进。

这时候舞台上发出白光,天明了。有喇叭声响出,同时国王的传令使出现,报告推尔拉孟特伯爵须处流放孤岛的刑罚。后面有许多人,来看这一天爱尔硕公主与那无名的武士在这寺院举行结婚式的。于是有爱尔硕公主装扮得很美艳,由许多侍女拥护了出现。大众排成行列,将走进寺门去。突然装饰得很美丽的恶尔脱罗特出来,立在爱尔硕公主前面,提出反对,说:"公主将与结婚的武士,是不知姓名、不知出身的怪物。我与我的丈夫推尔拉孟特,都是贵族世家出身的人,我正有先入这寺院的权利。"

爱尔硕公主吃惊,正要抗辩的时候,国王偕了罗安格林,随从了许多武士而出现了。罗安格林正想与爱尔硕一同进寺院的时候,推尔拉孟特出现,也来攻击,说:"昨日的决斗,我之所以被他战胜者,是因为他有妖术。这不是光明正大地决胜负。如果不然,你说出你的姓名和出身来!"

爱尔硕公主心中虽然疑惑,但因为在先有坚固的誓言,会面之后终于不得发问机会,只是说:"我绝对信用这尊贵的武士。"

罗安格林与爱尔硕公主携手入寺院中。第二幕告终,舞台又闭幕。

不久,在第三幕开始时,有管弦乐奏出开幕的音乐。这是非常愉快的曲,继续的是有名的结婚歌的音乐。有高尚的进行曲风的旋律,是一般人所熟悉的乐曲。

这音乐奏过之后,有同曲调的结婚的合唱,徐徐地开出幕来。舞台上是宫殿中的结婚室的场面,一所装饰极美丽的房屋。起初许多人唱着结婚歌走进来。背后正面的门开出,爱尔硕公主带了许多侍女慢慢地进来。然后罗安格林与国王也带了装饰华丽的许多武士进来。大家走到了舞台正面,齐声唱了祝颂爱尔硕公主与罗安格林的幸福的歌,就走出室去。舞台上只有爱尔硕与罗安格林二人留着。

这时候爱尔硕心中的疑惑愈加深起来,非常烦闷。心中窃自想道:"既然做了夫妻,要甚么事都不隐瞒,才是真的爱情;现在我却连丈夫的名字与出身都不晓得。虽然立誓不询问他,但是我总不能忍耐。我几时总想问一问看。"

见了这样子的岁安格林,就对她说:"甚么事都不要问,尽管信用我。不知道,正是我们二人的幸福。"想阻止她的疑虑。然而爱尔硕心中的苦闷无论如何不能忍耐,她终于决心请愿:"请你将尊姓名及出身只告诉我一人!"

罗安格林将要回答她的瞬间,突然推尔拉孟特拔剑直入,想来杀罗安格林。

看见了这情状的爱尔硕公主,一想,这是她丈夫的危机!就立刻将剑递给罗安格林,罗安格林立刻拔剑,把推尔拉孟特斩杀在一刀之下。推尔拉孟特倒地,不说一句话就死去。

罗安格林呼许多贵族和武士出来,命令他们:"把这男子的尸体抬到国王面前去!我现在正要在国王面前宣布我的名字与出身。"

因惊骇而战栗着的爱尔硕公主,茫然地仆倒在罗安格林的腕上。罗安格林呼侍女们,命令她们:"扶公主到国王面前去!"

舞台上急速变样,变成与第一幕同样的安德华浦附近的显尔德河岸的场面。光景全与第一幕同样。自国王以下诸贵族们,都在那里等待罗安格林的来到。

推尔拉孟特的死骸用黑布包了,抬到这里来,大家惊骇。后面爱尔硕公主带了许多侍儿,悄然出场。人们对这光景愈加惊奇不解。

与第一幕同样,被银甲、戴银胄、持银楯的罗安格林出现。大众见了这勇壮的风姿,起一片欢声。国王也赞美罗安格林的勇壮的姿势。罗安格林走到国王前面,行一个礼,说道:"我现在受天之命,来诛戮了恶汉推尔拉孟特。但爱尔硕公主违背对我的前约,破坏了她的初誓,询问我的名字与出身。疑心一起,包隐也无用了。现在我不再包隐,我将宣告我的名字与出身。"

这时候奏出这歌剧中最有名的《罗安格林歌》。其间听见美丽的"圣杯"的音乐。

"我不是这世间的人。天神命我下降到这世界,来守护从前耶稣基督代万民受罪,将登最后的台的时候,最后接吻的圣杯。'圣杯的武士'罗安格林,便是我。所以我扶弱、摧强、惩恶,力大无限。我与无论何人战斗,决不失败。只是天神禁诫我一条规律:不得向人们宣露我的名字与出身。宣露了我的身份之后,就片刻也不能留在人间。现在我已经宣布了我的身份,所以非立刻归天不可了。列位再见!"

说了之后,又与第一幕同样,河上一只白鸟曳一艘小艇,来迎接罗安格林。人们看见了,都指着说:"看,看,那白鸟,白鸟!"

骚扰起来。爱尔硕公主因惊惧和悲哀,仆倒在地,哭泣着:"啊哟!

怕啊！我的幸福破灭了！"

　　罗安格林将登舟回去，恶尔脱罗特出来，说："我的怨发泄了！最后的胜利在我！"

　　听得了这话的罗安格林，向天祈祷。天上飞下一匹鸠来，这是天神差下来的使者。这时候白鸟突然沉入水中，再浮出来的时候，已变成一个可爱的少年。这便是以前恶尔脱罗特用魔术把他化成白鸟的、公主的弟歌德弗利特，现在天神给他解除了这魔术，使之再归人世。恶尔脱罗特见了，晓得自己的妖术已经破露，惊骇之余，倒地而死。

　　罗安格林所乘的小舟，由鸠代替白鸟曳行。罗安格林的姿态渐渐向远方消失了。爱尔硕公主抱住弟歌德弗利特的腕，气绝仆地。幕徐徐闭上，这歌剧就告终。

第七回　神奇的怀娥铃的所有者

——帕格尼尼的话

这是关于世界第一怀娥铃大家尼古洛·帕格尼尼(Niccolò Paganini)的话。

这人登演奏台,奏起怀娥铃来,简直像拿了弓而跳舞,快得全然看不出指的停留。其神奇的音响不绝地千变万化,简直使人疑为有神力的精巧无比的一架机器。其旋律的悦耳,音的美妙,使人决不相信这是世间的人奏出来的,听的人都说:

"帕格尼尼的怀娥铃,一定与普通的怀娥铃不同,是一种有特别装置的、神奇的怀娥铃。所以奏起来那样好听。"

于是大家称帕格尼尼的怀娥铃为"神奇的怀娥铃"了。

有一天晚上开音乐会,这帕格尼尼的神奇的怀娥铃奏出美妙的音乐来,满场的听众都听得如醉如梦,不绝地赞叹。

有一个贵族也在听乐,他听了这种神奇的演奏,就去招呼帕格尼尼,问他:

"你的怀娥铃,发的音真神秘。是不是其中有特别的装置?"

帕格尼尼摇摇头,回答他说:

"哪里?一点特别装置也没有。倘然你疑心,尽管请你检查。"

说过,就把自己手里的怀娥铃递给他。那贵族接了怀娥铃,仔细检

点一番,说:

"咦!真个是普通的怀娥铃。一点装置也没有。那末刚才发出的声音实在有点不可思议!"

正在侧着头怀疑。帕格尼尼坦然地又对他说:

"不拘甚么东西,凡是张有弦线的,我都能一样地演奏给你听。"

贵族听了,惊奇地说:

"不拘甚么东西,凡是张有弦线的都能一样地演奏?"

"呃,一样的!"

贵族像开玩笑似的指着自己的皮鞋,对他说:

"那么在这皮鞋上张几根弦线,也一样的么?"

"呃,一样的!"

贵族心中想:

"这倒有趣!同他开一回玩笑看。"

立刻把穿着的皮鞋脱下来,递给帕格尼尼,说:

"那么请你在这皮鞋上钉几个钉,张起弦线来奏奏看。"

帕格尼尼全无难色地接了这皮鞋,在上面钉了钉,把怀娥铃的弦线拿下,张在这上面,自然地用左手把持了这皮鞋,右手拿了怀娥铃的弓,立起来了。看了这光景的贵族及周围的人,想像这皮鞋将发出怎样的声音来,拿了非常的好奇心,看守帕格尼尼的一举一动。

帕格尼尼与平素一样地持弓,又是跳舞似的弹起来。看不清楚的手指的速度,悠扬的美音,使贵族等大家忘记了这是皮鞋,以为仍是从那"神奇的怀娥铃"发出来的音。

怀娥铃演奏为世界第一的帕格尼尼,拿皮鞋演奏起来也比世界无论哪个怀娥铃家的演奏都要高妙,那贵族此后就把帕格尼尼演奏过的这只皮鞋当作家藏的宝物,而永远留传给子孙。

又有一次,帕格尼尼与友人一同在奥国的首府维也纳市的某街里散步。忽然听见有怀娥铃的声音飘来。耳朵非常灵敏的帕格尼尼听了这声音,立刻对友人说:"这是意大利的民谣。这演奏的一定是我们意大利人。快去看,是甚么样的人在演奏。"就催促友人向声音来的方向走去寻找。帕格尼尼是意大利人。

不久找到了发音的地方,路旁一个少年的乞丐在拉破损了的怀娥铃。四周围着几个人,在看这少年的乞丐。但这少年的手段不十分高妙,故周围的人并无想给他金钱的样子,只是立着听听罢了。

帕格尼尼排众而入,问这少年:

"你是意大利人么?"

少年停止了怀娥铃,回答:

"是,我是意大利人。"

"你远远地从意大利到这奥国来,为甚么做乞丐呢?这是意大利的耻辱,你晓得不晓得?"

"啊!自然晓得!然而我有细情:我的父亲早年弃世,现在只有一个老母;老母长久卧病在床,家无一文的积蓄,没有为母养病的方法。因此我不得已奏这怀娥铃,在路旁求行人的解囊,拿这收入来作老母的养病之费。但在意大利,像我这样未成熟的技巧,差不多不能得钱;我想在这维也纳市奏起意大利的珍奇的民谣来,也许还有人来听,可得若干的收入,所以越了阿尔比斯山的险,远远地到这地方。"

帕格尼尼听了这番话,心中很不快似的把自己怀中的钱袋摸出来,如数倒出来一共给了他,然也没有多少钱。

随后他就拿了这少年的怀娥铃与弓,自己奏起来了。照例像拿了弓跳舞的样子,看不分明的指的速度,滚珠似的美而神奇的音,忽然把路上的行人的足牵住,周围集了数百人。

听了这自古以来所未有的世界第一怀娥铃大家帕格尼尼的演奏的人们,犹如走进了梦的路里。一曲奏完的时候,喝彩之声轰动如雷。

这时候帕格尼尼取了这乞食少年的污秽的帽子,拿了到周围的人们中间走一转。人们为了帕格尼尼的关系,大家把钱袋倒给他,一刹那间,帽子里积满了数百块钱。

帕格尼尼立刻把这钱递给那少年,对他说:"你拿了这钱,赶快回到意大利去,拿去养你母亲的病,好好地看护她。以后决勿在外国曝露意大利的羞耻。"说过立刻同了友人回寓去了。

这尼古洛·帕格尼尼,于西历纪元一千七百八十四年的二月,生于意大利北部的有名的耶诺亚港。他的父亲名叫昂笃尼屋·帕格尼尼,是在这港营漕业的人。这父亲非常爱好音乐,尤其欢喜弹曼陀铃。因此儿子尼古洛·帕格尼尼从幼时就接近音乐,由父亲自己教练曼陀铃与怀娥铃。父亲的怀娥铃自然不是高明的,但教幼小的尼古洛是足够的。父亲的教法非常严厉,稍奏得不好一点,就用鞭子来打。

父亲的教法这样酷苛,但幼小的尼古洛常常忍受这苦楚,吞着眼泪而用功。慈爱的母亲看见了这状况,也每每流泪而慰安他。

有一次,母亲梦了这样的一个梦,不知从哪里来了天神的使者,对母亲这样说:"我是受了天神的命而到这里来的。你的慈爱的心已感动了天神,天神说,可以允许你一个任何的祈愿。你快说出来!"

母亲喜出望外,立刻在大地上叩头,陈说她的祈愿:"我不想自己的荣华、长生;但只有一愿:希望我子尼古洛成为世界第一的怀娥铃大家。求天神允许!"

天神的使者欢喜地笑,回答她说:"这祈愿必可上闻于天,允许你。"梦就醒了。

母亲朝晨起来,就把这梦讲给儿子尼古洛听,又勉励他说:"你仗神力,将来必可为世界第一的怀娥铃家。愿你忍耐目前的苦楚而用功。"

尼古洛每日必受父亲的鞭打,一年中必有数回因身体受伤生病。生病时还是不屈地用功。因此之故,六岁时已成大家,出席演奏怀娥铃一次,听者皆流泪赞叹。此后父亲的力已经不够教他下去了,想使这孩子从高明的先生去学习。其时适有一稍知名的怀娥铃先生,就领他去见这先生,恳托他:"请收容这孩子为弟子!"

先生说:"甚么? 这样小的孩子想学怀娥铃? 叫他奏一曲看!"

尼古洛·帕格尼尼就拿了怀娥铃,不慌不忙地奏了一曲很难的曲。先生惊奇得很,决然地说:"这了不起! 这决计是我所不及的,请你们另找更高明的先生去从学罢。"

到无论哪个先生那里去,都同样地被回报出来。于是不得已,帕格尼尼只得自己来用功,研究。

到了八岁时,自己已渐渐会作高深的曲,像有名的怀娥铃朔拿大的大曲,也已会作了。

自此以后,其演奏的技术与作曲,一年一年地进步起来了。他对于作曲,也很费苦心,其热心真出人想象以上,刚满十三岁的时候,有一回正在用心作一曲,拿怀娥铃来试奏,把这曲的奏法试变为种种形式,自朝至晚,继续变了百余次,到了晚快,竟气绝了,就地倒卧。家人抱他起来,为他吹入气息,方才醒转。

儿童时代这样激烈地用功,结果伤了他的身体的健康。为了保养,父亲领了他到各国去旅行。到处出席演奏怀娥铃,博得美评。终于名震于全欧,几被崇仰为怀娥铃之神。

德意志皇帝授这世界第一怀娥铃大家以男爵,优待他为贵族。罗马法王莱屋十二世送他光荣的勋章。

关于帕格尼尼奏神奇的怀娥铃,还有一段佳话:

当时是意大利国内起革命的时候,爱国之士大都入监狱。音乐者中也有许多人被捕入狱中。帕格尼尼也是其中之一人。

帕格尼尼在狱中,后来得到了一支粗陋的怀娥铃。但其弦线都已断脱,只剩了一根(怀娥铃共有四根弦线)。在监狱中,要买新的弦线自然不能。

帕格尼尼不得已,就拿这只有一根弦线的怀娥铃来自朝至晚地苦心练习。虽然只有一根弦线,然能比普通人用四根弦线更自由地奏出很难的曲。后世传为佳话。

帕格尼尼于纪元一千八百四十年五月二十七日死于尼斋地方。享年五十六岁。帕格尼尼因音乐而得的钱,虽在各地随时捐赠,然死时遗产还有四十余万元。

读了这帕格尼尼的传记,可知伟人都是从幼小时忍耐苦楚而用功的。研究艺术的人们大都过于重视天才,即生来具有的才能,心中只以为:"我生来有用,故修艺术必可成功为名高的人。"

然而无论先天何等高,不用功是无用的。从来没有不受苦而成名的人。某学者曾经这样说:"所谓天才者,就是比普通人能忍受更多的苦痛的人。"

如前面所说,尼古洛·帕格尼尼从幼小时候受父亲的鞭打而用功,想来似是残酷的;然这正是使这孩子成为世界第一的怀娥铃大家的。假如那时候尼古洛不能忍耐这苦痛而用功,即使他的母亲几次梦见天神的使者,也只是梦,不会成功。这梦其实不过是指示人:"异常的勉励努力终能成为成功之基,是天的定律。"

　　读帕格尼尼的传记，同时使诸君可以得到这一番教训。

　　还有一个关于帕格尼尼的逸话：

　　帕格尼尼三十三岁的时候，住在意大利的都会罗马地方。那时候适有有名的"卡尔拿伐尔"（Carnaval）祝祭。这是西洋太古以来的大祝祭，是祭祀希腊的酒神的。那时节的数日之间，在各国的大都市里，差不多大家出来，跳舞，参与这奇妙的祝祭。那一年罗马市也盛行这祝祭。罗马在那时候，恰好以歌剧被称为西洋第一流，洛西尼（Rossini）、马伊亚陪亚（Maryerbeer）等歌剧大家，也都在罗马。帕格尼尼与这班人一同弄了一礼拜音乐。结局帕格尼尼因疲劳而得重病。从罗马迁住到南方的耐布尔斯市去的时候，差不多衰乏得将倒了。

　　见了这情形的人，都嚷着帕格尼尼罹了肺病了。那时候帕格尼尼为了要保养，租一间房室居住着，其屋主闻得这消息，大惊，说道："我的房屋中有了肺病患者，还了得？我的房屋将永远没有人要租住了！"就无理地把重病的帕格尼尼逐出，让他卧在路旁。在那时候，肺病是一般人所视为最可怕的病的。

　　对于带了重病被舍弃在道路旁的帕格尼尼，谁都害怕，一个人也没有走近他去的。这样下去，自然是要死的。后来有一个帕格尼尼的友人欣台理，是习赛洛（cello，大型的怀娥铃）的人，那一天恰好来探望帕格尼尼的病，见了这状况，大惊，忘却了病的传染（其实绝不是肺病），自己抱起帕格尼尼来，硬雇一辆车子把他载进去，车到郊外的安静的自己家里，专心看护他的病，不久帕格尼尼的病好了。

　　帕格尼尼大为感激欣台理的友谊，把自己的秘曲和奥理传授给他，后来这欣台理就成了有名的音乐家。中国有"德不孤，必有邻"的格言，这逸话便是其好例。

第八回　胜似百万言的说教的一曲

——罢哈的话

从前德意志有个大音乐家,叫做赛罢斯典昂·罢哈(Johann Sebastian Bach,通称罢哈)。这人弹风琴,在当时称为世界第一。但他自然不只会弹风琴,关于披雅娜、怀娥铃、唱歌、管弦乐,都作出许多的乐曲;后人称他是欧洲作曲家的模范,西洋音乐是因了他的力而急速地进步发达的。

这是西历纪元一千七百三十二年的秋十月的某日的事。这时候罢哈正住在德意志国的萨克索尼州的美丽的都市莱府(Leipzig)。

这市里有个宗教学校,叫作都麦斯学校。罢哈是这学校里的风琴奏者。罢哈的住宅,在这学校的附近,是一所精小的屋。

罢哈的身体很胖,看来是很健的人,嘴巴紧闭,眼睛炯炯发光,有特别的威严。因此住在这市里的人见了罢哈,都这样评论:"那人的心真不可测,神气很像鸱枭。"

但罢哈一坐在风琴前,演奏起来,就谁都端坐不动,垂头而感动似的听乐,终于流泪。

恰好这年十月里有一天的晚上,罢哈的家里点起灯,家人都齐集,十分欢乐地在那里谈天。

穿黑衣服而坐在中央的,是父亲罢哈。坐在右方的女人,是母亲。她有美丽而上品的容貌,眼中含着一种可爱的神色。但体格壮健,可说是德意志妇人的型。头上戴雪白的帽子,颈中饰以明净的玉。在这母亲的膝上,抱着出世还只三月的婴孩。这婴孩的名字叫做克理斯托夫。

又在这母亲的身旁,有二三个男孩快乐地在游戏,且烘苹果来吃。其中长男富利特孟·罢哈,身体像父亲,伟大而很有丰采,但本质不大好,略有点乱暴。这时候正在火炉旁边注视弟弟们游戏。

在父亲身旁,还有一个静坐着的略瘦的少年。这是次子哀马纽尔·罢哈(Emanuel Bach),其容貌很像父亲,望去温和而快活。这哀马纽尔曾经为了求学,离家远行。这一天偶然回家。故父亲、母亲,连兄弟们都欢喜地迎接他,现在正张着欢乐的夜宴。

这时候哀马纽尔从怀中取出几个乐谱来,放在父亲面前,红着脸对父亲说:"父亲! 这是我试作的曲,这里面也有像样一点的东西么?"

父亲罢哈慢慢地拿起来一曲一曲地看,他的两眼角上流着眼泪,非常欢喜地说:"啊,哀马纽尔! 这些都很好! 你将来必定要成大音乐家,名震于天下呢! 然而一心信赖神明,一点也不可懈怠。阿哥富利特孟,你也非拼命用功不可! 我已经年老了,此后只有看你们立身成功,是无上的乐事。"

孩子们听了这话,答应道:"我们都知道听父亲的话,一心用功。"互相欢喜。这时候大门口有马嘶的声音,忽然有响亮的足音,夹着剑音,又起堂堂似的敲门声。

富利特孟与哀马纽尔立刻立起来,走到门这方面去。在马与剑的声音里,幼年的孩子们恐怖而停止了游戏,来拉母亲的袖。母亲也疑心起了甚么事,变色而呆然地立着。

罢哈泰然自若,说着:"一点不要怕! 没有甚么不好的事体的,一点不要怕!"从容地坐在椅子里。

不久门开了,一个华丽的礼装的士官,非常疲倦似的走进来,对罢哈作一敬礼,堂堂地说:"我是萨克索尼州的王所派来的使者。有王的侍从者勃路尔伯爵给音乐大家罢哈先生的信带来,从首府独莱斯顿飞奔了百英里的路程,刚才到这里。这是给先生的信。"说过,把一封信呈给罢哈。

哀马纽尔静肃地立起来,请这士官坐在椅子里。罢哈拆开信来,慢慢地读:

敬启者,吾至仁之萨克索尼及波兰王欲闻名高世界之风琴大家罢哈之音乐。拟请于本月二十四日在首府独莱斯顿之寺院为王献其妙技。此系足下之光荣,想必乐为。明后日王当派马车来迎,请预为准备。以上之意,出自王命,谨为代达。此上

罢哈先生

伯爵勃路尔,十月二十二日

闲话休提,且说当日的事:世界第一的风琴名人罢哈在独莱斯顿的寺院中为国王演奏妙技的消息,传遍了市中。这一天齐集在寺院的绅士淑女,不下几千人。军士皆穿灿烂的礼装,妇人们更装饰得美丽,宝石的光闪耀人目。

在中央的玉座上,国王已经就坐。其左右自侍从勃路尔伯爵始,以至大官贵族,排列如林。国王已经年老,白发如霜了。

国王慢慢地向勃路尔伯爵说:"听众大家热心地在等待这大音乐家了;罢哈的来何其迟?"

正在等得心焦,这时候就有一个人排户而入。国王见了,说:"唅,那边来的堂堂的男子是谁?他的左右还有两个活泼的青年随附着他呢。"

勃路尔伯爵回答说:"那男子正是吾王所召的音乐家罢哈。左右随附着的青年,是其长子富利特孟与次子哀马纽尔。

不久,舞台上发出一种清彻的天上音乐似的风琴声音来。坐在风琴前面的罢哈随了指的运动而精神愈加清健起来,声音愈加高起来。满场的听众,仿佛已经死了的样子。

风琴的声音愈加高起来,强起来。其中有一种说不出的威力,仿佛神明出现,在责人们的过去的罪恶。听了这音的人们,都战栗,改悟自己的过去的罪恶与污迹。

不久之后,罢哈的风琴的音调忽然静起来,其美丽的声响恰好比改悔罪恶的人被了神明的救,而升入美丽的天国。这全是极乐的音乐。

罢哈的音乐弹毕了。听乐的几千人,现在都已将其污辱的心洗清,而变成美的神心了。比较起数万的圣贤的说教来,罢哈这一曲音乐的效果不知要大到如何程度哩。

坐在罢哈身旁的两个小孩子听了这音乐,也感激到流泪,全身震栗,竟忘记了立起来。

这时候国王茫然地,魂不附体似的,不自知地走上舞台,走到罢哈后面,把手搭在他肩上,忘记了要说甚么话,只是无言地流泪。

罢哈慢慢地对国王说:"吾王!据我所见,刚才的天国的音乐的确感彻了吾王的心。恐怕吾王为了刚才的不可思议的声响而心神不安,故身体在震栗了。曲终时的美丽的音乐是表现天国的。吾王!在清净的天国的幸福前面,这现世的荣华不过是梦!现在想吾王悟到了!"

这时候国王渐渐发出战栗的声音,向着罢哈,说:"你的音乐初奏出时,恰像一种魔物,在促我死。忽然又平静了。倘然就此告终,我一定死了。向来我对于死的事,曾经想过几次;然从未有像今日的恐怖战栗。

我有生以来,今日始得开悟。"

罢哈听了,微微地笑,对国王行一礼,想回去了。

国王急忙阻止罢哈,对他说:"我不忍使你空空归去。你有甚么愿?请你告诉我。"

罢哈微笑,回答国王说:"我的心受神明的恩惠,已比吾王更富于幸福了。另外全不愿望甚么。拜受了吾王的赞赏,已经满足了。"

国王说:"你既然另外并不愿望甚么,关于你的两个小孩有甚么愿望呢?"

罢哈听了,脸上略现踌躇,说:"既蒙垂念,那么关于我的长子富利特孟的身世,愿吾王垂惠。次子哀马纽尔,已受神的恩惠,可信其将来能以音乐家而立身了。唯长子富利特孟的将来正无着落,故我死以后,也望吾王赐他恩惠。"

谚云:"知子莫如亲。"罢哈的儿子正如他所预料,后来哀马纽尔不辱亲名,成为有名的音乐家;而长男富利特孟,虽也是非常的天才者,但堕落而不成名,终于夭死。

临别的时候,国王再三握罢哈的手,说了"祝你们父子的永远的幸福",国王就回宫去。罢哈也就动身回莱府,在寺的前面,已经备有和国王自己的一样华美的马车,把罢哈父子载入这马车中,前后拥了许多卫兵,枪旗翻飞于秋风中,剑光映着夕阳,恰如迎接凯旋的将军。在欢送的呼声中,马车直指莱府而去。

这赛罢斯典昂·罢哈于西历纪元一千六百八十五年三月二十一日生于德国的邱林根州。幼时失父母,由其兄音乐家克理斯托夫·罢哈抚育而成人的。

这克理斯托夫藏有许多当时有名的大家所作的乐曲的乐谱。在那时候,乐谱的印刷当然不像现在地容易,故好的乐谱,很不容易到手。

赛罢斯典昂自幼爱好音乐,要向阿哥借这种乐谱,但阿哥很吝啬,不大肯借给他。

有一天,阿哥出门去了。赛罢斯典昂想乘此机会偷把这乐谱抄出来,就去看阿哥的书架。不幸书架的门锁闭着,无论如何开不开。他就大失望而哭泣。再仔细看,书架上有小隙缝。好在他的手很小,就设法伸手进去。取一张乐谱,把它在里面卷成一细管,从隙中抽出。

但在白天抄写,必为同居的人所看见,于是他就在半夜里,等同居的人们都睡了之后,偷偷地拿出来抄写。又点灯火恐被人责,不得已,他选月明的晚上,在月光中一点一点地抄写。有月的夜,他每每不眠。过了六个月,就统统被他抄出了。这种热心实在使人惊叹!

因为他是这样过于用功的,故老年患眼病,终于成为盲子。纪元一千七百五十年七月二十八日,他以七十五岁的高寿殁于莱府。

第九回　感动王者的太晤士河上的船乐

——亨代尔的话

这是关于与前述的罢哈同时代的而并传盛名于西洋音乐界的亨代尔(Georg Friedrich Händel)的话。

这人与前述的罢哈同年,即于西历纪元一千六百八十五年的二月二十三日生于德国的萨索尼州的小市镇里。他的父亲是医生。他的父亲曾希望教养这儿子做法律家。但这孩子生下才两岁就非常欢喜音乐,一听到别人的歌唱弹奏,立刻能模仿得很像。故其婴儿时代,很欢喜弄音乐,一天到晚不离地坐在乐器的旁边。父亲见了这情形大为担心,他说:"做法律家,音乐是不必要的。每天让他弄这种东西,终不能学成优良的法律家。以后须禁止这孩子,绝对不准弄音乐。"

自此以后就完全禁止他听音乐或弄乐器了。

然这禁止决不能阻碍亨代尔。他对于无论何种音乐,常常极注意地倾听。

但亨代尔的母亲原不那样顽固,她就容许他,说:"你既然这样爱好音乐,那末等父亲不在家的时候私下弄弄罢!"

于是亨代尔把一架叫做克拉微可特(claviehord,即今日的披雅娜的元祖)的乐器隐藏在堆物间中,于父亲不在家的时候,一个小孩子像老鼠似的独自钻进堆物间里,一心不乱地用功。

这样的辛苦惨淡的用功的结果,他的手腕高妙得惊人了。刚满五岁的时候,在某音乐会的席上当大众前面演奏,使得满座大为惊叹。

这样一来,顽固的父亲也认明了这孩子的天才。晓得硬教他学法律,不如随顺他的天才而使做音乐家。就翻心转来,把这孩子请托其市镇里的某音乐先生教导,正式地使他学音乐了。

自此以后,亨代尔愈加奋斗努力,自朝至晚一心不乱地用功,全然不知疲倦。

亨代尔长大以后,有不挠不屈的气概。无论遇到何种困难,必益加奋勉而攻究。故在亨代尔是没有失望的事的。

又他在少年时代,生活很苦。曾经有一次借了人家的钱,无力偿还,债主走来把亨代尔家里的全部物件搬了去,以作抵当。据说那时候亨代尔正坐在乐器面前作曲,看见自己家里的物件被人搬完,毫不介意,依然专心地进行他的作曲。

后来亨代尔到英国去,就作出用数百人的大合唱及大管弦乐的极大规模的音乐,惊动世界。然其曲过于艰深,当时的人的耳不能领受,故起初开音乐会的时候,差不多没有人来听。

举行这大规模的音乐会而没有人来听,损失就甚大。因此他亏了债。但亨代尔仍是泰然自若,毫不为之挂念。

有一天亨代尔为了要发表自己所非常苦心作成的大规模的合唱曲及管弦乐合奏曲,开大音乐会。然到了开会的时刻,听者一人也不来,会场全是空屋。

他的友人见了这情形,猜想亨代尔一定何等失望,何等悲观了,为他流同情之泪,愤愤不平地说:"这样好的音乐没有人来听,怎么世间的人会都成呆子的?"

　　亨代尔听了这话,坦然地说道:"这全不打紧。在一个人也没有的空房子里合奏起来,反响很好,一定很好听。幸而今天一个人也不来,我们的音乐演奏的结果可以更好。"就自己站在舞台的中央舞起指挥棒,热心地演毕了这大曲。

　　只为了想得他人的赞赏的狭小的野心而开音乐会的人,在世间多得很。这种人一遇到对于自己的音乐的非难,就立刻动怒,对那人绝交,实在是卑鄙的艺术根性的人们。

　　亨代尔起初对于歌剧大有兴味,曾作许多歌剧。然因为这等歌剧在世间的批评不甚好,他就旅行到歌剧的诞生地的意大利,巡游其各地,研究歌剧,在这时候他就充分了解了意大利风的音乐的特色,拿它的美丽的旋律来同德意志音乐的特色的雄大的音的组合方法相结合,加以考究。自此以后,亨代尔所作的音乐就有非常的庄严的感情,引起多数人的敬爱。

　　二十五岁时,他旅行到英国,在那里作出他的歌剧《李那尔独》(Rinaldo)。这作品批评很好。于是亨代尔的名望益大,为远近所知。

　　其明年,他归故乡德意志。又明年,即亨代尔二十七岁的时候,又到英国,以后他常居伦敦,直到七十四岁死的时候。亨代尔的死,是在西历纪元一千七百五十九年四月十三日。

　　亨代尔平日惯说这样的话:"我的作音乐不是以供诸君娱乐为目的的。我是想用以诱导世间的风俗的向上的。"

　　这实在是很可贵的精神!

　　二十五岁时的春天,亨代尔尚未赴英国的时候,有一天曾经到德国的哈诺罢的小州去。哈诺罢州的领主非常优遇亨代尔,想重用他。然亨代尔意在向各地旅行,就对领主说:"我现在想为了修业而向各地旅行,等我回来的时候再来。"

领主对他有点不舍,预先约束他,说:"那么务请早一点归来。归来以后,我当奉送七千五百元的年俸。"

亨代尔感激他的厚意,至于流泪,回答他说:"实在感谢不尽! 一定早回来。"就出发去旅行了。

然而后来亨代尔到了英国,住在伦敦,非常合意,不想再归德国了。

纪元一千七百十四年八月,即亨代尔二十九岁的时候,英国的女王死了,没有儿子,就定议由王家的亲戚的德国哈诺罢州领主即王位,这就是乔治一世。

亨代尔以前曾经对哈诺罢领主有约,而不曾履行,尽管滞居在英国。故这时候哈诺罢领主,即英王乔治一世,对他不快。左右的官僚大家说:"亨代尔不守约,不是好人!"而排斥他。亨代尔不晓得对于王的失约当处何罪,很不放心,每天笼闭在自己家里担忧。

亨代尔的友人某男爵也为他担心,想设法对王解释,以雪亨代尔的罪。王即位后,不久这男爵就对王说:"此次吾王即位,请到伦敦的太晤士河上作船游,以资庆祝,如何?"

王非常欢喜,说:"那很好! 赶快准备起来!"

到了新王船游的那一天,太晤士河上装饰得非常美丽,有无数的华丽的船只浮着。其中有一船更为美丽,内中设着装饰金银宝石的玉座的,是王所坐的船。后面又有许多饰以鲜花及帷幕的美丽的船,载着贵族、绅士、淑女、武官等,随附了御船徐徐地在河上游行。

未几,一艘特别大的船向御船边迫近来了。船中有百余人,持各种乐器而整齐地排列着。

这船接近了御船以后,立在其高处的一男子忽然舞起指挥棒,同时雄大的管弦的声音就弥漫了太晤士的河面。

这真是何等雄大壮丽的音乐！在德意志，在法兰西，在意大利，都从来未曾有过。

英王奇怪起来，向侍奉左右的男爵问："我从来没有听到过这样雄大的音乐。这到底是谁的乐曲？"

男爵乘此机会，就郑重地对王说："这就是曾经受过陛下的宠遇的当代第一大音乐家亨代尔的乐曲。亨代尔受吾王恩命，而背负了归哈诺罢的约束，自知有罪，未曾得参见的光荣。欲际此盛会祝陛下万岁，故将自作圣寿万岁曲，以奉献于陛。愿陛下予以特典，宥其既往之罪，仍许其奉仕左右，不胜光荣。"

这是男爵预先嘱亨代尔作这乐曲，而特于这一天来河上演奏的。英王欢然地笑道："原来这是亨代尔的音乐！宥许他，回宫时可就带他来见！"还宫之后，就召见亨代尔，对他说："我从前在哈诺罢放走了你，甚为可惜；今在英吉利复得，比在哈诺罢得到更为可喜！"

此后亨代尔的受宠更深，旋为王女的师傅，俸给倍于旧约，就得着非常荣华的生活了。

第十回　家庭音乐教育上的注意

末了我有一番要告诉做母亲者的话,就是关于诸君的家庭中的儿童们的音乐教育上的事。现在把各种问题逐次说述在下面。

第一要说的,是仅视音乐为娱乐品、慰安物的问题,这是儿童教育上的重大问题。即音乐决不是娱乐,与教育的不是娱乐同样。

自来多数的人,单把音乐当作一种娱乐,而在这见解之下对付音乐。娱乐两字倘是极广义的解释,原不算错;但一般的所谓娱乐是当作"闲暇时候的欢娱"解释的,这就大谬了。

音乐的教育的价值,历史地考察起来,远古的希腊时代,有柏拉图与亚理斯多德等伟大的哲学者,及苏格拉底等圣人贤人出世,其原因之一,便是因为希腊人对于音乐艺术开着心眼,心的声变成了音乐而流出,故其艺术直接与人格有交涉,而向视音乐为尊贵之物的原故。在他们的心念中,研究良好的音乐的人,便是崇高的人格的所有者;弄坏的音乐的人,便是卑鄙的人。有名的哲学者亚理斯多德所说的政治学中,关于音乐也有不少的论证,试读其书,就可晓得他们在教育上何等重视音乐。

又在希腊历史上,有有名的地方叫做推畔(Thebe)市。其人民有留名后世的高尚的人格。筑成他们的人格的基础的,是住在这市中的一个音乐者品特(Pinder,B. C. 522—B. C. 443)。这人苦心于用音乐来作成希腊人的人格。他自己也是非凡的人格者,为国人所尊重。那时候在南方有很强的斯巴达国，其国王是非常强悍的人，屡屡来攻击这推畔市，曾经要把这市烧焚，但下命令，勿许烧这品特之家。因为这人是用音乐作成希腊人的人格的人，烧了他的家，便是不尊重艺术，不尊重艺术，便是不尊重人格，就失了王者的资格了。于是他出兵保卫品特家的周围，只有这地方不准火延烧。故尊重他的音乐的功绩，竟至敌人都要保护他的家。

后来北方有名的亚历山大王来攻这推畔市的时候，也在品特的家门前立一面大旗，上书"一切兵士不得入此家掠夺"字样，特别保护他。从此看来，可知希腊人何等尊重人格教育，又何等尊重与人格有密切关系的音乐艺术。

希腊灭亡后，文明移入罗马，就建设了广大的罗马帝国。但这班罗马人起初对于艺术没有理解。其视音乐亦仅为慰乐而已。

后来到了这罗马帝国衰微的时候，基督教大盛起来，就有罗马法王格莱各利一世(Oregory I)的伟人出世，大为扩充这基督教，苦心于拯救堕落了的罗马人。自此以后，这罗马教会非常得势于欧洲。到了今日，差不多全欧洲的人心被这基督教所支配了。这完全出于这格莱各利一世的伟力。

格莱各利一世的广播基督教于欧洲，完全利用音乐及别的艺术为手段。这格莱各利所始倡的音乐，名曰 Gregorian chant。但在一方面，因为罗马人对于这尊贵的艺术的心眼不开，结果僧侣们仅注重技术上的研究，故其音乐愈进于复杂艰难，使普通一般的人不能研究享乐，而变成了过于专门的技术，实在是一大憾事。

这样过了千年，即距今约四百年前，便到了文艺复兴时代。在这时候，人们对于艺术的真的理解的眼开了。过了约百年之后，就有有名的罢哈出世;又经二百年,再产出千古不灭的乐圣裴德芬的大伟人,近世音乐的光就灿然地发挥了。但进一步考察起来,对于学校及家庭间的孩子们的音乐教育的方法,依然是千数百年前的罗马时代的旧态,实在是遗憾。

在最重大的儿童的音乐教育中,不用从孩子自己产出的唱歌,而用与儿童全无关系的职业的音乐者的技巧的音乐来教孩子们;小学校的唱歌也只令模仿先生,能模仿得完全毕肖的,就算优良成绩——这与教鹦鹉学人语有何分别呢?

然到了近来,对于这一点很有觉醒,实在是可喜的事。从孩子的真心中涌出的音乐,即与孩子的人格交涉最深的、尊贵的艺术的音乐。如何作法,有两个要点:

(一)有教育的价值的音乐,必须是立脚于现代文明上的,即器乐的。

(二)家庭中的唱歌,目的不在游戏,须一刻不离作成适应今日的文明的人格的基本的观念。

这两个立脚点,是不可忘却的。

所谓从孩子心中产出的音乐,即以全体的感情与孩子的心情十分合致的一点为第一主眼。其歌词的文句,孩子们即不能一一了解,亦属不妨。唯把音乐的歌词作成修身讲话或说经等全然道德的言语,我认为是过于狭义的见解。用不道德的言语作歌词,而教孩子们唱,当然是不可。然仅用劝善惩恶的文句,对于孩子倒不一定能奏最上的效果。只要在形式上,其全体的感情能接触清净无垢的孩子的心,就已充分了。

其次,在作曲上,也不一定要是孩子们自己作出的。孩子没有分析的头脑,对于将来是无方针的,故倘然全任凭孩子而无大人的指导,必至于与未开化人的原始的音乐没有差别。有人说:"自然地放任孩子,久长之后总能发达。"这是对于今日的文明大相矛盾的、无理的空谈而已。

　　要开发儿童的对于音乐的心眼,用甚么方法来诱导为佳呢? 以利用蓄音器为最有力。

　　最初要选购一具能发近于完全的音乐的蓄音器。教幼儿听的时候,选女声唱歌比男声为优,因为男声多不纯粹而混浊,不易使幼儿的耳明了听出。最初使听美丽的女声唱歌,凡数次,以下使和合蓄音机而低唱。

　　又所选定的音乐的性质也要讲究。最初宜选拍子有趣味者,其次宜选旋律之美者。到了学龄儿童的程度,则以旋律为标准。然后可以渐渐注重于音乐的了解。

　　音乐鉴赏上用蓄音器,其利益有数种,即:

　　(一)轻便而容易办到(对于用实际的乐器而言)。

　　(二)费用简省。

　　(三)大管弦乐及大合唱等大组织的演奏,又已故的名家的演奏,也都容易听到。

　　(四)父母或先生亲自演奏,以指道儿童,往往仅注意于演奏方面,不能深加注意于儿童的表情及唱法上。用蓄音机则可无此憾。

　　故今后的家庭、学校,倘非善于利用蓄音器,恐不能举音乐教育的完全的效果。

　　自生后一月至满一年间的,即所谓摇篮时代的幼儿的音乐教育,是作出音乐的基础的乐音的美妙味来给他听。即不使近杂音而使之惯听具有正确的调子的乐音。原来音乐,不是像绘画一样地以从自然受得的常识的感觉为基础的,而是用音响发表纯粹从人心中抽象地发出的想像的。故音乐中所需要的音,是抽象的乐音,决不以从自然发生的常识的杂音为根基,故音乐教育,必须从这种特殊的抽象的乐音的感受性开始。

　　要正当地造成其对于这抽象的乐音的理解,必须于幼儿的头脑的细胞未曾完全发达的期间先使惯听音色精练的正确的调子的音。极清澄的调子的单纯的音,是适切的。例如怀娥铃的音最为适当。

　　到了幼稚园时代的稍前,摇篮歌一类的性质的歌就必要了。近来的幼儿,尤其是长育于都会的,每天只在电车的、汽车的及其他种种不快的杂音中,永不听见美丽的摇篮歌一类的声音而长育起来的,不但是可怜,恐其心必然粗暴,为将来养成可怕的人类的基础。

　　所谓摇篮歌,不是随便唱唱的。尤其是童谣中过于柔弱的颓废的东西,是不行的。须尽拣雄大的、进取的。倘能选修芒(Schumann,德国近世音乐家)的“梦想”(taeumerai)、勃拉姆斯(Brahms,德国现代音乐家)的 berceuse(一种乐曲形式名称)及其他多数的小夜曲(serenade)风的有器乐的基础的乐曲,在蓄音器上奏给他们听,实在可说是理想的办法。

　　对于幼稚园时代的儿童,音乐的基础教育是必要的,拍子也要注重,且其动作与音乐的结合也极为必要。即对于四岁的孩子,听音乐时,可使之任意跳舞。跳舞一事,是自然而来的感情的发露,是极可尊贵的。在 menuet 与 tarantela(两种舞曲名称)的前面,儿童会不由自主地跳舞起来。

　　在幼稚园中,集合多数的儿童,使听有趣的音乐,同时使各合了音乐而自由跳舞,而选择其中的最良的跳舞来作为标准,也是很有趣的事。在幼稚园时代的儿童,听音乐的时候必使身体与音乐一同运动。故集多数人一同跳舞而听音乐最为适宜。

　　这样地多数人一同听音乐,合了音乐而各自随意运动其身体的时候,自然会作出一种跳舞来,这就是所谓“民踊”。民踊一事,于人格教育上有很大的效力。故最近在美国的小学校与女学校中,曾添设各国“民踊"的一种教课。据研究的结果,对于幼儿,这种跳舞的教育的价值比纯音乐高得多。

到了小学校一年级生的时候,可使听描写的音乐,例如《林中的锻冶屋》《时辰钟店》《黑林中的狩猎》(三者皆模写客观物象的乐曲,详细说明见拙著《音乐的常识》第二〇四页,亚东图书馆出版。——译者注)一类的乐曲皆是。因为这可使感得近代音乐所包含的内容。

到了小学校三年级生的时代,渐能分析地吟味音乐了,故此后给听音乐的时候,可使以手按拍子,或打太鼓,或舞指挥棒,最为合宜。

要使知道音乐所有的基本的性质与表情等,有时可携带手提蓄音器,到郊外旅行,使在春野的河流的岸边听裴德芬的《田园交响乐》(Pastoral Symphony,详见《音乐的常识》)或洛西尼的歌剧《威廉·推尔》(*William Tell*,详见《音乐的常识》)。

又如晨起的时候,使听朝的音乐;夜寝的时候,使听夜曲;听了勇壮的故事之后,使听"军队进行曲"(military march)一类的乐曲;愉快笑乐的时候,使听舞曲类的音乐。使儿童听适合于其感情的状态的音乐,所得音乐教育上的效果,实在是不可胜计的。

所以儿童的房间里,务须置备一具蓄音器,使之早晨与活泼的音乐一同起身,晚间与沉静的音乐一同睡眠。

又时时使听非常沉静的良好的音乐,以代凝思,使儿童的心安定,也很必要的。这不但儿童,在大人也是必要的,希望要用明晰的头脑来从事职务的人们,大家应用这方法。

生活与音乐

［日］田边尚雄 著

丰子恺 译

译者序言

我前年在书中读到某音乐者的格言："凡艺术是技术(technique)；但仅乎技术，不是艺术。"曾经把这两句书成一个小小的条幅，挂在壁上，到现在还依然存在。且在谈起或想起关于艺术的问题的时候，心中常常浮出这格言，觉得这道理对于一切艺术都可实证。美术学校的课程表上每天是实技，然而熟达画技的外国漆匠不是画家；音乐会完全是技巧的表现，然而三弦拉戏的人不能说是音乐大家。其他一切艺术，都逃不出这规范。我现在译完了田边尚雄先生的《生活与音乐》，临到握笔写几句序言的时候，心中又立刻浮出这格言，就拿它做话题。

凡艺术是技术。则音乐似乎只事练习实技，用不到理论的知识。那么这册《生活与音乐》也是多事了。"但仅乎技术，不是艺术。"故可知技术必须再添加一种某物，方能成为艺术。这某物是什么？说来很长，不便简单答复。倘勉强要答复，就说"生活"罢。

这册书不是"技术"，也不是能使技术成为艺术的那种添加物。这只是一个指示路径的人。你们要游"音乐"的公园，全靠自己拔起脚来走，仅听曾游者的描摸、指点，决不能达到目的。然倘全不预询途径，而一味盲从，或恐走错了路，不入公园而误入了公园隔壁的荒塚，自己以为到了公园了，也是难免的事。在这意义上，这书可说是音乐公园游览指南。换言之，这册书也可说是上述那句格言的音乐方面的解释。

　　这书虽名为译本，然而译者的目的，无非要借日本人的指示方法来指示中国人，故凡与这目的无关的部分（例如关于日本特有情形，或者为日本读者而说的话，为我们所不必听者），均由译者酌量删节，或改易，或附注（其改易及附注之部分，书中均有注明）。这不是田边先生的文艺作品或诗集，想来不致有什么妨害。惟既名为译本，则非对原著者及读者声明不可，故特记之。又第一章上半部，前年曾节译，而借用在拙著《音乐入门》（开明书店出版）的卷首。然那时仅节取大要，并未照译。此次是重新从原文译出的。

　　此书之读者，倘全然未具关于音乐的知识，可参读拙译《音乐的听法》（开明书店出版）及拙著《音乐入门》。倘对于此书中关于音乐的术语有所不解，可检查拙著《音乐的常识》（上海五马路亚东图书馆出版）后面索引。复有欲窥本书后面译者所改易的曲例的全貌者，可参看《中文名歌五十曲》（开明版）。倘因读此而发心练习洋琴者，可购备《洋琴弹奏法》（开明版）。这等书都是我所译著的，本不敢自荐；但关于音乐的一般知识的书籍，在现在的中国出版界中似乎尚少得很，只得先把这几册介绍于读者，暂供参考之用。

一九二九年元旦后三日，译者记于江湾缘缘堂

目　次

第一章　生活与音乐

一　音乐在无论何种生活的人都必要

人类感情的直接的发表,是音乐与舞蹈。这两者在言语发生以前早已存在。试看婴儿就可明白:婴儿会说话,至少须在二岁以后;而在生后一年以内(早发育的只要半年)已经会发出一种声音来歌唱,或举起手足来舞蹈了。要会言语,须把思想装入言语的形式中,必需要理性,决不能仅用感情发表言语。而这样作成的言语,又只通用于一部落或一地方。这部落的势力扩大起来,其言语的效果原也可以扩大;然而这总不过是一地方的规约而已。倘要推广为世界共通的言语,必更多加理性的分子,而感情的直接发表更受拘束。

又如描画,必以自然的观察与模仿为有力的动机。小儿要能描画,非生后经过数年不可。

今日各种进步的艺术中,要区别其何者为高等,何者为下等,决不可能。无论文学、美术、音乐、舞蹈,都是人类的全文明凝结而成的。无论何种艺术,例如音乐之中,有高等的,也有下等的。发育的程度不同,当然有高下之别。但倘拿高等的音乐来同高等的美术相比较,则因为性质不同,全然不能下判断,只能说两者都很好而已。所以要拿各种艺术来作分量的比较,是不可能的事。我们只能断定,在一切艺术中,音乐与舞蹈最能不受拘束而直接地发表感情。

音乐与舞蹈二者,在性质上比较起来,有一要点可以注意,即舞蹈是从人的身体的全部或一部的运动而成的,故不能离开肉体而直接发表感情。音乐虽然也是由声带的振动而起的,声带的紧张原也是随意筋的运动,但振动本身全是自然运动。由这振动而起的声音,比较起全由随意筋运动而起的舞蹈来,肉体的要素少。况且音乐又能全然脱离肉体而移于乐器上。故音乐能使人类的感情,脱离肉体而抽象地表现。(唱歌——即声带振动——与奏乐器,并非根本的不同。只是发音体在身体外部或内部的差别而已。)次再研究,舞蹈可否脱离肉体而抽象? 例如把舞蹈的肉体运动起所的时间的要素抽象出来,使变成拍子,这拍子就归入于音乐中。即舞蹈一脱离肉体,就化成别的艺术。所以我们可给音乐以这样的一个定义:"音乐是最直接且抽象地发表人类感情的唯一的艺术。"

但还要从这结论进一步考究:如后文所说,今日的音乐,因了人类的智情意的活动,而广大无边地发展着。如前所述,音乐本来是最少受拘束的抽象的艺术,原可以适应了智情意的变转无极的状态而自由发展。但征诸历史,别的艺术在二千年间所成就的发展,尚不及音乐在一世纪间的变化。故可知近代音乐的发展,实可与近代科学上的发现相比肩。这毕竟是由于这艺术的本性是最直接最抽象的精神生活的发表的原故。所以我们可以更进一步,补足音乐的定义如下:"音乐是最直接且抽象地发表人类全人格的唯一的艺术。"

由此可知音乐的效果的伟大。音乐是最直接最不受拘束地发表全人格的艺术,反转来说,音乐是能最直接最不受拘束地影响于全人格的艺术。热力学上的法则,凡能放射多量的热的物体,遇到热也能多量地吸收。音乐也是这样。这原则可说是宇宙的大原理。

直接有效果于人格修养的,约有三端,即道德、宗教、艺术。其中道德是因大人格者的感化而达目的;宗教是由对于神的信仰而实现的;艺术则是直接接触感情而实行的。但像今日,文明人的思想混乱而濒于危险,对于无论何事都要求改造的时势,道德的力与宗教的力已薄弱得极。当春秋乱世,大人格者孔子想出来统一时人的思想,曾费尽毕生的心力,然而终不能挽救时代的颓势。大概道德在治世中效果是大的,但在乱世就无用。像今日,文明偏于一方面而失却均衡,思想陷于极大的混乱期的时候,道德的力更加微弱。在这种时候,道德不如宗教为有效。但如东西洋历史所示,今日的文明偏于理性,倾于怀疑之际,除非有能适应这状态的全新宗教出世。旧的宗教的力已不足以救济今日的人心的不安了。能救济的,只有艺术。而像上文所述的能直接地自由地接触人格的"音乐",则可断定其效力为最大。

修身不是智识的教育,而是意志与感情的教育。不是议论,是实行。然怎样可以实行完全的修身教育?其模范就是释迦、基督、孔子所曾行的办法。常常接近大人格者,当然也有效果。修身的先生能代替孔子、基督、释迦,修身就有效果。不然,修身的效果就不显扬。但这样的大人格者,在今日很难得。那么,人格教育在今日是不能实行了的么?倒也不然。用高大的音乐的力,就可以实行人格教育。稀世的乐圣裴德芬(Beethoven)所及于世界人心的人格的效果,我想至少可以匹敌孔子的事业。罗马法王格雷各理一世(Gregory I)倘不作出那幽远的旧教音乐,我想基督教终不能这样地得势于欧洲罢。常常接触伟大的音乐,与常常接近大人格者一样。虽欲不受其感化,亦不可能。从小学校以至大学,修身一科实在可以省略；但音乐一科却不能没有。倘除去了音乐，无论怎样苦心于教育，其效果决不能显扬。(但所谓音乐，并非像现今普通教育的音乐科的唱歌而已。唱歌实在是音乐教养的一小事。真的音乐教养，必须接近高尚伟大的音乐。)

　　如前所述，音乐是最直接且自由地发表感情的艺术，能最直接且自由地左右我们的人格。故可知音乐一方面能够使人格高尚，同时他方面又有诱惑我们而使我们堕落的绝大的力。世间因接近游荡音乐而误终身者，不知凡几！故区别音乐的良否，是很要紧的事。譬如仁丹、清心丹等平常的药，没有什么大效果，同时误用了也没有什么大害处。但剧烈的药，用得适当，有伟大的效果，同时误用了也有很大的危害。音乐正是精神上的剧药。如何处用这剧药，非借头脑极明晰的医师之力不可。(关于此事在次节当再说述。)

　　在日本平安朝，音乐受上流社会的尊重，为上流社会的普通教育，为人格修养的手段。公卿的品格，大都由音乐造成。又平安朝的音乐的性质，极适宜于涵养协同及互励的精神。故当时热心于音乐的人们，其人格都比别人为高尚。又如足利时代的谣曲，到了江户时代而形式整顿，成为武家的式乐，因此养成武士的高尚的品格。最近有一段很可注意的故事：近来交通外洋的大汽船中，每一船雇请五位专门的音乐师，请他们为一等船客奏音乐，以慰他们的精神。西洋人中之高尚者，大都以为平素倘不摄取高尚的音乐，精神便缺乏营养，与每日不饮食就缺乏身体的营养同样，即视音乐为精神的食物。但最近有一大汽船停泊于美国的圣弗朗西斯可的时候，船中一乐师私带鸦片，为美国警察所查出。这警察问讯带鸦片的人的职业，知是船中乐师的时候，大为惊奇，说："日本研究音乐的人也会犯罪的？"在西洋，原也有下等的弄音乐的人；但大汽船中的一等舱里的音乐师，决不致有这等卑劣的行为。美国人对于这事一定这样想："日本人是为什么而研究音乐的？他们一定是不能理解高尚的音乐的罢？他们不能理解音乐的精神，可知他们到底不是在精神上能与我们为伍的人种。"这样看来，美国的排日，是应该的事。人种差别撤废的不实行，也是应该的事。高尚的音乐不能普及，哪有要求撤废人种的差别的资格？怎样抗议排日？听了美国人这一句话，日本人不得不汗颜呢！

近又从大阪军乐队长听到一段话：日本出兵西伯利亚的时候，军乐队也一同出发。在西伯利亚，日本军乐队所做的事业，除安慰军队以外还有非常的成绩，乐长颇以此自慢。问他还有什么成绩，据说此次俄罗斯过激派的降服，军乐队的力实在比战争的力居多。他有这样的一段话：

　　西伯利亚草市中过激派很多，日本军队记录出这市中的过激派的人们的姓名，又加以警戒：凡不向日本军立誓的，认为反抗者。这市中有力的人们，很不愿意立誓。于是日本的师团长召集过激派的人们，向他们演说，说明日本并非欲侵略西伯利亚，乃为欲保住秩序而兴师。但他们对于师团长的演说，置若罔闻。后来日本的军乐队开始演奏了。他们问日本乐队也能奏俄罗斯音乐否。日本乐队就选几种高尚的俄罗斯音乐来演奏。他们非常惊奇，对日本人这样说："这一次日俄战争，我们都以为我们所负日本的是军事上的问题，关于军事，我们固须师事日本；但高尚的精神上的教育，尤其是音乐，日本非师事我们俄罗斯不可。不料今日能从日本人的演奏中听见这样高尚

的音乐,方知关于精神上的文明,俄罗斯也要师事日本了。我
们到底不能与日本对敌。"市中有力的人们大家相与归顺日本。

音乐于世界文明上有这样伟大的力,实在是一般人所料想不到的。
现今多数的青年,都在弄卑野的唱歌,其音乐趣味的堕落,全是不给以适
当的音乐教育的原故。

将来的世界,一定是以精神的文化为基础的世界。精神的文化最进
步的,方是真的强国,这精神的文化的中心,正是高尚的艺术。高尚的艺
术的精髓,便是音乐。即有最进步的优秀的音乐的国家,必为将来最大
的强国而在世界上逞势力。换言之,"音乐的进步与否,实在是有关于国
家兴亡的问题"。希望欲享受这新时代的文化生活的进步的君子淑女
们,对于这问题大家留意考虑一下!

二　甚样的音乐适于将来的家庭?

音乐为风教上最重要之事,自昔为东西识者所共认。孔子早已称赞
礼乐,定音乐为士君子所必修之业。古代希腊哲学者(例如柏拉图、亚理
士多德)也盛唱此论。今日欧美诸国,也认没有音乐修养的人为没有受
高等教育的资格。但在我国(日本)向来比较冷淡。今日也渐有人注意,
对于音乐不仅视为娱乐品,而承认高尚的音乐为品性修养上的要物了。
然而他方面还有一班人视音乐为游艺,以为青年学生将不免因耽好音乐
而荒废学业。且实际上原也有这倾向,欢喜音乐的青年,学业成绩大都
不良,数学、物理等尤多荒废。不但如此,偏好音乐的学生大都柔弱、颓
唐,而缺乏雄大的气象。但倘据此而直指音乐为贻误青年的恶物,犹之

食了毒草而致病的人教人勿食一切植物。郑卫之音也是音乐，韶武也是音乐。市井间的小调也是音乐，裴德芬的《第九交响乐》也是音乐。音乐原是人类感情的流露，当然有高尚的，也有下等的。不能区别音乐的高尚与下等的人，没有教育家的资格！

然则甚样的音乐是高尚的，甚样的音乐是卑野的呢？关于这问题，容在后面详说。又读完了本书，这问题自然会解决。现在我要先来讨论一下，甚样的性质的音乐最有伟大的效果。这问须从各方面下观察。不能从单一方面的议论而解决。现在我拟先就最直接的实际问题，即音乐的形式与内容说一说。

无论何种艺术，必具备组成这艺术的"形式"及所欲发表的思想的"内容"的两方面。这两方面在音乐上极为明了。形式比内容更加注重的，称为"形式音乐"；反之，内容比形式更加注重的，称为"内容音乐"。例如裴德芬的《第五交响乐》（又名《田园交响乐》）其内容只是一种漠然的感情的表现。但形式非常伟大，这种感情亦得通过了这形式而使人感知。这就是优秀的形式音乐的一例。反之，例如修裴尔德（Schubert）的歌曲，不仅从抽象的声音的升降上鉴赏，而又吟味其文句中所叙的人情，便是内容音乐的极例。

无论何种音乐，必有一种感情的发表为其内容。何以故？因为音乐本来是以感情的发表为目的的。所以我以后拟把内容一语的意思收缩狭小一点，仅当作"意义"的意思。例如前述的修裴尔德的歌曲中的文句中所咏的人情，特称之为内容。即凡歌曲、剧乐，都是有文句的，即注重内容的；交响乐及普通弹琴用的器乐曲没有文句，即注重形式的。

有最要注意的一事：音乐的真的效果，不在于内容而在于形式。内容的效果很微弱又狭小。反之，形式的效果实在广大无边。如前面所说,由文句的内容而表现音乐的时候,换言之,即音乐随伴文学而表现的时候,音乐的效果的范围就非常狭小,不能普遍广泛地支配各人及各时代了。百年以前很有价值的歌词,在今日未必值得赏赞。例如表现忠臣、孝子、节妇的剧乐,在古昔的时代当然有道德的效果,颇能感动当时的人;但在现代人仅视为一种旧梦,更不会对他发生切身的关系与感动了。即现代人对于这种道德剧只能客观地观看,不复当作主观的问题了。如果有奉行着这种生活的人,其人必是现代所不容的落伍者了。故可知文章的内容所及于人的感化,限于非常狭小的范围内的时代及阶级。音乐的伟大的效果,决不在于其文学的内容。

　　然则全然脱离文字而仅用音的组织来表示意义的,是甚样的音乐呢?最卑近的办法,即所谓模写音乐,就是把鸟的鸣声、马的足音,或其他一切自然音,用音乐来表出,使极近似于真的自然音,在一题目之下作成一乐曲。其复杂者,也能作成意味很深的乐曲。然而这等模写音乐都不能使我们发生伟大的感动。何以故?因为这等音乐止于巧妙模仿自然的音,全没有表现出人类对于艺术的理想。换言之,这不过是用音来拟造我们的实际生活的一部而已,与我们的感情的艺术的表现完全不同。如欲作艺术的表现,必须用特殊的形式。不仅是鸟的鸣声、马的足音,而欲使之与美的感情相结合而成为艺术,必须用特殊的音的配合,由这配合(即形式)本身而起的效果,方有伟大的活动,盛行于十九世纪而更加扩张其范围于今日的所谓"标题乐"(program music),即不仅有自然音描写所生的效果,而又有从一种特独的形式上发生的大的效果。

　　如上所述,可知音乐的伟大的活动,决不在于其内容的意义,而在于其艺术的形式。然音乐的形式有何等的效果,却很难言。音乐靠文学的内容而发生的效果,犹之给病人以药饵,以疗其病;反之,用音乐的形式来涵养高尚的品性,犹之平素住在空气新鲜的地方,自然养成健康的身体。例如有人多食了不消化物,觉得腹痛,饮了一杯胃散,一时治愈了腹痛,然要预先养成健康的身体,这胃散的力就不中用。即使能致健康,也是胃散的间接的效果。反之,平素呼吸清洁的空气,作适度的运动,就真能造成健康的身体。要造成强壮的身体,打针,服药,都无用,又平素生活于不良的空气中,难得一两次呼吸到新鲜的空气,也不能得甚么效果。由音乐的形式而涵养优秀的人格,恰与平素常住在新鲜的空气中同样。难得一两次听到良好的音乐,不能立刻作成优良的人格。倘非平素生活在这种良好的音乐中,而自然而然地受它的感化,决不能由音乐养成伟大的人格。

形式音乐能造成优良的人格。西洋的室内乐(或室乐,chamber music)便是一例。所谓室乐,就是数种乐器各自尊重各自的人格,而又互相融合调和的一种合奏法。日本的所谓雅乐,也是这样组织的。这种合奏法实为最优秀的形式音乐,于优良的人格的造成上极有效果。管弦乐(orchestra)便不是这种办法。管弦乐合奏,是组合多数乐器,而由指挥者一人的意志统一全体。换言之,是由一人的人格而演奏,合奏者各个人的人格全然被打消的。这种办法,为作成伟大的组织的乐曲,很有利益;但为养成家庭各员的人格,则室乐的效果更大。因此可以养成互相尊重人格而又一致和合的精神,同时连带责任的感情也很深。由指挥者一人统一全体而演奏,则责任归于指挥者一人之身,名誉亦为指挥者一人所独占。日本的雅乐中,即使打羯鼓的人,也掌握着全体的合奏的拍子的大权,并非仅仅按拍而已。其他笙、篳篥、笛,各自尊重自己的人格,合奏上并不加以甚么制限。例如对于笙的奏技上,指挥者的意志并不加以掣肘。而笙的奏者可完全自发地用自信的奏法来对别的一切乐器作成调和。家庭中平日能常奏这种音乐,能在不知不识之间自然地养成一致团结的精神。所以日本平安朝音乐所涵养的平家,到最后的了局还是全家一致团结的。又如日本江户时代的武家,也是由谣曲修养武家的品性的证例。

如上所述,可知音乐所以能有益于我们的高尚的修养者,主由于其精练的形式。我们如何可以接近这种精练的形式音乐? 请读下节。

三 如何可得接近高尚的形式音乐?

我们对于音乐,只要能自己唱奏,或听他人唱奏,而深感兴味,就满足欲望。我们并不想作别种研究,或从这研究上引出某种理性的结论。我们只希望感受而已。所以从前有一班人说,"习技艺不要理论"。甚至说,"讲究理论,技艺就退步"。在今日也还有相信这话的人。现在就把这问题讨究一下。

懂得音乐的理论,是否对于音乐的感受上有害的? 或害虽然没有而是无用的? 实际上从来的艺人社会中有名的人,并不都是深通音乐理论的人。虽不研究音律而歌唱得很好的人也很多。不懂和声学作曲法的理而戏唱得很动人的也很多。所以"讲究理论,技艺就退步"的一句话,从来很多实验。

然而退一步想,一般的优伶与乐司的艺术,都是不出乎常识以上的。这等不过能使全不受高等教育的市人村夫感佩而已。倘再加以特种的理论,则旧乐的组织上必可发生很大的变更。这变更,在旧式技艺家看来,完全是他们自己的艺术的破坏。所以他们说"技艺就退步",一半是他们自己的旧技艺的将被破坏的意思。倘只要保住自己的基础,则不但在常识以上更不需甚么理论,理论的研究反有破坏这基础的危险了。故"讲究理论,技艺就退步"一语,只在旧时的常识的音乐上有重大的意义,但与今日的文明全不相容。况如前节所述,对于今日受教育的人们的人格上有多大的效果的、高尚的形式音乐,更与这等旧话不相干系了。其理由,请看下列项即可明白。

第一,人类精神的活动,是由理性与感情相结合而起的。这两者相并,方能作成圆满的人格。倘只有一方面显著发达而他方面迟滞不进,终不能有多大的效果。

第二,音乐的形式,不是仅由感情作成,又必要求理性。例如音乐形式之一要素的拍子,本来从人类的感情而起,因为人类本能地欢喜均齐的拍子;但把这等拍子整理为二拍子、三拍子、四拍子、六拍子,是理性的要求。必须经过这样整理,方才可有艺术的伟大的效果。原始的拍子,不能使进步的文明人得到多大的满足。旋律也是同样:音的升降原来是感情的要求,但倘不整理之使成为音阶,不能成为文明人的艺术。这音阶愈经过理性的整理,其效果愈加增大。

所以进步的形式音乐,必常常伴着理性,我们倘欲接近它而从它收得多大的效果,必须有相当的理性的准备。倘没有这理性的准备,终不能接近高尚的形式音乐而蒙其恩泽。

例如日本平安朝音乐,对于人格上很有伟大的效果。又在纯艺术上也是日本音乐中最高等者。比较今日的进步的西洋音乐中的特别优秀者,原是差一点,但分析地看来,却也有优秀的要素,故可说平安朝音乐也是可与西洋音乐相比肩的一种伟大的音乐。听者倘全无素养,听了平安朝音乐不但不能感到兴味而已,竟有反而感到不快的人。但倘一旦理解了其组织,听了就要惊叹了。所受到的感觉到底为江户时代的常识音乐所不及。唯不具此种理论的知识而只具常识的人,对于江户时代的音乐觉得好听得多。听说西洋一位有名的歌手曾到中国的北平,在音乐会中出席唱歌,中国人的听众大多喷饭。又欧罗巴著名的管弦乐团在阿剌伯开演奏会,阿剌伯人的听众散出会场后,在途中听到土人的喧噪的乐队,都说"这比欧洲人的音乐好听得多"。没有理性的准备,则无论何等伟大的艺术,在他全无价值了。倘得到了这准备,则可从伟大的艺术上得到何等深大的感化呢? 这犹之野蛮人不欢喜用枪而欢喜用自己的弓;但倘一旦学会了枪的用法,其所得效果比前如何,不言自知了。

要之,我们倘要接近进步的高尚的形式音乐,无论如何必须在某程度内兼备与今日的文明相并行的理论,今日的进步的音乐有甚样的理论,且听下项说明。

四　进步的音乐有何种理论?

前面也曾说过,音乐研究即使不兼习理论,也并非不能奏或不能听。原来音乐不是从理性的要求而起,而全是从感情的要求而起的。所以即使全无何等理性的要素,仅用感情也可行得。且实际上的例很多,试看未开化人的音乐即可明白。然人类渐渐趋向文明之后,其精神的活动中理性的要素就显著地发达起来。这理性的要求渐渐使思想沉重起来,终于全然离开这理性就不能行动,也不能满足,这样一来,音乐虽然本来是从感情的要求而起的艺术,但倘不在适应人类的文明程度的理性的要求之下整理过,到底不能成为可以充分慰藉自己的一种艺术。于是就有理性的方法——即把音乐依照理性的要求而整理的方法。这就是音乐理论之所由生。

例如音有强弱之别，把强音与弱音组成种种式样，即成为拍子。音的强弱，本来由于人的感情的升沉而起，这是人类感情的本来的要求，其间别无何等理性的要求，然人类的心理性地进步之后，对于强弱全无统一的任意的配合，就觉得不满足起来，就想造出一种统一的组织。最初造出的组织，便是二拍子。吾人的呼吸、脉搏、步行，都是二拍子的；所谓二拍子，就是强弱强弱……强—弱交互进行的方法，任感情而发达的拍子，本来决不这样简单，还要复杂得多。这实在不是复杂，而是无秩序。整理之使成为这样简单的二拍子，实因有理性的要求的帮助的原故。因为理性的要求，常在于组织的统一，而先从最简单的组织出发。

其次就有分析及组合等方法，由二拍子更进一步，成为四拍，即（●表示强音，○表示弱音）：

（二拍子）　　● ○ ●…………

（四拍子）　　●○○○●…………

可知四拍子是从二拍子分析而得的。拍子组合的问题在音乐上很可注意。例如由印度林色地方及西域地方传来的舞乐中，有名为"只拍子"的一种拍子，就是把前述的二拍子与四拍子交互结合而作成的拍子。这里可以分明窥见一种理性的要求。

对于这样造成的二拍子及四拍子的单纯组织不能得到充分的满足的时候，理性的要求就又打破这组织而造出属于次阶级的新的组织。这新组织根基于旧组织的破坏。例如四拍是旧组织中极自然的拍子，在出于理性的要求的这四拍子中，感情很是整顿，经过了第四拍的弱音的拍了，即预想次小节的强音的拍子的来到。但现在倘破坏这预想，在第三拍之次省略了第四拍，而直接移到次小节的第一拍的强音，就因了这预想的破坏而感情发生一种新的搅乱。这是惹起从来的旧组织所不能致的新感情的,即造出了一个别种式样的新组织,于是就有所谓"三拍子"。即:

　　　　(四拍子)● ○ ○ ○ ●…………
　　　　(三拍子)● 　○ 　○ ●…………

再把这新组织的三拍子分析起来或组合起来,又造出六拍子等。

　　以上所述只是关于拍子的简单的话。此外旋律也是同样,随了人类理性文明的进步,而音乐常受理性的整理,故有理性的音阶的出现,又作出和声法等乐理。所以今日的进步的音乐,欲作一曲,必受一切作曲法的规束。到了最近,欧洲人觉悟了这理性的束缚的过度,正在努力破坏从来的作曲法的定型。然而全然脱却了从来的形式,决计是不能作曲的。

　　要之,音乐是随了文明的进步,应了理性的要求而进行的。这犹之战争:太古的人,用石棒石刀,其次用金属的刀,进而改用弓与木枪,更进而变成火枪与大炮。在今日的战争中,弓矢已不能抵抗大炮;在今日的音乐上亦复如是,用惯石棒石刀的人倘要进而改用弓矢,非学习弓矢的特殊的技术(即理性的方法)不可,倘欲舍弓矢而用枪炮,则更须理性的修养了。

　　要由弓矢进于枪,由枪进于炮,所需要的不但是理性的知识的进步;欲制造枪炮,又必须借莫大的理性的文明的力。例如欲造大炮,必须研究铁的性质,其他铁的锻法,炮身的制造法,火药的研究,应知的事多得很。具备这等理性的知识,方能造出优良的大炮。而欲应用这大炮,又须有多大的理性的知识,倘没有这知识,犹之死人面前的丰盛的祭飨,全然不能享用。

　　文明的进步，就是理性的要素的进步。能使进步的文明人得到充分的满足的艺术，无论如何不能离去某程度内的进步的理性的要素。艺术既然必须与理性的要素相结合，则对于这理性的部分倘没有相当的知识的准备，当然不能完全享用这艺术。所以进步的音乐，必定在某程度内伴着理论，且这理论是必要不可缺的。

　　关于音乐的理论，如前所述，计有两种：其一，因为这艺术根基在一种理性的组织上，故必须懂得这理性的组织的内容，今总名之为"音乐方法论"；其二，这艺术能与文明的进步相伴而进行，故其基础须借别的理性文明的力来研究，常常供给充分进步的材料。这种学问可假定其总名为"音乐原理"。即前者是参谋本部的职务，后者是兵工厂中的技师或更在后方的学者的职务。

　　从来西洋音乐上的方法论，需要甚样程度的理性的准备？大概包含下列数种理论：

　　"音乐初步"（旧名乐典）——这是就音乐的组织而说述音乐研究的准备的学问。称为"音乐入门"，最为适当。

　　"和声学"——研究音乐中所用的音的高低的相互关系及其组合的方法的一种学问。

　　"旋律法"——以和声法为基础而研究旋律的造成的方法。

　　"伴奏法"——研究在一旋律上附加伴奏的方法。

　　"对声法"（又称对位法）——研究二个以上的旋律相互组合进行的方法，这在中世纪的西洋音乐上最为发达。

　　"卡浓法"——研究称为卡浓（canon 关于音乐上用语，可检查拙著《音乐的常识》后面索引。——译者注）的一种旋律的组合法（在本书后面第四章说明)。

"覆盖法"——研究称为覆盖(fugue)的一种特殊的作曲法(在本书后面第四章说明)。

"作曲法"——研究今日所用的作曲方法。

"乐式论"——论述种种乐曲的形式。

"声乐法"——研究人的声音所表现的音乐,即声乐的方法。

"器乐法"——研究乐器的性质、用法等。

"管弦乐法"——研究管弦乐合奏的组合法及用法等。

"指挥法"——研究合唱及管弦乐的指挥法。

以上都是以作曲或演奏为目的的理论。以欣赏为目的的知识,也有下列数种:

"音乐鉴赏法"——这是音乐美学的一部分,属于其应用方面。目的是使人对于音乐能得正当的解释与深刻的鉴赏。

"音乐史"——研究音乐发达的路径,阐明从来的大家与名曲的特殊的位置。必以文明史为背景。

此外还有种种,但普通的音乐方法论,止于上述。

其次,属于第二部类的音乐原理方法,有下列诸种学问:

"音响学"——客观地研究作音乐的材料的音响本身的性质的一种学问,属于物理学的一部分。物理学中所含有的音响学,范围非常广大,并不与音乐都有直接的关系,但关于音的振动的现象,都在研究范围之中。故就其中特别与音乐方面有关系的部分加以深究,特名之为"音乐的音响学"。但从来音乐的音响学一名称,仅用于极通俗的部门,即音乐者所应知的部分,名为音乐的音响学。其意义就是"音乐者用的音响学"(acoustics for musician)。故我现在所说的音乐的音响学,英名为"音乐的物理的基础"（physical basis of music）。

"音响心理学"——主观地研究作音乐的材料的音响的一种学问，属于心理学的一部分。音响心理学，对于与音乐没有关系的部分当然也是研究的。故仅研究其中特别与音乐有关系的部分的或可名之为"音乐心理学"；不过这名词一向没有一用过。

"音乐美学"——研究从音乐艺术而起的美的感情，又批判之。

"音乐哲学"——研究音乐艺术的本体。

音乐既有上述的许多种的理论，那么学音乐的人是否必须全部研究？并不尽然。第一，属于音乐原理方面的学问，如前所述，犹之为制造大炮而研究铁的质地，当然属于专门家的事业。不必知道铁的性质，也能发射大炮。即音乐原理都属于特殊的专门家的研究，不是音乐家的事业。在实际上，无论音响学、音响心理学或音乐美学，都是深远的研究。就是一人倾注全力去研究，恐怕尽其全生涯也不能穷尽。不但如此，近来文明愈加进步，学问愈加发达，一人专攻一种音响学也不够事；细别为几小部分，而分门研究起来，则仅乎物体的振动一事，也要费全生涯的研究；空气中的音波的进行，又要费全生涯的研究，无论如何非专门家以外的人所能充分研究的。但从一方面看来，今日的音乐方法论，无不应用这等原理研究的结果，无不根据这等原理研究的结果，然则欲充分理解音乐的方法论，只要略知此等原理研究的结果，极为便利，又是通晓音乐的捷径。要之，音乐者或鉴赏高尚的音乐的人，必须大体懂得这等音乐原理研究的结果的梗概。但当然只要梗概而止；自此以上的深刻的专门的研究，没有涉猎的必要，也不容易涉猎。

反之，第一类的音乐方法论，是今日的音乐者所必须充分通晓的。否则不能有研究今日的进步的音乐的资格。作曲也不能成腔，演奏不能完全。但前面所列举的许多方法论中,也有与今日的音乐无甚大关系的,旧式音乐的金科玉律,例如对声法、卡浓法、覆盖法等皆是。这等在今日的音乐者没有必须通晓的理由。过于束缚于这等旧式的规则,或反而有妨害于今日的进步的音乐的自由研究,也未可知。又最近欧洲音乐的倾向,已在打破从来的平均率和声法(即现今各处一般音乐者所学习的和声法),正想另辟新的路径,像法兰西的音乐家杜褒西(Debussy),便是采用这极新的方法的。脱去旧日的平均率和声法,正是今日及将来的音乐的愈趋进步的倾向。过于严格地拘泥于旧式的和声法,或许反而不能理解今日的进步的和声法,也未可知。但从他方面看来,今日的新的和声法其根柢仍置在旧有的和声法上。而正在努力打破旧和声法的弊害,故倘不在某限度内了解旧有的和声法,对于今日的新和声法也不能充分理解。这样说来,旧有的和声法仍有在某限度内修习的必要。不过这等音乐理论是某一文明时期的当时的人的理性的要求的一种组织,并不在是一切时期中都有绝对的价值。其效果不过是一则了解当时的音乐所必要,二则作次时代的音乐的基础而已。故学习此等理论的时候,务须明辨这等理论的根柢中的本体及其所蒙的时代的衣冠。衣冠各时代变更,身体常是同一的,研究音乐理论的人,必须在音乐理论中发现这不变的身体。这原不是容易达得的事。欲达得这一步,必须把前述的音乐原理研究一下。

　　以上大致是对音乐家说的话。至于一般家庭中的人,仅求欣赏音乐,自不必充分研究方法论的全部。且在实际上,专门家以外的人极不容易充分研究其全部。但如前所述,欲欣赏今日的进步的音乐,而能感到深的兴味,欣赏者的头脑中非有充分的理性的准备不可。没有此准备,无论如何不能理解今日的进步的音乐。需要甚样程度的理性的准备呢？第一须读综合一般音乐理论研究的大要的一种"入门"之类的书籍。但这所谓入门,比从来的音乐入门或乐典等范围较广,例如音乐原理的大要、和声法的大意、旋律法大意、作曲法大意、乐式论大意、声乐法、器乐法及管弦乐法大意等,均具大略的一种音乐入门,宜先阅读;此外前述的音乐欣赏法及音乐史的大要,也须一读。这一点倘不学得,决不能欣赏今日的进步的音乐。我本想在这里加叙此种必要的音乐理论及音乐史的大要,以供欲研习今日的进步的音乐的人们的便利;可惜为这书的篇幅所限,未能充分说明,实为憾事。读者倘欲增进此方面之知识,希望一读我的《从最近科学上研究音乐的原理》(内田老鹤圃发行)。该书卷末附记着许多参考书名,可便选阅。

五　在家庭中欣赏优秀的音乐

现在想先就今日极进步的蓄音器对于家庭的伟大的效果说一说,以结束这首章。

蓄音器是距今五十余年前(西历一八七七年)美国人爱迪生所发明的。当时的目的,与照相相同,即照相记录人的姿态及自然的风景,保留其形于后世,蓄音机则记录人间的声音,传之于后世或远方。但后来这爱迪生的蓄音器大加改良,十分进步。起初用手回转卷锡箔的圆管,后来不用锡箔而代以蜡管。又用发条代替手的回转,使常保住同样的速度,与时辰钟的发条同样。其后(爱迪生发明后十年)西历一八八七年又经别人改良这蜡管的旧式蓄音器,就变成像今日那样的平圆板的蓄音器,这装置的利益,是一次蓄入后,即可照其原盘而制造许多音谱盘,不但可以廉价发卖,又可以便于保存。因这改进,蓄音器就广行于世。

　　从来的蓄音原也有很多缺点。但这等缺点经过渐次的改良，到了最近，差不多已经完善。听了现在的完善的蓄音器，实在与听实际的肉声无甚差别。唯一的缺点，只是音谱盘连续演奏的时间太短（大盘五分钟，小盘只三四分钟），不能一气演奏长的乐曲，除此以外，差不多没有可批评的地方了。如前所述，器械进步起来，则使用器械时也必需相当的知识。倘全无知识而任意玩弄，则器械无论何等进步也不相干。器械越是进步，使用时越需要理性的准备。一般人对于这一点往往忽略，自己全无研究，像小儿弄玩具一般地使用器械，到了不合用或损坏了的时候，辄无端地埋怨商店货物的不良。所以于进步的蓄音机，只供商人当作广告之用，或游戏场中当作装饰之用。一般人似乎全然不曾发现今日的进步的蓄音器的伟大的效果。在叙述这事之前，先要就家庭的优秀的蓄音器的用法说一说。

　　蓄音器的最重要的部分，是其发条。外部的装饰无论何等精美，倘内部的发条粗恶，其器械就等于玩具。日本制的，颇多这类的粗劣的器械。即有价格昂贵的货物，也多花费在外形的装饰上。故每具价值二百元或三百元的蓄音器，倘其发条粗劣，仍不过是一种玩具。反之，外部的构造即使粗恶，只要发条良好，即是优等的物品。在这点上，西洋货颇多优良的物品。现今有最优秀的定评的，首推美国的爱迪生蓄音器。这牌子的器械有特殊的构造，其蓄音片（record）也与普通的蓄音机所用的不同，是上下振动而蓄入的。这蓄入法非常良好，发音机与肉声无异。但这种器械不能适用普通的蓄音片。其次，能适用普通的蓄音片的，为美国的勃郎史微克公司的器械及采尼的器械。这两牌子的制品，于器械的构造上都有特别的改良，故其发音颇为纯粹，带着同实际的肉声一样的软味，同时针的不快的摩擦声又极稀少。又最近美国新出的凡伦司蓄音器，是凡伦司坦所发明的。这种器械，用普通的微克托公司的蓄音片也能发出非常柔软而精练的音响。又勃郎史微克公司的蓄音片，发音也很纯粹，在现今世界上一切左右振动的蓄音片中最为精良。除上列数种优良的器械以外，其次还有美国的微克托公司及科伦比亚公司的制品，这两公司的制品性质比上列者稍劣，然而也有可取之处，即坚固而便于使用。蓄音片的制造，微克托比科伦比亚为良好。但论到蓄音片中所蓄入的音乐家的演奏技术，则微克托所收罗的最优秀。与这美国微克托公司有关系的，是英国的"His Master's Voice"公司，这公司也有非常良好的蓄音片出品。其所蓄入的乐曲的艺术的价值尤为高贵。但购用这种优良的器械的人倘不懂使用法，仍是无用的。第一要事，关发条的时候须用力平均，开到八分而止；又使用后须得把发条全部放宽。

更有一重要点，所用的针必须选择最优良者，倘贪便宜而购用廉价的针，结果必破损音谱盘；又无论优良的针，凡钢铁制的针，每针只用一次，用过一次后应即弃掉。用肉眼观察，用过一回的针固然无甚损失，似不妨再用第二次；但用显微镜观察起来，用过一次之后针尖早已磨损，故用第二次时，必然破损音谱盘，而美的声音也大变了。故在这点上看来，最良好的针是三角的竹制的针。这竹针每用过一次后可自己用器械削尖而再用，则每次可以完全迫近肉声。

这种最进步的最近的蓄音器，我们可利用之于种种方面。用之于家庭中，可以教养趣味，进而改善家庭生活。用之于学校中，可以完全收得最进步的教育的效果。用之于社会中，可以养成高尚的国民的品格，进而提高每日的工作的能率（efficiency）。今将其主要的效用简单说明于下。

家庭中能善用蓄音器，可以达到下列诸种目的：

第一，蓄音器可以养成高尚的趣味，这理由在前面也曾说起过。今日的文明人，在肉体劳动以外多少必有一点精神劳动，故除供给身体的营养分以外，精神的营养分也须供给。精神营养分中效果最多的，便是音乐。仅得饮食，不是人生的营养供给的全部，故又必摄取音乐以补足之。这在文明人尤为必要。最近美国诗人房迪克(Van Dyke)来日本东京帝国大学讲演，曾经有"当作食物的书籍"(books as food)的一句话。我也要援他的例来尽力主张"当作食物的音乐"(music as food)。要实行这主张，则家庭中使用优秀的蓄音器，是最上的良法。(但使用旧式的蓄音器，反而不好，犹之食腐败的食物。从来的蓄音器的多弊害，理由即在于此。)倘能使用优秀的蓄音器，每晚得在家庭中接近世界第一流音乐大家的演奏，其效果非常伟大。且蓄音器的使用，其时期与时间均可听家庭的情形或自己的职业的便利而自由酌定，无论何时何地，都可听便。真是再便利没有了的良法。我数月以来，规定每天吃两餐饭(据我的意思，我们不是完全筋肉劳动的人，像勤劳者地每日三餐，实属过多。若减为二餐，减少食物分量，而采取效果丰富的食物，则胃可多得休养的时间，其血液即可移补脑髓。但必要的营养分也不可缺，故每食必用奶油等多热量的食品)，即午餐及晚餐照常例；朝晨则废止物质的食事而在早餐的三十分时间中静静地从蓄音器听赏极高尚的音乐，以代替营养。我自己觉得效果很多。对于这目的，罢哈(Sebastian Bach)、裴德芬、商赏(Saint Saens)、晓邦(Chopin)等的近世音乐，中世加特力克宗教乐、犹太宗教乐等的音乐最为适宜，效果亦最多。

第二，家庭中为体育的目的利用蓄音器。因为这不仅由运动而来，乃从体育与趣味的一致而来，故体育的效果甚多。更有趣味的，是合了蓄音器的音乐而在家庭内与孩子们及家族人员一同舞蹈。晚餐后行之，

最为愉快欢乐。我的所谓家庭踊,就是为此目的而作的。(田边尚雄君
有关于家庭踊的著书。——译者注)自来东洋人缺乏"享乐生命"(to
enjoy life)的思想,而多于忧世的人生观。生活的"苦"与"忧"大不相同;无
论何等苦的人,也可充分享乐生命。倘不能享乐生命,决不能说是
efficiency。我的家庭踊,就是为此目的而作的。我普劝世人提倡家庭内
的舞踊。也许有人以舞踊为下贱之业而可耻;然而这是指旧时的优伶妓
女的舞踊,与我所谓家庭踊全然不同。我所谓家庭踊,是比西洋的 dance
更上品更优雅而经过体育的改良的一种日本式舞踊。家庭中行这种舞
蹈的时候,所困难的是伴奏乐器的问题。倘能利用蓄音器,就非常便利
而多效果。现在市上已有家庭踊专用的蓄音片发售。我家平日晚餐后
常集合家族人员(妻、两幼儿、一婢女)行此家庭踊约三十分钟,甚觉
愉快。

　　第三,家庭中利用蓄音器以练习音乐。为练习音乐之用的,另有特
制的练习用蓄音片。例如唱歌,难唱的地方特加说明及范唱,又附详细
的说明书。何者为错误的唱法,何者为正确唱法,一一蓄入蓄音片中。
用这等蓄音片而自己用功,无论在乡村中,无论自己所欢喜的甚么时候,
皆得自由地详细受世界第一流音乐大家的教授。这种良好的用功法,除
用蓄音器以外更无可他求了。现今最进步的蓄音器,其发音从音色以至
抑扬顿挫等细微点,与实际的肉声全无差异。又不但反复数回永不讨
嫌,且每回绝对同样地正确地反复。这一点是无论哪个大音乐家的内声
所办不到的。

　　第四,与前同一理由,又可用蓄音器在家庭内练习外国语。多忙的
人欲用其余暇以学习外国语会话,利用蓄音器最为便利。为这目的,特
制有会话练习用的蓄音片。在外国这方法已实施于大多数的人们而获

得良好的效果。日本也有英语练习蓄音片的制造。其他法语、中国语、俄语、西班牙语等,将来一定也可用这法来练习。

第五,利用写声器,可为家庭生活改善的一助。我为这目的使用着近来日本发明的简单的写声器。如能用美国的大型的 dictaphone,则效果可更充分。关于这事容在后面详论,现在就家庭内写声器利用的方法举一二例说述于此。写声器是一种极简单的小形的器械。即在普通蓄音器的侧面添附一旋钮,又附有蓄入用的针及喇叭。譬如我现在有事外出,即可用这写声器以接见来客。我们平常外出的时候,来客只得将事由吩咐于家人或婢仆;然关于特殊的学问上或事务上的事,门外汉或婢仆不能理解,即嘱其转述,必支吾不全或错误,其吩咐必全然无效。这时候倘利用写声器,即可在会客室中放置一写声器,在其上置蜡盘一片,装着旋钮,主人不在而有来客访问的时候,仆人即可请来客将所要对主人说的话向这器械说述,将钮一旋,器械即行回转。来客立在器前,用普通的声调(不必特别大声)把自己所欲对主人说的话蓄入蜡盘中,说完之后,再把钮一旋,器械就停止,来客即可归去。后来主人归家,把器械一开,即听见来客的声调极明了地陈述他的来访的事由(全不像旧式的蜡管蓄音器地发音低小)。且这蜡盘用过之后,可自己改削,用至数十回之久。又如偶有要事要出门,而对于约访的来客有要说的话,也可将自己欲说的话蓄入器械中,然后外出,客人来访的时候仍能听见主人自己亲口的说话,听毕之后,再将答说蓄入器械中而去,这办法在事务上非常便利。且蓄入法又极容易,与旧日的器械的麻烦全然不同。我家中的未入学校的幼女,常常把自己的唱歌等蓄入写声器中,以为游戏。

以上所述,是家庭内蓄音器利用法。次再就学校中的蓄音器利用法,择一二例略述之。

　　第一，利用于体操上。旧法由体操先生发大声叫"一二三……"，学生无精打彩地举动手足，故体育不易发达。近来美国的小学校，不用 one two three……来教体操，而改用蓄音器演奏有勇壮的拍子的音乐，学生就跟了音乐而愉快地热心地演习体操，这办法可使筋肉的伸缩与血行从身体与精神两方面同时受得刺戟。其效果的伟大，实为旧式的体操家所不能梦见。

　　第二，习字及手工上的蓄音器利用。即在习字教室中用蓄音器演奏特殊拍子的好听的音乐。学生一齐合了这拍子而运笔习字，照实验心理学者的研究结果，这比较旧式的默默的习字可以写得快而又好。又在实际施行上也曾获得良好的成绩。大概是因为起习字的动作的腕的筋肉的运动，与音乐的拍子相一致的时候，血行也最旺盛的原故，为这目的，美国有特制的习字的蓄音片。

　　第三，教授音乐的组织及历史时的蓄音器利用。音乐历史的知识是很有兴味的，同时又是音乐趣味养成上所极必要的。但仅用先生的讲义及书籍，不能完全达此目的。倘同时能演奏历史的乐曲给学生听，即容易奏效。要演奏乐曲，除了用蓄音器以外没有别的良法。现今西洋已有关于音乐全史所应用的蓄音片的制出。

　　第四，为动物学教授参考之用，把各种动物的鸣声极明了精细地蓄入蓄音片中。然而并非娱乐的模仿，而是纯粹学术的。各种鸟类的唱声、虫类的唱声的区别，无论哪一个动物学大家，决不能为学生举示实例。把这等唱声蓄入蓄音片中，最为便利。关于动物的唱声的知识，在动物学学习上是极重要的事；从来因为不懂得蓄音器的利用法，故一向疏忽？

　　第五，是音响学研究上的利用法，但这是属于专门的部类的，现在且略而不说。欲知其详,可参看米尔勒的《乐音的科学》(*Science of Musical Sounds*)。

第六,蓄入伟人的言语或演说,以供修养之用。又其他关于娱乐游戏的方面,也都可同样地利用。

近来又利用于盲人的教育上。我在东京盲学校中利用蓄音器于盲人教育,迄今已历五六年了。

最后再就今日的社会上的特种的蓄音器利用法说一说。

第一例,是美国的叫做 dictaphone(笔记用或口授用蓄音器)的一种电气作用的蓄音器。稍大的公司中,都备有这器械。公司里的经理或总务员朝晨一到公司,即旋动这 dictaphone 的电气钮,使之自动地回转,在其喇叭口用普通的声调吩咐这一天所当行的事务上事件,他的说话就极明了地蓄入蜡管中。蓄入的手续,全无像旧式的蜡管蓄音器的困难点,声音也不太轻。例如今天应发哪几封信件,什么信中应该说什么事,又如命那个职员办什么事件,发送什么物品到什么地方,某人来访的时候应该对他说什么话。凡一日中所必要的事件,可费三十分钟的工夫,统统吩咐在这器械中。吩咐完毕之后,这总务员即可作别的行动,或出公司去也不妨了。于是这种已经蓄入的音片立刻分配于各办事室,例如关于函件的,分配于打字部,立刻由打字部分别制函发送。全公司的事务就敏捷地依照一定的秩序而进行,实在是莫大的时间的经济。effciency 因了这器械而理想地实现了。

其次,更有兴味的例,是打字室中的蓄音器利用。即打字的时候用蓄音器演奏特殊的拍子的音乐,一面听乐,一面打字,这与前述的习字同样,比较从来的默默地打字,可以快速而正确得多。故近来极流行伴蓄音器的打字。有的人以为一面听乐一面做事,容易分心而误事,其实不然。为这目的而特制的打字用蓄音片,其乐曲的曲节不会牵引人的注意,而其拍子能在不知不识之间发生一种作用于精神上。故打字者的注意能不被音乐所分夺,兴味反而集中于工作上。这都是实验心理学者的研究结果。

还有一有趣的例,最近欧洲大战末期的时候,战场上的兵队,必由一兵士先导,这先导者背后负一囊,囊中有一大喇叭向后伸出,这是一具特别构造的蓄音器。这蓄音器的构造的特别之处,是背了快跑时针也不会脱出蓄音盘,又有自动的动作,发特别的大声。故虽在战争中,兵士也能受这雄壮的军乐的鼓舞而勇敢地前进。用了这器械可不需喇叭手或军乐队,一切都由这器械自动,故可因此而节省许多的人员。

此外,蓄音器尚有许多应用之处,不遑一一列举。以上所述,不过其一二例而已。他如国民品性的向上、士气的鼓舞、主义的宣传等,也大可利用蓄音器。此次美国参加欧洲大战,得了胜利的时候,有人问他们胜利的原因何在,他们回答说,蓄音器与活动影戏的效果最大。轻视蓄音器为玩具的人,听了这话可以有所觉悟了。

蓄音器的利用,在将来当更广大。其利用之途一定还有不少。据我想来,潜航艇长时间潜航于水中的时候,也可利用蓄音器,用特殊的旋律与拍子的音乐,以恢复乘员的精神,这又是蓄音器利用的一途。

第二章　音乐的组织

一　音乐的三方面

现在想论述何谓高尚的音乐的问题,但先须一般地从音乐的组织上说起。

音乐上所用的个个的作品,名为乐曲(musical work),创作这乐曲的人名为作曲者(composer),作曲者的任务是求自己所作的乐曲中备有优良的主义与主张。没有主义的支离破裂的音乐,几个音像走马灯一般轮回的音乐,在艺术上决不是良好的作品。必须把作者自己心中的一种思想表出在音乐上,方有艺术的作品价值。

于是有"作曲法"(德语 compositionstehre)的一种学科,即为西洋音乐特定的一种作曲方法。作曲者不一定要懂得这作曲法。第一流的音乐家中,常有不学作曲法而作曲,而其所作出的乐曲即为将来的作曲法的范本。这样说来,作曲法并非绝对非懂不可的一种学问。有生知的作曲天才的伟人,自然不学而暗合;惟第二流以下的人,则学习了作曲法之后所作的曲,比未学习时所作的曲当然优良得多。在这点上看来,所谓作曲法的一种科学,在作曲家究竟是便利的。

所谓作曲法的一种学问,性质与科学不同,并非发见乐曲必须怎样作成的定律(law),不过是探求怎样作曲可更良好的规则(rule)而已。所以我们倘然发见脱出现行的作曲法规则的乐曲,而直指为误谬,是不可以的。作曲上还有比作曲法则重要的条件,即前面所述的所谓确实的主义与主张。

音乐既是艺术,则不仅止于我们想像,又必须用一种方法来把它表出于外部。这方法就是"演奏"(performance)。故音乐是因演奏而方始发生的。听说有的音乐家耳中常常听见音乐的声响;但这种主观的声响,只有他一人觉得有意义,对于这人以外的人全无何等的影响,故不能称为艺术上的音乐。故艺术上的音乐,均以演奏为必要条件。

演奏者所勉的任务是什么?是理解音乐的性质,正确表出作曲者主义与主张。世间的演奏者中,常有用自己的心情来演奏他人的作曲的人,这对于作曲者是最大的侮辱,不可不诫。倘要演奏别人的作曲,非充分详知作曲者的境遇、主义及历史上的价值等不可。所以演奏必须通晓音乐史,但例外的也有。例如十九世纪中叶匈牙利大洋琴家李斯德(Liszt),常取他人——例如以前的德国音乐大家修裴尔德——的作曲,稍加变形,即当作自己的作曲而演奏。但这时候,必须在作曲者的姓名下,附记演奏者自己的姓名(例如 Schubert、Liszt),以表明其责任。

音乐以玩赏的效果的大小为优劣的标准。但玩赏的结果因各人而略有差异。有的人感到非常的美,别的人也许并不感到什么美。例如德国的华葛耐尔(Wagner,十九世纪末世界最大歌剧作者)的歌剧的旋律,是今多数人所热烈欢迎的,但在当时非常受人攻击,被评为丑恶。又如交响乐(symphony)的创始者奥国的罕顿(Haydn,十八世纪中叶人)的交响乐,现今的人都赞叹其旋律的优美,在当时也是被评为恶俗而无艺术的价值的。[这大概是因为罕顿的旋律比较罢哈等的旋律易入于俗人之耳,故听惯罢哈、亨代尔(Handel)等的复杂的旋律的人突然接触了罕顿单纯美的旋律,非常不惯,故有恶评]。尤其是近来印象派、未来派等的音乐,有种种的毁誉,有一部分人珍重之如宝玉,又有一部分人鄙弃之如瓦石。有名的德意志大作曲家罢哈(Bach,十八世纪初)的作品,在音乐理论家视同金科玉律,然而多数人都不欢喜听,音乐专门家也极少有崇拜罢哈的人。据罢哈一派的人们说,不欢喜罢哈音乐的人是因为不解罢哈的深远的理论的原故,犹之向不懂高等数学的人演说最近的相对性原理(德国恩斯坦所主张的对于从来的科学及哲学的大革命的原理)上的时间及空间的哲学,当然不会有效果。又据罢哈的反对派的人们说,艺术是超越理性的,直接感情的动作。徒然设立许多不合于今日一般人心理的理性的规约,而作出难解的乐曲,只是与今日的人类没有直接的关系的艺术。具有现代人心理的我们,不欢喜听罢哈的音乐,原是当然的事。爱好罢哈的音乐而奉之为至宝的人,是与现代人心理不同的偏见者。这等议论,都是从对于艺术的偏狭的见解而起的。两方都有一面的真理,但在艺术广大的意义上看来,都不能说是正确的议论。这等都是由于人们的偏狭的见解而起的。例如人们批评美人,说这人的鼻梁高而口小,故是美人;又说这人鼻低口大,故不是美人。即在批评者的心中设立着"鼻梁高而口小者为美人"的一种理性的规约,自己在不知不识之间受着这规约的束缚,故其心中所承认的美人就限定于那种型式的颜貌。这种规约的发生,由于遗传及教化的结果。这结果决不是必然的,恐是偶发的吧。故日本以白色皮肤的为美人,印度则以黑色皮肤的为美人;日本以乳房小的为美人,非洲则以乳房大的为美人;一地方以口小的为美人,另一地方以口大的为美人。古代东洋以细眼的为美人,今日西洋以大眼的为美人。又倘用更高远的眼光看来,凡心地正直的女子都是美

人,岂必限于鼻与口的形状? 音乐也是这样的。倘是美的人格的发现,
无论其为旧式的对位法的作曲(说明详后),或罢哈的道理深远的组织,
或印象派的,或未来派的,其感动我们的心,是同一的。舍此以外,都不
是能赏识大艺术的人的态度。但这原是就音乐的价值而论的,并非说对
今日的人奖励与今日的教育大异的罢哈的音乐大有效果。倘要及早普
及高尚的音乐于世间,而显其高尚的效果于大众,务必与今日的大众的
心相一致而活动,否则效果必然浅鲜,例如对今日的我们宣传与我们的
国民性相一致的意大利或法兰西(即拉丁民族)的音乐,则西洋音乐立刻
可以普及,人们蒙其恩泽一定极大;反之,倘对今日的我们宣传与我们的
国民性相反,又与今日的世界的感情教育相反,近于旧式哲学的,十八世
纪时代的德意志音乐,无论费多少心血,教育的效果也很少,这种劳多而
效少的工作,在注重能率的今日的社会中实在是可笑的徒劳。然而这话
并非评定当时德意志音乐的价值的意思。人类的精神作用,小至个人,
大至全人类的历史,在其一面常是循环的。某时期中所要求的,常在别
的时期中再被要求。文艺复兴(Renaissance)便是其一例。浪漫主义的
艺术(说明详后)又是其一例。今日早已纳入过去的博物馆中的那种德
意志音乐,数百年之后或将再为世间所要求也未可知;且这是必然之理,
到这时候,其外形当然适应了新时代的要求而发生变化,文艺复兴及浪
漫主义,情形都是这样,但其精神全是过去的时代精神的复活。在这意
义上说来,今日世界的音乐精神,其一面与日本平安朝的雅乐相接近,是
很有兴味的一种现象,关于这一点在后章中当再详述。

　　如前所述,从高大的艺术的眼光看来,区区的规约与时代精神、风土
情形等,不是可以左右艺术的价值的。艺术是超越时间、空间、物质的而
直接发现人格的;被这等规约及精神所束缚而生活着的我们,鉴赏这等

艺术的能力总有多少差异，原是难怪的事。况且土地风俗各异，同化的力不足够的时候，更屡起这种问题。我们听了现代中国的音乐，除了研究的好奇心，不会再发生像听西洋音乐时的浓厚的兴味。同样，在全无对于西洋音乐的规约的素养且缺乏与之同化的能力的人，其对于裴德芬的雄大的交响乐，商赏（十九世纪末法国大作曲家）的艳丽的旋律，华葛耐尔的高远的乐剧，恐怕比对于俚巷的童谣还不爱听呢。在外国有这样的例：有一次欧洲有一群优良的音乐家，赴阿剌伯开演奏会，入场者很是众多，会场中也有喝彩之声，但闭会之后，听众走出街头，听见各处的土人正在歌唱俚谣，他们非常感动，相与这样说："这才是真的音乐。刚才所听的西洋音乐其实不过是一种奇妙的噪音。"诸君听了这话，不可笑他们。这是接触于艺术的本体的一大问题。我们看了西洋音乐的人为的规约，应该自己反省一下。不自反省而冷笑他人的所言，是下流者的行为。更举一例：据一位有漫游东洋的西洋音乐家的记录，他在中国北平的时候，曾在公众前巧妙地歌唱修裴尔德（Schubert，十九世纪初德意志最美的歌谣曲的作者）的歌谣曲，在唱奏中听众的中国人都喷饭。这原是因各国人的风俗、趣味、教化不同及国民的遗传而起的情形，多少可以原谅，然而不能以此为判断音乐的优劣的标准。音乐的价值，视作曲者或演奏者的高尚的人格的表现而定。这所谓高尚的人格，不限于某一种国民，也不限于某一时期，是土地、风俗、历史所不能左右的，超空间又超时间的性质的，非如此即不能称为真的高尚的艺术。从这意义上说来，德意志的裴德芬、法兰西的商赏、波兰的晓邦、比利时的浮当（Vieuxtemps，十九世纪末世界最大提琴大家），都是同等的高尚的艺术家。我们不说是拉丁音乐故佳，是德意志音乐故不佳。拉丁音乐的最高者，条顿音乐的最高者，或日本平安朝音乐的最高者，都是同等的高尚的音乐。

注：日本平安朝的音乐，即雅乐，当在后面详述，然恐读者不明所称雅乐是指何种音乐，或不免误解，故先在这里简单地说一说。所谓平安朝的音乐，即雅乐，不仅是日本的音乐，又不仅是中国或朝鲜的古代音乐。这是由以下诸国的艺术凝结而成的。第一，巴比伦古代乐及埃及古代乐为其一要素。其次，距今数千年以前，小亚细亚地方有阿西利亚人崛起，吞灭巴比伦，承继其音乐。又次，这阿西利亚人征服埃及，于是埃及音乐与巴比伦音乐融合一致。箜篌等便是巴比伦的乐器。其后波斯起而代替阿西利亚，于是波斯音乐与古代巴比伦音乐与埃及音乐三者相融合。亚历山大帝东征印度，把希腊音乐与波斯音乐完全融合，又加了几分印度音乐的风味。亚历山大帝殁后，自中央亚细亚至波斯，以及印度的一部地方独立了，建立巴克托里亚国，这国在中国汉代就是所谓大月氏国。古代巴比伦、古代埃及、希腊、波斯及印度西部的文明，团成一起而在这大月氏国中产生优秀的文明。这大月氏的国王中，有一位最有名的迦腻色迦工，非常崇信佛教，努力输入印度东部的佛教艺术，结果，就把印度音乐融合于从来的希腊、埃及、巴比伦的音乐中。美术方面大体也同一倾向，所谓犍陀罗美术便是。就音乐而论，这犍陀罗音乐中的名物，即今通行的琵琶。琵琶便是这地方的乐器（不是纯粹的印度乐器）。筚篥也是大月氏的乐器。中国称大月氏为西域，又称为胡。故谓筚篥是胡人的乐器。又胡弓是巴比伦人的乐器。总之，当时大月氏的艺术，在当时最为繁荣。这就是日本平安朝音乐的主要的要素。然输入日本以前，又经过长期的精练。中国在四五千年前文化十分发达。音乐方面，有琴与瑟（后变化而为筝）的合奏。但这等中国固有的音乐，与日本平安朝的音乐不同。中国到了汉朝末叶，与西域（即大月氏）交通县密，于是前述的极繁盛的犍陀罗音乐就在这时候输入中国，与中国固有的文

化相融合,而成为六朝的音乐;更精练而成为隋唐的音乐。例如笙等进步的乐器,都是西域文化和合中国文化而产生的。这隋唐文化输入日本,受了些日本文化的影响,即成为日本的雅乐。但中国与罗马,当时已有直接或间接的交通,故又含有几分罗马的影,也未可知。总之,日本平安朝的雅乐,是巴比伦、希腊、埃及、波斯、印度、中央亚细亚、中国、朝鲜各国文化融合而生的一种艺术。换言之,即中世以前的全世界文明一致融合而成为日本的雅乐。故仅视雅乐为中国的音乐或藤原氏的音乐,即大谬见。关于此事,在后面当再详述。现在先略述于此,以明其大概耳。

如前所述,凡艺术的价值,不限于一国民或一时代,而全是超越时间与空间的。(这原是艺术价值的问题,与前述的"欲普及西洋音乐,与其鼓吹德意志音乐,不如鼓吹直接发表感情的拉丁音乐为合于我们的国民性"的议论全属别问题。这是关于手段的议论。)

但欣赏高尚的音乐的我们,都是受时间与空间的支配的人,即我们大多受着风俗、习惯、教化、遗传等的束缚。如欲除去这障碍物,而直接接触为艺术价值的本体的人格,必须利用超脱这等时间空间的束缚的手段。这手段,一面是普遍的,同时另一面又是各个人的特殊的。这所谓特殊的,就是欲脱离各个人的特殊的风俗、习惯、教化、遗传而观看艺术的一种特殊的修养训练。所谓普遍的,就是欲直接接触这普遍的艺术的大人格的一种修养训练。有了这两种音乐上的训练修养的力,方才能接近高尚的音乐。音乐越是高尚,换言之,所发现的人格越是大人格,则欣赏又判断其美的时候需要特殊的艺术上的训练修养的力越多。即欣赏的能力是因训练而发生进步的。故不顾自己修养的未熟,而仅用自己的感情的不满足来诽谤大家的演奏,是很不妥的行为。

注：怎样可以养成欣赏的能力？在第一章中已经大致说过。然恐尚有未尽，故现在再述自己的经验谈，以供全然初学者的参考，这原不过是一片老婆心而已。凡欲养成欣赏的能力，务须多听大家的演奏。然而也并非教人到一切音乐会去听乐。所听的过于混杂，容易使初学者迷于判断，与学生时代乱读大家的著书同一情形。尽管长久继续听下去，到后来原也能自己判断其良否；然而过于浪费时间与能力，终非善法。然则何者为善法？其答案视各识者的意见而稍有纷歧。据我的经验而说，最初宜乎选取在自己易于入耳的浅近的（这所谓浅近，不是下贱的意思，乃近于自己的趣味的意思）音乐七分和高尚的音乐二分，对于高尚的音乐渐渐驯染起来，渐渐减少浅近的音乐的成分。一方递增，一方递减，终于以高尚的音乐为主体。据某识者的意见，最初可去听浅近的音乐，以后渐次及于高尚的音乐。又有人说，最初全然避去高尚的而接近浅近的，后来不容易脱离浅近的进于高尚之域，故在欣赏能力养成法中为不良的方法。倘反之，最初完全选用非常高尚的音乐而排斥一切卑近的音乐，又容易像前述的初听西洋音乐的阿剌伯人及中国人一样，结果使之失却了对于高尚的音乐的兴味。这方法在理论上是很好的，但在实际上难于实行。实际上不能实行的方法，徒然的议论也属无益。总之，要养成音乐的欣赏力，还是用前述的方法，屡屡赴音乐会听乐。听的时候，可少关心于次流者演奏，而多关心于大名家的演奏。这在欣赏能力的养成上有很大的影响。世间常有人说这样的话："我们于西洋音乐是全然不懂的，故并不希望学习上等的音乐，就是浅近的也好。将来渐渐进步之后，再学上等的音乐也未晚。"如果抱这种低的志望，那便在现在的论外了。我们听了专门家的演奏，欣赏艺术的能力就渐渐被引导向高尚的方面。我们陷入迷途而不能自决的时候，必须有忠实而恳切的引导者。陷于迷途

而不能自决的时候,杜撰的胡乱的教导最易使人陷入错误。艺术之道,
是很深而又很容易错误的。我的意思,起初就请教踏在正路上的先进
者,是进于高尚的境域的良法。

拿浅近的音乐来同高尚的音乐相比较,而欲知高尚的音乐的优点在
于何处,先须获得音乐的目的、作曲者的主义及意志、时代的精神、某曲
的形式构造、乐律和声的性质、音乐的构造、演奏法等知识。故欲养成最
进步又最正确的欣赏力,除多听演奏之外,尚须通晓各种音乐的理论(关
于这一点,在第一章中已经说过)。一般想欣赏音乐的人,大多不欢喜读
书或钻研烦复的理论。这就很难养成完全的欣赏能力。但倘一味多读书
籍,而不多接近优秀的演奏,则所读书籍无论怎样丰富,也断难理解音乐。
无论何种科学,不伴实验的理论大都虚空而无益,音乐也是这样的。世间
有"百闻不如一见"的谚语,在音乐上恰好与之相反,"百见不如一闻"。

二　形成音乐的要素——音

音乐一物,广义地说,是组合种种音而表出美的感情的一种艺术。
构成音乐的材料,是音。这所谓音,是怎样发生的? 怎样从乐器传达于
吾人的? 又人怎样能用耳摄受的? ——研究这等问题的,有称为音响学
的一种学问。但我们仅以欣赏音乐为目的,并不一定要从音响学而研
究。但人类的性情各不相同,真是所谓十人十色,故也有对于无论何种
研究都非穿彻根柢不能满足的人。这是偏于理性的研究的人。倘有这
样性情的人,研究音乐时欲根本地研究其音响的方面,我有《从最近科学
上研究音乐的原理》的一册书(东京日本桥区大传马町二丁目内田书店

发行），可供阅读。这书中便是说明着这等问题；倘要更加深究，而另求更专门的参考书，该书卷末详列着各种参考书一览，也可便于采用。反之，倘有不欢喜这种科学的研究，而对于理论反而觉得不快的人，即偏重感情的人，则没有穿凿音响学的必要。音响学原来是一种科学。刚是研究这种科学，对于艺术的理解上是全无干系的。换言之，音响学不是为了说明音乐而作的学问。音响学是自己有独立的价值的一种科学。音响学不能为音乐的说明，对于音响学本身的价值全无损害。同理，音响学能说明音乐，音乐艺术也并不因此而高尚。不过倘能懂得音响学中有几种事实，则对于音乐的组织的理解上便利得多，是的确的事实。近来音乐研究的人们中，有议论这事的有效无效，而攻击音响学的人，其实这全是与音乐研究了无相干的愚论。但这愚论中也有一部分可取之处，例如德意志学者海尔谟霍尔芝（Helmholz）著《音响感觉论》一书，书中说着很高深的音响学上的发现与发明；这位先生说得过于高调，脱出了音响学的领域而旁入于艺术的境内，有主张科学万能的倾向，这就成了问题，在音响学的一种科学上惹起迷惑。然而在现在这已是过去的梦了。

今日的科学的音响学，决不论及这种问题。音响学全部处在科学的地位而发展。倘欲对于音响学有所议论，请勿就海尔谟霍尔芝而说，希望对于雷莱（Rayleigh）的有名的《音响学》（二卷）加以批评。

故我们现在对于音响学全无议论的必要。不过能取其中二三事实以为常识，则对于音乐组织的理解上可得便利。所以现在要把这等事实略说一说。主要的是关于音的性质的事。

要说音乐的形式的如何发生，先须考察音的组合；要考察音的组合，又必先就音自身的性质说一说。今简单叙述之于下。

凡一物的性质，其中必有两种区别。其一是"性的"（qualitative）性质,其二是"量的"(quantitative)性质。所谓性的性质,就是把两者在性质上比较其差异,然而不能测定其分量上的差异。反之,所谓量的性质,就是把两者在分量上比较其差异。在量的性质中,这分量的比较在实际上原也是困难的,要精确地作数学的表示,非常困难;例如室内的明度(即光明分量),便是一实例。比较此室与邻室的明暗,而欲测定其倍数,例如此室比邻室明二倍,直接比较很不容易认知。只有在理学上可以正确地测知光的 energy 分量,故一用理学上的方法,两室的明度即可精确地比较了。但不用测量光的 energy 的烦复的方法,而用更简单的方法,也未始不可测定明暗之度。故室内的明度,可断定其为量的性质,不是性的性质。这与后面所述的音的强弱同一道理。

要在音乐上说明这两种性质的区别,还要先拿人的性质来比方一下,可更容易了解。譬如说这人是诚实的,那人是虚伪的,是说性的性质。何以故?因为比较两人的时候,要测定甲比乙诚实两倍,或虚伪三倍,这分量的比较是全然不可能的。例如甲说十句话中有四句是真的,乙说十句话中有六句是真的,故可决定乙比甲诚实五成。或甲的诚实只有乙的诚实的三分之二——这样的结论完全是不近情理的。因为人说了一次谎,就是虚伪之人;决不说谎的,就是诚实的人。反之,身材的高低、身体的轻重等性质,当然是量的性质。重六十斤的人与重九十斤的人,明明是后者比前重五成。

更进一步而考究这性的性质与量的性质,前者称为绝对的性质,后者可称为比较的性质。何以言之?因为前者不必拿二物比较,其自身中具有意义及价值;反之,后者则必须拿二物来比较之后,方始能判断其意义与价值。例是诚实,是照样说出实际的事实,即使世间一切人都诚实而没有说谎的人,诚实仍是诚实,诚实的性质并不是有了虚伪而方能存在的。世间假如到了全然没有虚伪的时候，也许没有再设"诚实"一语的必要，"诚实"一语似乎不妨废止。然语言尽管废止，诚实的意义依然是存在的。故可知诚实有绝对的性质。反之，人的高与矮，要两人比较之后方有意义。假定世间无论老幼男女，皆规定六尺高，就无所谓长子与矮子了。"六尺"的意义，原是一切人规定高低之后也永远存在的；但这是长度的意义，不是长子矮子的意义。长度与长（或高度与高）意思当然大不相同。长度是绝对的，长是比较的。轻与重也是同样。重量的重是绝对的，很重较重的重是比较的。比较之后，方有其意义与价值。

现在为什么要长谈这种理论？因为明白了这两者的区别，方可研究音乐的性质，区别音乐的形式的必要的要素与非必要的形式，而不陷于误解。从来的书籍，都未曾说到这方面，故音乐形式的立脚点不明，以致音乐上屡有种种误谬的见解。在西洋也常有关于这点的误谬，甚是可憾。现在拟在这里逐加说明，以期读者的充分的理解。

前述的二种性质，在"音"上论来，音的绝对的性质，即性的性质，是"音色"（timber 或 tonecolor）；音的比较的性质，即量的性质，是"高低"（pitch）与"强弱"（loudness）。如前所述，我们欲知某音的高度，只要测定其一秒间的振动数为若干次。然这只是音的"高度"的测定，决不是其音的高低的问题。音的高低，须拿振动数不同的许多音，即高的音与低的音来互相比较对照，方才有意义。

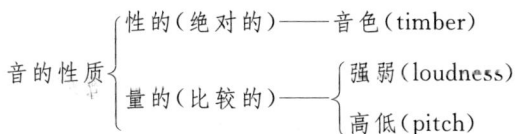

音的性质 ⎰ 性的（绝对的）—— 音色（timber）
　　　　　⎱ 量的（比较的）—— ⎰ 强弱（loudness）
　　　　　　　　　　　　　　　⎱ 高低（pitch）

于是在音的组合上就发生种种差异。把各种音色组合起来,就成为合唱、合奏,从这组合所生的形式,不是必要的形式即形式的要素。何以故? 因为如前所述,音色不是比较而方才有意义与价值的,即不组合并非没有音色的,故没有非组合不可的必要。例如西洋音乐中,提琴(violin)与洋琴(piano)一同演奏,但提琴的独奏,普通的用洋琴伴奏,这是根据别的理由的。即提琴能演奏旋律;但不能完全奏出和声(奏三重音或四种音,也能奏出和声,但这是特殊的,不能说是提琴的一般的奏法)。近世的西洋音乐,以和声的不具备为音乐的不完全。须补足和声,方为完全的音乐,故通常提琴独奏时必附以洋琴的伴奏。这决不是提琴的音色须与洋琴的音色相比较而方有其价值。提琴自身具备着有价值的音色。洋琴也决不为了有提琴而方有洋琴的音色的价值,洋琴自身也具备着一种有价值的音色,故洋琴与提琴一同演奏是求和声的完备的原故,只要能完备和声,不一定用洋琴也可。例如换用管弦乐为伴奏,也未始不可。且从种种点上看来,管弦乐伴奏比洋琴伴奏更佳。洋琴伴奏其实原是略式(对于提琴,洋琴的伴奏并非都是略式,因为特别需要洋琴伴奏的情形屡屡有之),或者在提琴的独奏上用哈泼(harp,或竖琴)伴奏,亦无不可。极端地说,像从前东京音乐学校的演奏会中,赛洛(cello)独奏而用日本乐器的筝为伴奏的也有。只要和声完备,原无不可,决计没有可攻击的理由。不过这事在现代的多数人都不大有兴味,少有人注意而已。

然则为甚么要组合音色呢? 例如提琴与洋琴的组合,何以比提琴与筝的组合更佳? 这不是理论的问题,而是感情的问题。第一,组合数种不同的音色,则发生变化而感到兴味。一个提琴单独演奏,其音色自然不及一个提琴与一个洋琴的合奏的复杂而好听。倘再加一个赛洛,则音色更加复杂,更加好听。第二,集合音色不同的许多音而一同演奏,则表现的能力增大,即内容更加充实了。这两点便是音色组合的主要的理由。又有因了风俗习惯、国民性、教育及其他种种环境上的影响,而人们对于某种音色的组合感到好听,对于某种音色的组合感到不好听。例如对于提琴独奏与洋琴伴奏觉得好听,对于提琴独奏与筝的伴奏觉得不好听,都是因了人的习惯、教育等而来的,在同一历史之下而有大体相同的教育与习惯的现代日本人,恐怕谁也抱着这同样的感觉。然而我们决不能因此而断定提琴独奏与筝的伴奏为不调和或无理。在环境与日本人全然不同的他国人听来,或许觉得很好听也未可知。倘指这种人为下劣的好尚,就大错了。起这种思想的人,一定是气度非常狭小的人(音乐者中常有这种气度狭小的人)。以自己的习惯境遇为立脚点而唱议论,怎样能有公正的见解?倘这组合可评为不调和的,则在同样的理由之下,提琴与洋琴的组合也未尝不可曲辩为不调和了。

音色配合的要求,原是为了要充实内容,增长表现能力而起的。但这种组合的发生,都由于风俗、习惯、教育及其他各种环境情形而来。时代变更,这等环境也变更了之后,则一时代所非常爱好而认为优良的组合,在次时代或许不惹人的感兴也未可知。例如江户时代的人所大好的三曲合奏,在今日的青年人之间并不感到什么兴味了。

这样说来,音色的配合似是仅因时势、教育、风俗、习惯等环境情形而定的,即仅由于人们的好恶而定的;然而并不尽然。如前所述,这里面还有内容的充实与表现能力的多少的条件,故甲种组合与乙种组合相比较,除我们好恶以外,又有甲乙两者的表现能力的大小的差别,是客观的确实的事实。例如西洋的大管弦乐合奏,表现能力比日本的二曲合奏大十倍以上。日本的三曲合奏所无论如何不能表出的音色上的表现能力,在西洋的大管弦乐都具备着。换言之,仅从这一点(表现能力)上看来,三曲合奏比西洋的管弦乐为贫弱。同理,西洋的室内乐(说明详见次章,简言之,即组合少数乐器的合奏)也比大管弦乐为贫弱。附有洋琴伴奏的提琴独奏则比室内乐更为贫弱。

然音色的组合的贫弱,决不就是艺术的价值的低下。因为在音乐上,音色的丰富只是一方面的进步而已。进步固然可说是进步了;然而进步一事,并不一定是支配艺术的一切价值的。青年人对于这一点屡屡容易误解。须知艺术决不是这样简单而浅率的物质的东西。

拿从来的日本筝曲来同西洋的高尚的洋琴曲相比较,而论其各方面孰为伟大深刻,当然西洋的洋琴曲居优,毋庸费词。尤其是像西洋的晓邦的乐曲,其深刻当然为日本江户时代的筝曲所不能匹敌。某文学士曾比较这两者,测定一秒间内的手的动作,而用数量表示。某君这种办法,原不过是比较洋琴曲与筝曲的难奏的程度,并非以此决定艺术的价值的。但据他所论,日本的筝曲一秒间内的手的动作非常粗略,故为贫弱的。即筝曲的心的活动很是迟钝,故为劣等的。这是大误解发生的基础。日本从来的筝曲劣于晓邦的洋琴曲,我也与某君同感(恐怕现今受过教育的人大多数是同感的)。然而这与一秒间内手的动作的粗细,全无什么关系。萨拉萨推(Sarasate,十九世纪末西班牙提琴大家,其技巧的迅速灵敏推世界第一)的演奏与作曲有神妙可惊的迅速与灵敏的指法与弓法;然论到艺术意义,修芒(Schumann,十九世纪中叶德意志浪漫乐派大家)的徐缓的《梦之曲》比他的高贵到不知几十倍。故某君的论证,不免过于物质的了。打字机比书法家迅速几十倍,故打字机是现代的,在事务上便利得多,对于这一点我也同感,我也赞成用打字机。然而这与"艺术"的问题全无关系。艺术不就是技巧,乃潜在于技巧之奥的"神之声"。这"神之声"宿于作曲家的胸中，成了乐曲而出现。我们是直观这"神之声"的，不是赏识其表现手段的技巧的。倘作曲者的胸中没有"神之声"潜伏而贸然作曲，则其所作出的乐曲中也不含有"神之声"。无论他费了多少苦心成作，也全无可取。技巧无论怎样迅速，一秒间内的手的动作无论怎样细密，也是无益的。有一种自动洋琴（pianola），不必用指弹奏，只要回转机械，即能自动地奏出各种乐曲。但这机械无论转得怎样迅速，决计转不出"神之声"来。伦福特曾用锥摩擦大炮，摩出多量的热，这种办法在音乐上可是不行。例如今有两个乐曲，甲曲手法极粗，乙曲反之，手法极细。但倘这两个曲中所含的"神之声"相同，则演奏起来，能同样地感动我们的心，即这两曲的价值相同等，不能分别其优劣。这时候倘说欢喜甲曲或欢喜乙曲，便是各人的性质的关系，即仅是主观好恶问题，并非客观的艺术的高下的问题。这时候我欢喜甲曲。因为同一效果，我欢喜其不用迅速繁急的手法，而徐徐地用一个一个的音来抽发我的想像力，给我以回味的余裕。这大概是因为我的头脑生成这样的原故。某君也说头脑教养不同的人作为别论，故我并非反对某君的议论，只恐世人因此而发生误解，故乘便在这里辨论一下。

　　说话已入旁途，现在仍归本题。要之，关于音色的组合的论证，可得到两个结论。第一，音色的组合，不是必要的条件，而是便宜上的问题。故并非一切音乐都必须合奏。音的各种组合，大都根基于好恶的问题而生。有几种组合为一地方或一时代的人所欢喜，而在别地方或别时代并不受人欢迎。故我们对于自己现在所认为良好而爱好的组合法，不可信为绝对的良好；又对于自己现在所认为不佳而不爱好的组合法，也不可排斥为绝对不佳。第二，音色的组合是要充实内容，增大表现能力。故甲种组合与乙种组合比较，可有表现能力大小之别。假如甲比乙表现能力大,在这点上甲的确是比乙进步。然而这一点(表现能力)并不是决定艺术的绝对的价值的。艺术的价值,以潜在于其中的"神之声"的多少为标准。无论音色丰富或贫弱,倘所含有的"神之声"相同,即有同等的艺术上的价值。这时候有的人欢喜甲,有的人欢喜乙,都不过是各人教养不同之故。换言之,即好恶的问题而已。

以上所述,是关于音的绝对的性质的"音色的组合"的问题。至于这等组合的方法,即合唱、合奏的方法,及其批评,当在次章详述。

其次,再考究音的比较的性质,即音的高低与强弱的组合。这种性质,都是要比较之后方才发生意义与价值的,故这种组合为音乐的形式造成必要的条件。于是就发生音乐形式的三要素。何谓三要素?即拍子、旋律与和声。这便是因了音的高低与强弱的组合而起的现象。这三者与音乐的形式有重大的关系,故改在次节说述。

三　音乐的组织

以下所要说的,是对于音乐的性质的理解的基础知识,是很重要的部分。如前所述,现今的我们,必须避去俗恶下贱的音乐,而接近高尚优雅的音乐。然所谓高尚优雅的音乐,不似俗恶下贱的音乐,可以不需准备而突然接近而立刻感受。真要感受而得其好处,必需相当的准备。其中原也有某种高尚的音乐,没有准备也在某限度内相当地感到其愉快与好听。然而这所感到的愉快与好听,其实是极浅薄的皮相的,终不能深深地感到伏在艺术的奥处的伟大的力。如欲感到这伟大的力必须有相当的准备。这准备是甚么? 即须会得音乐所由造成的组织的本性。

音乐所以有伟大的效力及于人类的人格上者,其根源在于音乐的形

式的组织。即音的排列与组织,是音乐艺术的造成的一面。这就叫做音
乐的"形式的组织"(formal construction)。其第二面,便是这种音的排列
组织对于我们表示甚么意味,这就是前面所述的所谓内容。为这内容的
原素的,是感情。无论何种音乐,必具有一种感情。这内容之中,有一种
是事件的记述的表现。其最肤浅的最幼稚的,例如鸟的鸣声、马的足音、
风的吹声、水的流声、海洋的波涛的怒号等各种自然音的表现。更进一
步的,例如战争的光景、迎神赛会的情形的描写。其幼稚的描写方法,一
般称为"记述的音乐"(descriptive music);其高等的描写法,称为"标题
乐"(program music)或"交响诗"(symphonic poem)。又一般所称为"乐
剧"(music drama)的,就是把这种方法扩张起来,与别的艺术相结合而
表现的。关于这等音乐,容在次节详说,现在暂且不提。总之一切音乐
的共通的性质,是具有一种感情的表现为内容。没有这内容,恐不能成
立为音乐。至于某种事件的记述的表现,虽然今日的进步的音乐中颇多
其例。其实并非一切音乐非有不可的条件。

　　在形式的构造上也是同样,凡音乐必有其所由造成的要素。这要素
即称为形式的要素,即拍子、旋律与和声。所以定这三者为普遍的音乐
的形式要素者,乃根据于后述的理由。但也可以先简单地这样说明:即
完备此三要素的,为完全的音乐;缺其一,即为尚在发达途中的幼稚的音
乐。这在世界的音乐的历史上看来,也可断定。但像极端的条顿民族的
"形式的音乐"中所见的朔拿大形式(sonata form)、旋转调形式(rondo
form)等特殊的作曲形式,这不能说是普遍的形式的组织。与前同一理
由,在今日的进步的西洋音乐上,这种特殊的作曲形式流行极广,然而决
不是必须这样作法方能成为音乐。现今的剧的音乐等,普通都是在其记
述的内容上随附作曲形式的。作曲法一语,有广狭二义。倘从广义解释

之为一切乐曲的组成法,那么作曲法就变成了为一切音乐的形式的组织的基础的"形式的三要素"的用法的研究的意义。反之,倘视为今日的西洋音乐上一种特殊的乐曲形式的研究,则作曲法就变成狭义的意义,没有普遍的性质了。

　　要之,音乐的组织,无论在形式的组织上,或表现的内容上,都是一方面有普遍的要素,他方面又有进步的特殊要素的存在。

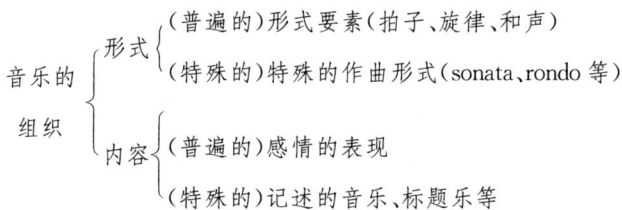

$$
音乐的组织
\begin{cases}
形式
\begin{cases}
(普遍的)形式要素(拍子、旋律、和声)\\
(特殊的)特殊的作曲形式(sonata、rondo 等)
\end{cases}\\
内容
\begin{cases}
(普遍的)感情的表现\\
(特殊的)记述的音乐、标题乐等
\end{cases}
\end{cases}
$$

　　表中关于内容方面的,容在次节说明。又关于特殊的作曲的形式的,容在后面第四章中说明。现在先就形式的三要素的成立及其性质的大纲说一说。

　　如前所述,音乐是音的组合所作成的一种艺术。故音乐的形式组织的原素,归根于"音的组合"的问题。音的组合中,有二个问题:其一,是所组合的音的性质,其二,是组合的办法。在前面曾经说过,音的性质有二种。其一是绝对的性质,即音色。绝对的性质不必许多音比较之后方才有意义与价值,其本身已经独自具有意义与价值。所谓音色,性质便是如此的。故属于这性质的,并不因比较而决定其价值,故音色没有一定要组合的理由。所谓音色的组合,就是合唱或合奏的问题。但这音色的组合,不是形式的构造的必要条件,即这事不入于形式要素范围之内。例如二部合唱,二部联奏(提琴与洋琴),弦乐四重奏(两个提琴,二个微奥拉,一个赛洛),或管弦乐合奏等,不是音乐形式的必要的条件,不能以此直接评定音乐的价值。我们不能见洋琴与提琴的二部联奏的乐器种类的贫乏,而指其所奏的音乐为卑下。如果照这标准,一切洋琴独奏或提琴独奏都没有价值了。可知这是无关于音乐的价值的,不能奉为艺术高下鉴别的标准,即音色的配合不是必要的形式要素。然则为甚么要组合音色呢? 这全然不过是好恶的问题。即人们欢喜音色的复杂与变化,故凑合各种乐器。并非这种组合比那种组合更为优良,只是各人自己对这种组合比那种组合更加欢喜而已。

反之,音的第二种性质,即前节所述的音的比较的性质,便是音乐的形式的三要素所由生。为甚么称为比较的性质? 因为要拿许多音互相比较,方才能见其性质,其价值亦因这比较而定。即比较一事为其性质所发生的原因。故倘不组合而比较,即不能定其价值。故音乐的形式的原素,必然归着于这性质上的组合。即这音的比较的性质,为乐音的"形式要素"造成的原料。音的比较的性质,有强弱与高低二种。这两种性质的特殊的组合而产生音乐的形式的要素。

第二个问题,是组合的办法如何的问题。即组合有时间的与空间的两种办法。时间的组合,即顺次继续的组合;空间的组合,即同时组合许多音。然时间的与空间的两名称似乎欠明显而难于理解,不妨改称为顺次的组合与同时的组合,较为醒目。

把比较的性质的强弱与高低两者照上法组合起来,可得四种结果:(一)强音与弱音同时组合;(二)强音与弱音顺次组合;(三)高音与低音同时组合;(四)高音与低音顺次组合。这四种情形中,第一种的强弱同时组合,有困难之处。因为音的强弱是关于音的势力的,故倘把强的音与弱的音同时组合起来,则势力大的音即并吞了势力小的音,而势力小的音隐没了,即强音可以消灭弱音。因为有这困难之处,故强音与弱音的同时组合,在形式要素上是不可能的。然而这决不是音乐的实际演奏上所没有的或不可能的事,倒是屡有的情形。其所以不入于形式要素中者,因为这事为一般原则所不许耳。即从势力上看来只能当作不可能的事。这样说来,前述的四种组合情形中,第一种应该取消,仅留后面三种,即:(一)强弱顺次组合;(二)高低顺次组合;(三)高低同时组合。这三者,即拍子、旋律、和声的三要素的所由生。

在音乐上,实际所用的言语,并不是这样单纯的用法。因为一切都是从实地上的问题而来的,故必表出着几分复杂的混合。但我现在要特别用单纯化的言语。例如音的强弱的顺次组合(即强音与弱音依了一种规则而顺次地配列),名为"拍子"或"节奏"(rhythm)。

注:在音乐上,拍子与 rhythm 意义稍有不同。rhythm 一语,正与我现在所指说的情形相近。这 rhythm 有人译为"节奏"。这译语固然适当,然而人们平常谈话的时候,极少用到。这不是世间所惯用的通俗语,而是一种特殊的言语。在专门的研究中,当然可有这种特异的名词的存在。但在像音乐的形式等极浅近的普遍的平凡的论理中,这实在过于专门,似乎不通用。那么同它相近似的,只有"拍子"是普遍的俗语。但今日的音乐者间所通用的"拍子"一语,相当于英语 tact。这 tact 与前述的 rhythm 意义稍有不同。tact 限于极狭小的范围。然日本向来所沿用的拍子一语的意义,又与这 tact 稍有不同。例如平安朝时代的四拍子、六拍子、八拍子,是从鼓的打法而来的名称,与今日的西洋音乐上的 tact 意

义大异。日本又有所谓"白拍子"及田乐等所用的"拍子"，则与 tact 意义又不同。至于谣曲中所用的八拍子等，意义与 tact 更是大不相同，倒近于 rhythm 的意义了。现今已把拍子一语当作 tact 的意义而沿用。但其在日本音乐者间的意义，也未必与 tact 完全一致。我想用极普通的意义的名词来表示这强弱的组合。

其次，高低的顺次组合，即顺次配高音与低音时的形式的要素，可称为旋律。旋律就是英语 melody 的译语。即与日本俗称为"节"（fushi）的同一意义。然而所谓"旋律"，所谓"节"，似乎均不是局限于音的高低的时间的变化一部分的。其中还有几许别的要素混入在里边。在研究日本音乐的人，尤其觉得如此。但我现在要把这名词仅用作音的时间的变化的意义。这未见得是最适宜的用法，但此外没有更适当的称呼，不得已而用之。其次，音的高低的同时组合，即高度不同的许多音在某规约之下同时组合起来，作成音的调和时的形式要素，名为和声。这就是英语 harmony 的译语。和声一语的极一般的意义，是高度不同的许多音的同时组合，然音乐者间实际所用的"和声"一语的意义，并不一定如此。在中国及日本的古代，"和声"一语是音律的阴阳的关系上的一种名称。又在今日的西洋音乐上，根据叫做"和声学"的一种特殊的学问（这是十八世纪初德意志乐圣罢哈及法兰西的拉莫氏所造出的一种音的组合方法，为近世音乐上普遍奉行的方法）而作的音的组合，普通称为 harmony。所以中世的西洋音乐上所流行的对位法（counter-point，这是许多旋律的同时组合，不仅是音与音的同时组合），在普通的意义上不称为 harmony，而广义地称为复音。但在学者之间，一般称音的高低的同时组合为"和声"。现在我也从他们称呼。

如上所述,即可明白由音的根本的性质的组合上的产生音乐的形式的要素。今列表于下,以便一览。

音的性质 ┤

绝对的性质——音色……合奏、合唱

比较的性质 ┤

强弱 ┤
同时组合……不可能
顺次组合……节奏(rhythm)

高低 ┤
同时组合……和声(harmony)
顺次组合……旋律(melody)

┤ 音乐形式要素

不过这表中所记节奏、旋律、和声等语,其意义已稍加限制或变更(如上文所述),特再声明,请读者注意。

其次,这三种形式要素与我们的心的状态的关系,最为重要,今略说于下。吾人的心的活动的状态,通俗地看来,可分为"理性"与"感情"两方面。关于这理性与感情,在第一章中已经说过,现在可无重述的必要。唯其对于音乐的形式的三要素有甚样的关系?今说述于下。

第一,节奏的一种要素,与人类的感情最有直接的关系。从人类感情最直接发生的是这拍子。例如原始的舞蹈等,最明显地表出着这一点。动物之中,猩猩等也能按拍子而舞蹈。此次欧洲大战前,德意志人曾在亚速尔斯岛上放饲许多黑猩猩,而研究其生态。这等黑猩猩能用两手按拍而舞蹈,然而不能唱歌。原始人的音乐,原是从拍子开始发达来的。由此可知拍子一事,是直接从人类感情上涌出的。这拍子可加以理性的研究。然而并非经过理性的研究之后,方才发生拍子,也不是拍子经过理性的研究之后,方才有特别的组织的进步。拍子的本性,完全是直接与人类感情相关联的。反之,和声(harmony)则不是直接从感情发生,而适应着多量的理性的要求。原始的音乐中,除了偶然情形之外,没有正式的和声。和声在欧洲音乐上的出现,是纪元一千年左右僧人虎克罗尔德(Hucbald)发明复音乐法"Organum"之后的事。这虎克罗尔德的Organum,是从古代希腊哲学者毕达哥拉斯(Pythagoras)的学术研究的论文得到知识,加以实验而作成的。倘在前没有毕达哥拉斯的学术的研究,则虎克罗尔德的复音法一定不会发生。欧洲音乐中和声的起源,最初完全发端于虎克罗尔德的Organum。这样看来,西洋音乐上的和声的存在,可说全是理性的研究的赐物。东洋音乐中之有和声,是中国及亚历山大帝国之力,汉朝有学者京房,精于音乐的理性的研究。自此以后,中国音乐上始有进步的复音。汉以前,中国也有琴瑟合奏的复音的音乐,因为中国自古音乐与度量衡相结合,由学者不绝地共同研究,试考中国音乐史,即可明白这情形。话虽然这样说,但是读者不可误解和声为全属理性的要求的东西。仅由理性,不能作成艺术的组织。有了感情的要求之后,方然能有艺术的要素。以上所说,不过是和声在三要素中需要理性的力最多而已。其次,再就旋律考究。原来声的升降,主要由于人类的感情的要求而生,然而仅乎感情决不能发达,非把它整理为"音阶"不可。而音阶的发达,则受和声等理性的要求的支配甚多。倘不借理性的力,旋律不会进步。故音乐形式的三要素与心的活动之间,可有如下表所示的密接的关系:

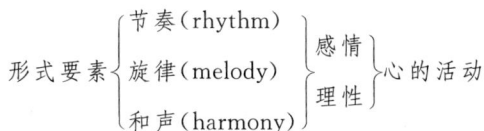

$$
\text{形式要素}
\begin{cases}
\text{节奏(rhythm)} \\
\text{旋律(melody)} \\
\text{和声(harmony)}
\end{cases}
\left.
\begin{array}{c}
\text{感情} \\
\text{理性}
\end{array}
\right\} \text{心的活动}
$$

看了这表，倘以为节奏仅属感情，和声全从理性而起，就完全错误了。此表中所示，乃其主要情形，即节奏受感情的支配最多，和声受理性的支配最多而已，并非绝对的意义。这一点请勿误会。

四　音乐所能表出的意义

前面屡次说过，音乐必须区别为形式与内容而研究。就中关于形式的方面，已在上两节中详细说过，现在请再就其内容即意义方面简单说一说。

音乐的内容，倘广义地解释，即音乐所表现的是甚么，则其答案也只有广义地说是感情。这样说来，一切音乐都是内容音乐了。换言之，即无论何种音乐没有不表出着一种感情。倘有仅属一种音的构造，不表示甚么感情的一种音的组合，那就不成为艺术了。倘然是艺术，则必然表出着某种感情。例如无标题的朔拿大或练习曲(etude)，虽无具体的描写，但仍有一种感情表现在作曲法中，我们仍可由此味得一种感情。故音乐的内容，倘解释为感情，则没有一种音乐没有感情。这样说来，没有内容的纯粹的所谓"绝对音乐"(absolute)，就不能存在了。然而普通所称为绝对音乐或"形式音乐"的，并不是这样的意思。即不仅表示感情，而更进一步，在音乐中描写记述某种"事件"的，名为"内容音乐"；反之，不表示这种特殊的意义的，称为"形式音乐"。关于这事，前面已大约说过，现在可不必再重说。以后凡称内容，是指一种音乐中描写记述某种特殊的事件的意思。这一点请读者特别注意。

这种表现法的最普通最容易的，是备有歌词的音乐。即借文学之力，在音乐中发表文学所有的意义。剧乐与歌谣曲，便是其实例。有时音乐竟处于补助的地位,而文学为其发表的主体。那种音乐其实在不是"歌唱"而是"宣叙",即在普通的言语的调子中加了些音乐的分子。像日本的"义大夫",中国的剧乐中的一部分,都是这类的音乐。但西洋的歌剧,大都是唱的,不是宣叙的,即以音乐的形式为主体的。然歌剧之中,也时时有宣叙风的部分,注意听时,即可辨别。

要之,声乐中有"宣叙的"与"歌唱的"二大别。宣叙的以文学的内容为主,音乐的形式为补助。反之,歌唱的则以音乐的形式为主,而文学的内容伴随其形式。

以上所说的,是借文学之力,采用文学的内容于音乐中的所谓声学(vocal music)。反之,还有不借文学之力,而用音响本身发表某种事件的音乐,续说于下。

用音响表现某种事件,始于自然音的模写。例如模拟鸟声、马的足音、风声、水流声,而游戏地巧妙地写出之,而用之于音乐中。从前有人说这种自然音的模仿是音乐的起源。然而今日的人都已承认这是谬见。历史地考察,或试研究原始人的音乐,或检查幼儿对于音乐的态度,都可证明这音乐起源说是误谬的。

音乐的起源或本体,是人类内部的感情因声音而表现于外部的结果。游戏地模仿外部的音响,一定要人智稍进后方才可能。音乐的基础是其形式。用音表示某种意义,都是后起的事(但这里所谓"意义",前面再三说过,不是指感情,乃指某种事件的发表)。试考察幼儿的音乐,婴儿要能用言语发表自己的意志,至少非经一年余不可。又婴儿要能听自然音而模仿,而以为游戏,也非经相当的长日月不可。然婴儿随地就能无意义地鼓动手足以按拍子,又发"啊……啊……"一类的叫声。这明是原始的音乐。婴儿从这原始的拍子及旋律而得到快感。这原始的音乐,实在就是音乐的形式,不是音乐的内容。这原始的形式,是先于言语及其他一切智的内容而发生的。说话已入旁途。但我们由此可以得到关于幼儿的音乐教育上的一个意见。现今一般幼稚园,其唱歌科往往勉强教以内容音乐,即往往选用以歌词的内容为主的唱歌,以为幼儿的音乐的主要的教材。这完全是误见。幼儿的音乐教育的最重要的主眼,是纯粹的原始的形式。务使儿童正当地感得单纯的拍子与音阶。这就是幼儿的音乐教育的全部。文字为主的唱歌,不过是一种游戏的余兴,不是正当的音乐教育。有时反为了有歌词的原故,以致妨碍了音程的正确,而在幼儿仍能感到一种满足。故歌词是足以破坏正确的音程的。幼儿的音乐,应该取无意义而正当的原始的形式。人们常常说:"我的耳生来不聪,对于音乐没有用。"其实耳没有生来不聪的道理。耳的聪否,由于遗传的很少,大部分视生后一年内的音乐教育的正当与否而定,到了三四岁已经迟了,入了小学校之后,则更已无及。我的主张,幼儿生后一周内应该开始这原始的形式的音乐教育。最初可连关于婴儿的脉搏,使感得二拍子的正确的价值。先使之感得与脉搏相一致的拍子,其次比脉搏稍急的,又次比脉搏稍缓的。我曾经为一幼儿试行音乐教育,自其生后一周开始,每日规定时间,用正确的微克托(Victor)蓄音器照这方针选曲,演奏给他听。音程的教育也用这方法,把五度、四度、八度等完全协和的音程十分正确地奏给他听。起初用少含半音的乐曲,渐渐移于多含半音的乐曲。这样经过一年余之后,再把含有简单的和声的乐曲奏给他听。关于眠儿歌(子守歌)特别注意。第一,音程不正确的绝对不用。含有不正确的音程(即不协调子的音程)的眠儿歌,是使幼儿的耳不聪的最大原因。倘有人在婴儿旁边歌唱不正确的音程的眠儿歌,我必立刻劝止或叱去。这样经过了一年半之后,有一天有客人来访。这客人同来的一位少女偶然在这婴儿身旁唱出音程不正确的眠儿歌,这婴儿忽然像火烫了一般地啼哭起来。这孩子到了四五岁时光,能从蓄音机中听了商赏及晓邦的音乐,自己在风琴上练过一二回之后,即能弹得全无错误。对于和声,他也能辨别和弦,自己在旋律上配以适当的和声。四重音和声的作法,这幼儿已能极便当又自然地作出。这孩子的将来的发达如何,未可逆料;但现在确已具有进步的耳。

一二年之前,我曾经对这孩儿的最初的长呗(nagauta,日本俗曲之一种。——译者注)先生这样说:耳不聪的人,研究音乐到底不能成功。要试验幼儿的耳的聪不聪,有一个方法:由先生弹三味线(日本弦乐器之一种。——译者注),令幼儿合了三味线而唱歌。先生可在弹奏途中突然任意变化其调子,新调子的一个音弹出的时候,普通的孩子必然一时合不上调子(不但孩子,大人逢到这种情形时也不能立刻合上调子)。倘能跟了琴弦变化,其间全不脱调,立刻用新调子正确地歌唱,这孩子的耳是聪的;否则便是不聪。长呗先生听了这话,立刻用这方法来试验这孩子。结果这孩子逢到变调的时候,新音一弹出能立刻应变,毫不脱调。我认为这是我的实验的相当的奏效。

我想这孩子将来入小学校,或可不至于破坏这一点才能。

说话久已入了旁途。要之,音乐的基础在于其形式。在音乐中发表一种意义,是人智进步后之事。然如自然音响的模写等极简单的事件,在古代希腊音乐中早已有之。在希腊以前的文明国中,恐怕也已有存在。例如中国,在距今四千年以前,音乐中早已有自然音模写的方法。但倘以这自然音的模写为主眼,凑成一曲,以表现自然界所起的一种事象,非人智有相当的进步以后不可。欧洲中世时代的纯粹的形式音乐,以基督旧教的音乐为主。到了十六世纪,Netherland 地方(即今荷兰、比利时及法兰西北部)的音乐者中有龚裴尔(Gombert)及姜纳康(Jannequin)等人,曾作许多模写的音乐。例如龚裴尔的《鸟之歌》(Bird Cantata),是模仿鸟的鸣声的,姜纳康的《巴黎之街》(Gris do Paris)是描写巴黎的市街的情景的。后者又有《战争》一曲,描写战争的情形。这等明明是自然音模写的音乐。所可注意者,当时还没有像今日的完备各种音色的许多乐器,故优秀的音乐都是声乐,即用声乐模写自然音的。如次章所述,声乐是适于表现人类内心中所起的感情的。用声乐来表现无关于人类的感情的自然音,很不便当。反之,笛一类的木制管乐器,其音色大都不能直接写出人类的感情,而齐备着一切自然音的音色。故自然音的模写,须到了木制管乐器发达以后方能充分实行。

换言之,模写音乐的发达,是近世木制管乐器进步以后的事。在日本音乐上,自然音模写一道,向来不进步,是因为日本木制管乐器不发达的原故。尺八(一种竖笛。——译者注)是日本木制管乐器的代表的,但其使用法完全错误,以致很良好的乐器不能奏效。

模写音乐自极小的组织以至很大的组织,有种种体裁。其小者大都仅仅模写鸟声、虫声,作成一曲。模仿得巧妙,而自然地组入曲中的,不一定卑劣,也有堪入耳的音乐。但像美国人所作的俗恶的模写音乐,把汽车的笛声,飞行机的推进机(propeller)声,老实不客气地照样写入音乐中,实在不堪入耳。其组织稍有规模者,也有模仿得很巧妙的乐曲。能把一件事象或一种风景描写得如在目前。例如微克托蓄音器中很普通的唱片,有《黑林中的狩猎》(Hunt in the Black Forest)一曲,这曲是费尔侃尔(Voelker)所作的,是有规组的模写音乐的一适例。起初发出幽暗而沉郁的音,其间听见鸟的鸣声。以后音色渐渐明起来,有雀及鸡的鸣声,村寺的晨钟声。这是描写天亮的光景的。其次,远方有马的蹄声渐渐走近来,以表示狩猎的人们集合于森林的入口。这森林的入口处有一打铁铺,天亮了,这打铁铺已在开始工作,铁锤的声音丁丁地响着。忽然听见狩猎出发号令的角声,与许多马的蹄声。猎犬发现获物,常常狂吠。又常常听见枪声。后来又吹出集合的喇叭,听见大众的欢呼声,乐曲就告终。这曲听了一遍,狩猎的光景历历如在目前。听这种模写音乐,与看活动影戏有同样的感觉。

　　这种照样模仿自然音的模写音乐,在艺术上的价值究竟如何?这种音乐,照样模写我们平日所接近的自然界的音响,务求近于实际,故虽有对于艺术或音乐不能理解的人,仅用普通的常识,也能了解这种音乐而感到其兴味。故这种音乐被理解的范围当然很广。即使对于音乐或西洋音乐全然不懂的人,听了这等乐曲也能立刻感到兴味。故用这等乐曲引导人们理解西洋音乐,渐次导入于高尚的艺术,换言之,以这等音乐为音乐入门的引导,实在是很好的一种手段。因这原故,除常识以外并无高等的艺术的修养(这里所谓艺术的修养,不是专门艺术家的修养,乃指艺术欣赏的修养)的低级的人们,都欢喜这种模写音乐。美国的下等社会的人大都欢迎这种模写音乐,就是因这原故(日本的下等社会,欢迎比这种模写音乐更少音乐的价值的"浪花节")。然而这种模写音乐,倘拿到"艺术"上来品评价值,实在是极低级的东西。何以言之?因为这种模写音乐的目的,是模写自然音,务求近于实际。换言之,它的目的是照样复制我们日常所接触的音响。故听了这等音乐,也不过感到同日常生活一样的感觉而已。倘要成为艺术,务使脱离我们所生活着的现在的世界,而反映于艺术的宇宙中。所谓反映于艺术的宇宙中,就是自然音一旦接触了我们的艺术的心灵,加了美的创作而表现。极简单地说,即自然音必须经过"美化"。全不经过美化而把原来的自然音加入在乐曲中,犹之用照相补入绘画中。模写音乐的缺点即在于此。美术不是自然风景的摄影,乃自然风景接触美术家的心灵,而反映于艺术的世界中的状态。音乐倘也要以描写自然为目的,则也须照一幅美术的绘画的办法。

自然音接触艺术家的心灵而受美化,必须与美术家的美的描写取同样的办法。我称这种音乐为描写音乐。又把这描写分为两个阶段而说述。第一,自然界的音响,本身全无音乐的美。风声,水声,都不过是一种杂音(噪音)。但自然音中,像莺声,也有音乐的美。这莺声处于其他一切粗杂不快的自然音中,独具有非常清美的音色与可爱的音调,听来真好像优美的音乐。然而这对于今日的非常发达的巧妙的音乐与世界的名手的演奏,究竟不能比拟。我曾经登富士山,途经静寂的森林,听见其中的快美的莺声,实在得到很多的美感。既而想起:假如这不是莺声,而是东洋第一的大艺术的唐代的大交响乐《春莺啭》,在这山中用笙箫来吹奏,则我所得的美感更如何?我一定不肯再出这山了。而况现代的浮当的提琴演奏与贝多芬的交响乐呢?

故自然界的音,并不全是美化的,艺术化的。第一须经过音乐的洗练。即其音色、拍子、旋律、和声,必须经过音乐化。又必须把其物的特异性抽象地表现在这音乐的形式中。例如马的足音,其特异性是其特有的拍子,故可仅取其拍子抽象地表现在音乐的形式中。鸟的鸣声、风的啸声、水的流声等,都可使之反映于美的世界中。这样,才能造出优良的艺术品。洛西尼(Rossini,十九世纪初意大利大歌剧作家)的歌剧《威廉·推尔》(William Tell)的序曲中的《暴风》及《稳静》等曲,裴德芬的《田园交响乐》(或第六交响乐)都是用这种美化的办法的。

把自然音抽象出来,使之在音乐的形式之下精练过的一种描写法,我今名之为"音乐的描写"。然更进一层,可拿来同艺术家的诗的思想相结合,成为更高尚的艺术。我对于绘画不大懂得,但想来绘画也是同样。惟绘画是诉于眼的形态,容易倾向于现实,其性质不像音乐地为抽象的,故可加想像的余地,不及音乐之多。瑞士的名画家裴克林(Boecklin,十九世纪末理想派画家)曾描一幅画,题名为《波之戏》(*Play of Waves*),一个美丽的人鱼现出雪白的肌肤,在波间游戏,彼方大浪中有一个皮肤深黑的兽体的魔王,向她追扑过来。这真可谓波浪的诗的想像的描写,我对于这幅画觉得非常感佩。音乐比绘画更为抽象的,故这种想像更容易广泛地施行。例如描写暴风时插入恶魔的怒号声,描写森林时插加森林的女神的歌声,是最普通的办法。更抽象而全用想像来作曲的,也常常有之。欲描写与实际音全无关系的事象,非用这诗的想像的描写不可。例如自然风景,事件,与音响全无关系的很多。要在音乐上描写这等题目,除用诗的想像以外没有别的办法。这种加诗的想像的描写法,我名之为"诗的描写"。前述的《黑林中的狩猎》的开始处所描写的天明时分的情景,完全照样模写黎明时分所有的鸟声等自然音,故不甚高等;反之,洛西尼的歌剧《威廉·推尔》的序曲最初奏出的天明的光景,全不用自然界的音响而只写天明时的一种情调,便是诗的描写的一例。又如华葛耐尔(的歌剧《华尔寇雷》(Die Walkure)中的有名的《魔火场》(Magic Fire Scene)一曲,也是诗的描写的。这曲中用乐器的特殊的用法来表示特殊的音响(这乐器的特别的用法,详见后章)。从这诗的描写更进一步,还有心理的描写,这就是十九世纪末在欧洲乐坛上有大势力的所谓"印象派"(Impressionism)。关于印象派音乐,在别的书中当有说明的机会,现在暂且不说。现在拟就标题乐说一说。

标题乐与印象派,并非全无关系的,不过二者的组织不同。现今颇有人说这"标题乐"的名称甚不适当,故不主张用这名称,而用"音诗""交响诗"等名称。名称无论定为什么,总之,这是由前述的诗的描写更扩大更深刻地描写自然及人事的一种音乐。它们不但描写自然,对于人事也用音响来描出。前述的诗的描写,到了十九世纪初,人们也仅视之为用它来描表从自然所得的一种情调而已。例如有名的裴德芬的《田园交响乐》等,便是用这描写法的。反之,直接描写自然的方法大规模地成功的,是德意志的华葛耐尔。华葛耐尔的剧中,极多用这种描写法。又在另一方面,戏剧一般地用音响写出事,即以"剧的描写"在音乐上大成功的也有二大家,即十九世纪中叶法兰西的裴辽士(Berlioz)与匈牙利的李斯德(Liszt)。他们都用音响写出人的性格及生活,离开文学而仅用音响来像作诗一般地说出,故名为音诗或交响诗(交响一语,由交响乐而来,交响乐,即 symphony 的译语,是全然离开文学而仅用音响来组成的最伟大的音乐组织,故借用此名称)。然这人事描写,可说也是到了华葛耐尔而完成的。即华葛耐尔把自然描写与人事描写并为一团,而作出他的"乐剧"(music drama)。

要研究华葛耐尔的描写法,很费事的事,非三言两语所能说尽。关于华葛耐尔的艺术,当让音乐史说明。现在仅在这里略述他的初期作品歌剧《李恩济》(Rienzi)的序乐,及《汤诺伊才尔》(Tannhauser)的序乐,以为剧的描写法的实例。

李恩济,是十四世纪时煽惑罗马的市民,企图革命,打倒横暴的贵族,做了市民的主权者,后来失了人望,终于悲惨的最后的一个历史的人物。华葛耐尔就拿这历史事件作成一曲歌剧。这歌剧的序乐(overture,即歌剧开幕前所奏的乐),采剧中所有各音乐的主题,拿来巧妙地组成一曲,以表出全剧的大体的梗概。这序乐的开始,是李恩济欲从贵族的横暴势力之下救援罗马市民而向神祈愿的祷歌。其次是罗马市民感于李恩济的祈愿,而和了他合唱的旋律。这是李恩济煽动罗马群众而惹起革命的战斗的音乐。终了是市民崇仰李恩济为救世主而发的赞美的音乐。李恩济的事业,就被这一曲中用剧的描写法历历写出。《汤诺伊才尔》一剧,则由两种事件组成。

汤诺伊才尔是十三世纪生于德意志南方的一乐人,为邱林根领主所任用。这时候邱林根的首都华尔德布尔格(Wartburg)城有门歌会开会。这汤诺伊才尔也出席于门歌会。这是一件事实。还有一件事实,是关于叫做微奴斯(Venus)的一个妖魔(是一个美女,诱惑青年男子的魔女)所住的微奴斯布尔格(Venusbury)山的神话。两件事实结合而成为这歌剧《汤诺伊才尔》。即汤诺伊才尔受了这妖女的诱惑,到了微奴斯布尔格山中。后来听见了从罗马来的巡礼的歌而悔悟了,出了妖窟。然罗马法王定他的罪很重,不能赦免。他就自暴自弃,再进了妖魔的窟中。爱汤诺伊才尔的一女子爱理若裴德(Elisabeth,邱林根领主的公主)愿舍身为汤诺伊才尔向神赎罪,终于汤诺伊才尔的罪得被赦免。这序乐就是将这一段故事巧妙地描写出的。曲的开始是罗马巡礼的歌,其次是非常诱惑的妖女微奴斯的跳舞音乐。汤诺伊才尔受了她的诱惑而兴奋,唱出爱的歌,渐渐激烈起来,以描写被诱入山中的情景。其后又是罗马巡礼归来的庄重的音乐,表示救世的欢乐而曲终。

以上所述的华葛耐尔的序曲的描写,便是剧的描写法。这种序乐脱离歌剧而独立为一乐曲,即所谓"标题乐"。标题乐或广称为音诗、文响诗的乐曲,自十九世纪末以至今日,非常发达。今再就现今极有名的,又微克托蓄音器公司已有唱片的,俄罗斯的大音乐家却伊可甫斯基(Tschaikowsky)的名作序曲《千八百十二年》(Overture 1812),说明于下:

千八百十二年,是法兰西的拿破仑进攻俄都莫斯库,焚烧全城,忽为大雪所困,被剽悍的哥萨克军所击败,这盖世的大英雄遭逢致命的大败的一年。把这事件描写成一乐曲,即序曲《一八一二年》。开始是俄罗斯国民知拿破仑将来袭而恐怖苦恼的情景,奏出俄罗斯国教的正教会的祈祷的赞美歌。其次是军队的来到,可怕的战争的状态,起初法兰西国歌音调很高,后来忽然消沉下去,表示法军的败北。而俄罗斯国歌渐渐昂奋起来。以后是莫斯科的寺院的钟声,表示胜利的感谢的声音。在俄罗斯国歌响得极鲜明的时候,胜利的行进曲又堂堂地奏出。莫斯库的一场大战,就此描写完毕,这是大多数人所欢喜听的乐曲。

如上所述,现今的音乐,不用文字,却与文字渐渐接近而相握手了。原来音乐随伴歌词而受其掣肘的时候,为国民的音乐或者相宜,但当作世界的艺术,终于缺乏价值。这是日本的江户时代的歌谣与中国的现代音乐中所常有的缺点。西洋有几种剧,或有几种乐曲,其音乐离开了歌词也有独立的价值,倘能全然脱却了随伴之域,也可有世界的效果。标题乐可以发达到什么地步,虽未可预料,但纯音乐接近于文学时,变成这标题乐与音诗的状态,原是当然之理。

第三章　音乐的演奏

一　技术的练习

　　以后拟再说关于音乐的演奏的话,音乐的技巧,在文字上有难于说明的地方,又说也徒然,故现在不说。凡实际的技术上的工夫,只有从先生直接受教,此外然没有别的办法。近来有关于技术的讲义,例如提琴奏法的讲义,《洋琴独习》之类的出版物,其实并不是可以完全不从师而自己学习的意思。虽然不能说绝对不可能,但正当的奏法,独习究竟不行。然而也不可因此而诋毁那种讲义为全然无用。经验丰富的技术先生亲自执笔的讲义,实在是良好的参考书,学者可由此得到莫大的利益。不过这终于是一种"参考"书,仅能供参考。技术必须直接从师学习。

　　更有一可注意的事,是音乐的速成。近来有提琴速成教授等举行。又有称为讲习会的短期毕业的学会。其实在音乐上,无论哪一部分,都是不能短期毕业的。西洋有名的书物中说,有人问某音乐大家:"提琴要练习多少年代,方能在公众面前演奏?"那大音乐家回答他说:"每日弹十二小时,继续练习二十年,可在公众面前演奏了。"日本宫内省的雅乐练习所须七年毕业,方可为一伶人乐师。笙一类的乐器,总算是简单的乐器,每日练习,也要专门练习七年,毕业之后还不见得一定是优良的吹笙者。故技术的速成,全然是可笑之谈。短期的讲习会更是无用之物。讲习会其实只能说是复习会,否则是入门会,决不是二礼拜三礼拜可以毕业的学会。技术一道,是无所谓毕业的。

专门的音乐家作别论;专门家以外的人,欲在职务中,家庭中,修养精神,增进能力,而学习音乐,当然不能把毕生的工夫完全交付于技术的练习。那么,他们只得要求一种速成的便法。但这速成,如前所述,决不是单纯的技术的速成,乃耳与头脑的音乐的养成。这是很重要的一事,欲得音乐的养成,务须多读音乐的书物,多听高尚的音乐会,或购备优秀的蓄音器,空闲的时候就听赏,餐室中尤为相宜,一面聚餐而一面听乐,最为适当。记得我的先生田中正平博士,在赴办公以前,换衣服的时候,必在旁边演奏蓄音器,一面听乐,一面换衣服。常常在高尚的音乐中生活,犹如住在良好的空气中。

乘此机会,我拟列二十条训诫,当作音乐者的座右铭,以供参考。这是我为东京盲人学校的音乐研究科及音乐师范科学生而定,使他们用点字(即盲人所用的文字)记录,当作座右铭,平日暗记在心头的。这是从德意志有名的作曲家修芒为音乐者而定的训诫六十八条中采集出来的,但亦随我的意思而略下改订。

音乐者座右铭二十条:

1.最高尚的艺术,与道德相一致。

2.勤勉与着实,造成高尚的艺术家。

3.热心是达于妙技的门径。

4.要毕生学习。

5.要使日常生活为音乐的。

6.勿夸自己的技能。

7.欲制自大心,可读音乐史(即熟读名人大家的传记)。

8.常与胜己者为友。

9.不可妄评未闻之曲。

10.才听一次,不可立刻判断其曲之是非。

11.判断乐曲,须注意其曲乃由高尚的音乐思想而作,抑由一时即兴而作。

12.切勿倾听或弹奏下贱的音乐。

13.切勿逐流行。

14.勿留意俗耳的判断,宜听专门家的批评。

15.无论何时,均宜如在教师面前一样弹奏。

16.努力于乐曲的理解。

17.演奏名曲时擅加改饰,是对于名曲的最大的侮辱。

18.常须注意耳的发达。即常须注意入于耳中的音响(例如鸟声、车音等)的调子。

19.常须养成不靠乐器的帮助,也能完全歌唱的习惯。

20.名人的演奏,常如醉汉的步行,有一定的拍子,但初学者决不可模仿他们,必须按正确的拍子而演奏。

二　唱歌

世间无论何种乐器,都不及人的肉声的能最直接地发表人类的感情,这是谁也相信的话。从这意义上,我们就可确信声乐,即唱歌,在音乐上占有极重要的部分。

肉声的发音法,是最要注意的事。必须注意考虑两方面,即音乐上的共通的练法与发挥各个人的特征的手段。徒然地大声呼喊,决不能给人以快感。欲发美快的声音,非精练不可。精练的方法,大都人人相共通。因为世间的人的发声器官(即声带)的构造是大体相同的。然也有种种差异,其差异的主要原因如次:

1. 男女的差别;

2. 年龄的差别;

3. 历史的差别;

4. 音乐的性质上的差别(例如宣叙的与歌唱的);

5. 国民的性质的不同;

6. 风俗、习惯、生活、职业等的不同;

7. 各个人的主观的特殊性的不同。

关于此数条,不暇一一说明,也无一一说明的必要。唯其最后一条,须特别注意。

前面说过,声乐能最微妙最直接地表现人类的感情,为一切器乐所不可及。而各个人的特殊性,最为重要的要素。例如提琴,便是因为有这特殊性(近于肉声),故有很大的价值。各大演奏家,各有其特殊性。洋琴演奏也是同样。唯在风琴(管风琴)演奏上,各个人的特殊性差不多不能表现。因为管风琴的演奏,奏者压键盘时其力并不直接及于管,而由于间接的物理的方法,尤其是近来的利用电气的风琴,力的传达完全不同。键盘压下,电流就通,但其电流不受压键盘的人的感情的支配。故压键盘的动作中无论含有何等灵的超机械的要素,经过电流而传达于管口的时候,已完全变成一种机械的动作了。这一点是管风琴(pipe organ)与洋琴(piano)大异的地方。在洋琴上,压下键盘的时候,其灵的超机械的要素能充分传达于弦线上。故近来流行的自动洋琴(pianola),

不必用指弹，而用机械的装置来演奏洋琴，实在是艺术上的有害之物。即这是死的音乐。自动洋琴的效能止于舞踏的伴奏，决不能当作一种艺术。故电气风琴的制造，实在是大谬的。用电气的装置时，其风琴的本性已大半机械化了。向来的风琴，使用空气压力，已是机械的，即键与管口结合的动作已不是灵的了。故风琴其实都是自动演奏的。人的劳动其实全然无益。然这里有一不可忘却的艺术的重大的要素。即风琴上的拉手(stop)的用法，就是为了灵的表现而设的。故风琴只能说是拉手使用的艺术，不是键盘压下的艺术。洋琴就与之大不相同，全以键盘压下为主要的问题。在日本最初这样主张的人，是理学博士田中正平先生，是距今二十五年前的事(本书作于大正十二年，即一九二三年——译者注)，以大风琴上利用电气的最初的发明者，名震于世界的，也是这田中正平博士(事在距今二十九年以前)。从此之后，世间的大风琴大家都改造为电气利用的了(田中正平博士是有名的纯正调风琴的完成者，驰名于全世界)。博士发明了这电气风琴之后，又预言将来的情形，说将来的风琴必达到自动风琴的时代。最近果然有自动风琴实现了。近来西洋各国人口减少，都会及田舍的寺院中，均备有管风琴，每寺只能雇风琴者一人。设或这人有了事故，例如生病了或赴旅行了，在田舍就不易觅得代替的弹奏者。但宗教上的仪式不可缺省，颇感不便。因此近来设法在风琴上加自动的装置，可不必用人力演奏。这自动风琴成立的消息，最近由德意志人通报田中博士，其通报书中有这样的话："先生廿五年前的预言，今日适中了，德意志人深为敬佩！"

　　说话又脱出了洋琴与风琴的范围。如上述的风琴，姑作别论，此外一切乐器，均以表现奏者的特殊性为其价值。乐器尚且如此，何况人类感情最直接发表的声乐？声乐倘完全没却了自己个人的特征，就完全没有艺术的价值了。

　　我为什么特别丁宁说这一点呢？因为我常见近来的声乐家中,有徒尚西洋人的唱歌法的模仿的倾向。模仿与学习,大不相同。模仿是艺术上所大嫌恶的。

$$
修养
\begin{cases}
共通性 —— 习得 \\
特殊性 —— 排斥模仿
\end{cases}
$$

　　由蓄音器练习唱歌的人,尤宜注意这一点。大都容易陷于模仿。模仿他人的癖好,是很不可取的态度。尤其是日本模仿西洋人的癖好,最为可恶!

　　以上所述,大意是谓各个人的特殊性应该尊重。然则怎样可以发出美的声音? 人类的共通的修养法占居多数。在这点上我们应该学西洋人地方很多。在日本,关于发美音的方法,向来没有充分的有组织的研究。在西洋对于这方面颇有研究工夫。著书之中,例如:

　　雷芒的《唱歌法》(Lehmann: *How to Sing*);

　　裴梅-侃雷尔的《唱歌及言语的发声法》(Bohme-Rohler: *Lautbildung bein Singer und Sprechen*);

　　勒痕的《声音的哲学》(Lunn: *Philosophy of Voice*);

　　莫德的《脑髓与声音》(Mott: *Brain and Voice in Speech and Song*);

　　马伊耶的《声音器官》(Hermann von Meyer: *Organ of Speech*);

　　彼列德的《发声学说的疑问》(Perrett: *Some Questions of Phonetic Theory*)。

　　其他尚有名著不少,在日本向无这种研究。所以这种学问,是极重要的事。学了这种学问，即可补救从来日本音乐的发声法的缺点。尤其是所谓"盲人声"的盲人所独得的一种不快的声音，可以大加矫正。东京盲学校校长町田氏颇注意于这一点，特为翻译上述的书籍，以供教员及学生的研究（每周声音学研究一小时，由町田校长自任），由此可以除去盲人声而发出正当的自然的声音。试听该校的音乐师范科及研究科生的筝曲呗，拿来同从来的盲人的声音比较一下看，即可显知其效果。然根基这世界的研究而矫正日本人的歌声，与模仿西洋人的歌癖是大不相同的事。这一点要特别注意。

　　发声时的用力法，有种种不同。着力于下腹部而发声的，是谣曲等的唱法，即可谓东夷之声。着力于上腹部，即横隔膜的下方而发声的，是"义大夫""常磐津"等的唱法。仅着力于胸部而发声的，是平安朝的"催马乐"及"朗咏"之类的唱法。又"清元"及"歌泽"等，仅着力于胸的上部，即喉头及气管的部分。然这等都不能说是完全的发声法。从喉头贯彻胸部、腹部全体而普遍地着力的，是今日的西洋音乐上的唱歌法。正常的声音，必须用这方法发出。

　　声乐中还有重大的国民的要素。这就是因了其国民的言语的声音学的组织的不同而起的差别。例如听中国的歌谣，可知其与中国语的发音特殊性有密接的关系，用别的无论哪一国的国语，都不能完全写出中国的歌谣。日本的"义大夫"及"净琉璃"也是如此。在西洋也是如此，德国的歌谣，用法语或意语不能完全写出。而在宣叙的音乐，即剧的音乐，这特殊性尤显。在歌唱音乐中也有这特殊性的存在。将来的日本音乐，决不能脱离日本语的组织。试研究中国音乐的真髓，即可悟到这一点。将来的日本国字即使改革而成为罗马字体，但日本语仍是日本语，决不会变成英语。日本字改为罗马字，并非日本语变作英语。误解这一点的人,以为日本音乐的发声法改善的世界正常的发声法,就是用英文歌的唱法来唱日本文的歌,这完全是误解。

最后我拟就男女的差别及年龄的差别略说一说。在西洋音乐上,人的声音分为六类:

高音部(soprano)——女子及小儿的高声;

次高音部(mezzo-soprano)——女子及小儿的中庸声;

中音部(alto)——女子及小儿的低声;

次中音部(tenor)——男子的高声;

上低音部(bariton)——男子的中庸声;

低音部(bass)——男子的低声。

这六种声音,并非把人所能发的声音分为高低六等而已,乃各部各有其独得的音色。例如低音部,不仅是男子的低声的称呼,乃指一种庄严沉重的音色。次中音部、中音部、高音部,亦各有其固有的音色。这音色实为声乐的最重要的要素。但在日本音乐中,男女声的区别、年龄的区别,一向不当作问题。合唱中即有破坏的声音,也置若罔闻。例如"三曲合奏",男女一齐用同样高低的音,唱同一的旋律。相差八度的原始的分部法也没有。男子硬装高音,女子也勉强发低音,一样高低地歌唱。这种无理的唱歌法,世间实在少有。南洋的土人或马来群岛的土人的唱歌,男声与女声也分明区别着。稍进步的土人,例如马来人,对于声的作曲与对于女声的作曲显然不同。这是当然的事。

三　乐器的演奏

世间乐器的种类极多,但又大别之为一等、二等、三等的三级。所谓第一等乐器,乃乐器自身没有甚么大缺点,可广行于全世界而为世界的乐器者,或现在虽有若干缺陷,但容易改善而为世界的乐器者,即如提琴、洋琴、风琴及其他管弦乐合奏用的乐器,日本的尺八等是。其次,所谓第二等乐器,乃乐器自身有音响学上的缺陷,不除了这缺陷不能成为世界的;倘除去了这缺陷,则必致失却其乐器的大部分的特色。这种乐器,普通用为特种的伴奏乐器;倘用为独立的演奏乐器,其奏法必受制限,不能超出一定的技巧以上。然其音色均富有特殊性,限定为某国民的乐器,最为适当。弹弦乐器大部分属于此类。南欧的曼陀铃(mandoline)、六弦琴(gaitar),亚非利加土人的彭菊(banjo,羊皮胴体的一种原始的六弦琴),俄罗斯的罢拉拉伊卡(balalaika,一种三弦乐器——译者注),印度的微那(vina,印度古弦乐器——译者注),阿剌伯的雷罢勃(rebab 或rebec,欧洲最古的弦乐器——译者注),中国的月琴、琵琶,日本的筝、三味线等,皆属于此种类。再次,第三等乐器,则全是音乐的玩具。其中不但有音响学的限制,又有许多音乐的限制,到底不能自由演奏,仅不过极不完全的玩具而已。口琴(hamonica)、手风琴,即是其例。这种乐器全然没有加入演奏会而在大众面前演奏的资格。要之,即:

$$
乐器\begin{cases} 第一等——世界的 \\ 第二等——国民的 \\ 第三等——玩具 \end{cases}
$$

请先记忆,世间的乐器有此三种分别。

其次,前面曾经说过,乐曲有作曲(composition)、技巧(technic)与表情(expression)的三方面。就中最重要的莫如表情。倘没有人的感情表现于演奏上,其演奏就不过为机械的动作。故表情为演奏的目的。然这表情分两条路径,一是通过了作曲而发表,一是通过了技巧而发表。这两者原非别物。通过了作曲与技巧双方而发现表情,乃为最正当的演奏。然而也并非两者无论何时非结合不可。

或者通过作曲而发表,或者通过技巧而发表,第一由于作曲者的性状或作曲的目的,然有时又常由于乐器的性质。例如风琴,则宜乎通过了作曲而发表,不宜通过技巧而发表。洋琴也有几分这个倾向,然洋琴比风琴所要求于技巧者甚多。反之,提琴则宜乎通过技巧而发现表情,不宜通过作曲而发现表情。这是听风琴、洋琴、提琴的演奏时所应知的事。在管弦乐合奏中,这两者充分结合着。即管弦乐合奏是充分地兼备这两者的美点的。这一点,便是洋琴朔拿大与管弦乐合奏的交响乐的不同之处(关于朔拿大及交响乐,在次章详说)。

研究各乐器性质及用法的学问,称为"器乐法"(instrumentation)。试研究各乐器的合奏,即可了解其要点。现在且把几种演奏的术语为非专门的好乐者说述在这里。所谓"独奏"(solo),乃奏者一人用一乐器完全奏出一乐曲,例如"洋琴独奏"(piano solo)便是。倘一人并不完全奏出乐曲,则只奏其主要部分,更由他人用他乐器补充其所不足的部分,便是附伴奏的独奏。这时候其补充的部分的演奏称为"伴奏"(accompaniment)。例如在提琴独奏上附洋琴伴奏便是。又有数乐器合奏,而没有宾主(即如伴奏与独奏)的关系,一乐曲因了作曲的目的上或乐器的性质上的关系,必须分为二部或三部,由各乐器分别担任的,称为"联奏"。要明白这关系,可举朔拿大与司伴乐(concerto)来说明。所谓朔拿大,是一种特殊的作曲法的名称。这种作曲法,用提琴单独演奏,多受限制,颇不便利,故普通都由提琴与洋琴二乐器分担而演奏。这是提琴与洋琴的联奏,这时候洋琴不是提琴的伴奏。又有用两架洋琴来演奏的朔拿大。这是洋琴联奏。至于司伴乐,则必附有管弦乐的伴奏。有时不宜用管弦乐,改用洋琴亦可。例如"提琴司伴乐"(violin concerto),则提琴独奏而洋琴伴奏;又如"洋琴司伴乐"(piano concerto),一洋琴独奏而另一洋琴伴奏。即:

$$
\text{一提琴与一洋琴}\begin{cases}\text{奏朔拿大时——两者的合奏}\\[6pt]\text{奏司伴乐时——洋琴为伴奏}\end{cases}
$$

$$
\text{两洋琴}\begin{cases}\text{奏朔拿大时——两者的联奏}\\[6pt]\text{奏司伴乐时——一洋琴独奏,一洋琴伴奏}\end{cases}
$$

　　然这是有关于作曲法上的问题,读了次章的说明,即可充分理解了。

　　其次,用多数乐器同时演奏时,各乐器同奏一个旋律的,名为"齐奏";各乐器所奏旋律各不相同而保有一定的关系的,名为"合奏"。在日本,凡许多乐器一同演奏的都称为合奏(例如"三曲合奏"),其实不是正确的合奏的意义。

　　此后拟就合奏略述之。合奏,约可分为二类。其一是"室内乐",其二是"管弦乐"。室内乐一名称,今日都用为一种特种的作曲法的名称。但这是由于这种作曲法向某方向发达的结果而生的,一种枝叶的现象。从本来的意义上说,应该是与管弦乐相对称呼的一种演奏法的总称。

　　室内乐与管弦乐的差别,最显明的有二。即第一点差别,室内乐由少数乐器组合而演奏;反之,管弦乐则用多数乐器,由数十人合奏。(但极不完全的小管弦乐,原有只由十人内外的演奏员合奏的。又如华葛耐尔所行的极大的管弦乐,演奏员有四百名之多。第二点差别,室内乐不要另设一指挥者,合奏员全体自能团结而演奏。反之,管弦乐则常设一指挥者(conductor),这人舞动其指挥棒(baton),以指挥全队的演奏。(然极小规模的小管弦乐团,也有不特设指挥者,而由奏第一提琴[first violin]的人一面演奏,一面表示一种态度,以代替指挥者职司。但这种当然是极不完全的非正式的办法。)

在这两个相异点中,室内乐与管弦乐的主要的区别是什么?在于后面的一点。即二者的主要区别,是有否指挥者统一演奏表情的问题。即全体合奏员的各人格连合,协同而演奏一乐曲时,称为室内乐。反之,全然忽视演奏员各人的人格,各人只当作器械的一部分而动作,合奏的乐曲的表情归指挥者一人的感情作主的时候,换言之,只有指挥者一人的人格发现的合奏法,名为管弦乐。由此可知室内乐与管弦乐的办法大不相同。例如演奏室乐,则演奏者全部出现于舞台上,各人均先向听众行礼,然后开始演奏。演奏完毕,各人又同来告辞听众而退。至于管弦乐,则演奏者各人全不出来对待听众,大家默默地坐在椅子上;而由指挥者一人向听众行礼,然后开始演奏。演奏完毕,又由指挥者一人告辞听众,演奏员全不向听众出面。听众拍掌喝彩的时候,也只有指挥者一人消受这光荣,由他一人向听众行礼答谢,与其他的演奏员全无关系。在室内乐就不然,遇到这种情形,必然演奏员全体起来行礼。这样看来,在室内乐是演奏者全部的连合协同而合奏;在管弦乐则只承认指挥者一人的人格,其他全部演奏员均当作机械的一部分,而听凭指挥者运转。换言之,在室内乐,各演奏员对于演奏负着连带的责任;反之,在管弦乐仅由指挥者一人负责,无论对于这演奏的赞美或恶评,均由指挥者一人担当。故室内乐犹如责任内阁,管弦乐犹如君主专制。

故其必然的结果,是室内乐必由少数演奏者合奏,管弦乐必由多数演奏者合奏。管弦乐可凭指挥者一人的意志而自由运转,故可统一多数人的合奏。室内乐要各人的人格连合协同,人数过多当然不容易达到。所以管弦乐独有大规模的组织。这犹之大规模的军国主义,必君主专政的方才可行。近代德意志的大军国主义的管弦乐,初有稗士麦为指挥者,后有卡伊才尔(Kaiser)为指挥者,方能开始伟大的合奏。日本是室内乐的国,有人误解为与德意志同一体裁,全属谬见。

　　从这点上看来,在日本没有相当于管弦乐的音乐演奏。日本音乐的合奏,大都属于室内乐的性质。雅乐的管弦合奏,在字面上似乎与西洋的管弦乐相同,其实在性质上大有差别。西洋的管弦乐完全是君主专制的,雅乐的管弦合奏则有连带责任。在这点上,雅乐的管弦合奏于人格修养上大有意义与效果。西洋的室内乐,其组织虽比管弦乐为小,但趣味极丰富,且有特种的价值。因这原故,研究音乐理论的学者,大都欢喜又注意于这室内乐。因为这室内乐的组织,不但是一人的人格的表现,而是多数的复人格的表现。西洋室内乐规模很大的时候,就是日本的雅乐的管弦合奏。

　　如前所述,西洋的室内乐都是小规模的。最小的二三人,大至十数人。然十人以上的室内乐合奏,极为稀少。普通大都是三人、四人或五人的合奏。三人用三种乐器而合奏时,名为"三重奏"或"三部合奏"(trio);四人分任四乐器而合奏时,名为"四重奏"或"四部合奏"(quartet);五人分任五乐器的名为"五重奏"或"五部合奏"(quintet);六人的名为"六重奏"或"六部合奏"(sextet);七人的名为"七重奏"或"七部合奏"(septet);八人的名"八重奏"或"八部合奏"(octet),以下准此。但八人以上的室内乐合奏是极少了。就中最多且最普通的,是四重奏。四重奏中,用两个提琴(其一个奏高音部,另一个奏中音部。前者特称为第一提琴,后者特称为第二提琴。这第一与第二的区别,乃由提琴所奏的音乐不同而来,并非乐器的名称)。一个微奥拉(viola 较大之提琴,主奏次中音部)和一个赛洛(cello,比 viola 更大之提琴,主奏低音部)者,又特称为"弦乐四重奏"或"弦乐四部合奏"(string quartet)。这弦乐四重奏在室内乐中占有主要的地位。其中省略一提琴或一微奥拉,而用洋琴代替之的,特为"洋琴四重奏"(piano quartet)。

弦乐四重奏何以为室内乐的中心? 因于下列两个理由:

第一,近世西洋音乐的和声法,如次章所述,以四重音为最完成的结合。倘超过四重而变为五重音、六重音,在和声法上就嫌其音的重复过多;倘不达四重而变成三重音、二重音,在和声法上又嫌其不充足。换言之,即四重音在近世西洋音乐上是所谓"必要且充分的要件"(necessary and sufficient condition)。这便是弦乐四重奏以室乐为中心的一个理由。

第二,violin、viola、cello 等摩擦弦乐器,即弓乐器(bowed instrument,即因弓的摩擦而发音的乐器)所发的音的音色,从音响学上实验而研究起来,其中除决定其音的调子的主要部分(名曰原音,即 fundamental tone)以外,又混着装饰其音的附属部分(名曰陪音,即 overtone)很多。(犹如烹调食物,必附加油盐酱醋。这陪音对于原音的作用,犹之油盐酱醋对于食物。)一切摩擦弦乐器所发的音,均含有此陪音甚多,且其配合均相同。这一点是摩擦弦乐器与别种乐器的显著的差异。因这原故,摩擦弦乐器的发音最迫近人的肉声。试听 violin、viola、cello 的合奏,各音互相粘着,不似别种乐器的合奏得各音离散,而融合为一团,能充分发挥人类的表情。这也是弦乐四重奏所以为室内乐的主要部分的原因。

这样看来,弦乐四重奏在室内乐的组织方面占有重要的位置。然倘要求音色的变化,则加入哈泼(harp)、弗柳忒(flute,笛)、奥薄(oboe,笛类的木制管乐器。关于此种音乐上名词,可检查拙著《音乐的常识》后面索引——译者注)等音色变化丰富的乐器而合奏,更多趣味。故弦乐四重奏于音色的变化上并不丰富,而在作曲的方面有特种的发达。

最后拟就西洋的管弦乐的组织一说。西洋的管弦乐,是到了近世而发达的。以摩擦弦乐器为中心而组织,始于十七世纪初,即意大利的蒙台凡尔第(monteverde)所创行的。到了十八世纪中叶,经过了奥国的罕顿、德国的莫札尔德(Mozart)与裴德芬的研究而完成。十九世纪中叶法国的裴辽士就具体地发表管弦乐法的理论,规模就十分壮大。西洋近世一般通行的管弦乐,就是按照这理论而组织的。

今将其组织的大概说明于下。管弦乐合奏所用的乐器,大体可分为四团体。即:

(第一)摩擦弦乐器团(string choir)

　　　violin

　　　viola

　　　cello

　　　contrabass

(第二)木制管乐器团(wood wind choir)

　　甲,横笛类

　　　flute

　　　piccolo 等

　　乙,单簧笛类

　　　clarinet

　　　bass-clarinet 等

　　丙,复簧笛类

oboe

English horn

basson

(第三)金属制管乐器(喇叭)团(brass choir)

French horn

cornet

trumpet

trombone

tuba 等

(第四)打乐器团(instrument of percussion)

甲,鼓类

large drum

little drum

乙,装饰乐器

triangel

cymbal

bell 等

此四团体中,第一、第二与第三的三团都能独立而奏出完全的和声,故称为"和声团体"(choir)。唯有第四的打乐器团不能独立演奏,仅为别的团体的补助。第一团体的弦乐器团,如前所述(参照室内乐的弦乐四重奏项),各音最为粘着,而团结力最强(因此这团体常为管弦乐合奏的中心),又能充分表现人类的感情。第二团体的木制管乐器团,其音色与人类感情相差甚远,而与自然音相接近。例如鸟的鸣声、风声、水声等,笛的音最能表出。故弦乐器大都用以发表主观的感情的,木制管乐器大都用以发表客观的感情。又木制管乐器的特色,因为各乐器的音色在原音与陪音的关系上显然相异,故这团体的团结力最为薄弱。所以这团体主用于装饰的。唯其音有很锐利的刺戟力,故其团体的效能也很伟大。第三团体的金属制管弦器团,各乐器都具有强大的力,对于合奏上能供给极大的势力。日本音乐上缺乏这种乐器,故演奏的势力也很贫弱,不免是一缺点。然势力的强大并不一定是音乐上的必要的条件。西洋的管弦乐,就是把这样的三个独立团体和一个补助团体适当地配合,组织而成立的。这犹之现今的战术的单位的一师团,由步兵、骑兵、炮兵、工兵各部队适当地配合组织而成立。(从这类似点说来,管弦乐的编制与师团的编制比较起来,弦乐器的性质类似步兵,木制管乐器类似骑兵,金属制管乐器类似炮兵,打乐器类似工兵。)

第四章　乐曲的制作

一　乐曲的组织

关于这个问题,说明的材料非常多。且不用长文充分说明,就不彻底。因为这本来是一个很困难的问题。但现在为篇幅所限,又从一面看来,提示这难问题的要领,通观全体而作极简单的说明,也是必要的事。故以下拟简单地说明这问题,其他属于专门的部分,且让之于音乐理论的专门书籍。

作乐曲犹如诗歌。诗歌,普通也有一定的形式。例如诗,有五言绝句、七言绝句或律诗、长诗,和歌中也有"短歌""长歌""今样歌"等,都是诗歌的形式。故欲作诗歌必预先规定其形式。同样,乐曲也有形式,欲作乐曲,必先通晓这等形式。

近来诗歌中盛行散文诗,渐不注重形式,音乐中也盛行不拘形式的作曲法。然而这等乐派并非绝对脱却形式的规则,乃反抗旧作曲法的过于拘泥于形式,欲起而打破旧形式而另创新形式的。不是脱却形式,只是摆脱其束缚。

诗歌中往往由开始一句制限以下诸句的思想,即用一概念以总括全部。例如(以下两例由译者暂改换)李后主的词:

多少恨，昨夜梦魂中。还似旧时游上苑，车如流水马如龙。
花月正春风。

又如：

深院静，小庭空，断续寒砧断续风。无奈夜长人不寐，数声
和月到帘栊。

即从"多少恨"或"深院静"的一句开始，逐渐引出以卜诸句的思想。
而以下诸句大都被总括在第一句的概念之下，不致十分脱出到与第一句
全无关系的境域。

在音乐上也是这样的。一旋律的开始的一句，是诱导以下诸乐句的
动机，即限制全段的思想的。这开始的一句名为 motif（德法名）或
motive（英名），意译为"导旋律"。

导旋律有限于一小节内的，又有涉及二小节的。限于一小节内的，
例如（此例由译者暂改易，见开明书店出版《中文名歌五十曲》第九页
《送别》）：

（第一）

motif

涉及二小节的，例如（此例由译者暂改易，见《中文名歌五十曲》第二
十三页《春晓》）：

（第二）

motif

今再举一极简单的乐曲的组织的例，说明于下。乐曲之最简单者，即由两个导旋律相结合而成为中节(phrase)，再由两个中节结合而成为大节(section)，再由两个或两个以上的大节结合而表示一个完全的思想，称为章或段落(period)。一章由两大节合成，前面的大节称为前节，后面的大节称为后节。这是乐曲中最简单的一段落。例如(此例由译者暂改易，见《中文名歌五十曲》第二十八页《夜归鹿门歌》)：

（第三）

然这不过是极简单的例。一段落不限于八小节，长短种种不同。唯组织的大体均与此相同。

欲发展旋律的时候，可在导旋律上加以种种变化。其法，即不变化节奏(Rhythm，即强弱的配列法)而变化其音度、音种、长短、拍子等。例如：

（第四）

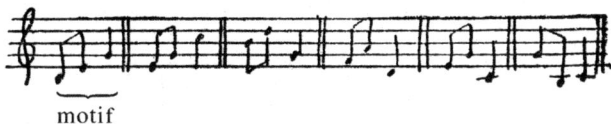

又在用乐器演奏的乐曲上，可把导旋律不同的音度屡屡反复。这方法名为 sequenes。举例如下：

（第五）

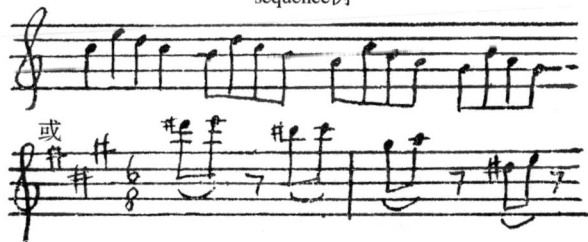

以上已把导旋律及段落约略说过。从此发展起来可渐渐变成大的乐曲。最简单的为一部形式，其次为二部形式、三部形式。普通所唱的简单的乐曲，都属二部形式或三部形式。今略述于下。

（甲）一部形式，这一部形式就是前述的一个段落。有时于末尾附加一句，名为"终句"。（前揭的第三图《夜归鹿门歌》，即一部形式——译者注）

（乙）二部形式，这是由两个段落合成的。前面一段落名为"前章"，后面一段落名为"后章"。后章与前章在不同的导旋律上成立。例如（此例由译者暂改易。见《中文名歌五十曲》第二十九页《早秋》——译者注）

又如英国国歌 God Save the King 及俄罗斯国歌，也是二部形式的，唯各段落形式较短（前曲见开明书店出版《洋琴弹奏法》，后曲见亚东图书馆出版《音乐的常识》第一百五十九页——译者注）。

（第六）

（丙）三部形式，三部形式由前章、中章、后章的三段落成立，前章与后章由一同导旋律出发，形式也大致相同。唯中章由完全不同的导旋律出发，而与前章及后章保住连络。多数的三部形式的歌曲，前章与后章完全相同。例如(此例由译者暂改易，即前揭第一图的送别，见《中文名歌五十曲》第九页——译者注)：

（第七）

普通小学校唱歌集中，三部形式歌曲甚多(《中文名歌五十曲》第二十六页《清平调》，也是其适例。——译者注)。

　　作曲上还有所谓"主题变形式"，今略说于下。例如有由一个段落或数个段落成立的曲节，可用"变形"（variation）或"展开"（development）的方法，使发展为大乐曲。这时候原来的曲节称为"主题"（theme）。先就"变形"说明于下。

　　在一主题的旋律上、节奏上或和声上，助以种种变化而作成一曲，名为"变形式"（variation）。通常由一主题发出许多变形式，以作成一曲。普通主题写在前面，以下续写各变形式。各变形式的开始处顺次注明var.1、var.2、var.3 等符号。今举一简单的主题变形式的例如第八图。全曲太长，不便揭载，今仅举其初句（和声伴奏等亦均从略）。（此例即世界有名歌谣曲 Home, Sweet Home, 全曲见《洋琴弹奏法》。——译者注）

（第八）

　　此中变形第一是和声的分解，变形第二是拍子的变化。

　　以上是主题变形的作曲法。又有主题展开，即把许多主题互相结合，使之发展，而作成长大的乐曲。这种乐曲中，因了其主题的结合法、数的差异及展开的办法，而发生种种形式。今举其最普通者二三种说明于下。

　　（甲）大三部形式：这与前述的三部形式相似，由三部成立。其初部及终部通常都相似，为长大的一段落，或各部为一个三部形式。唯中间的中部,则根据于与初部及终部相异的主题而成立,又有初部的主题的展开。歌曲、舞蹈曲、进行曲,多属于此种形式。其全体形式,可用如下的方式表示之。即 A 为最初的主题所在的部分,C 为异主题的部分,又是由初部的主题展开而来的部分。即大三部形式的大体为

A｜C｜A‖

(乙)旋转调形式(rondo form):这乐曲形式含有两个主题,即第一主题与第二主题。两主题照下列的顺序连结组合,即为普通的旋转调形式:

第一主题—第二主题—第一主题—主题展开部—第一主题—第二主题—第一主题—(终句)

倘略记第一主题为 A,第二主题为 B,主题展开部为 C,则一般的旋转调形式可略记如次:

A,B,A｜C｜A,B,A‖

主题展开部 C 的前后特记两纵线,是表示 C 的一部分与前后两部分大异其趣。最后记两条纵线,是表示全曲的告终。

近代的旋转调形式,大都后部不用 ABA,而仅用第一主题 A。即:

A,B,A,｜C｜A‖(近代旋转调形式)

（丙）朔拿大形式（sonata form）：这是十八世纪中叶在德意志发达的一种乐曲形式。至牟顿、莫札尔德及裴德芬而完全。其组织如下：

第一主题—第二主题—第一主题—第二主题—主题发展部—第一主题—第二主题

朔拿大形式也可略记如下：

A，B，A，B│C│A，B‖

此中最初的 ABAB，普通是完全同样的反复。故又可用反复记号；‖略记如次：

Λ，B；‖C│A，B‖

这时候第一主题 A 的主音（即音阶的基音）常在于全曲的调子的主音上。第二主题 B 的主音，在发展部以前，常在于此曲的调子的第五音上。终处的 B，必须与 A 同样，仍旧转调到此曲的调子的主音上。

这朔拿大形式中的主题发展部 C，是作曲者发挥技能的部分。裴德芬所作的朔拿大与交响乐（交响乐与朔拿大形式相似。关于这一点的详细说明，参看拙著《音乐的常识》一百六十八页以下。——译者注）具有伟大的力，便是因为这一部分比其他作曲者优秀的原故。

歌剧的序幕之前所演奏的序乐。的形式，与朔拿大形式很相似。不过最初两主题不反复，而直接进行。即：

A,B,|C|A,B‖

以上所述,只是普通乐曲形式的大概。但作曲决不限于这样简单的形式。乐曲的内容实质,尤为重要。(详见拙著《音乐的常识》。——译者注)

二   乐曲的种类

(一)舞蹈乐

合了舞蹈而演奏的乐曲,古来有种种,皆因各地方而不同。总称之为舞蹈曲,今将西洋最普通的舞蹈曲列举数种于下:

bouree——是古法兰西跳舞曲的一种。这种乐曲拍子徐缓。第一小节大都从第三个四分音符开始。

courante——也是古法兰西跳舞曲的一种。这是拍子徐缓的三拍子曲。

galopp——是快速的圆舞曲(即圆形的舞蹈)的一种,快速的二拍的乐曲。

gavotte——是最有名的古法兰西跳舞曲的一种。都用四拍子,其第一小节从第三个四分音符开始。

loure——也是古法兰西跳舞的四种。拍子为三拍子或六拍子。

march——普通译为行进曲。这种乐曲大都具有有势力的节奏而气象雄壮。拍子普通多二拍子及四拍子。

menuette——这种舞曲起于古法兰西,广行于欧洲。后来完全离开了跳舞而成为独立的乐曲。拍子多轻快的三拍子。最初一小节多从第三个四分音符开始。

mazurka——是起于波兰的一种舞曲。拍子用三拍子。最初一小节从第三个音符开始。

polka——是起于德意志及波海米亚地方的一种舞曲。颇多趣味而有名。拍子多快速的二拍子。

polonaise——是波兰跳舞曲之一种。多三拍子。

sarabande——是西班牙跳舞曲之一种。多三拍子。

waltz——是极有名的德意志舞蹈曲。三拍子,快速而有势力。

此外尚有 allemande、gigue 等古舞曲。

取上述各种舞蹈曲中的数种,以组成一曲,名为"组曲"(suite)。旧式用 allemande、courante、sarabande、gigue。又有加 bouree、menuette、gavott 而作成的。但近来的组曲,多用 waltz、mazurka、polonaise 等。又有取歌剧中的舞曲作成组曲者。

(二)小夜曲(serenade)

本来是意大利 Naples 地方有名的歌谣曲,富于爱情的一种极优美的乐曲。渐渐广行于世界,成了一种歌谣曲的型。这种乐曲极从容,徐缓而美丽。最初是 Naples 地方的青年们夜中在郊外歌唱的,故名为小夜曲。乐曲形式都极自由。

与这小夜曲属于同种类的歌谣形式的乐曲,均有特别的名称。今举其重要者如次:

nocturne——是小夜乐之一种,普通称为"夜乐"。是器乐曲。以作此种乐曲有名的,是英国的斐尔特(John Field)与波兰的晓邦。

impromptu——是一种极自由的作曲。德意志的修裴尔德与波兰的晓邦所作最为有名。

scherzo——形式与 menuet 相似,而较为自由。多含滑稽的意义,为快速的三拍子的形式。德意志大乐圣修裴尔德常在他的朔拿大及交响乐用此种乐曲。

barcârŏlle——其起源是意大利凡民司地方的船歌。后来模仿这种船歌而作成此种乐曲。

berceuse——即眠儿歌。

romance——乃从中古时代的咏爱情的诗转化而来,为极自由的感情的乐曲。

(三)朔拿大、交响乐及司伴乐

朔拿大是用一种或二种乐器演奏的大乐曲,分四大部分。各部分名为乐章(movement)。各乐章的形式如下:

第一乐章——朔拿大形式(快速)

第二乐章——唱歌形式(徐缓)

第三乐章——menuett 或 scherzo(轻快)

第四乐章——朔拿大形式或旋转调形式(快速)

但也有省略第三章者。朔拿大之小者,名为朔拿丁纳(sonatine)。普通由第一、第二及第四的三乐章成立。有时又省略第二乐章。

构造与朔拿大大致相同,而用管弦乐演奏的,名为"交响乐"。交响乐作家,以德意志的莫札尔德、罕顿及裴德芬开始,音乐大家大都从事此种制作。就中裴德芬的九大交响乐(见《音乐的常识》二百七十一页.——译者注),最为有名又伟大。

形式与朔拿大相似,为欲充分发挥一乐器的特色而作的,名为"司伴乐"(concerto)。通常缺第三乐章,又第一乐章终处有无伴奏而仅用独奏乐器演奏的自由而华丽的旋律,这旋律名为 cadenza。这旋律的主要部分,由发挥特征的乐器演奏,其他均用管弦乐伴奏。倘其独奏乐器为洋琴,则此司伴乐名为"洋琴司伴乐";为提琴,则名为"提琴司伴乐"。司伴乐之小者,名为"小司伴乐"(concertino)。

以上已大体说明器乐曲的构造。此外欲说的问题尚多,但均属丁专门的事项,须让作曲学等专门书籍论述了。

音乐的听法

[日]门马直卫 著

丰子恺 译

序　言

我曾经说过，一切的音乐理论的书籍，都不过是音乐的注解。因为音乐的本身绝不能完全记录在纸上；故欲学习音乐，必须由实地的练习及听赏着手，绝不能单凭书籍而学得。不过实地练习及听赏，犹之四书五经的白文，在老先生们都已懂得，但在初学者则必求助于注解。音乐理论的书籍，犹之音乐的经文的朱注。

假如有仅载注解而不录本文的四书五经，在从前的文士一定认为不便，因为他须得另求本文，对阅两者，然后能收得其效果。这在文学上原是不会有的事，但在音乐上却非如此不可。因为如前所说，音乐的本文是不能完全记录在纸上，必待演奏而方始出现的。故一切音乐理论的书籍，都是演奏的注解部。学者必须对阅两者，然后能收得其效果。

演奏绝不能在纸上实行（谱表仅不过是演奏的不完全的记号）。所以兼备本文及注解的音乐的书籍，在事实上是不可能的。但也可有一种较胜的办法。就是以名作的实例而说述音乐的理论。例如说"幻想曲风朔拿大"，举裴德芬（Beethoven）的《月光曲》为实例（本书第六十节）；说violin的kizzicato的技巧，举萨拉萨谛（Sarasate）的《西班牙舞曲》为实例（本书第二十三节）。则读者虽不能看到音乐的实体，犹可有探求实体的线索。这是较胜的办法。

本书的特点，就在于此。音乐史上大部分的名作家及名作品，都被当作说理的实例而引用在本书中(看页中原名便知)。虽然我国目下音乐演奏会极少(经常的简直没有。上海只有市政厅,但是英国人所办的)。读者一时无从找求这种实例的演奏,不妨暂时仰给于蓄音机。世界的名作,现今大都已制成蓄音片了。但我希望这音乐的黑夜总不是永久继续的。看了目下音乐书籍的风行,与音乐专门学校的出现,我预觉我生前(我今年三十二岁)一定能在国内听到本书中所援引的一切世界名作的中国人的演奏,心中充满了一种希望的慰安——赖有这一点慰安的鼓励,使我两三个月以来屏绝了窗外的春红夏绿的风光,而埋头在这厚帙的原稿纸中,今日居然写完了十万言而搁笔。

本书全部根基日本门马直卫的音乐解说。然而又不是完全的翻译。这是记述说明的书,不是文学作品,不妨视我国情形而节译或删改。然而名义上却有些困难:倘称"译",实际不是照译的,深恐得罪于门马先生;倘称"编"或"著",实际又不是我所编或著的,我不免窃功之嫌。所以另取了"述"的名义。这书是我读了门马氏的著作,删改其对于我们不必要的部分,而为我国的爱好者说述的。门马氏在音乐解说的序文中冒头说:"本书的目的,在于为音乐初步者说述音乐的听法。"我觉得"音乐解释"不及"音乐的听法"的妥当,故选用了这名称。

一九二九年七月十三日

子恺记于江湾缘缘堂

目　　录

第一讲　音乐的听法

一　音乐的听法

音乐是为听赏而存在的,不是读的或看的。但对于音乐全无素养的人,听到裴德芬的交响乐,例如最普遍的第五交响乐的时候,究竟能否得到完全的满足? 能否屏去杂念,毫不感到倦怠与苦痛,把全生命投入于其中,而充分地鉴赏? 仅乎懂得第一乐章是作曲者与运命的争斗,第二乐章是静和慰安,不能算是懂得音乐。听者倘感到一点倦怠,感到一点苦痛,或有一点不解,应该用老实而谦让的态度,退省自己的不足。因为这一定是演奏者的技术拙劣或听者的准备不足的原故。倘发现了是听者自己的准备的不足就非力求进步不可。倘是演奏者的技术的拙劣,而听者不能发现其拙劣,也是听者的批判力不足之故。无论原因在于哪一方面,听者总非退省不可。裴德芬的《第五交响乐》是已有定评的名作,听者感到倦怠、苦痛与不解,其罪必在于演奏者或听者自身。听者必须抱这样的态度,方能增进其音乐的修养。

比裴德芬的第五交响乐更通俗一点,例如听却伊可甫斯基(Peter Iljilsch Tschaikovsky)的最有名的《斯拉夫行进曲》(Marche Slave),而不能感到兴味,其罪也在于演奏者或听者。听者非先晓得这乐曲的故事的梗概不可,否则绝不能感到兴味。倘已经晓得了俄罗斯与塞尔维亚战胜土耳其的故事的梗概,而听时仍不能感到兴味,则其罪大概在于演奏者了。有许多论者批评这乐曲不是杰作。听者倘要晓得这究竟是否杰作,论者的批评是否正当,又须更进一步,亲自来批判乐曲的价值。欲批判乐曲的价值,就非研究音乐的听法不可。

还有一种情形:同一乐曲,甲演奏家比乙演奏家奏得好听,或甲指挥者所指挥的与乙指挥者所指挥的效果全然不同,也是进步的好乐者所屡屡经验的情形。有时并无高下巧拙的分别,两者都很好听,而其性质各不相同。故可知同一乐曲,因演奏者的不同而效果大异。这时候要判别何者为妥当,是很不容易的事。听者必须有了这种判别力,方可为进步的好爱者。

关于这一点,幸有专门的"批评者"为一般民众解说。初学者欲养成这种判别力,是很不容易的事。他们务须常常亲近音乐,同时又常常阅读音乐批评者的论文。本书便是为了欲使初学者对于音乐具有积极的兴味,又能读关于音乐的批评与议论而作的。

二　音乐

在说音乐的听法之前,要先把"音乐"(英 music,德 musik,法 musique)的意义说一说。下定义是很不容易的事。一般人都说"音乐是用音表现感情的艺术",其实这话并不确切。因为在音乐中,除感情以外,意志也可表出;又客观的事物也可描写。故音乐,不妨说是"音的言语"。且实际上有许多美学者使用着"音语"(德 tonsprache)的名词。作曲者用音缀成音语,犹之我们用 ABCD 等字母缀成英语。这等音语,也有感情的,也有理性的,也有描写河的流水、山的风景的。演奏者在舞台上向我们说话,或通过了蓄音片(loudspeaker)而与我们共语。我们倘要理解作曲者所说的话,窥知作曲者的意图,非先学习"音语"的文法不可。要辨别演奏者所传述的"音语"是否正确,亦非先明悉作曲者的意图不可。

　　但音乐上所用的言语,并不是像我们日常所用的言语的概念的、散文的。作曲者并非作散文,作论文,或作统计;作曲者是作诗。音乐不是议论,也不是报告;音乐是艺术。所以鉴赏音乐,也非用超越"音文法"的直观不可。这直观并非在一切人皆平等具足,因人而有差异。但用适当的方法,也可在某程度内使之发达。譬如裴德芬的四重奏,读者倘一时不能充分鉴赏,不必失望。只要努力精进,不久自会达得他的希望。

三　听法的要点

　　关于音乐的听法,各人有各种的议论和各种的教法。有的人说,应该注意乐曲的形式,因为这可使人理解音语的形式。有的人说,应该注意乐曲的情绪,因为这可使人认识形式的内面的美。但仅乎如此,还不能算是充分鉴赏。因为这不过是关于作品,即作曲者的艺术的鉴赏而已。音乐中还有演奏者的艺术,也非鉴赏不可。

　　鉴赏音乐的时候,也有以作品为中心的。这可称为"作曲中心的听法"。信奉这种听法的人,听了裴德芬称颂其伟大,听了修裴尔德而(Franz Schubert)而感叹其天才。因为他在前者的《月光曲》(详见后面第五七、六〇两节中。以后凡遇此种注释,仅标节数号码)中感到映着湖水的月光,与月光所照着的盲目的少女,或作者对于球丽哀塔(Gulietta)

的热烈的爱情,而觉得满足;在后者的《魔王》(九〇)中感到在暗夜的森林中遇到魔王的父子二人的恐怖,就以为这是充分鉴赏了。比这"作曲中心的听法"更进一步,是鉴赏作品演奏时的美丽的转调(二〇)与色彩的管弦法(三八)。这种人倘再进步起来,可以不听音乐的演奏而仅从乐谱上感得这种趣味。因为进步的听者,原可从乐谱直接感到音的美。

从前盛行作曲中心的鉴赏法。后来乐谱渐渐普通,一般人都能读了,鉴赏的中心也扩充到演奏方面。即听者仅乎鉴赏作品已不能满足,又欲进而鉴赏演奏者的艺术了。于是同一乐曲,因了各演奏者的不同,而成了音乐品评上的问题。不但要晓得谁的作品,又要品评谁的指挥、谁的歌唱、谁的演奏。即同时并赏音乐的作曲与演奏。这鉴赏法可称为"演奏中心的听法"。

演奏中心的鉴赏法虽然是进步的,但易犯技巧偏重之弊。原来演奏中心的听法,不一定注重技巧的细部分。用哪根手指弹奏,用上行弓或下行弓,其实都不成大问题。所重要者,是超越这等枝末的技巧的全体的效果。换言之,是演奏者的关于作品的解释。例如修裴尔德的《未完成交响乐》(Unfinished Symphony),或者演奏得很感伤,或者演奏得很活泼,是演奏中心的听者所最感兴味的事。如欲达到这地步,听者须充分理解其作品,同时又须具有关于演奏技巧的常识。反之,演奏技巧偏重的听者,拘泥于指的运法、弓的拉法、发声的姿势、指挥棒的动作等琐事,反而远离了其主要的音乐。这当然不是鉴赏者的正当的态度。

四   鉴赏的预备知识

有人主张音乐鉴赏是先天的才能,可不需预备的知识。这当然是误谬的见解,或夸大的狂言。欲鉴赏进步的复杂的近世音乐,必须尽量收得关于音乐的知识。但音乐知识的范围很广,种类也很多。在非专门的音乐爱好者,绝不能全部通达,且也没有全部通达的必要。一般爱好者所应该收得的音乐知识,约举之有四种,即乐典、形式学、历史与乐器。

"乐典"就是乐谱的读法。这是无论哪个爱好者都应该学习的。无论何等多忙的人,总可有读五十页至百页的乐典的工夫。听赏音乐,能读乐谱与不能读乐谱很有差异。不懂乐谱而听音乐,犹之不识文字而读文艺作品,是很浅近的鉴赏者。倘不能暗记乐谱的全休,至少要记忆一曲的重要的部分。本书没有说乐典的余暇。如读者有这要求,务请另购简易的乐典阅读(例如《音乐入门》,开明书店出版)。

"音乐形式学",是关于乐曲的制作的形式的科学。普通音乐学者都作狭义的解释,以为这仅是研究音乐的形态与构成的学问,更具体地说,即研究 sonata(五七)、rondo(五九)等特定形式的学问。但现在所谓形式学,并不是这样狭义的,乃广泛地指说关于音乐作成的形式的一切事项。例如上述的狭义的形式学,及关于音的同时结合的"和声学"(一五、一六),音的继续结合的"旋律学"(一五、一七),两个以上的旋律同时结合的"对应法"(一九),其他如"律度学"(一五、一八)等,都包含在内。这就是普通所称为音乐概论、音乐常识或音乐理论等书籍的主要部分(例如《音乐的常识》,亚东图书馆出版)。

读了广义的音乐形式学之后,方能知道乐曲的意图的大要。故音乐爱好者必须具有关于音乐形式的常识。狭义的形式学,在初步者没有多大的必要。音乐概论、音乐常识一类的书,是初学者所必读的书籍。本书也是其一种。但本书不讲乐谱,完全的初学者尚须另求别的更浅近的书籍。

　　"历史",包含音乐的发达史及音乐者、作曲者的传记。就中发达史教鉴赏者以作品中所含的时代精神、时代感情及国土的样式的大要。传记所说更详,作曲者的个性、作曲当时的情形与作曲的意图及经过,都详说着。这等知识在鉴赏者是绝对必要的。但现今的好乐者对于历史与传记似乎太不关心。例如莫札尔德(Wolfgang Amadeus Mozart)与罕顿(Franz Joseph Haydn)孰为近代的(六一及其他),罢哈(Johann Sebastian Bach)时代的 sonata 与十九世纪的 sonata 在哪一点上有本质的差异(六一)等事,差不多没有人注意到。其实这等也是鉴赏上的重要的知识。

　　历史与传记的所以重要者,并非要牢记裴德芬何年何月生,何年何月何日以何病死,其枕边有何人送终等事。这等事即使牢记,在音乐鉴赏上也没有什么实益。爱好者所宜注意者,不是这等,而是实际被演奏的乐曲的发达与作曲者的个性及其作曲的意图。关于音乐的发达及作曲者的个性的大要,本书中亦时时约略述及。如欲详知,请另行参考音乐史等专门书籍。

　　关于"乐器"的常识,也是爱好者所必具的。理解了乐器,就能更明白地理解乐曲的形式与特性。不但如此,有了乐器的常识之后,对于演奏者的艺术也能更充分理解。且乐曲之中,尤其是近代法兰西及俄罗斯的乐曲中,竟有不注重乐曲形式的美,而注重乐器用法的技术的作品。鉴赏这等乐曲的时候,尤须具有关于乐器的常识。

　　音乐爱好者倘欲学习一种乐器,以选用洋琴(piano)为最佳。倘不能习洋琴,风琴、提琴(violin)、曼独铃(mandoline)也都可选。倘自己不能练习乐器,则关于乐器的书必须阅读。本书中略述着关于乐器的大要。如欲详知,亦请另求乐器解说及管弦乐法等专门的书籍。

除了以上四种,鉴赏者能再读一点音乐美学及演奏论的大要,当然更好。前者是教人以音乐鉴赏的正当的方法的,后者是给人以对于演奏者的批评力的。

(第一讲终)

第二讲　音乐用语的常识

五　音乐用语的常识

入音乐会或读音乐批评的论文的时候,往往逢着种种特别的用语。关于这等用语的知识,于音乐理解上也很有助力。不必入音乐会与读音乐批评,只要读到本书第三章以下,就需要关于这等用语的常识了。倘没有这种常识,听乐与读书都要感到困难。现在拟先把最普通的几个用语简单地说明,然后详说音乐。

六　音乐会

音乐会,就是演奏音乐的会,又称演奏会。音乐会中,有的只有一个人出席演奏,有的由数十人或数百人出席演奏。前者专以演奏者的艺术的表现为目的;后者则注重富有变化的内容。前者称为"独奏会"或"独唱会",即 recital;后者称为"合奏会",即 concert。独奏会的主要点,不在于作品,而在于演奏者的艺术。"recital"一语,是一八四〇年"洋琴大王"李斯德(Franz Liszt)所创用的。但其后用法并不完全相同,变成种种意义。例如演奏同一作曲者的作品(例如 Schubert recital、Chopin recital

等），或不化装而在舞台上歌唱歌剧中的歌曲（Opera recital），都用这名称。到了今日，体裁更为自由，一人主演而有许多赞助出席的演奏者的音乐会，也称为 recital。这样一来，recital 与 concert 的差别渐渐不明了。

"concert"一语，本来是"合奏"的意义。但到了后来，许多独奏者或独唱者在同一会中出席演奏的音乐会，也称为 concert。这名称又有一种暗示：例如演奏裴德芬的洋琴朔拿大（sonata）、修裴尔德的歌曲，称为 concert 似乎十分正当，毫无疑义。但如演奏俄罗斯不十分有名的作家罗平斯坦（Anton Rubinstein）所作的洋琴曲《天使之梦》（Reve Angelique），或美国的民谣曲作者福斯忒（Stephen C. Foster）所作的《可恋的根塔基旧家》（My Old Kentucky Home）等，似乎很不配称为 concert。因那两曲的性质不适于音乐会，而宜乎在家庭或客室中演奏。因为我们说起音乐会，似乎其所奏的应该是含有高贵、壮大的美的要素的作品，而不是小巧的、短简的或感伤的乐曲。学校中所教的唱歌或行进曲等，也不是音乐会的，因为其美的价值较低的原故。通常说亚美利加没有好音乐，就是说他们少有价值高贵的乐曲。芬克（Henry T. Finck）说意大利与法兰西少有音乐会的歌曲，就是这个意思。原来 concert 一词含有伟大、崇高、力强等暗示。其反面便是 salon 或 drawing room。倘有音乐者在 concert 或 recital 中演奏 salon 的乐曲，就要被有识者所轻视。

近年来一般人有称音乐会为"亚朋德"（abend）的习惯。abend 是德意志语，是午后、晚快、黄昏的意思。然则意义与 recital 相近，例如 Beethoven abend、clavier abend(洋琴夜演奏)等，是一种特殊种类的音乐会。反之，日中开演的音乐会，在从前称为"马谛内"，即 matinee，这是法兰西语，本来是朝晨的意思。法兰西人又称晚间开演的音乐会为"索亚来",即 soiree。但这不是一般的音乐会,大都是特为贵族及上流家庭的人们而开的音乐会。

音乐会场中的座位,在头脑锐敏的鉴赏者也认为一个重要的问题。过于接近演奏者,除为特殊的目的或技巧的研究以外,大概是不宜的。舞台高的,尤不宜过于接近。因为洋琴等乐器,都不宜在下方听赏。但倘过于离开得远,也不相宜。因为太远之后,不能辨别演奏者的纤细的手法,即有模糊的地方,听者也不能察觉了。故入音乐会,须视演奏者、会场及其他条件而取最适当的座位。

赴音乐会时,倘时间延迟,到会时音乐已经开演,宜待一曲告终后的休憩的时间而入场。否则有妨害于演奏者及其他的听者。

演奏者出台的时候,听众用拍手欢迎,退场的时候,听众以拍手欢送,原是一种礼仪。但也须出于诚意。倘滥用拍手,就变成虚礼或自欺。对于乐曲与演奏全部感佩的时候,则拍手不但是要求 encore(再演)的表示,又是一种至诚的礼仪。且演奏者也欢喜 encore。encore 大都是同曲的再奏,然也有另奏别种短小轻快的作品的。最得人望的演奏者,往往登台五六次,encore 四五次。管弦乐演奏,encore 很不容易;然其指挥者也常被用拍手唤回,重演数次。在外国,交响乐 encore 的实例很多(例如裴德芬的《第七交响乐》(六七)的第二乐章,便是常常 encore 的)。

七　曲目

曲目,即 programme(德)或 program(英),是记录乐曲名目及其演奏顺序的,演奏者与作曲者的姓名都注明在曲目中。

曲目中的乐曲,其数没有一定。在莫札尔德的时代,会演奏到十曲以上,费时六小时之久。但今日曲数已减少,时间也缩短了。在多忙的近代人,还是短简的适宜。演奏会中途插入暂时休止的时间,大约演奏一小时,或二小时,或二小时半之后,休息一次。例如伦敦及维也纳的 Phil Harmonia Society,来比锡(Leipzig)的 Gevant Haus,巴黎的音乐学校,大都二小时或二小时半休息一次。全体演奏所需的时间,在外国大都不写明在曲目上。但开会时刻总是照曲目上实行的。

现今的曲目,大都分为二部或三部。其间各设短暂的休憩。新交响乐演奏会往往不注明休憩,而在各乐曲演毕后略告停顿。日本东京日比谷公园中的军乐队演奏会,普通分为二部,第一部为管弦乐(三八),第二部为吹奏乐(四〇)。恰与从前的旧习惯的配列相反。但今日的配列是有理由的:因为吹奏乐虽较管弦乐少有艺术的意味;然富于效果,又为通俗的。故把吹奏乐配在后面,可使听者带了轻快满足的感情而归家。乐曲的配列,是自由的,又是多样的。现今的演奏会,大都先奉技巧艰深的或不容易鉴赏的作品,而把通俗的小品排在第二部以下。所以在今日的演奏会中,凡不能鉴赏最初的数曲的人,可知其都不是进步的音乐爱好者。但在 recital 情形就不同,有时最初数曲仅不过是演奏者所熟手的或最普遍的乐曲,而艰深的都排在后面。

曲目于音乐会开幕前发布。听者可因此而决定其赴会与否。这决定的标准有种种:乐曲当然是重要的条件,演奏者亦非考虑不可。演奏裴德芬的乐曲,倘其演奏者是不高明的,或演奏者高明而所演奏的乐曲是低级的,就使听者减杀出席的兴味。普通的好乐者,往往欢喜听自己所既知的作品。这也很有利益:听既知的乐曲,可使对于音乐的鉴赏力加深,又可深切地理解各演奏者的技术。故凡名曲,无论反复演奏数十百回,总不失其名曲的价值。但倘因其乐曲为自己所未知而不要听,也绝不是鉴赏者的正当的态度。好乐者应该常常以谦逊为心,应该晓得未知的世界比既知的世界广大得多。在自己所未知的乐曲中,必含有自己暗中摸索而未曾求得的内容。倘只是无条件地欢喜既知的乐曲或奇特的乐曲,绝不是忠实的音乐鉴赏。

　　曲目上有时附录关于乐曲或演奏者的说明。这等说明可给听者以预备的知识,甚为有益。但听者读这等关于乐曲演奏者的介绍批评的文字,有时不可十分相信。因为曲目上的介绍,往往偏于激赏,极少有公平正当的话。鉴赏者的最安全的方法,最初不可十分相信,等到自己实际听了演奏之后,用自己所得的感想来同批评文比较。

　　programme 上除记载曲目以外,有时又记述乐曲的标题。所谓标题,并非注明这是《爱之梦》,这是军队进行曲,这是朔拿大作品第几等题名(title),乃用较长的文章,记述乐曲所描写的事。所演奏的即所谓"标题音乐"(八四以下)。

　　关于 programme 上所载的作曲者的说明,在本书中大体都包含。关于作品的调子,另有一节专为说明(二〇)。

八　作品号码

　　作品号码(opus,略写为 op.)是用以表示作曲者的作品的顺次的。这办法创用于第十七世纪,但到了罕顿(四)的时代而确立,到了裴德芬(一)的时代更加完全确立。后来是乐曲出版时为便于分别而使用的;但到了后来,不出版的作品也编号码,于是出版的作品号码与全体的作品号码往往参差不符。然而总是符合的多,我们可因此而判别某乐曲是作家某时期中的作品,在鉴赏上、批评上,均极便利。倘其作品号码数目甚小，即使其乐曲中略有幼稚的笔致，我们就可原谅其为早年之作，而不非难这作者。作品号码又有一种重大的用处，即形式大致相同的乐曲，有了作品号码可容易辨识。例如裴德芬的 sonata，我们总不欢喜其仅记某调，而欢喜其附有号码。

　　作品号码之下所包含的乐曲数，不限定为一曲。大概的情形，越到后代，所包含的越少。罕顿的"作品七十六"中，包括六个弦乐四重奏（三七）。含有奥国国歌的有名的《皇帝四重奏曲》（作品七十六第三号）也被包括在其中。裴德芬的"作品一"中包括三个三重奏曲（三七），"作品二"中包括三个洋琴朔拿大（五七）。后来他又会把一个朔拿大和一个四重奏包括在同一作品号码之下（例如作品一百、一百零六、一百三十五等）。一个作品号码之下包括二个或二个以上的乐曲的时候，我们称呼其各乐曲为"作品若干第若干号"，以区别之。

　　作曲者——尤其是所谓"古典的"、伟大的作曲者，其作品并不一定全部编制号码。往往有名曲不被编入作品号码中。例如一般常演奏的裴德芬的三十二个变奏曲（五二），勃拉谟斯（Johannes Brahms）的有名的《匈牙利舞曲》二卷等，是其有名的例。

　　初步者往往不欢喜或怕听有作品号码的乐曲，以为其题目枯燥无味，一定是深刻而难懂的作品，其实完全不然。作曲者在其作品上加号码，表示这是自信的、郑重的作品。郑重的作品于鉴赏上并不一定是困难的。郑重的作品中，也有轻快的、有兴味的、平易的乐曲。

　　又如莫扎尔德，其作品不编号码。有许多乐曲由后人按年代顺序而代为编成号码。普通所用的莫扎尔德作品的号码，是侃希尔（Ludwig Köchel）所编的。故称为侃希尔（略作 Köch）第若干号。罢哈的作品，大都按照其作品全集的号码而称呼。

九　乐章

乐章(movement)是朔拿大(五七、六〇)及交响乐(六四)等大曲的各部分的名称。这等大曲由二个或二个以上(普通四个)的乐章成立。乐章是大曲的一部分;但也能独立为一乐曲。

一〇　速度标语

演奏音乐的时候,必遵守最适于其乐曲的速度。例如普通的进行曲,大概用普通的步行的速度,每一拍合一步。其急速者,每二拍合一步。适当的速度(tempo),是音乐演奏上的必要的条件之一。

普通作曲者,在其所作的为乐曲上用意大利语标明其应取的速度,这等意大利语名为"速度标语"。通常所用的速度标语,按照字母次序列举如下:

adagio (阿达琪奥),徐缓。

adagietto (阿达件多),比 adagio 稍急速。

allegretto (阿雷格雷多),比次条的 allegro 稍徐缓,即稍急速。

allegro (阿雷格洛),快活,急速,活泼。

andante (安荡对),普通步行的速度,不甚急速。

andantino (安荡谛娜),比上项 andante 稍急速。这本来是 andante 的缩小形,应该比 andante 稍缓;但今日的习惯已变成反对的意义。

grave (格拉凡),壮大,广大,认真,徐缓。

larghetto (拉尔格多),比次项 largo 稍急速。

largo（格尔各），极徐缓。

lento（伦多），舒徐，从容，非常徐缓。

moderato（莫特拉多），中庸速度，普通速度，不很快。

presto（普雷斯多），甚急速。

prestissimo（普雷斯谛西莫），presto 的最上级语，最急速。

tempo comodo（登普，可莫独），任意速度。

tempo giusto（登普，球斯多），正确速度。

tempo ordinario（登普，奥尔提那辽），普通速度。

vivace（微伐契），勇壮，非常急速活泼。

以上诸语，也有附加 ma(然)、non(不)、troppo(甚)、molto(非常)、assai(充分,非常)及其他诸语者。例如：

allegro,ma non tropps,急速快活,然不过甚。

allegro moderato,中庸的急速而快活的速度。

adagio molto,非常徐缓。

allegro assai,非常急速快活。

andantino quasi allegretto,近于 allegretto 的 andantino。

德国作曲者中，也有不用意大利语而用德意志语的速度记号的。例如：

langsam（郎格硕谟），舒缓。

mässig（美雪希），中庸速度。

schnell（西内尔），急速。

乐曲的速度，并不一定自首至终始终同样。较长的乐曲，其速度大都时时变化。作曲者在乐曲的中途用下列诸标语，以指示其变化。

accelerando（阿契雷郎独），略作 accel. ，增加速度。

ad libitum（阿特，理皮土谟），略作 ad lib. ,任意地，自由地，不必守正确速度。

a piacere（阿，比亚契雷），任意地。

a tempo（阿，登普），仍用本来速度。乐曲中途速度变化之后，仍归复于原来速度时，用此标语。

tempo primo（登普，普理莫），用最初的速度。

tempo 1（登普，普理莫），同上。

calando（卡郎独），次第徐缓。

rallentando（拉伦汤独），略作 Rall. ,次第徐缓。

ritardando（理达尔唐独），略作 Rit. ,次第徐缓。

stentando（史伦汤独），次第徐缓。

stringendo（史德林琴独），增加速度。

l'istesso tempo（理史推索，登普），同样速度。

im zeitmass（德语，伊谟，扎伊德马史），用本来速度。

wie oben（德语，微，奥奔），如初，如上。

速度在音乐表演上有重大的关系。例如脍炙人口的民谣 The Last Rose of Summer（四三），其优雅美丽的理由虽有种种，但其最重要的理由是速度的徐缓。这曲倘用 allegro 的速度而急急忙忙地歌唱，或像舞蹈曲一般地演奏，就很不自然，完全失却其优雅美丽的情趣了。大概速度急的表示紧张、快活、昂奋；反之，速度缓的表示优美、雅致、沉静。倘用多样的变化，就表出多样的情趣。

乐曲的速度，普通都是由作曲者指定的。自己指定自己所作的音乐的速度，原是当然的事。但在实际上，他的指定并不一定为演奏者所遵守。因为演奏的时候，对于乐曲的解释完全是演奏者的职分。他不妨任意地——但须适当地——变化作曲者所指定的速度。且有的时候在实际上非变化不可的地方也很多。作曲者的作品变成了实际的音而巧妙地表现的时候,与演奏者的速度有密切的关系。故十九世纪的伟大的歌剧作者兼优秀的指挥者的华葛纳尔[1](Richard Wagner)主张,乐曲演奏的最重要的基础,在于速度的正确。

一一　表情标语

表情(expression)标语,是作曲者为欲发挥乐曲固有的情趣而附加的标语。这种标语与速度标语同样,也大多数用意大利语:

agitato (阿琪塔多),激烈,昂奋,热烈。

animato (阿尼马多),激烈,力强。

cantabile (康塔皮雷),似唱歌,优美,平稳。

comodo (可莫独),任意。

con...(孔……),用……

con brio (孔,勃理奥),用力,华丽,勇壮。

con espressione (孔,爱史普雷勖内),用表情。

con forza (孔,福尔札),用力。

con spirito (孔,史比理多),用元气,用精力。

espressivo (爱史普雷西福),表情的。

legato (雷格多),圆滑。

leggiero(雷祺哀洛),轻快。

_____

〔1〕　本卷收录的前两部书译作华葛耐尔。——编者注

maestoso（马哀史多索），庄严。

marcato（马尔卡多），特别用力，且各音明晰。

marciale（马尔谛亚雷），似行进曲。行进曲风。

piu（比乌），稍，几分。

poco a poco（朴可，阿，朴可），次第。

quasi（卡西），似……犹似……

sempre（赛谟普雷），常。

senza（赛痕札），不……

sostenuto（索斯推奴多），保住音。

vivace（微伐契）（同前速度标语）

innig（德语，因尼希），感伤的。用优美的感情。

ausdrucksvoll（德语，奥斯特路克斯福尔），用表情。

（第二讲终）

第三讲　音乐的基础

一二　音乐的基础

音乐的基础,当然是"音"。但音的无秩序的组合,不能就称为音乐。欲成为音乐,必须服从一种原则而配列,使听者可以理解而把握。在说述其原则之前,先须把"音"说一说。

自然界所有的音响(sound)种类非常杂多。这等音响都是因为物体的振动而发的。振动有规则的时候,其音响给人一种快感;反之,不规则的时候,其音响没有快感。前者称为"乐音"(tone)或"和音"(德 klang);后者称为"噪音"(noise)。洋琴、喇叭的声音是乐音;风雨声、海啸、市街杂沓之声,都是噪音。所谓乐音,就是音乐上所用的音的意义。试检验洋琴或提琴的音,可知其不仅是一个音,而有种种不同的音互相融合着。所以乐音又称为和音。后述的和声(一六),就是以此为基础的。噪音普通不用于音乐中。洋琴与风琴等都不发噪音。然而也并非完全不用。管弦乐中的大鼓(drum)便是发噪音的。近代音乐中,往往故意取用噪音。例如许得洛斯(Richard Strauss)的《阿尔卑斯交响乐》(Alpensymphonie)中,应用种种的镈。又如亚美利加流行的 jazz 音乐,也应用许多噪音。但这终是例外的,现在仅就乐音而说。以后凡称音,都是指乐音。"声"(voice)也是音响的一种,乐音的声,便是"歌声"。

音有种种性质。所谓大声、高音、凄音等,便是依性质而区别音的。我们必须记着,"音的性质"有四种,即高度、长度、强度及音质。音乐是根基了这等音的性质而配列的。

"音的高度"(pitch)又可称为"调子",就是音的高低,例如普通男子的声比女子的低。又如洋琴及风琴等有键乐器(二一),右方的键的音比左方的键的音高。音的高度,与音的振动数成正比例。振动数愈多发音愈高,愈少发音愈低。普通人耳所能闻的最高的音,其振动数每秒约三万;最低的音,其振动数约十五。音的高度在音乐构成上非常重要,在后面(一三)当再详述。

"音的长度"(length),即音的历时的长短,谁也容易辨别,无须特别说明。

"音的强度"(loudness)在初学者却不容易辨识,且屡多误解。例如讲话声音轻一点,一般人都误以为是音的降低,其实这不是降低,是减弱。"辩士!请你声音高一点!"其实这不是高,应该是强。诗文中常用"低声"二字描写女子的说话,例如周美成写李师师对徽宗"低声问向谁行宿",照音乐理论说来,甚为可笑。因为女声总是高音的,李师师绝不会发低声。这"低声"二字在音乐理论上说来是不通的,应作"弱声"(但文学上的用字又作别论,不可如此穿凿)。普通所谓"大声",才是强声。无线电受信器的扩声器(loud-speaker),普通读作"高声器",是错误的。如果真是"高"声器,无线电话中的男子的讲演,装了这机器,将比女声更尖了。故音的强度与高度,非明确地区别不可。高度与振动数成比例,强度则与振动幅成比例。这振动幅的大小,因了振动的力的强弱而异。换言之,用大力发出的音,是强音;反之,用小力发出的音,是弱音。例如有一只发某高度的音的钟,无论重打轻抚,其音的高度恒常不变。唯强度因重打或轻抚而异。洋琴上的键板也是如此。同一键板,用力打时发强音,轻按时发弱音,但其高低始终不变。故低音有强有弱,高音也有强有弱,强音有高有低,弱音也有高有低。

普通人容易把强度与高度混杂。音乐理论上容易把"强度"与"长度"混杂;但强度与长度,实际上有不可分的关系,在后面(一八)当再详述。

"音质"(法 timbre),普通称为"音色"(tone color),这是因振动状态而异的。相异的发音体,其振动状态也相异,故音色当然也相异。洋琴与风琴,发音状态完全不同,故虽有高度与强度完全相同的音,其音色各不相同,我们一听就容易区别。同是洋琴,音色也多少有点差异;弹奏方法不同,音色也不同。关其音色,在后面(第四及第五章中)当再详说。

一三　音的高度

普通人的耳所能闻的最高音的振动数,每秒钟约三万,最低音约十五。其间有数百千万的高度不同的音。然音乐上所用的音,绝不要这样多,约百二十个已足,普通只要用八九十个,且一乐曲中不一定使用全部的音,故乐曲中所用的音,种类很少。且这少数的音其高度的性质有许多相同,性质相异的其实只有十二个。只要懂得了这十二个音,其他的就容易知道了。且这十二个音中,又只有七个是基础,其余五个都是变化。故关于音的记忆,实在非常简便。

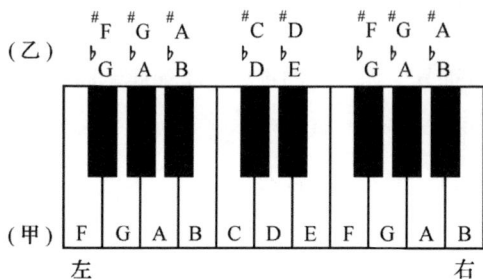

为基础的七音,各有"音名",即 CDEFGAB。其地位相当于洋琴及风琴的白键,如图中(甲)。无论在键盘中央部或左部右部,这音名的排列均相同。凡两个黑键的左邻的白键,常是 C 音,顺次向右,为DEFGAB。黑键位在两白键的中间,其音的高度也在两白键音之间。即C 与 D 中间的黑键,其音比 C 高,比 D 低,正好为 CD 二音的折中。同理,D 的右邻的黑键,高低也为 DE 二音的折中。余例推。故凡黑键音,对于其左邻的白键音称为"升音",即 sharp,用♯记号;对于其右邻的白键称为"降音",即 flat,用♭记号。五个黑键的音名如图中(乙)。例如 FG两白键音之间的黑键音,称为"升 F"(即♯F),或称为"降 G"(即♭F)。

这样看来,可知不同的音只有十二个。键盘无论何等长,都不过是这十二音的反复配列。在实际上,无论何部分的二同名音同时发音,其音必完全融合为一,可知凡名音相同,性质也是相同的。故音乐不外乎十二个音的种种的配合。

但须注意:B 与 C、E 与 F 之间的两处没有黑键,即没有升降音。因为这两处的距离(音的高低的相差)很狭,已没有置升降音的余地。换言之,例如升 C,是 CD 二音之间的距离的二等分。凡夹着一黑键的两白键,例如 C 与 D,其间的距离称为"全音";二等分之后,例如 C 与升 C 之间的距离,称为"半音"。BC 之间与 EF 之间,其距离本来已是半音,所以没有插入黑键的余地。故可知十二个音是顺次相隔半音而排列着的。
用单线表示半音，双线表示全音，可图解如下：

C ═══ D ═══ E ─── F ═══ G ═══ A ═══ B ─── C

又可图解如下：

洋琴与风琴的键盘，都是这音列的连续。又可知同音名的音，有高
有低。欲区别之，必用一种方法。其法先定键盘正中的 C 为"中央 C
音"。中央 C 音右方的十二音，于上方加一点，称为"上一点音"，更向右
的十二音，再加一点，称为"上二点音"，余例推。中央 C 音左方的十二音
称为"小写字音"，更左方的称为"大体字音"，更左方的称为"下一点音"，
更左方的称为"下二点音"，余例推。列表如下：

高度相异的两个音的间隔，称为"音程"（interval）。普通从低的音数
起，以计算其音程的度数。例如 C 至 D 为二度，C 至 E 为三度。C 至 Ċ 为
八度，或称为"八音"（octave）。

自同音至同音，称为一度。这两音倘是同一键，全无间隔的，称为
"完全一度"（例如 C 至 C）。倘不是同一键，而是从一白键至其旁的黑
键，中间相隔一个半音的，称为"增一度"（例如 C 至升 C）。

四度或五度,其所含半音数为五个或七个的时候,各称为"完全音程"。比完全音程增一半音而为六个或八个的时候,各称为"增音程"。比完全音程减一半音而为四个或六个的时候,各称为"减音程"。

完全四度(Ċ—Ḟ)　　　完全五度(Ċ—Ġ)

增四度(Ċ—升Ḟ)　　　增五度(Ċ—升Ġ)

减四度(Ċ—降Ḟ)　　　减五度(Ċ—降Ġ)

二度或六度,其所含半音数为二个或九个的时候,各称为"长音程",三个或十个的时候各称为"增音程",一个与八个的时候各称为"短音程"。

例如从升Ċ至Ḋ为长二度,至Ȧ为长六度,至升Ḋ为增二度,至升Ȧ为增六度,至降Ḋ为短二度,至降Ȧ为短六度。

三度或七度,其所含半音数为四个或十一个的时候,名称为"长音程",三个或十个的时候各称为"短音程",二个或九个的时候各称为"减音程"。例如从Ċ至Ė为长三度,至降Ė为短三度(从Ȧ至Ċ亦同),至Ḃ为长七个,至降Ḃ为短七度。从升Ċ至降Ė为减三度,从升Ċ至降Ḃ为减七度。

八度含有十二个半音的时候,称为"完全音程"。

然以上是专就今日的西洋音乐的音体系而论的。全世界一切音乐的基础并不相同。例如阿剌伯音乐中,使用着比上述的"半音"更狭的音的间隔。东洋音乐的音体系,也有许多与西洋音乐不同的地方。现今的西洋音乐中,也有应用半音的一半的"四分音"的作家。《摩拉维亚》(Moravia)的作曲者哈罢(Alois Haba)便是用四分音的有名的主张者,曾有关于这原理的著书,又制造应用四分音的新式洋琴,以演奏其所作的乐曲。又有近代洋琴家浦索尼(Ferruccio Benvenuto Busoni),主张用"三分音"。然这种主张在今日都未曾一般化。今日的西洋音乐的音体系，还是照前面方法而构成的。

一四　音阶

在音乐所用的音的体系中，把特定为乐曲的基础的音，依照高度顺序而配列的，名为乐曲的"音阶"（scale）。略言之，音阶就是音的阶段的配列。例如世界有名的歌谣曲（曲谱详后八九节末）Lorelei，倘把其最初一音当作ġ，则第一行各音顺次为：

ġ ġ a g c b a g f f e e d c d e

这一行中所含的音，计有下列八种：

ġ a c b f e d c

照高度顺次配列，即如下：

c d e f g a b c

这便是名曲 Lorelei 的音阶。这音阶的各音的间隔，如前所述，不是完全相同的。c至d，d至e，f至g，g至a，a至b都是全音。唯e至f及b至c为半音。今作图（图甲）以表明这关系（自下向上，点线表示半音）。

现在再把 Lorelei 曲的第一音当作ḋ，则其第一行诸音应读如下（但须用黑键，即升音）：

ḋ ḋ e d g f e d c c b b a g a b

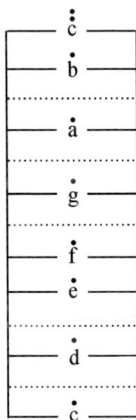

（图甲）

这时候这曲的音阶为

g a b ċ ḋ ė f ġ

又可图解如图乙。

这结果,在音程上是与前面的(假定第一音为g的)例完全同样。即各音间的关系完全不变,只是开始的音名称不同,因而各音的音名都不同了。由此可知一乐曲的音阶,用无论哪一音开始都可以,结果常是不变的。

但一切音阶的构造,并非都是这样的。歌剧 Carmen 的作者法兰西音乐家比才(George Bizet)所作的有名的《西班牙小夜歌》(Spanish Serenarde),鲁鲍米尔斯基(Lubomirsky)的《东洋舞曲》(Dance Orientale),彼尔各雷齐(Pergolesi)的《尼那》(Nina)等,根基的音阶与上述完全不同。倘假定其最初的音为ċ,则其音阶的构造如下:

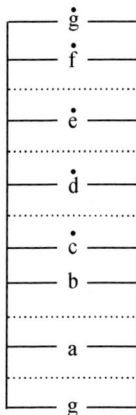

$$ċ = ḋ - {}^{\flat}ė = f = g = a = b - c$$

倘从 a 开始,即如下:

$$a = b - ċ = ḋ = ė = f = {}^{\#}g - a$$

请注意这音阶的各音程。特请先拿这音阶的最低(开始)的三个音之间的三度音程,来同前述的 Lorelei 的音阶比较一下。前述的 Lorelei 的音阶,第一、二音之间为全音,第二、三音之间又为全音,即最初的三个音为"长三度音程"。现在的音阶,第一、二音之间为全音,第二、三音之间为半音,即最初的三个音为"短三度音程"。所以我们称前者为"长音

(图乙)

阶"(major scale)，后者为"短音阶"(minor scale)。长短的区别，即在于长三度与短三度。

　　长短两音阶，不但在 c 或 g 或 a 上，在一切音上都可构成。在无论何时，其第一音最为重要，为音阶的基础，故名为"基音"(tonic)。因了基音的不同，而有 C 调长音阶、C 调短音阶、G 调长音阶、A 调短音阶、升 F 调短音阶、降 D 调长音阶等种种名称。

　　今日西洋音乐上普通所用的音阶，就是这长短二种。但音阶不限于这两种。日本有日本的音阶，匈牙利有匈牙利的音阶，挪威有挪威的音阶。各地方各时代，均有其固有的音阶，我们很可因此而区别音乐的种类。

　　凡长音阶，都用自 1 至 7 的七个数字来表示。无论 G 调长音阶，还是 C 调长音阶，都是同样。唱的时候，用 do(独)、re(来)、mi(米)、fa(法)、sol(扫)、la(拉)、si(西)、do(独，即 1̇)的八个音。短音阶唱法上与长音阶同，不过其次序为 6、7、1、2、3、4、5、6，即在长音阶前面再加一个短三度音程(6、7、1)。所以 C 调长音阶可读作 A 调短音阶，E 调短音阶可读作 G 调长音阶。又有五段音阶，就是在七段音阶中略去某二音而成(例如略去 fa 与 si)。

一五　音的结合

　　说过了音及其体系之后，现在要更进而说到这等音在音乐上的结合法。这方法有两种，即横的结合与纵的结合。所谓横的结合，就是把各种高度的音继续地组合。这样的组织中，各音相继发出，明晰可辨。反

丰子恺译文集(第十四卷)

之,纵的结合,就是使二个或二个以上的音同时响出,合并而成为一总和的音,故各音很不容易辨别。前者称为"旋律"(melody),后者称为"和弦"(chord)或"和音"(二〇)。例如前面所举的 Lorelei,唱的时候仅唱其旋律。在洋琴风琴上弹奏的时候就奏出和音。但在琴上仅用一根手指弹奏其旋律,不能称为艺术音乐。用两根或三根指弹奏同一音名,也不能称为艺术音乐。因为没有弹出和音。和音必须是不同的音的结合。

许多和音继续弹出,名为和音的进行。和音进行的时候,就发生"和声"(barmony)。无论何种音乐都有和声。我们在和声中又可听出其旋律。

但我们听音乐的时候,总是不分其和声与旋律,而感到一种进行的、运动的力。例如军队行进曲等力强的乐曲,这一点尤为明晰。又如 The Last Rose of Summer(见《音乐的常识》一五〇页——译者注)等感伤的作品也必有一种力。这力叫做"节奏"或"律度"(rhythm)。律度就是音的连续进行的时候因了音的长度与强度的规则的配列而生的一种力。例如英国国歌 God Save the King 第一行中有几处重音的地方:

这重音的地方名为"势律"(accent)。即第一音从有势律的强音开始,每三音反复一次。凡在势律上的音,其发音比其他的音力强,就成为英国国歌的节奏。舞曲、行进曲,大都取这样的节奏。一般人听了舞曲等,往往说调子很爽快或很整齐。其实这所谓调子,不是音乐理论上所称的调子(一三)的意义,就是指这奏节。

以上所述的旋律、和声与节奏三者,为音乐的要素。即凡一切音乐,不能缺少这三者。旋律尤为主要,音乐上不能缺少旋律,犹之绘画上不能缺少线。仅把旋律当作音乐,也无不可。普通所谓曲调,就是仅指音乐的旋律的。初听洋琴音乐的人,往往不能辨别其旋律。这是因为听者不能从复合的和声中听出其主要的旋律的原故。一般听者往往以为近代音乐中没有旋律,其实是近代音乐比从前的复杂,近代旋律又不像从前的显著之故。

音乐听赏的最初步的兴味,全在于旋律的鉴赏。不能辨识旋律的人,非充分练习不可。

主张旋律的单独存在的人,不承认和声为音乐的要素。然没有和声的音乐,不能说是今日的艺术音乐。那是原始的音乐,没有写在今日的演奏会的曲目上的资格。且一般所认为只有旋律的音乐,仔细考察起来,可知其实决不是只有旋律。例如把音阶中的胡乱地连续起来,绝不能成为旋律。欲使成为旋律,必须服从和声的原则。旋律进行的种种法则,例如旋律的最初的音,倘是强的,其音必须用音阶的第一、第三或第五音,音是弱的,其音大都用第五、第七或第二音,其次用第二、第三或第五音的强尚继续下去。又最后的音,大都须用基音。这种都是从和声上的必要而来的。和声犹之绘画上的色彩,又好比人体上的筋肉。包裹旋律的骨骼而使之运动的,是这和声的筋肉。

显示人体中的生命的,是脉搏。显示音乐的生命的,是律度。没有律度,音乐不能成立。德国某音乐者说"太初有律度"(Am Snfang war der Rhythmus)。在无论何种音乐中,律度最为元素的。旋律之所以能有生命者,是因为其内面含着律度的原故。和声的进行,也是律度使之动作的。

故旋律、和声及律度,在音乐上有非常重要的职司。以下当分述之。

一六 和声

和声,在前面已经说过,就是和音的进行。和音又称和弦,就是二个或二个以上的音的同时结合。然音乐上的所谓和弦,并非音的无意义的结合,乃指音阶上互隔一音而取的三个或四五个的音的结合,例如 c e g,或 g b d f 等。换言之,是互隔三度音程(即各音间相隔一音)的音,三个及三个以上的结合。就中三个的结合(例如 1 3 5 或 5 7 2)称为"三和弦"或"三和音"。四个的结合(例如 5 7 2 4)称为"四和弦"或"四和音"。更多的称为五和弦、六和弦等。四和弦,其最低音与最高音相隔七度,故又名"七度和弦"。同理,五和弦又名"九度和弦",六和弦又名"十一度和弦"。近代音乐中,十三度和弦(七和弦)也常常用到。所谓二和弦,不是和弦而是音程(一三)。这是某和弦中省略了一部而成的。

和弦中最常用的,是三和弦。音阶的各音上都可构成三和弦。普通用罗马字 Ⅰ、Ⅱ 等表明音阶各度上的和弦。即

```
    ⌒  ⌒  ⌒  ⌒  ⌒  ⌒  ⌒  ⌒
    5  6  7  1̇  2̇  3̇  4̇  5̇
    3  4  5  6  7  1̇  2̇  3̇
    1  2  3  4  5  6  7  1̇
    ⌣  ⌣  ⌣  ⌣  ⌣  ⌣  ⌣  ⌣
    Ⅰ  Ⅱ  Ⅲ  Ⅳ  Ⅴ  Ⅵ  Ⅶ  Ⅰ
```

这等和弦性质各异。例如 Ⅰ,即 1、3、5 三音同奏的时候,听来很融和而安定,Ⅴ 与 Ⅳ 就比较的不安定。然 Ⅰ、Ⅳ、Ⅴ 的三种三和弦比较其他各三和弦来,是最融和最安定的,故称为"协和弦"或"协和音",其余的称为"不协和弦"或"不协和音"。然这里所谓协和与不协和,与愉快不愉快意

思不同。协和是音的融合。许多音融合为一而能独立的,称为协和。倘许多音不能融和,使人起不安定之感,必须转入其次的协和弦方能保住安定的,是不协和弦。从不协和弦转入协和弦,有时听起来很愉快。故可知协和弦并不一定愉快,不协和弦并不一定不愉快。愉快不愉快,全由于这等和弦的使用法而生。

短音阶的各度上也可作三和弦。其各和弦也可用罗马字表明。关于长音阶的三和弦与短音阶的三和弦的区别,请另就和声学的专书研究,现在不便详述。七度和弦及其他诸种和弦,也都可在音阶的各音上作成。用罗马字记录七度和弦时,可于数字的右下方附住一 7 字,例如 I₇、V₇ 等。九度和弦则附注 9 字,例如 V₉ 等。

和弦可以施种种变化。或者加以重复的音,即高八音或低八音的同音名的音。或者省略其同名的音。或者施以"转回"的方法,即把高的同音名的音改为低的"降八音",或把低的改为高的"升八音"(例如把 C 调长音阶的三和弦 1 3 5 改为 3 5 1̇,或 5 1̇3̇)。或者加以升降的变化。均有各异的效果。详细的研究,且让给和声学的专书。

和弦的进行有种种法则。但全无乐谱的实例而对初步者讲说,很是困难,且也没有这必要。这等都是专门知识,一般好乐者即不懂亦属不妨。唯和声法中的"静止法"(cadence),有懂得的必要。静止法就是乐曲或乐曲的一部分终止的时候所用的和声的进行。其法有许多种类,就中重要的,有"完全静止法"(或称正格静止法)(V—I 或 V₇—I)、"不完全静止法"(或称半静止法)(I—V)、"变格静止法"(IV—I)及中断静止法(V—VI 等)。完全静止是乐曲或其一部分完全终止时所用的和声进行法。普通乐曲的最后的和声,都是完全静止法。

一七　旋律

　　音乐上的旋律,犹之绘画上的线。从其"进行方向"上看来,可分上行的、反复的及下行的三种。上行的旋律,就是向更高的音而进行。The Last Rose of Snmmer(四三)的第一行的最初二小节,便是上行的。第一行的最后便是下行的。反复的旋律,凡尔第(Giuseppe Verdi)的歌剧 Rigoletto 中的有名的歌曲《风中》(La donna è mobile)便是其例。三种旋律的性质,大体说来,上行的旋律适于表现上升、紧张、昂奋、憧憬、欢喜等感情。下行的反之,适于表现下降、弛缓、镇静、解放、悲哀、失望等感情。反复的进行有保持、持续、平稳之感。然这等感情,不仅由于旋律的进行方向而来,与其进行的方法及力度也有很多的关系。

　　旋律的"进行方法"也有三种。第一是反复同高度的音,名为"反复进行"。例 ĊĊ或ḊḊ等。第二是从一音进于相邻的较高或较低的音(即二度音程),名为"接续进行"。这种进行,无论其为上行或下行,都有圆滑、柔和之感。第三是从一音进于三度或三度以上的音,名为"跳跃进行"。这种进行的效果较为强烈。例如 The Last Rose of Summer 的第一句,123176553,第三音 3 至第四音1̇,便是六度上行的跳跃,第八音 5 至第九音 3,便是三度的下行的跳跃,其余皆接续进行。作曲者能自由驱使旋律的方向与方法,以作出其所期待的效果。

　　德国音乐者多霍(Ernst Toch)曾在其所著的《旋律学》中考察旋律的进行,有直线的及肢线的两种。直线的进行中,有的作水平线形,例如裴德芬的《第七交响乐》的第二乐章的开始,及却伊可甫斯基的《降 E 短

调四重奏曲》(作品三十)第二乐章的开始便是;有的作斜线形,例如晓邦
(Frederic Francois Chopin)的作品七第一号降 B 调 mazurka 的开始,裴
德芬的作品十四第二号的 scherzo 乐章的开始便是。水平线与斜线两者
混同的也有。肢线的进行中也有种种的样式及实例。

　　旋律的研究,比较音乐理论的别的部分发展甚迟。本书以解说音乐
的一般的听法为主,没有深究的余暇。即有关于旋律的解说,也不过是
从旧有的和声学中拔粹的。现今西洋有柯尔德(Ernst Kurth)等学者,正
在努力于这方面的研究。

一八　律度

　　律度由于音的长度与强度的配列而起。各个的音的结合、连续,皆
赖有这律度而始人格化、生命化。例如英国国歌倘漫然地歌唱

$$1\ 1\ \overset{\cdot}{2}\ 7\ 1\ 2\ 3\ 3\ 4\ 3\ 2\ 1\ 2\ \overset{\cdot}{1}\ 7\ 1$$

而没有音的长度与强度的差别,就全无兴味,全不成为音乐。倘用手按
拍,每三拍中,一拍强,两拍弱,反复继续。合了这强弱而唱歌,就觉有生
气得多:

$$1\ 1\ 2\ 7\ 1\ 2\ 3\ 3\ 4\ 3\ 2\ 1\ 2\ 1\ 7\ 1$$

欲表明各强音,可用纵线区分如下,即每两纵线之间就是三拍:

$$1\ 1\ 2\ |\ 7\ 1\ 2\ |\ 3\ 3\ 4\ |\ 3\ 2\ 1\ |\ 2\ 1\ 7\ |\ 1\cdots\cdots$$

在乐谱上,两纵线之间称为"小节",每小节内的强音弱音的分配名为"拍

子"。这拍子普通亘全曲不变。例如这英国国歌,便是始终每小节三拍的。这乐曲就称为三拍子乐曲。其他每小节四拍的、六拍的,即称为四拍子、六拍子乐曲。

但拍子不仅称为三拍子或四拍子等,普通又用几分之几的称呼法。乐谱中表示音的长度的,是"音符"。音符的历时长短用倍进法。即最长的称为"全音符",其一半的称为"二分音符",又其一半的称为"四分音符",次第至"八分音符""十六分音符""三十二分音符"等。倘全音符为四拍,则二分音符为两拍,四分音符为一拍,八分音符为半拍,十六分音符为小半拍……凡乐曲,以四分音符为单位(即以四分音符当作一拍)的,即称为四分拍子,其每小节中,倘含有二个四分音符,其乐曲的拍子即称为四分之二,即 $\frac{2}{4}$。倘含有三个四分音符,其乐曲的拍子称为四分之三,即 $\frac{3}{4}$。英国国歌,便是以四分音符为单位,而每小节含有三个四分音符的,故其拍子名为四分之三。普通乐曲的拍子,有二分之二、四分之二、四分之四、八分之三、八分之六等,其理均同上。

然拍子并非就是律度。例如 The Last Rose of Summer 也是四分之三拍子的:

然而效果与英国国歌全然不同。这有种种的理由,其最重要的理由之一,便是两曲的律度的相异。所谓律度,就是音的长度与强度在某单位中的规则的反复。长短与强弱同时变化。所以用手或棒按拍子的时候,不但表出其拍子,同时又表出其律度。

　　律度有多种多样的变化,近代音乐中尤为复杂,不易辨识。有时把应该强的音化为弱,应该弱的音变为强,其法名为"切分法"。有时同时并用二种或二种以上的互异的律度,名为"复律度"。这等原是从来旧有的方法。今日的音乐家中,勃拉谟斯(见前)最善用这类的手段,造出富于变化的复杂的律度。Jazz 音乐(一二)亦以多用切分法著名。

　　但近代的音乐者们,对于这种方法犹不满足。他们欲作没有一定的(传统的)拍子而律度复杂的乐曲。欣特米德(Paul Hindemith)有许多这类的作品。

一九　对位法

　　音乐,就是音依照了和声的、旋律的及律度的法则而配列。然音乐的构成上,还有一件不可遗忘的事,即"对位法"(counterpoint)。这是二个或二个以上的旋律的同时的结合。例如一人歌唱波希米亚作曲者特复约克(Antonin Dvorak)的有名的 Humoresque,同时另一人歌唱福斯忒(Foster,见前头)的 Swanee River(又名 Old Folks at Home,见《音乐的常识》一五五页——译者注)。两旋律相合,即作成非常美丽的效果。倘再加一别的旋律,其效果当更加复杂而美满。这时候其旋律称为"声部"。两旋律合成的对位法,称为"二声部的对位法",三旋律、四旋律合成的例推。对位法中的声部的数目没有一定。但愈多愈难于感得。在普通的好乐者,三声部以上的对位法音乐,已经很不容易听懂了。

　　对位法又可用同一旋律相隔多少时间而结合。例如英国国歌,一人先唱１１２三字之后,另一人又唱１１２,同他的７１２相合并,二人常常相差三个字而结合进行:

$$\text{一人}\ 1\ 1\ 2\ |\ \overset{\cdot}{7}\ 1\ 2\ |\ 3\ 3\ 4\ |\ 3\ 2\ 1\ |\ 2\ 1\ \overset{\cdot}{7}\ |\ 1\cdots\cdots$$

$$\text{另一人}\ 1\ 1\ 2\ |\ \overset{\cdot}{7}\ 1\ 2\ |\ 3\ 3\ 4\ |\ 3\ 2\ 1\ |\ 2\cdots\cdots$$

即造成一种对位法。这时候一声部是另一声部的模仿，故称为"模仿对位法"。这模仿长久继续的时候，其乐曲形式称为 canon。

对位法种类很多。都是作成和声的。由此可知和声与对位法有密切的关系。说得夸张一点，一切和声是根基于对位法的，反之，一切对位法是根基于和声的。欲求和声的优秀，必使其同时结合的各音部横看时各能独立为优秀的旋律，即类似于对位法。对位法的明白而富于效果的例，大都是可贵的艺术作品。罢哈最多优良的对位法作品留传于世。他的作品差不多统是对位法的。比才的作品中也有许多明显的对位法。例如他的歌剧 *Carmen* 的第四幕中的《斗牛者的行进曲》，有显然不相同的两旋律，一个从声乐唱出，同时另一个从管弦乐奏出，互相结合。又如《阿尔之女》（*L'Arlesienne*）的第二组曲的终曲 Farandole 中，最初有勇壮的行进曲的旋律相隔二拍而作成模仿的对位法。其次的轻快的旋律，到后来与最初的旋律相合并。裴德芬与华葛纳尔的作品中，也富有优秀的对位法。

故对位法的应用极广，差不多一切乐曲中都含有。附有洋琴伴奏的独唱歌曲（八八以下）中，也应用这对位法的办法（例如在洋琴伴奏中，或洋琴与歌声之间）。然最显明地应用的，是弦乐四重奏（三七）、交响乐（六四）及其他长大的合奏曲与合唱曲（九二）等。德国近代伟大的音乐理论者柯尔德曾在其名著《线的对位法的基础》中，专就罢哈的作品而研究其旋律的对位法。最近关于对位法的研究，以柯尔德的见解为最盛行。一方面又有新进的作曲者，竟尚脱却传统的和声。结果今日的新音乐都注重线的对位法,而无视从来的调(二○)了。

专以对位法的作曲法为根基的音乐,名为"复音乐",又称为"多声部音乐"。最显著而易解的例,便是罢哈的作品,就中小曲 invention 尤为著例。然最复杂而富于表现力的艺术的作品,是其 fugue。

fugue(德 Fuge,意 fuga)一名词,出于拉丁语 fugu,即遁走之意。故可意释为"遁走曲",或"追覆乐"(或音释为"覆盖乐")。这名称已表明着乐曲的性质。因为这种作曲形式主用于模仿的对位法,其各声部互相追逐掩覆。普通由称为"主题"(四四)的单声的短旋律开始。次移于别的声部(五度上或四度下)。第二声部作出"答句",其间第一声部又作出一个与最初的主题不同而相续的旋律"对主题",与答句作成对位法而进行。其次主题移于第三声部(原来的高度或第八度上)。以前的第二声部又对这第三声部成为对主题,与第一声部一并作成三声部的对位法。倘还有第四声部,即与前同样地续出。主题出齐之后,fugue 的"呈示部"(五六)就告终。这时候须注意的,声部的顺序与高度的顺序完全不一致。即 fugue 有时从低声部开始,有时从中央的而最高的声部开始。但无论其从何部开始,构成的原则恒常不变。

fugue 经过了呈示部,又经过了其全部或一部的反复之后,就有展开部(五八)继续出现。普通这时候必有一个根基于最初的主题的插句,否则用种种方法显示对位法的技巧。主题与答句比在呈示部更相接近,即续出"狭缩部"(stretto),全曲告终。

故 fugue 显然是一种智巧的技术的构成,不免缺乏表现与情绪。但在音乐形式中,比这更有趣的乐曲,恐怕没有了。罢哈遗留着许多优秀的 fugue。就中最有名的,是《Fugue 四十八曲》,这又名《平均率洋琴曲集》(*Wahltemperiertes Klavier*),全二卷,内含各种调子的 fugue 四十八曲及各曲前面所附的前奏曲(五六),后人奉为洋琴音乐的《旧约圣书》,与裴德芬的洋琴朔拿大的《新约圣书》相对立。"平均率"是罢哈的时代开始应用的,就是为今日的洋琴和风琴的调率的基础的音率法。罢哈为欲充分发挥当时的应用这音率法的新洋琴音乐的可能性,故作此四十八曲。各曲都有深刻的表现,都非常崇高。第一卷第一曲(C 长调)有丰满充实之感。第二曲(C 短调)有庄重而悲痛的感情。第三曲(C 长调)和平而阳气,又时有滑稽的分子。反之,第四曲(升 C 短调)非常严肃,犹如身入高大的殿堂。罢哈在四十八曲中表出着一切感情与幻想。

在今日,照 fugue 形式而作的乐曲也还不少。像欣特米德(一八)的近代人,也常作此种乐曲。他的第三"四重奏曲"作品(二二),其第一乐章已有蓄音片制成。在形式虽不严格的,但确是秀美的 fugue。

fugue 不但用于器乐曲,又用于声乐曲。其主题也不限定一个,有时用二个(二重 fugue 或复 fugue)、三个(三重 fugue),其他又有种种形式的 fugue。与 fugue 相似而不必严格的,有 fugato。

以对位法为基础的复音乐,在罢哈时代已达其绝顶。其后有罕顿、莫札尔德、裴德芬作家出世,也作了不少,但并不专以对位法为基础,大都是以和弦的和声为基础的单声部的,单音的音乐。但到了最近,复音乐又重新盛行了。关于对位法,请参看别的专书。

二〇　调

如前所述,音乐中的音,必有一定的音体系。倘羼入了这体系以外的音,就破坏乐曲的统一,不能成立为一种艺术。例如 The Last Rose of Summer:

$$\underline{1.\underline{2}} \,|\, 3\ \underline{1.\underline{7}}\ \underline{6.\underline{5}} \,|\, 5\ 3.\ \underline{1.\underline{2}} \,|\, 3\ 5\ 3\ \underline{2.\underline{1}} \,|\, 1\ —$$

倘使把 3 字胡乱降低半音,这音就是本体系以外的音,而破坏全体的
统一:

$$\underline{1.\underline{2}} \,|\, {}^\flat3\ \underline{1.\ 7} \quad \cdots\cdots$$

试唱起来,全无意味,不能成为一个乐曲。何以故? 因为其羼入了这乐
曲的音阶以外的音,即已打破了这乐曲的调。所谓"调"(key),就是一乐
曲所用的音的相互的和声的关系。因为保住这关系,故乐曲能统一而为
一艺术品。调并非音阶。音是音的阶段的配列(一四)。调是音的和声
的关系。故我们对于用 F 调长音阶上的音作成的 Last Rose,不称为 F
调长音阶乐曲。因为曲中所唱的不是 F 调长音阶,而是以 F 音为基础的
一个乐曲,即其旋律以 F 音为中心(试看前例,一行中 1 字共出现五次)。
又在重要的地方应用 F 的长三和弦的音(即 1、3、5 三音,试看前例,每小
节第一字都是 1 或 3 或 5)。故从和声上看来,这是 F 长调的乐曲。换言
之,音阶与调,相异而又有相互的密接的关系,故各乐曲的调,用其音阶
的名目来称呼。

　　一乐曲的调,在其曲的最初与最后的地方最明白表示着。乐曲的开
始或强势律的地方,大抵用 I 的和弦,其前后用 V 或 IV 的重要的和弦。
最后用静止法的 V—I 或别的和弦。此外,乐曲的重要部分,大都用 I、
V、IV 等重要和弦。因为这三种和弦中,含有音阶上的一切的音最能明
白表示乐曲的调。即:

```
                      ·
                      2
                      7
             5 ——— 5
             3
                     (V)
  ·
  1 ——— 1
  6
  4
 (IV)         (I)
```

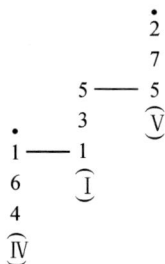

这三和弦称为调的"基础的和弦"。极简单的乐曲,仅用这三个和弦中的音也仅够构成。熟识各种调中的这些重要的和弦,是音乐鉴赏者的极重要的练习。至少,必须有由乐曲的开始与终了的基础的和弦而明确地判别乐曲的调的能力。作曲者总把作品的调表示在曲目上,便是因为这在听赏上是很重要的。

作品的调,普通称 C 长调、E 短调等。调之一语,德语为 Tonart,英语为 key,法语 mode 或 ton,意语为 modo 或 tono。音名、调名,普通都用英语。英语的音名,即 A、B、C、D、E、F、G(读如哀、皮,西、提、衣、哀夫、其)七字。升名曰 sharp,即 ♯,降名曰 flat,即 ♭(一三)。长调名曰 major,短调名曰 minor。晓得了这几个名称,就容易读英语的曲目了。例如:

C major 即 C 长调;

C minor 即 C 短调;

D flat major 即降 D 长调;

F sharp minor 即升 F 短调。

德语的音名,为 A、H、C、D、E、F、G(读如阿、哈、再、台、哀、哀夫、给)。除发音与英语不同外,第二音名英语用 B(皮),德语则用 H(哈)。德语也有 B(裴),但并不是英语的 B(皮),而相当于英语的降 B(皮)。即本

8

位 B(皮)用 H(哈)，降 B(皮)用 B(裴)，是德国人的特别的习惯。然这是一种特例。普通表示降音，是在本位音的末尾附加 es。例如 Ces 即降 C，Des 即降 D。唯降 A 不用 Aes 而用 As，降 E 不用 Ees 而用 Es。普通表示升音，是在本位音末尾附加 is。例如 Cis 即升 C，Fis 即升 F。故德国音名可列表如下：

德国音名

降音	升音	本位音
as（阿史）	ais（阿伊史）	a（阿）
b（裴）	his（希史）	b（哈）
ces（冉史）	cis（济史）	c（再）
des（台史）	dis（提史）	d（台）
es（哀史）	eis（阿伊史）	e（哀）
fes（反史）	fis（斐史）	f（哀夫）
ges（给史）	gis（基史）	g（给）

又德语称长为 Dur(杜尔)，短为 Moll（穆尔）。例如(即字以下是英语名称)：

C Dur 即 C 长调；

fis moll 即升 F 短调；

Des Dur 即降 D 长调；

h moll 即 B 短调；

B Dur 即降 B 长调。

须注意者：德语用字体的大写、小写来表明调的长短。短调统用小写文字，长调统用大写文字。试看上例即知。

法语的音名，用 ut(尤德)、Re(来)、mi(米)、Fa(法)、sol(扫尔)、La(拉)、si(西)。升用 dièse，降用 bèmol。长用 majeur，短用 minieur。

意大利的音名,除 C(英名)用 Do 外,其余均与法语相同。唯升用 diesis,降用 bemolle。长用 maggiore,短用 minore。

日本的音名用 イ(衣)、(洛)、ハ(哈)、二(尼)、木(霍)、へ(海)、卜(笃)。升用"婴",降用"变"。今将英、德、法、意、日诸国的调名列比较表如下:

本书	英	德	法	意	日语
C 长	C major	C Dur	ut majeur	Do maggiore	ハ　长
C 短	C minor	c moll	ut mineur	Do minore	ハ　短
升 C 短	C♯(C sharp) minor	cis moll	ut dièse mineur	Do diesis minore	婴ハ短
B 长	B major	H Dur	si majeur	si maggiore	口　长
降 B 长	B♭(B flat) major	B Dur	si bèmol majeur	si bemolle maggiore	变口长
B 短	B Minor	h moll	si mineur	si minore	口　短
升 F 短	F♯(F sharp) minor	fis moll	Fa dièse mineur	Fa dé esis minore	婴へ短
降 E 长	E♭(E flat) major	Es Dur	mi bémol majeur	Mi bemolle aggiore	变ホ长

调有各种种类。各调是否各有其特有的感情与性质?即"调色"及"调的特性"的问题。从来曾经许多美学者的研究论证,然尚未有决定的结论。且肯定这问题的存在的诸学者,关于各调的特性的说明,意见也颇不一致。下列的表中所示的,是法兰西有名的音乐理论者拉微涅克(Alexandre jean Lavegnac)与法兰西有名的作曲者裴辽士(Hector L. Berlioz9)的所说。但裴辽士是专就提琴音乐而说的。

调		调的特性	
		拉微涅克说	裴辽士说
长调	C	单纯,素朴,简明。但平凡,单调。	庄重,然缓慢且漠然。
	升C		少漠然,多典雅。
	降D	魅惑的,柔和,平静。	庄严。
	D	华美,华丽,活泼。	华美,热闹,但带几分平凡。
	升D		缓慢。
	降E	音响的,力强,骑士的。	庄严,相当地音响的,柔和的,庄重。
	E	有光辉,温和,欢喜。	华丽,壮丽,高贵。
	F	牧歌的(恋歌的),素朴。	精力的,力强。
	升F	粗暴。	华丽,锐利深刻。
	降G	优和,稳静。	少华丽,多优美。
	G	田舍风的,愉快。	稍华美,稍平凡。
	升G		缓慢,但高贵。
	降A	优和,追从的,又壮丽。	柔和,秘密,非常高贵。
	A	简明,音乐的。	华丽,典雅,欢喜。
	降B	高贵且典雅,优雅。	高贵,然不分明。
	B	精力的。	高贵,有音响的光辉。
	降C		高贵,但不甚音响的。
短调	C	阴气的,剧的,激烈的。	阴气的,不甚音响的。
	升C	残忍,刻毒,又非常阴暗。	悲凄,音响的,典雅。
	降D		严正,不甚音响的。
	D	严正,热中。	悲悼的,音响的,稍平凡。
	升D		缓慢。
	降E	显著的悲哀。	非常漠然,又非常悲哀。
	E	悲哀,激烈。	断金声,稍平凡。
		不快,无骨,精力的。	不甚音响的,阴气,激烈。
	升F	粗杂,又轻快,空气的。	悲凄,音响的,锐利深刻。
	G	忧愁的,羞耻的。	忧愁的,相当地音响的,柔和。
	升G	非常阴暗。	不甚音响的,悲哀,典雅。
	降A	哀念,不放心。	非常缓慢,又悲哀,但高贵。

续表

调		调的特性	
		拉微涅克说	裴辽士说
短调	A	单纯,素朴,悲哀。	相当地音响的,柔和,悲哀,稍高贵。
	降B	葬式的,又神秘的。	阴气的,缓慢,嗄声的,但高贵。
	B	野蛮的,阴暗,但力强。	非常音响的,粗野,不吉,激烈。

关于调的特性,此外还有许多学者的见解,不遑尽述。但鉴赏者不可拘泥于此等人的见解。因为作曲者的选择曲调,大都不由于曲调的可说明的概念的特性,而由于一种不能说明的微妙的感觉及其他的关系。

调究竟有无特性?据德意志伟大的理论者李芒(Hugo Riemaun)说:无论其由于音体系的表象,或由于调的高度(即基音的高度),或由于调率法,无论其何等茫漠,总之,"调色"的存在是可以肯定的。这话很是中肯。我们可以实验:同是一曲 The Last Rose of Summe,用 G 长的曲调唱时与用 F 长的曲调唱时,其效果多少有些不同。

调的特性,在"调性"(英 mode,德 torgeschlecht)不同的时候,最为显著。调性就是调的性(sex)。调有长性短性,犹之人有男性女性。东洋古代音乐理论上有阳旋阴旋,就是这个理由。阳旋阴旋,大体就是德语的所谓 Dur 与 Moll。总之,曲调因性质而分为长短二种。两者的效果完全相反。长性是积极的,男性的,阳的,又如德国理论者华普德芒(Moritz Hauptmaun)所说,有"向上响动的力"。短性是消极的,女性的,阴的,有"下行的重性",有"依据性"。意大利的民谣,常常巧妙地利用这对比。修裴尔德的艺术的歌曲中,也应用这技法。

长性与短性的效果的差别,普通人都误解,以为前者是快活的,愉快的,力强的,后者是阴暗的,悲惨的,力弱的。其实并不如此。例如比才的《西班牙小夜歌》是短调的,但也有轻快的,愉乐的,剧的趣味。反之,特复约克的《新世界交响乐》(New World Symphony)的第二乐章,及修裴尔德的歌曲《死与处女》(Der Tod und das Mädchen),是长调的,但曲趣柔和而非常悲哀。故长性与短性,只能说是有对比的,然其每曲的效果,仍须视作曲者的技巧,尤其是速度(一○)与力度(九八)而定。

今日的音乐演奏曲目上,差不多一切音乐都注明曲调。然而要晓得,一乐曲并非自始至终常受同一调力的支配的。大多数的乐曲,尤其是艺术的乐曲,其中途必然屡屡转调。不然,就使人疲倦而不生兴味。甚至民谣小曲,也在中途用转调的方法。修裴尔德的歌谣曲的转调,最为大胆而富于变化,如音乐史上有名的作风。例如有名的歌曲《菩提树》(Der Lindenbaum,见 50 *Songs*,Schubert,上海谋得利发行),开始暗示菩提树的丛叶,用 E 长调,唱完 Es zog in Freud und Leide zu ihm mich immerfort,忽然转入 E 短调。und seine Zweige rausrchten 以下,又回复 E 长调。不久,从 Die Ralte winde bliesen 起,又转入 B 短调,最后,Nun bin ich manche Stunle 以下又以 E 长调结束。修裴尔德的歌曲中,比这更复杂而大胆的例很多。这办法,在乐曲中途变换调子,名曰“转调”(modulation)。要使乐曲有变化,有多样性,这转调是必要的方法。

然乐曲在中途无论几次转调,其最后必须归于本来的主调。倘以非主调结束,就失却全曲的统一性的效果。多样性与变化,原是乐曲所必要的,但先须有了统一性,方许变化。倘没有统一性,而徒求变化,就变成混沌迷乱。例如菩提树,中间变化甚不可测,但最后必归于最初的调,以防混乱不统一之弊。

近代音乐上的调非常复杂。转调层层迭出,似乎没有底止。欲一一识别这种转调,在一般人非常困难。例如许得洛斯及雷格(Max Règen)的作品,在听惯裴德芬及修裴尔德的作品的人听来,其构成复杂可惊。尤其是雷格的作品中,欲指摘一一的调,几乎是不可能的事。历史者谓曲调的巧妙应用,在雷格已于绝顶,诚非过言。然现代音乐中,竟有更进而否定曲调的。例如欣裴尔希(Arnold Schönberg)、欣特米德(一八,末)及其他霸占现代德意志音乐界的人,有所谓"无调的音乐"。欣裴尔希的《美丽的花床》(Das schöne Beet betracht' ich in Harren)(作品十五第二号),是尽人皆知的一例。听了这曲的人,都不能知道其为何调。然其曲的美,仍是不能否定的。欣特米德不但否定曲调,于拍子上也打破从来的法则。这等音乐中的"无调性"及"无调力"(atonality),亦自有其美学的理论。无调的音乐的作者的主张,以为十九世纪以前的音乐过于受调力的支配,音乐应该是超越调力的自由的直接的表出。同时又因为近代音乐重视线的对位法(一九),所以从来的调力,亦不得不牺牲一点。这种主张的价值如何,不是现在所能决的问题。现在不过说,这是历史的必然的发达,今后在音乐界中必有相当的支配的势力。

与"无调性"同样性质的,又有重视线的对位法的近代音乐中,尤其是法兰西的近代音乐中所常见的"多调性"(polytonslity)。这就是一乐曲同时受两个或两个以上的调的支配。法兰西的米洛(Darius Milhaud)的 Saudades do Brozil 第七号的开始处,右手奏 D 长调,左手奏 G 长调。匈牙利有名的作曲者罴尔托克(Bela Bartok)的 Bagatelle 作品六第一号,更为显著的例。

　　明日的音乐,是多调的,抑无调的,抑像从来的单调的,是很重大的一个问题。但这问题对于一般的听者没有直接的利益。且从大局看来,今后五年或十年间的音乐,绝不致完全脱却十八世纪以来的传统。所以这只能说是新兴艺术上的一种现象,还不能认为将来的音乐的方针。

（第三讲终）

第四讲　乐器

二一　乐器

奏音乐的器具,即乐器(instrument),种类很多,又有种种分类法。"歌声"(一二)是音乐上的音,同时又可说是一种器乐。因为凡发声的机关都可叫做乐器,则歌声也是一种乐器。歌声在乐器中,可说是一种管乐器。"管乐器"(wind instrument)略称"管"(wind),由管及空气而发音,flute、clarinet、trumpet 等皆是。就中主用金属制的,名曰"金属管",主用木制的,名曰"木管"。violin、cello 等用弦摩擦而发音的,称为"弦乐器"(string instrument)或略称"弦"(string)。然同是弦乐器,像 mandoline 及 guitar 等拨弦发音的,称为"拨弦乐器"(pluped instrument)。像洋琴等有键盘而扣弦发音的,称为"有键乐器"(keyboard instrument)。风琴也有键盘,不过其发音乃由于管或簧,与弦乐器的洋琴不同,但也可合称为有键乐器。其他如钟、鼓等敲打的乐器,称为"打乐器"(percussion instrument、percussion、battery)。

现在不便将西洋音乐上所有的一切乐器一一列举,只能专就"管弦乐"(orchestra)合奏所用的弦、管、打三种乐器,及其他二三种,加以简单说明。听者对于各乐器的单独的发音及合奏的发音,务须有辨别的能力。要有这能力,可在蓄音片上练习。现今有特为辨别乐器而制的蓄音片,专备此种练习之用。

二二　歌声

人的肉声,是吸入肺中的空气呼出的时候触动喉头的声带使之振动,因而发声的。欲使所发之声具有特定的意义,必须用鼻腔与口腔内的诸器官,加以调节。欲使成为音乐上的歌声,则又必须质地美丽,而具有音程等音乐的要素。欲达得这一点,除训练之外又有天赋的必要。天生素质良好的嗓子,再加以充分的练习,其歌声在一切乐器中实为最优。何以故?因为这是人类的最精巧且最直接的表现手段。从这点上想来,无论何等进步的乐器,总不及最优秀的歌声。

violin 能叹息,能笑,cello 能欢歌,能哀诉;但总不及歌声的深刻而直接。歌声的长处,不但在分量的高度、长度、强度上可以自由自在,同时又能表出言语,表出个性。故德意志某学者说,"声乐是人类本身的表现"。

歌声,普通因其性质而分为 soprano、alto、tenor、bass 的四部。soprano(高音)是最高的女声,大概音色华丽。alto(中音)为女声的最低者,普通有优美深刻的色彩。tenor(保声或次中音)为最高的男声,大都轻快而华美。bass(低声)为最低的男声,通常有深沉而力强之趣。这等"声域"(compass),即从最低音至最高音之间的区域,其广狭没有一定,但大略如下:

高音——自 c(或 a)　　至 a(或 e,或更至 b)。

中音——自 g　　至 f(或 a)。

次中音——自 c　　　至 a(或 c)。

低音——自 f(或 B)　　至 d(或 e)。

这等名称,出于意大利语或拉丁语。soprano 与 alto 都是"高"的意思,但今日两者已有明确的区别。在从前,alto 指高的男声,指女声时用 contra-alto,即与 alto 相对(contra)的意思。但在今日,alto 与 contra-alto 意义相同了。tenor 是"保持"的意义。因为在中世纪的合唱中,tenor 大都是保持旋律即继续歌声的,故名。然这等译语没有一定。普通教科书中惯读作高音、中音、次中音及低音,但绝不是妥善的译名。

欲区别声质,必须仔细倾听实际的声。特为供这练习而制的蓄音片,现今也有发售。亚美利加有名的歌手格里柯尔济(Amelita Galli-Curci)及美尔罢(Nellie Melba)等,是 soprano 家。荷马(Louise Gilworth Homer)等,是 alto 家。tenor 家中最有名的,有卡罗索(Enrico Coruso)、喜巴(Tito Shipa)等。bass 的名手,可推谢礼亚品(Feodor Ivanovitch Shaliapin)。

然歌声的种类很多。同时 soprano 家,格里柯尔济与美尔罢很不相同。前者华美的,装饰的,色彩的;后者抒情的,有单纯的美。故前者可称为色彩的高音家,后者可称为抒情的高音家。又如格芝基(Gadski)是剧的高音家。就大概而论,色彩的高音盛用于古代歌剧或十九世纪初的意大利歌剧上。例如裴理尼(Vinoenzo Bellini)的歌剧 *Norma* 中的《天的女王》(Casta diva),洛西尼(Geachino Antonio Rossini)的《赛微利亚的理发师》(*Il Barbiere di Seviglia*)中的《秘密的声》(Una voce poco fa),凡尔第的 *Rigoletto*(一七)中的《美名》(caro nome)等,都是为这色彩的高音而作的。反之,剧的高音主用于近代的,尤其是华葛纳尔及其以后的歌剧上。华葛纳尔的 Walküre 中的"Ho-jo-to-ho"一歌曲，便是其一例。又抒情的高音大都适于单纯的民歌曲或与之相类似的歌曲。后面所述的艺术的歌曲（九〇），宜用这抒情的高音或剧的高音。

　　声质与 soprano 相同，而声域较广，又特别宜拉低音的，名曰 mezzo-soprano（半高音）。这音部与 alto 相似，而声质是 soprano 的，且在一切 soprano 中最为剧的，最富于变化。演 Carmen 有名的女优卡尔凡（Emma Calvé）就是这半高音的歌手。alto 不似高音的纤细的华丽，而有优美的、抒情的特色，富于变化，故最适于悲哀的、宗教的表现。用这声部来唱修裴尔德的歌曲，一定可使我们非常感激。alto 在歌剧中大都被虐待，歌剧中用这声部的极少，只有扮女仆或老婆子的有时用之。前述的 *Rigoletto* 中的"Maddelena"，顾诺（Charles Gounod）的 *Faust* 中的"Martha"，马斯卡尼（Pietro Mascagni）的《在乡军人》（*Cavalleria Rusticana*）中的 Lucia 等角色，便是其例。反之，soprano 大都是歌剧中重要角色所用的音部，为一般人所珍重，尤为男性所崇拜。

　　为女性所崇拜的，是 tenor。例如谢礼亚品，是第一个低音者，但绝不如往年的卡罗索的受人热狂的崇拜。马可马克（John McCormack）所以大受听众赞美者，也因为其是美音的 tenor 者的原故。这歌声在歌剧中常占有力的地位。*Rigoletts* 中的 Mantova 伯爵，《在乡军人》中的 Turiddau，凡尔第的 *Aida* 中的 Radames 等主人公，即是其例。然 tenor 中，也有像卡罗索的力强的剧的，也有像马可马克的轻而抒情的。

　　不是 tenor 又不是 bass，相当于女声的 mezzo-soprant 的男声，叫做 baritone（深声或上低音）。其音域普通自 a 至 f。其性质不似 tonor 的华美与坚固，而富于变化与情调，适于剧的，悲凄的，热情的，又滑稽的，调刺的等表现。最初发现这歌声的特质而创用这声部的，是莫札尔德。

自裴德芬的时代以来,这声部常受人们的欢迎。孟特尔仲(Felix Mendelssohn Baltholdie)的神曲 *Elijah* 的主人公,便是有名的 baritone 的例。比才的 *Carmen* 中的 Don José 又是一例。有名的《斗牛者的歌》,为 baritone 的最有名的例。现今的罗福(Titta Ruffo, 1878)便是这声部的歌手。

bass 比 baritone 更低而沉重。有"深低音"(profound bass)与"唱歌低音"(cantata bass)两种。俄罗斯自谢礼亚品以下,有名的低音歌人甚多。这是因为俄罗斯的教会音乐注重这声部的原故。*Faust* 中的 mephistopheles 是低音的,其小夜歌最为有名。

在从前,会有男声 soprano。这是去势的男子的高声。今日已没有这种办法。除女声外,只有童声 soprano。

各声部中,哪一部最好?这问题虽然难于切实回答,但大概在声乐上女声占优。在器乐演奏上,女性极少有凌驾男性或与男性同等的实例,反之,在声乐上,女性确有独特的才能。她们就因这一点而能在艺术界中得到地位。倘欲在音乐的世界中除去女洋琴家、女提琴家,我们全不觉得可惜;但倘没有女的歌人,音乐的世界当何等损失,何等寂寞!

各种歌声,可依其用法而分为"地声"(胸声)、"上声"(中声)及"里声"(头声)三种。地声就是普通说话时所用的声,用于低音。里声即所谓黄色的声,用于高音。中声则介乎两者之间。无论何人,试从低声顺次向高声唱一遍,即可明白此等声区。歌人必须善于变换声区。声区的变换叫做"换声",技术巧妙者,大都不十分显明,而自然地移行。劣等的歌人,由地声变里声时就有判然的痕迹,弄得像两个人的声音。亚美利加的有名的指挥者但洛修(Walter Damrosch)曾赞叹美尔罢的换声的巧妙的才能。他说,"他的歌声全然没有声区,全部是统一的",就是自然移行而无痕迹可寻的意思。声区的优劣，全由于一切唱歌法的基础的"发声法"而来。发声法的要点，在于"呼吸"。须使一切歌声犹如从歌者的齿的阴面响出。又须绝对纯粹。换言之，须使所呼出的一切空气皆为歌声，全无一点变成别种声响。发声要明快，清澄，而自由。最宜注意的，是歌的开始，即 attack。关于这方法，可引洛琪斯夫人的《唱歌的哲学》(*Clara Kathleen Rogers：The Philosophy of Singing*)中的一段如下：

倘音于呼吸停止的瞬间发出，其音就像洋琴的锐打一般，有完全明澄的、钟声一般的、积极的 attack。其效果易得，又极爽快。不但如此，其音又容易扩大，传播，能填充最大的音乐堂，达于一切听者的耳。

故在乐曲上，作曲者必预先指定歌者可以呼吸的地方。也有由歌者自己决定的。但歌者不可任意把歌曲分段。须按音乐上的"分节法"(phrasing)而定其呼吸的地方。例如前述的 Last Rose，倘分段如下：

Tis the last V rose of Summer

即在 last 之后即行呼吸（普通唱这歌时容易犯这误谬），就违背分节法，而听者完全不懂其意味了。这全是自然之势。譬如我们说"今日天气好"，当然不能分节为"今日天""气好"。分节法为音乐演奏上最重要的基础。后再详述（四三、六九及其他）。

良好的歌人及良好的唱歌，有种种条件。详细的事，属于专门方面，非本书所能罄。但有二三点非在这里简单说明不可：良好的歌者，声量的变化也须讲究。这叫做 messa di voce，即其所发之声先由弱开始，次第加强,再渐渐减弱,终于消失。这在声乐的效果上非常重要。又有 legato(贯音)也是重要的。从一音移于别的音时,不分明确的界限而圆滑进行。由此更进一步,即所谓 portamento(运音),即两音完全接续。反之,各音短促而分离的唱法,名曰 staccato(顿音)。这等唱法,各有其适当的用处,唱歌者须能巧妙应用。

最后,歌人所唱的歌词,必须发音明快。无论何国语言,其发音必须正确清楚,不可稍有模糊。尤其是母音(A、E、I、O、U),发音最要正确。故唱歌练习的开始,须用镜照着口的形状,而练习五个母音的发音法。唱法(发音法)有法语式、德语式、意语式等种种格式。

一般人对于唱歌多误解,大都以为歌声必须常常颤动。其实颤动的歌声名为 trill,行于特定的地方,大都是为了装饰的必要而设的。一般提琴练习者亦多滥用这颤音。虽然全曲要用颤动的奏法 vibrato 的也有,但须用得巧妙适当,始有美的效果。倘拙劣或过分,则有伤于音程及歌词的发音等别的重要条件,反而不快、丑陋,而给人以恶感。抒情的歌曲尤为容易犯这弊病。西洋某批评者说,"愿闻没有 vibrato 的歌",就是攻击这一点的。话虽过于夸张,却是对于时风的针砭。

二三　提琴

提琴有四根弦线,各合于 g、d、a、e 四音,故其弦线自低向高,顺处称为 G 弦、D 弦、A 弦、E 弦。各弦都能发比所合的音(放弦的音)更高八度的音,故提琴的音域非常广大,普通自 G 至 c,或比这更高。

　　提琴由弓(bow)在弦上摩擦而发音。因了弓的用法而音的性质有种种变化。例如摩擦驹(bridge,立在提琴腹上的小木片,弦线搁在这上面)的附近的弦线,则发硬音;远处的弦线,则发柔音。用力摩擦则发强音,轻轻摩擦则发弱音。又弓的方向,即推上与拉下,发音亦异。故提琴上的"用弓法"(bowing)与唱歌中的发声法相似,非常重要。这又与分节法(二二)有密切的关系。例如那几个音,宜用同一方向的弓拉奏,或中间变化弓的运动及方向,或中间切断其连续,都属于"用弓法"。又有不用弓而用指拨弦的奏法,名为 pizzicato(拨弹)。这方法用得巧妙时,有非常轻快的效果。西班牙的提琴大家萨拉萨谛的《西班牙舞曲》作品一第二一号,便是其最美的一例。这曲先在 G 线上由宽广而甘美的感情的音开始,导入连角 pizzicato 的部分,最后用与最初大致相同的旋律在高音区演奏。听了这曲,可知各弦特有的个性。

　　提琴弹奏时,普通用左手紧按弦线。但有时轻轻用指触弦而拉奏,比紧按时发音更高。其音类似留音,名曰 flageolet,又因其为和声的上音,故又名 harmonics。这音有轻松而神秘的神趣,从来盛用于独奏曲,例如威尼奥斯基(Henri Wieniawsky)的《莫斯库的回忆》(Souvenir de Moscov)的中部以下,盛用这奏法。但向来在管弦乐中甚不多用。近代管弦乐中也渐渐多用这种奏法了。例如俄罗斯的李谟斯基-可萨可夫(Rimsky Korsakov)的组曲 Scheherazade,便是其一例。

　　提琴的弓法也有种种。现在不能一一详说,但就重要者两种略述之。tremolo,就是奏一音符时用弓急速上下,摩擦数回,很可表出昂奋、激烈、焦灼、不安等感情。十七世纪音乐家蒙特凡尔第(Claudis Monteverdi)在他的歌剧 Tancredi 中最初使用这弓法,后来管弦乐中都使用了。华葛纳尔的歌剧 Der fliegende Hollander(飞行的荷兰人)的序曲(七一),及韦伯(Carl Maria von Weber)的歌剧《自由射手》(*Der Freischütz*)的序曲中,这弓法最为有名。尤其是后者的用法,使人听了如入德意志的森林。又有一种弓法,名曰 collegno(打奏),即不用弓的毛来擦弦,而用弓背的木条敲打弦线,也有奇妙的效果。例如华葛纳尔的歌剧 *Siegfried* 中的笑声及叱声的描写,便是用这种弓法的。

提琴上附有齿形的木片或牙片或金属片,名曰"弱音器"(mute 或 sordino)。把这器嵌住在驹上,弦的振动就弱,发音也轻而柔。在演奏会里,常常看见演奏者奏到格理克(Edvard Grieg)的组曲 Peer Gynt 第二的第二乐章 Ases Tod 的开始处,或萨拉萨谛的有名的《流浪者之歌》(Zigeunerweisen;Gypsy Airs)的中部的时候,必向背心的袋中摸出这弱音器来加在驹上而演奏。加上这弱音器之后,所奏出的音就凄凉而悲哀,或带着阴惨怪异神秘的气味。

提琴的表现力,非常广大而富于变化。故称之为"乐器之王",并非夸张。美国某批评者说,"这乐器是弦乐器合奏团的中心,又是色彩的歌手、剧的歌手"。但他的话还没有充分说出这乐器的特性。歌手在乐曲途中必须呼吸几次;而提琴可以连续不断地发音,又在某限度内可以同时发出二个或二个以上的音。假使这乐器能奏出歌词,就可为十全的乐器,而凌驾歌声及其他一切乐器了。

提琴完成于十七世纪。其发达的历史,更须远溯古昔,在这里不便详说。现在但就其制作史上几个重要的人物略述之。就中最有名的制作者,住在意大利的克雷莫那。克雷莫那的制作者中,最重要的是一五一一年以来的亚马谛一家(Amati family),就中尼古洛(Nicolo Amati)尤为有名。他是亚马谛式样中最优秀的所谓"grand model"型的提琴的作者。其门下有史德拉提伐立斯(Antonio Stradivarius),完成这亚马谛式样,制出发音与形式均极完善的提琴。在今日,史德拉提伐立斯的制作,一具值数十万元至数百万元之昂。他有两个儿子,承继他的事业。还有同他们对抗的一家,即高尔纳里斯氏(Gaurnerius family)。其中 Joseph Gaurnerius 即 Giuseppe Antonio 尤为著名。此外又有弓的完成者 Fraucois Tourte,也是提琴制作上不可遗忘的人。裴德芬有两口宝贵的提琴,即 Gaurnerius 与 Nicolo Amati 所制的。

提琴所发的音,因乐器而有显著的差异。无论像克拉伊史勒(Fritz Kreisler)或辛罢里史德(Efiem Zimbalist)的大演奏家,拿了七八块钱一口的乐器,绝不能奏出美妙的音。优良的乐器,各有其个性的音。故听提琴演奏时,关于其乐器也应该知道。

提琴演奏中最重要的事,是能使乐器歌唱。然所谓歌唱,并非奏得感伤的或各音含糊的意思。使提琴歌唱,就是在提琴中纳入生命,使像活物一般地歌唱。欲其有生命,须应用 pizzicato、staccato、legato、portamento 等种种奏法,自由驱使,使所奏的音乐同唱歌一样。

提琴演奏不必滥用颤音 vibrato(二二),与歌声同一理由。

二四　提琴系的弦乐器

提琴系的弦乐器,在从前总称为 viol,种类很多。其重要者有下列四种:

音高 viol(即今日的 violin);

腕　 viol(viola da braccio)(即今日的 viola);

膝　 viol(viola da gamba)(即今日的 cello);

低音 viol(即今日的 contrabass)。

在今日,提琴系的弦乐器,即最小的提琴 violin,稍大的 viola,更大而竖奏的 cello,及最大的 bass。因为这四种乐器,都与提琴同样,有四根(五根亦有之,但极少)弦线,都用弓摩擦而演奏。这等乐器的演奏技巧,也与提琴大致相同,pizzicato、fraggioleto、弱音器、tremolo 等奏法,都与提琴同样。

viola 形状比提琴稍大,也是搁在肩上演奏的。其四根弦线,各比提琴低五度,即合于 c、g、d、a 四个音,其发音不及提琴的华丽,但有特殊的悲壮性,且极丰富。法兰西的音乐理论者拉微涅克(二○)说:"viola 是哲学者,慈悲慷慨,常为别人的补助,而不注意于自身。"此数语颇能说破这乐器的特性。莎翁描写这乐器,说:"她绝不说出她的爱。然而秘密像蕾中的虫一般地常在侵蚀她的石竹色的颊。"在近代音乐中,viola 的特性已显著地发挥。例如法兰西的作品最多的作曲者圣赏斯(Charles Camille Saint-Saens)的组曲 Suit Algèrienne 的第三乐章 Rêverie du soir(《夕梦》)中,有极美丽的 viola 的旋律。又如华葛纳尔的乐剧 Tannhauser 的序曲,由罗马巡礼的合唱开始,次描写微奴司山的淫逸的舞蹈之后,就有美丽的 viola 的音乐出现。西班牙的世界最大提琴家帕格尼尼(Nicolo Paganini)有一口上等的史德拉提伐立斯制的 viola,曾托法兰西大音乐家裴辽士专为此乐器作一乐曲,其曲即根基拜轮诗(Byron;Childe Harold's Pilgrimage)的交响曲《在意大利的哈洛尔特》(Harold en Italie)。曲中 viola 的表现极为活跃。忧愁的哈洛尔特的性格,全靠用这乐器表出。孟特尔仲的《意大利交响乐》(六八)的徐缓乐章中,也有 viola 的美丽的表现。

然这乐器,是不可以多听的。法兰西的歌剧作曲者美尤尔(Etienne Nicolas Méhul)曾受拿破仑的命令,在 Uthal 开演不用提琴的弦乐合奏,以 viola 为主要乐器。听者听了一回之后,不堪其悲哀,都叫道:"务请停止了 viola,把提琴奏给我们听听,我们出百法郎也不惜!"所以 viola 的表现无论何等活跃,总不长久继续,大都不久就取了和弦而为别的乐器的助手。

cello 是 violoncello 的异称(须注意,是 violoncello,不是 vlolincello)。这乐器形状很大,不是搁在肩上,而是直立在膝上演奏的。其奏法与提琴没有什么差异。其弦比 viola 低八度(合于 C G d a),音域颇广(自 C 至 d),表现亦颇自在而富于变化。虽不及提琴的华美,然比提琴更为力强,深刻,为男性的。听过修裴尔德的有名的《未完成交响乐》的人,一定不忘记这乐器的美丽的音色。这交响乐的第一乐章,由 cello bass 的齐奏开始。经过木管的第一主题,就续出 cello 的第二主题。德意志某指挥者曾赞叹"这是音乐表现的最卓越的灵感之一"。歌尔特马尔克(Kail Goldmark)的序曲 Sakuntala 中,用 cello 和 clarinet 描写小的女妖。却伊可甫斯基的《悲怆交响乐》的第一乐章中,其第二主题也用 cello 和提琴奏出。裴德芬的《第五交响乐》的第二乐章的主旋,由 cello 和 viola 开始。cello 与 bass 同时并用,有严肃的效果。修裴尔德的《未完成交响乐》及裴德芬的《第九交响乐》便是其适例。

bass 就是 contra bass (德名 Kontrabass)或 double bass 的略称。照德语读如"罡斯",照英语读如"裴斯"。因为这乐器在昔日的管弦乐中其职司专为 cello 的声部的重复,故名为 double bass。但在今日的管弦乐中,大都与 cello 各别,专用为管弦乐的和声的基础。这乐器的四根弦线,普通互隔四度,即合于 E、A、D、G 四音。近代的 bass,有时又加一条 C 弦,共有五根弦线。音色沉重,略有含糊之感。

最初发挥这乐器的特性的作曲者,是裴德芬。当时维也纳有一个 bass 名手,名叫特拉各纳谛(Dornenico Dragonetti)。这人能用 bass 演奏 为 cello 而作的极艰深的乐曲。他在裴德芬的管弦乐演奏中当 bass 演奏 员。裴德芬的作品中常自由使用 bass,是为了有这个人的原故。例如 《第五交响乐》的第三乐章的中央部,有专为 bass 与 cello 而作的有名的 fugue 的乐句。《第九交响乐》的第三乐章与第四乐章之间,也有有名的 bass 乐句。这种大胆的尝试,难怪当时的人都不佩服。

二五　洋琴

现今我们所称为洋琴的乐器,是十八世纪初叶意大利的克理斯托 福利(Bartolommeo Cristofori)所完成的。以前有许多用键和弦的乐器, 如 spinnet、virginal、harpsichord、clavichord、clavlcembalo 都是洋琴的前 身;但这等乐器,于音的强度变化上很不自由,表现很不便利。克理斯 托福利始把它改良,应用槌的装置,作成"可强可弱的有键乐器",即 "Clavicembalo col pianoe forte",意大利语 piano 是弱的意思,forte 是强 的意思。今日略称为 piano。

洋琴称为有键乐器,因其装着键的连续配列的"键盘"(二六以下)。 以指按键,键下的槌就扣打弦线而发音。按键时用力强则发强音,用力 弱则发弱音。键按下之后,也继续发音(不过次第减弱);手指离键,音始 消减。

洋琴因形状而分为"竖形"(upright)及"平台"(grand)两种。普通家 庭用的形似风琴的,便是竖形洋琴。竖形洋琴的弦线竖张,槌从旁边扣 打。但这种洋琴在音乐会中使用,嫌其音量太小,音域太狭。故音乐会都用大形的平台洋琴,特名为 concert grand piano。这平台洋琴的弦线平张,槌从下方向上扣打。洋琴的弦线,高的音每音共有三根,低的音二根。

洋琴的音域没有一定,普通为自A至 a 其间的音的配列,在前面(一三)已经说过。

洋琴前面下方有棒状突起之物,名曰瓣踏(pedal)。其数不一定。普通两个。两个中右面的名曰"制音器瓣踏"(damper pedal),又名"强音瓣踏"(lord pedal;forte pedal),左面的名曰"弱音瓣踏"。用足尖踏下右面的瓣踏,则内部弦线上的制音器离去弦线,弦线就全部充分振动,发音强大而持久。踏下左面的瓣踏,则打弦的槌接近于弦(然各洋琴装置不同,并不一定如此),而发音就弱小。有时二瓣踏之中间又设一瓣踏,其作用大概是使特定的几个音强大又持久,然各器装置不尽相同。

洋琴在今日的乐器中最为有用,且最便利。多数的作曲者特为此乐器作许多发曲。然这乐器究竟还有缺点:其音虽能由瓣踏保续,但常常从强向弱渐渐消去,其发音中间不能变化强度与音色。故洋琴音乐,各音的头总是尖锐的,有轮廓太锐的缺点。像提琴音的悠长,歌声的 Messa di voce(渐强或渐弱,即<>记号),在洋琴上均不能表现。且此外尚有机械的缺点。唯奏旋律时可以同时奏出和声或对位法,可模仿管弦乐的复杂,是洋琴的优点。

不听惯洋琴的人初次出席洋琴演奏会,往往不理解这乐器。他们疑问乐曲究竟有否开始。他们只听见漫然的许多音同时响着,而全无头绪。因此怀疑演奏者的技术的下劣。这原是难怪的事。因为洋琴音乐要弹得清楚而动听,非常困难,非伟大的演奏者不可。倘有对于洋琴不能理解的听者,应该先听最优秀的洋琴家的演奏,听过四五回之后,一定会理解。不能理解洋琴的人,大都是由于不惯听之故。听惯之后,就能分别鉴赏其旋律的进行的美与和声的色彩的美,因而理解全体的音乐了。最后又可对于各演奏者解释感到无限的兴味。

　　在同一洋琴上,洋琴大家的指能弹出很美的音,洋琴学生就不行。然洋琴大家并不就此满足。他们的妙技,在于像拉提琴一般地弹奏洋琴,像唱歌一般地弹奏洋琴。他们不是弹而是"唱",这一点是演奏者的最重要的练习。不能像"唱"一般地自由驱使键盘,其弹奏必无生气。欲达到这一点,须能自由敏捷地使用瓣踏,运行手指。然倘徒求急速而胡乱使用瓣踏,运行手指,反而无益。必须具有艺术家的艺术性。十四五岁的少女都能活泼地运行其纤纤的十指,然而她们所弹奏的大都终于机械的急速,而不能表出优秀的音乐。因为她们的艺术性未曾充分发达的原故。自动洋琴(pianola)无论转得何等急速,不能与大洋琴家的演奏相比较,因为其完全是机械的。

　　今日的洋琴弹奏法有两种流派:其一是根基雷希谛士基(Theodor Leschetizky)的"指动派",其二是根基勃来托普德(Rudolf Maria Breithaupt)的"腕重派"。指动派由指的运动获得洋琴的效果。他们弹奏的姿态,往往手指飞上空中,很有神气。反之,腕重派则由腕的重量获得洋琴的效果。即强者不用指的力而用腕的重压弹出。

二六　风琴

　　普通所用的风琴(organ),是簧风琴(reed organ),或名亚美利加风琴(American-organ)。这与洋琴同是有键乐器,但其键不是扣的而是押的。押键则内部的空气袋的穴开放,吹动键所属的簧而发音。其所发的音不但能自由保续,且又能在音色上或强度上自由变化。这一点可说是风琴胜于洋琴之处。然其全体音色缺乏变化,特别欠缺华丽,且不便于种种技巧的适用。故今日的音乐会中,差不多全不使用。

又有一种与风琴相似而发音方法不同,由吐出空气时发音的乐器,名曰 harmonium,较风琴为优;然也有种种缺点,使用者甚少。风琴中另有一种名曰管风琴(pipe organ),在外国使用者甚多。其装置,每音设一管,将空气送入管中,即发一定高度的音。故其音色与簧风琴不同,富于变化;且音域比一切乐器都广阔,适于种种的表现。其键盘有二层或数层,又有足踏的键盘。

二七　拨弹乐器

弦乐器中,除像提琴等用弓擦弦发音的乐器以外,又有像曼独铃、琪塔等用指或兼甲拨弹而发音的乐器,名曰拨弹乐器。其种类甚多,但一般音乐会中大都不用。虽有曼独铃音乐会等举行,然不是普通的音乐会,乃一种特殊的或非正式的音乐会。且为这等乐器而作的乐曲,亦极少有艺术的作品。

曼独铃有八根弦线,每二根为同音的一对,故不妨当作四根弦线。各弦的音与提琴相同。弹奏时用义甲。因为其音不能长久保续,故欲其保续时,需用像 tremolo(颤音)的办法,急速鼓动义甲,使同一音急速地反复。这乐器的最根本的缺点,即在于此。因为不能保续,故必用许多音的连续来代替一音。这种弹法,也有富于变化而华丽闹热的好处;但其音色终于薄弱,到底不能演出伟大的作品。以之演奏感伤的小曲,有

时也另有一种可喜的趣味。十八世纪意大利提琴家又作曲者微伐尔第
(Antonio Vivaldi)曾为此乐器作竞奏曲(七七以下)。莫札尔德曾在其歌
剧 *Don Giovanni* 中用此乐器,为其有名小夜乐的伴奏。裴德芬也曾为曼
独铃作两个乐曲。这是有名的例;然尚未发挥曼独铃的特性。马勒
(Gustav Mahler)的《第八交响乐》,应用曼独铃较为进步。近代意大利
有专门的曼独铃弹奏家,充分发挥着这乐器的技巧。

　　然曼独铃终不过是家庭应用的乐器。用于音乐会,有种种的缺点。
现在亦不再详述。

　　比曼独铃形状更大,相当于 violin 系中的 viola 的,叫做曼独拉
(mandola;mandora)。其相当于 cello 的,叫做 mondocello。故曼独铃系
的乐器,可以独立为一团而合奏。但合奏时往往加用琪塔。

　　琪塔(guiter)普通有六根弦线(E、A、d、g、b、e)。用指拨弦发音。其
音弱小,其音色不甚明亮。西班牙提琴大家帕格尼尼曾为此器作四重奏
曲。意大利歌剧家洛西尼曾在其歌剧《赛微利亚的理发师》(二二)中用
此乐器为伴奏。为琪塔而作的乐曲很多,然亦不见有特别优秀的作品。

　　琪塔系的乐器,有 lute 及 zither 等种种,然流行甚狭,且无甚高贵的
价值。

　　拨弹乐器中不可忘却的,还有竖琴(harp)。这乐器的历史甚古,在
埃及时代早已当作国民的乐器而盛行。然旧式的竖琴,转调(二○)甚不
自由,因之高级的作品中不多用之。一八一○年,法国人爱拉尔
(Sebastien Erard)发明用了七个瓣踏,转调与半音均极自由,于是竖琴渐
渐被应用于高级的音乐。今日的大管弦乐演奏中,几乎没有不用这乐器
了。加之一八九八年,又有法国人普雷耶尔(Pleyel et Cie)发明了"半音
阶的竖琴",竖琴的用途更广大了。

竖琴的音有感伤的美,然不甚强。提琴演奏家兼作曲家史波尔(Ludwig Spohr)曾为竖琴作许多乐曲,然其艺术的价值均不甚高。竖琴的艺术的使用的例,在近代交响乐作品中甚多。例如杜褒西(Claud Debussy)的《牧神午后前奏曲》(Prelude I'Apré-midi d'un Faune)、华葛纳尔的乐剧《华尔寇来》中的《魔火场》等皆是。

二八　木管乐器

管乐器是以管为重要部分的乐器,由空气而发音。可因其发音方法而分为三类:

甲、flute 类——由吹口处的空气的振动而发音。

乙、oboe 类——由簧的振动而发音。

丙、喇叭类——由吹口处的唇的振动刺激管内的空气而发音。

其中甲与乙普通是用木管的,故名为木管乐器(wood wind instrument),或略称为木管(wood wind;wood)。丙的管是用金属作的,故名为金属管乐器(brass wind instrument),或略称为金属管(brass wind;brass)。

flute 是用黑木或银制成的横笛,其一端关闭,一端开通,关闭的一端的近处有吹口。管侧有指穴及键,可以调节音的高度。其键是一八三二年德国人裴谟(Theobald Böhm)所改良的,名为“裴谟式”,使用甚便。别的木管上也用这等键。

flute 的音域,从 c 起向上三个八音。其音色,大体最低的八音暗,中央的八音轻,最高的八音华美。比才的组曲《阿尔之女》(一九)第二的第三乐章的 menuet 舞曲(五五),差不多完全用 flutc 吹奏,其伴奏用竖琴,中部加用 horn oboe 及弦乐器等。然从最初至最后,均以 flute 为主。故

此曲最便于听赏 flute 的音色。洛西尼的歌剧 *William Tell* 的序曲的第
三部分 Andante,由 English horn(见下)开始,不久即用 flute,终于两乐
器合奏。却伊可甫斯基的组曲 Nutcracpev(割胡桃者)中的《簧笛舞曲》
(Dance des Mirlitons),也是此乐器应用的最美的一例。

flute 有低音与高音之别。前者名为 bass flute,用途较狭;后者名为
piccolo,用途甚广。piccolo 是小形的 flute,比 flute 高八度,发音非常锐
利。《魔火场》及却伊可甫斯基的第六交响乐第一乐章中,有 piccolo 使
用的名例。

oboe 是吹口有竹簧的竖笛,用黑木制成。其音域自降 b 至 e。音色
非常优美而悠长。却伊可甫斯基的《第四交响乐》第二乐章中有 oboe 的
连续的吹奏。裴德芬的《第三(英雄)交响乐》第二乐章的送葬进行曲,由
提琴开始,而移用 oboe 吹奏其特性的美丽的旋律。修裴尔德的《C 长调
交响乐》第二乐章,oboe 的用例最为著名。

比 oboe 稍大而发音较低的,名曰 English horn(法名 Cor anglais)。
其簧附着于细的曲管上,构造、奏法、原理,均与 oboe 全同。音色悠扬,
雅静。特复约克的《新世界交响乐》第二乐章(Largo)及前述的洛西尼的
Williom Tell 的 Sndante 中,均用这乐器,有田园的、牧歌的效果。

oboe 类最大的乐器,为 bassoon,或名 fagott。其发音亦最低(自降B
至降b),为特殊形状的木制管乐。其高的音区有牧歌的性质,低的音区
有怪异的效果。适于表现滑稽的情趣。格理克的组曲 Peer Gynt(二三)
第一的第四乐章,即以此乐器的怪异的旋律开始的。裴德芬的《第八交
响乐》第一乐章中,巧妙地应用着这乐器。孟特尔仲的《中夏之夜的梦》
(Midsummer Nights' Dream)中的进行曲,也是这乐器的滑稽的用法的

一例。

比 Bassoon 更低的,名曰 contra-bassoon。裴德芬的《第九交响乐》,许得洛斯的《死与净化》(Tod und verklärung),裘卡(Paul Dukas)的《魔法者的学徒》(L'Apprenti-Sorcier)等,皆重用这乐器。

上述的 oboe 类的乐器,都有两个笛,故又名为"复簧乐器"。反之,clarinet 是单簧乐器。oboe 与 clarinet 形状很相似,所异者只此一点;音色也因此而不同。

clarinet 在今日的管弦乐中为最重要的乐器之一。其应用于管弦乐是近来的事。法国人拉莫(Jean Philippe Rameau)开始用之于歌剧的管弦乐。罕顿在其弟子莫札尔德的交响乐中最初发觉此乐器的美丽的音色,就应用之于自己的作品中。自此以后,管弦乐必用此乐器。其音域自 d 上行三个半八音。音色富于变化,高音区锐利,中间区明快而华美,低音区深刻。故 clarinet 兼适于抒情的表现及剧的表现。韦伯的《自由射手》中部有美丽的 clarinet 演奏。却伊可甫斯基的《第五交响乐》的最初也有此乐器的深刻的乐句。李谟斯基-可萨可夫的歌剧《金鸡》(Coq d'or)的前奏曲,也有这乐器的高音区的巧妙使用的名例。

clarinet 不容易转调,欲合各调,须用各种调子的乐器。普通最多用的,是降 B 调的,其音圆滑、明快而丰富。裴辽士曾说这是英雄的恋爱的音调。降 E 调的,其音锐利。A 调的,其音稍华丽。C 调的 clarinet 不甚常用。C 调的以外有所谓"移调乐器"(transposing instrument),能发比谱表高八度或低八度的音(见后二九节末)。

比降 B 调 clarinet 低八音的低音 clarinet,在 Tannhauser 的第三幕中最为有效地使用。

又有很近似于 clarinet 的单簧乐器,即 saxophone。这乐器系用金属制成,于一八四〇年由法国人萨克史(Adolphe Sax)发明,故名。高低种类甚多,盛用于 jazz 音乐上。因其发明不久,故艺术的作曲尚不多见。唯比才的组曲《阿尔之女》中曾巧妙地使用它。其第一乐章的后半部(Andante Molto)有 clarinet 与 saxophone 的合奏,为有名的例。

二九　金属管乐器

金属管乐器种类甚多。普通所用的有下列数种:

horn 又名 French horn。与前述的 English horn 不可混同。这乐器用黄铜制成,作圆形,前述的 English horn 则为木制的竖笛。二者音色全异。French horn 的音色有含糊的圆味而富于热情;English horn 则悠长而为抒情的。

horn 管长有十七尺,故其音不甚高。其音色不似别的金属管的华美,而带有几分木管的性质。故此乐器实介乎木管与金属管的中间。但特为此乐器而作的旋律,有非常的诗趣。韦伯的《自由射手》的序曲,由提琴开始,不久奏出 horn 的美秀的旋律。裴德芬的《第三交响乐》的第三乐章 Scherzo 的中央部(trio),有 horn 的特性的乐句。修裴尔德的《C 长调交响乐》,比才的组曲 Roma,却伊可甫斯基的《第五交响乐》第二乐章,勃拉谟斯的《第三交响乐》第三乐章的后半部开始处,均有这乐器的特殊的乐句。

比 horn 高八度的 trumpet,是金属管中的最高音。其音色华丽,力强,崇高,而男性的。听了特复约克的《新世界交响乐》的终曲的开始,凡尔第的歌剧 Aida 中的有名的凯旋进行曲,绝不会忘记这乐器的华美的音色。与 trumpet 相似的,有 cornet,二者不可混同。cornet 容易吹奏,有独得的锐利,但其音不似 trumpet 的有圆味与光辉,而有似吼的、金属的响声。

　　trombone 是一支很长的金属管,最容易认识。其管可以伸缩者,名曰 slide trombone。因其音域而有 alto、tenor、bass 等种种。其音色大概力强,崇高,而严肃。故庄严的乐曲,必用此乐器。有许多作者充分利用它这点特色。华葛纳尔尤盛用之。*Tannhauser* 的序曲巡礼合唱的部分,*Der Ring des Nibelungen* 的各处,*Walkure* 的第一幕中,均是 trombone 使用的有名的例。

　　tuba 能发与 trombone 融合的音,常与 trombone 一并使用。这乐器的音色庄重。也有各种调子的乐器,最普通的是降 B 调的。华葛纳尔的《诸神的黄昏》(*Götterdämmerung*)中的送葬曲,是 tenor tuba 使用的名例。

　　乐器中的发音有不照乐谱所记的高低的,C 调以外的 clarinet、horn、trumpet 等皆是。例如降 B 调的乐器比谱上的音符低一音,A 调的低二音……这等名为移调乐器。

三○　打乐器

　　打乐器中最重要的为 timpani,或名 kettle-drums。这是釜形的胴体上张皮的乐器,普通用两个,其一个合于乐曲的基音(do),另一个合于乐曲属音(sol)。其他的音调也常使用。故用三个的时候也有。其音调的升降,由张皮的宽紧而定。

　　这乐器在裴德芬时代以前,仅用为加强拍子之用。裴德芬开始发明这乐器的个性,巧妙地使用。他在《第一交响乐》的第二乐章中,用这乐器为低音部。《第五交响乐》的第三乐章中,这乐器的用法尤为有名。

《第九交响乐》中亦有巧妙的用法。却伊可甫斯基的《第四交响乐》的第一乐章中也有这乐器的用例。

这乐器的奏法,看似容易,其实却很困难。因为不但对于拍子及节奏,对于调子"高度"也必须有锐敏的感觉。

鼓类之中,大太鼓(bass drum)除军乐队以外不甚多用。其音低,浊,而不定。洛西尼的 *William Tell* 的序曲《岚》的第二部分中,用此大太鼓为描写之用。军队的进行曲及类似于此的作品,常用此为加强律度之用。又有小太鼓(side drum; snare drum),内部张弦,能发特别的锐音,军乐队中用之最多。前述的华葛纳尔的《诸神的黄昏》的第二幕,曾用此乐器。

比小太鼓更小的,有 tambourine,其胴体的周围附有小的铜铃,发特殊的音。南欧的舞曲中最多用之。艺术的作品,也有用此乐器以暗示南欧的。却伊可甫斯基的组曲《割胡桃者》中的阿剌伯舞曲中,多用此乐器。*Carmen* 歌剧中亦用此乐器以暗示西班牙。其他尚有许多暗示南欧的用例。因此这乐器更加南欧化了。

南欧色彩的乐器,尚有 castanets。这乐器用坚木制成,用手开合,使相击发音。*Carmen* 中亦多用之(第二幕第十七号中尤多)。

又有 triangle,为弯成三角形的金属棒,有特定的调子,敲时发锐利而清澄的音。特复约克的《新世界交响乐》中的 Scherzo 及李斯德的降 E 调洋琴竞奏曲中,屡屡用之。

glockenspiel 亦是发丁丁之音的乐器。这乐器由许多发特定之音的金属片像键盘一样地配列,能奏简单的旋律。故华葛纳尔的 *Meistersinger* 的进行曲中及其他艺术的乐曲中,常常用之。不用金属片而改用木片的,名曰 xylophone(木琴)。这乐器的来历甚古,然有名的乐曲中都不用它。圣赏斯的交响诗《死之舞踏》(*Dance Macabre*)中,用以描坟墓中出来死骸的舞蹈,有特别的效果。

　　gong 或名 tam-tam,即铜锣,乃由中国传去,敲打圆形的金属盘,发混浊而不快的音。谟索尔格斯基(Modest Petrovitch Moussorgsky)的《裸山之夜》(Night on the Bare Mountain),曾以此乐器奏特殊效果。同样用圆形金属制成的乐器,又有 cymbal,发爽快之音,常与大太鼓并用。*Carmen* 的前奏曲便是其用例。

　　chimes,即钟,为特定调子的许多金属管并列地悬挂的乐器。亦能奏简单的旋律。又有 celesta,为小形的洋琴形式的乐器,也有键盘,但发音的不是弦而是金属板。其音高而清澄,巧妙应用时,可得非常美好的效果。却伊可甫斯基的组曲《割胡桃者》中的《金米糖舞曲》(Dance de la Fee Drage),差不多是专为这乐器及低音 clarinet 而作的。

　　　　　　　　　　　　　　　　　　　　　　　　　　(第四讲终)

（一）1. mandoline   2. flute   3. viola d'amour   4. violin   5. benjo
6. viola   7. violoncello   8. guiter   9. harp   10. contrabass

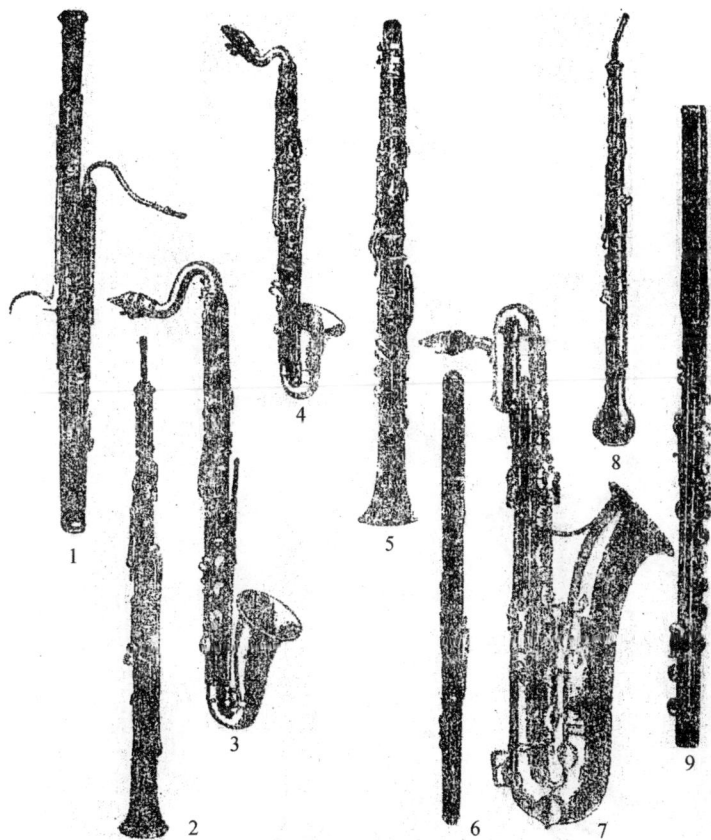

（二）1. bassoon　2. oboe　3. bass-clarinet　4. basset horn

5. clarinet　6. flute(旧式)　7. saxophone　8. English horn

9. flute(bohm 式)

(三)1. valve trombone　2. slide trumpet　3. trumpet

4. serpent　5. horn　6. bass-tuba　7. cornet　8. ophicleide

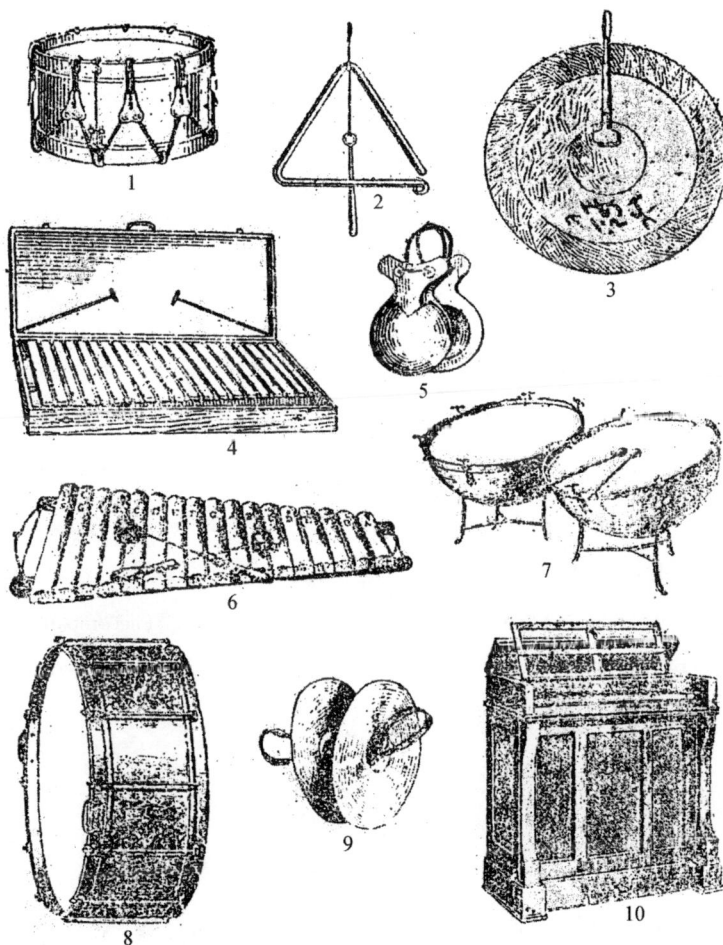

（四）1. snare-drum   2. triangle   3. gong   4. glockenspiel

5. castanet   6. xylophone   7. kettle-drum   8. bass drum

9. cymbal   10. celesta

第五讲　乐器的用法

三一　乐器的用法

乐器单独用时,名曰独奏(solo),在歌声则名为独唱(vocal solo,简称 solo)。同一乐曲中使用二个或二个以上的乐器,名曰合奏或合唱(ensemble)。规模最大的合奏,就是管弦乐。最大规模与合奏合唱的合并,就是神曲(九二)与歌剧(九一)。独唱大都附有伴奏(accompaniment)。violin 及 cello 等旋律乐器的独奏,普通也附伴奏。然其组合方法有种种,故当另立一讲以说明之(三四)。

三二　独唱

各部歌声都可独唱。乐器中如 tuba、低音 clarinet 等,差不多绝对不能单独使用,歌声则无不适于独唱。因为歌声的音域较广,又在各点上是最优秀的乐器。

三三　独奏

　　乐器可因其用法而分为二种。主用为独奏的名曰独奏乐器,主用于合奏的名为合奏乐器。后者之中,专为和声而用的(例如 trombone、horn、tuba 等)又名为和声乐器。然这区别绝不是判然的。有的乐器,例如 cello,独奏用,合奏用,均极相宜。horn 普通认为合奏乐器,然也有用于独奏的。

　　独奏乐器中,奏出旋律而同时又能奏出和声的,最为优秀。在这上洋琴是叵贵的。提琴只能奏旋律;虽在极小的限度内也能奏和声,但万不及洋琴之自由。所以提琴独奏时,常须用洋琴或其他和声的乐器作为伴奏。否则其乐曲就缺乏和声的兴味。唱歌必须有伴奏,也是为这理由。

三四　伴奏

　　从大体说,伴奏是补助独奏所不足的和声而支持乐曲的。然其形式甚为多样。

　　伴奏有全用和弦的。修芒的歌曲《我不太息》(Ich grolle nicht),修裴尔德的歌曲《在海边》(Am Meer)等的伴奏,便是其例。也有用分离和弦的(即把和弦的音继续弹奏的),例如修裴尔德的歌曲集《水车场的美少女》(*Die schöne Müllerin*)中的《放浪》(Das Wanderer),《何处去》(Wohmö)等便是其例。又有用对位法作伴奏的,例如比才的《西班牙小夜歌》的后半部便是其例。

但无论如何,伴奏对于主要声部常处于从属的地位,而不主张自己。像英国有名的《作曲法》的著者史当福特(C. V. Stanford)所说,伴奏"须不是听的而是感的"。倘过于主张自己,就宾主颠倒而变成(借德国某评者对于修芒的歌曲的评语)"以歌声为伴奏的洋琴曲"了。但自修芒以来,伴奏非常精巧,又非常重视,有时不免过重。今日的多数的歌曲,已重视伴奏,与歌声同等。他们所作的歌曲,不复是"洋琴伴奏的歌曲",而是二者并重的"洋琴乐与歌声"了。

伴奏为和声而设,故当然是情绪的。然也有为了音色或节奏而设的。旋律无论何等优秀,倘其伴奏贫弱或平凡,绝不能有美的效果。优秀的伴奏的要件,很不容易指定,略言之,第一,必须有和声的趣味。普通民谣歌曲的伴奏,往往交互连续地使用 I、V、IV 等和弦,尤多用 do、sol、mi、sol 的分离和弦,显然是和声的条件的贫乏。第二,必须富于节奏的变化。例如实际舞蹈所用舞曲的伴奏,常常反复同一的节奏,最为缺乏变化。第三,必须是情绪的。第四,不仅为主要的歌声之助而必须有独立的完成,也是要件之一。此外关于伴奏的要件,可在音乐形式学中详细研究之。

伴奏乐器不限于洋琴。风琴、合唱、合奏、管弦乐等,也可作伴奏之用。

又有一种奏法,与伴奏相似,但不用和声乐器而用旋律乐器的,名曰"助奏"(obligato)。这是为供给独唱或独奏以色彩的变化而设的。故普通与伴奏同时行之。例如在独唱上用洋琴伴奏,及提琴与 fulte 的助奏。这时候助奏对于主要声部,普通用对位法,二声部互相融合,作出美好的效果。

三五　合唱

普通小学校的学生,多数人唱同一的歌曲,普通称之为合唱。其实那种不是合唱,而是"齐唱"(unison),或称同音合唱(unison chorus)。那是许多人齐唱同一旋律,不是合唱。又如二人同唱的"二重唱"(duo;duett),三人同唱的"三重唱"(trio;teszett),及"四重唱"(quartet),"五重唱"(quintett),"六重唱"(sextett),"七重唱"(septett),"八重唱"(octett)等,名为重唱,即各个互相不同而独立的声部各由一人歌唱,也不是合唱。所谓合唱,是二个或二个以上的独立的声部,各声部由至少二人或多数人歌唱,才是真的"合唱"(chorus)。

合唱的声部数没有一定。四声部的最为普通且效果最良。声部数增至八部以上时,往往有不时或混乱的结果。故八声部以上的合唱,甚为稀有。

合唱的声部的组织,样式甚多。因声部的用法,合唱可分为男声、女声、混声三种。男声及女声的合唱中,声部数无一定。二声部的合唱,普通用相异的二种歌声(例如 soprano 与 alto,或 tenor 与 bass 等)。三声部的或四声部的合唱,普通其中一声部(或两声部)又分为两小部,第一与第二(例如第一 soprano,第二 soprano)。混声合唱通常是四声部的。力强的男声与优美的女声同时唱出,有非常美丽、健全又坚实的效果。有名的合唱曲,大都是四声部的混声合唱。亨代尔的神曲《救世主》*Messias* 中的 Hallelryah 合唱,华葛纳尔的 *Maistersinger* 的曲终合唱 Ehrt eure deutschen Maister,即是其例。

然四声部以外的混声合唱,也常有之。例如 *Carmen* 第四幕的最初的合唱,由第一、第二 soprano,第一、第二 tenor 及第一、第二 bass 的六部合成。其次的行进曲的合唱,又添用儿童 soprano 一部。

虽名为合唱,但并非始终一同歌唱的。有时特定的一声部歌唱,其余的声部暂时休止;有时又在某声部中加用一人的独唱。然这时候情形也与重唱不同。重唱的各声部,是从最初到最后始终由一人歌唱的;合唱则以多数人歌唱为原则。合唱中加用独唱,有时加一人,有时加二人或二人以上。例如裴德芬的《第九交响乐》的终曲,在四声部的混声合唱中加用独唱及四重唱。

合唱有时用伴奏,有时不用伴奏。无伴奏的合唱,普通称为"教会的合唱"(a capella)。

重唱的优秀的例,在歌剧中最容易见到。例如普济尼(Giacomo Puccini)的《蝴蝶夫人》(*Madame Butterfly*)第二幕中的有名的花歌,又如凡尔第的 *Aida* 第四幕的最后的 O terra addio,又如马斯卡尼的《在乡军人》中的"Ah,no,Turuddu,Rimani"等,便是二重唱有名的例。三重唱的名例,如 *Aida* 第一幕中的三角恋爱的大三重奏便是。四重唱的名例,如 *Rigoletto* 第三幕中的剧的四重唱便是。五重唱(例如 *Carmen* 第二幕),六重唱(同第三幕的最初),在歌剧中均有名例。

与重唱相似而稍异的,名为"部唱"。即一声部特别主重,别的声部对它保住伴奏的从属的关系。普通的民谣曲及部唱用的编曲,即是其例。

三六 合奏

合奏形式甚为多样。自两个乐器的二重奏起,直至几十种乐器的管

弦乐,均称为合奏。欲一一说明,势不可能。现在约略分为重奏(室乐)
与部奏两种。前者犹如唱歌中的重唱,各个乐器各奏独立的声部。后者
犹如合唱,用复数的乐器演奏各声部。与唱歌同样地同二重奏、三重奏、
四重奏(外国语亦同前)等名称。

三七　室乐

　　室乐(chamber-music),本来是在室内,在王侯贵族的私室(chamber)
内演奏的乐器结合的一种方法;但在今日已全然失却这历史的意义,凡少
数独奏乐器独立的结合,即名为室乐。故室乐不宜在广大的会场或剧场
中举行,而宜在不十分大的会场中演奏。室乐的特色,是各声部只用一
个乐器。管弦乐就不同,一声部常用许多乐器演奏(例如提琴,分为第一
组与第二组,每组七八人,齐奏同样的音乐)。室乐虽也有用第一、第二
两提琴,然而两者各司不同的声部,并非同样的齐奏,又室乐中的各奏
者,都是独立的,都有同等的资格。不似管弦乐中的多从属的演奏者(例
如 horn、tuba 等大都仅为保住和声,辅助别的乐器而设,处于从属的地
位)。又有一特色,室乐中所用的乐器都是独奏乐器,尤宜用旋律乐器。
故如德国某评者所说,室乐的本质是"线的"。

　　室乐是重奏。其所用的乐器数没有一定。二重,三重……皆是室
乐。倘就中有一个(或一个以上的)乐器特别有势力时,这就不复成为室
乐。例如洋琴与提琴的一重奏,二者必同样重要,各奏一独立的声部;倘
提琴势力占胜而洋琴变成伴奏,就不是室乐而是有伴奏的独奏了。有洋
琴伴奏的提琴曲,都是独奏曲。普通所视为提琴独奏用的朔拿人,其实
都是为提琴和洋琴而作的二重奏曲。尤其是法国的富郎克(Cesar

Frank)及其以后的为洋琴与提琴而作的朔拿大,显然已变成室乐的体裁。不明白这一点的初步者,听富郎克的朔拿大(例如 D 长调)时仅注意于其提琴,往往全不感到其妙处。其实这种已是室乐,仅注意提琴的部分当然听不出其好处。必同时并听两者的合奏,方可感到其绝妙的室乐的效果。

室乐中最一般的又最完成的形式,首推"弦乐四重奏"(string quartet)。因为其所用的乐器都是弦乐器,故其音十分融合而成为一体。其乐器最普通的是 1st violin、2nd violin、viola 及 cello(所以不加用 bass 者,因为 bass 作独奏乐器不甚适宜之故)。1st violin 与 2nd violin,在乐器上全无差异,唯其用法不同而已。例如第一奏 soprano,第二奏 alto。弦乐四重奏可比方混声四重唱,即 viola 相当于 tenor,cello 相当于 bass。混声兼备男声、女声,故其效果力强而又华丽优雅。又因各乐器系同系的弦乐器,故其音色非常融合而全无不统一不纯粹之感。室乐没有像管弦乐的异常骚乱的音及浓厚的色彩,而有管弦乐所不能致的统一与纯粹。故在音乐的一切演奏形式中,室乐最为高尚幽雅。

弦乐四重奏在舞台上演奏的时候,其位置如下图:

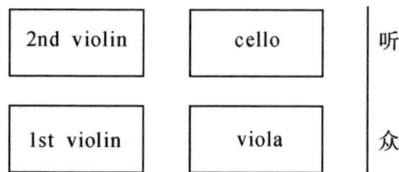

| 2nd violin | cello | 听 |
| 1st violin | viola | 众 |

即第一、第二提琴列在左边,与 viola cello 相对。这是根据音乐及乐曲构成上的必要而配定的位置。

在弦乐四重奏中再加一弦乐器——大都加第二 viola 或第二

cello——即成为"弦乐五重奏"。加用第二 viola 的五重奏，在裴德芬、莫札尔德、孟特尔仲的作品中其例甚多。加用第二 cello 的五重奏，在修裴尔德的 C 长调作品中亦常有之。这等声部，乐器之数愈多，其进行愈复杂。其和声的基础，大都与四重奏同样，是四声部的。五重奏的兴味，专在于音色的复杂样及音量的丰富。与四重奏一样精雅。

又有弦乐六重奏(勃拉谟斯、却伊可甫斯基等作品中有之)，弦乐七重奏(甚少)，弦乐八重奏(孟特尔仲作品中著名的例)等。然重数虽多，其和声的基础大都仍是四声部的。又除主要声部的乐器之外，其余的乐器均不过为伴奏或助奏。故其性质已非纯粹的室乐了。又有由八个乐器组成的室乐，名曰复四重奏。这与八个独立的乐器合成一全体的八重奏不同，乃由二个四重奏合成一全体的。史普尔(Spohr)曾有此种作曲，然并无特殊的效果。

弦乐三重奏大都由 violin、viola 及 cello 组成。从来的作曲者极少作此种乐曲，是因为其和声的基础不及四重奏的坚实(即三声部的和声较四声部的和声为不自然)，又在音色上缺乏变化，在音量上亦较贫乏的原故。试看莫札尔德的三重奏曲 Divortimento (Köch. 563)(八)及裴德芬的三重奏曲等，即可明白。但近来的弦乐三重奏，似乎已免除(或稍免除)这缺点。雷格的作品(A 短调作品第七十七 b，D 短调作品第百四十一 b，前者尤甚)，道那尼(Ernst von Dohnangi)的作品第十，即是其例。然古典的三重奏曲，并非全然不佳。要之，三重奏大都是精小可爱的音乐演奏。其组织没有一定。例如特复约克的作品第七十四，是为两个提琴与一个 viola 而作的，有良好的效果。

弦乐的室乐中极少用 bass，是因为 bass 作独奏乐器不甚良好之故。但并非完全不用。例如特复约克的作品第七十七的五重奏曲，便是用两个提琴,一个 viola、一个 cello 和一个 bass 合成的。

室乐中加用洋琴的也不少。前述的提琴洋琴二重奏,便是其一例。室乐中的洋琴使用不止于此。四重奏以外的最一般的室乐形式,要算"洋琴三重奏"(piano-trio)。这是由洋琴、提琴及 cello 组成的。此外又有洋琴四重奏(普通由洋琴及弦乐三重组成),洋琴五重奏等。

然洋琴与提琴系的乐器,在本质上是不能融合的。故加用洋琴的室乐,当然不是优良的组合法。洋琴三重奏的缺点即在于此。因为其音色不纯粹、不统一,音色与音量又都不融合、不平均。这是西洋音乐论者所一致的见解。最近出版的音乐评论书中,常有否定洋琴三重奏的艺术的价值的论证。在西洋,识者对洋琴三重奏常仅听其洋琴。裴德芬欲表示其洋琴家的资格,而在三重奏中加用洋琴,曾受听众的赞赏。但今日的洋琴,同时可以弹出八个或十个的音,其音量太大,与弦乐不能融合,故在洋琴三重奏中,洋琴往往容易变成中心。倘能增加别的乐器的音量(例如增加乐器),这缺点也许可以除去。修芒的洋琴五重奏曲作品第四十四降 E 长调(洋琴与弦乐四重奏),即是其有名的例。修裴尔德的《鳟五重奏曲》("Forellen"-Quintett)(洋琴、提琴、viola、cello、bass)在这点上比修芒的更为优秀。但其洋琴的势力仍不免过于专横。

近代作曲家大都有洋琴三重奏的作品。洋琴四重奏由勃拉谟斯尝试成功,由特复约克等完成。勃拉谟斯以前亦已有此种作品,然成功者极少。

室乐中加用管乐器,是从莫札尔德的时代试行的,到了近代而盛行。莫札尔德有 clarinet 五重奏曲(为弦乐四重及 clarinet 而用 Köch. 581,Köch. 是为莫札尔德编曲目的人,见前八)。勃拉谟斯的 clarinet 五重奏曲及雷格的 flute 三重奏曲,是有名的例。仅用管的室乐,近来在西洋亦很盛行。

　　名称与室乐相似，而实际全异的，有"客厅音乐"(saloon music)。其乐器用法有室乐的，有合奏的，也有独奏的。这是供客厅中娱乐之用的，故其性质大都轻快，浅近，而容易演奏，但艺术的价值甚低。

三八　管弦乐

　　在合奏形式中，室乐是最纯粹的，管弦乐则是最大规模的。管弦乐的乐器数目没有一定，至少在十个以上，至多达数十百个或千个(参看七〇，马勒的作品)。乐器种类少至七八种，多至数十种。其音色浓重而富于变化，犹如绘画中的油画。音域非常广大，音量也极宏大。故其表现力非常丰富，差不多一切感情一切描写都可能。宫殿的壮丽，小花的纤美，战争的光景，失恋的少女的感情，狮的吼，莺的啭，都能表出。

　　管弦乐，即由管乐器与弦乐器合组而成的音乐，但此外又加用打乐器。orchestra 一语，本来是古代希腊的剧场中的乐人席的名称，后来借用以名其音乐，又以名其演奏者。今就现行的管弦乐的大要说述于下。

　　今日的管弦乐，由管、弦、打三种乐器组成。各乐器自成为能独立的一组，联合而为一全。这各乐器团名为"组"或"属"(choir)。管中又分金与木，故管弦乐共由四组联成，即木管组、金属管组、弦组、打组。

　　弦组，普通为第一第二两提琴、viola、cello、bass 的五重奏。但与室乐的弦乐五重奏不同，其乐器每种需要数个或数十个。罕顿、莫札尔德、裴德芬、修裴尔德、修芒、勃拉谟斯等的弦组，大都是这样的。新交响团的组织，第一提琴十人，第二提琴八人，viola 六人，cello 五人，bass 五人。

　　弦组为管弦乐的基础，非常重要。因为其能奏旋律，又能加和声的色

彩，又易与别组融合。第一提琴为 soprano,第二提琴为 mezzo-soprano,
viola 为 alto 及 tenor,cello 为 tenor 及 bariton,bass 为 bass。因种种组合
而奏出种种的效果。弦乐一齐奏时，如裴辽士所说，有"力强、轻快、优
雅、抑郁及欢乐的 accent,思想及热情"等表情。弦组的分配法有种种：
例如孟特尔仲的《中夏之夜的梦》中，第一第二两提琴各分为二部。华葛
纳尔的 *Lohengrin* 的前奏曲中，提琴分为八个声部。洛西尼的歌剧
William Tell 的序曲中用五个独奏 cello。李斯德的交响诗 Mazeppa 中，
第一第二提琴各分为三部,viola 与 cello 各分为二部。

　　木管组也能奏旋律，又助和声。其 soprano 的 flute 通常用二个，其
一个为 piccolo。然像罕顿的神曲《创造》的第三部的前奏曲，曾用三个
flute。裴德芬的《第五交响乐》的凯旋的终曲，也用两个 flute 与一个
piccolo。oboe 普通也用两个，其一有时因必要而改用 English horn,然两
oboe 之外又用一 English horn 的，在近代管弦作品中亦甚多。clarinet
用入管弦乐中，始于莫札尔德的后期作品。普通用二个。bass 与 fagott
也各用二个。故木管向来是每种用一对的。到了近代，其数目增多，变
成每种三个，已使人惊奇。许得洛斯竟每种用了四个。

　　金管组中，以 trumpet 与 horn 为最重要。裴德芬以前的古典作品大
抵每种只用二个。裴德芬在《第三(英雄)交响乐》中用三个 horn,当时的
听者都惊骇,《第九交响乐》中竟用了四个。但在歌剧中已有这种用法。
浪漫派作曲者都用四个 horn,后来增至六个、七个。到了今日,trumpet 也
用三个或四个了。此外又加三个 trombone。这华丽而有力的乐器，在歌
剧方面，已有格罗克(Gluck)的 *Alceste* 及莫札尔德的《魔笛》(*Zauberflöte*)
中使用过。但在交响乐中，是由裴德芬的"第五"及"第九"交响乐开始应
用的。

打乐器中最重要的 timpani，在旧作品中大都与 trumpet 并用，仅用以加强节奏。裴德芬以来，渐渐有独立使用的可能性。其数最初为二个，后来也加至三个、四个……裴辽士的《镇魂曲》用至十六个。

管弦乐中，除上述的乐器以外，又用竖琴。有时又用洋琴及风琴——但不当作独奏乐器用，而当作一管弦乐器，与后述的竞奏曲（七七）情形相似。

管弦乐中，各个乐器独奏的例也不少。组曲 Scheherarade 中（二三）有提琴独奏，《西班牙狂想曲》（Capriccio Espagnole）中有各种乐器的独奏，《在意大利的哈洛尔特》（二四）中有 viola 的独奏。

管弦乐中规模最大而最完备者，名为"全管弦乐"（full orchestra），又名为"大管弦乐"（grand orchestra）。例如大歌剧场及交响乐团所用的便是。就中专演交响乐的，名为"交响管弦乐"（symphony orchestra）。反之，规模简单的名为"小管弦乐"（small orchestra）。各种管弦乐的编成法，因各种情形而多少不同。就新交响乐团而说，弦组的编制已如前述。其人员数为三十四人。其他各组的编制及其人数如下：

木管组　　十一人

　flute　　三人

　oboe　　二人

　English horn　　　一人

　clarinet　　二人

　bass clarinet　　　一人

　bassoon　　二人

金管组　　十一人

　horn　　四人

trumpet 与 cornet　　三人

trombone　　三人

tuba　　一人

打乐器组　　二人

但从作曲者与作品方面看来,可知管弦乐的人员及乐器的数目,随了时代而渐渐增大。请看下面的表,即可明白。

作曲者	Haydn	Mozart	Beethoven		Wagner	Mahlar	Strauss	Ravel
作曲年代	1791	1788	1804	1823	1874	1910	1915	1921
作品名	惊愕交响乐	C长交响乐	第三交响乐	第九交响乐	Nibelungen	第八交响乐	Alpes	Volse
piccolo	0	0	0	1	2	1	2	1
flute	2	1	2	2	2	4	2	2
oboe	2	2	2	2	3	4	2	2
English horn	0	0	0	0	1	1	1	1
böckelphone	0	0	0	0	0	0	1	0
clarinet	0	0	2	2(6)	3	4	3	2
bass clarinet	0	0	0	0	1	1	1	1
bassoon	2	2	2	2	2(3)	4	3	2
bass fagott	0	0	0	1	1	1	1	1
horn	2	3	2	4	8	8	4(8)	4
trumpet	1	1	3	2	3(4)	4	4	3
tenor tuba	0	0	0	0	0	0	4	0
trombone	0	0	0	3	4	4	4	3
bass tuba	0	0	0	0	1	1	2	1
tympani	2	2	2	2	4	3	5	3
其他打乐器	0	0	0	3	12 以上	6	9	9
celesta	0	0	0	0	0	1	1	0
piano	0	0	0	0	0	1	0	0
organ	0	0	0	0	0	1	1	0
harmonium	0	0	0	0	0	1	0	0
harp	0	0	0	0	6	2	2	2
mandoline	0	0	0	0	0	1	0	0
弦	普通	普通	普通	普通	普通(54)	普通	普通	普通

　　然小规模的管弦乐并非完全没有。且最近因管弦乐的庞大已达于极限，一般乐界显然有归于小管弦乐的倾向了。

　　无论何种管弦乐，必守坚实性、平衡性、对比性及变化性的原则。坚实性，就是音的密接的结合，没有空隙。务使管弦乐队像一座大乐器地统一而坚实。欲达此目的，必须健全其和声的基础，又适当分配各乐器。修芒与晓邦的作品，在这点上有缺陷，终不及裴德芬、修裴尔德、许得洛斯等的坚实。平衡性，即全体的音的平衡，勿使其中有特强特弱者。电影场中的低级的管弦乐，往往把 cornet 吹得特别力强，就破坏其平衡。修芒在这点上也有弱点。对比与变化，当然重要，不待详述。

　　然管弦乐的最重要的价值，主在于其音乐。鉴赏者务须能通过了其表现技巧而接近作曲者心。法兰西大歌剧作者马伊耶裴尔（Giacomo Meyerbeer）一时在音乐界有君王一般的势力，其弦管乐法的确华丽而有威势；然而我们听了全不感到深的兴味。反之，修芒的交响乐，在管弦乐法上虽有弱点，然我们听赏时很有深的兴味。因为前者的作品缺乏独创性、观念与表现力，只是死的音响；后者虽带些表面的缺陷，但富有独创性、观念与表现力，故至今日尚有生气。

　　管弦乐种类甚多。上述的是其正格者。今更就其变格者略述二三于下。

　　仅有弦组的合奏，名曰“弦乐合奏”（string orchestra）。其与室乐的五重奏的异点，是名乐器数目不止一个，而每种用许多个。福尔克芒（Robert Volkmann）的三个小夜乐（serenade）（七五），却伊可甫斯基的小夜乐作品第四十八，格理克的组曲 Aus Holbergs Zeit，费拉理（Wolf-Ferrari）的小夜乐，亨代尔的大竞奏曲等，便是为弦乐合奏而作的。

　　“剧士管弦乐”（jazz orchestra）（一二）是发达于亚美利加的一种合奏

法。那里有许多这种乐团,其蓄音片盛行于各处。到了今日,剧士音乐已普及于全世界。美国最大的剧士乐团,是辉德芒(Paul Whiteman)所办的。剧士乐队(jazz band)所最重用的乐器,是 saxophone。提琴在他们却不重要,弦乐五重奏在他们几乎不用。木管中重用 clarinet,金管中重用 trumpet。又盛行太鼓类,巧妙地应用其特性。又大都加用洋琴。有一种向来的管弦乐中所没有的,不优雅而有生气的剧士的特色。但其音乐大都不是鉴赏的而是舞蹈的,不是情绪的而是表出的,又官能的。

前面说过,最近西洋盛行小管弦乐。其最有特性的,是"室管弦乐"(英 chamber orchestra,德 Kammer orchester)。这是一种管弦乐器的室乐的(即每乐器只用一个的)结合。其中最有名的,是近代音乐的大天才欣裴尔希的"室交响乐"(德 Kammer symphonie)作品第九。这是为十五个独奏乐器而作的乐曲。其所用乐器即 flute、1st violin、2nd violin、viola、cello、bass、oboe、English horn、clarinet(D)、clarinet(A)、bass-clarinet(A)、fagott、contra-fagott、1st born、2nd horn。他又配定各乐器的奏者的座位如下图:

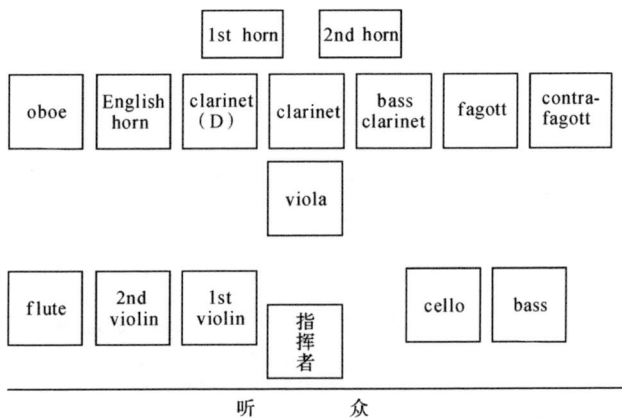

　　某乐曲仅有一乐章,但实际是像普通交响乐地由五个或四个乐章结合而成的。这乐曲,在各点上可说是近代的又未来的作品,颇可注意。

三九　指挥者

　　前面说过,管弦乐可当作一座伟大的乐器。奏这乐器的人是谁? 便是指挥者(conductor)。指挥者右手持指挥棒(baton),在管弦乐队前可背向听众而立,作种种姿势而指挥全体队员的演奏。指挥者的任务甚为重大,调节演奏的强弱缓急,主宰全曲的表情,作品的解释(interpretation)。故非对于各乐器有相当的经验,对于作品有深刻的理解不可(参看《音乐的常识》一二四页)。

四〇　军乐队

　　外国的军乐队(military band),并不仅奏行进曲及喇叭,艺术的作品也常演奏。又管弦乐,吹奏乐,都可使用。唯在野外演奏或游行演奏时,吹奏乐便于携带,且音量亦较大,故军乐队多用吹奏乐器。就中金属管尤为重要,故有"金属管乐队"(brass band)之称。

　　吹奏乐由木管、金管及打乐器三组合成,而没有弦组。为欲补足弦组的效能,故其构成与机能上与管弦乐颇有差异,添用二三种特殊的乐器。

　　吹奏乐到底不及管弦乐的纤丽精致。然也有长处,即其音明快、嘹亮,尤富华美豪壮之概。亦可适用于感伤的音乐。故在野外演奏,于民众教养上有重要的功能。最近西洋有交响吹奏乐。其乐曲是特为吹奏

乐而作的。唯缺少优秀的作曲者,故尚未显示优良的价值。倘能为此种
演奏特制富于独创性及表现的作品,则交响吹奏乐绝不缺乏艺术的
价值。

（第五讲终）

第六讲　音乐的形式

四一　音乐的形式

　　音乐是人类精神的表现;但其音不能漫无秩序,必从一定的法则而配列,否则不能使听者感得为音乐。作曲者依了自己的幻想而自由作曲;但为欲使吾人理解其音乐,必先使吾人理解其幻想,即必用我们可以理解的表出方法。这方法就是音乐的形式。换言之,"形式"就是艺术观念表出的外的形状与秩序。无论何等幻想的作曲,必有一定的形式。初步者所认为最复杂的裴德芬的作品,例如其《第五(命运)交响乐》,稍能听懂的人,必能立刻明了地分别其形式(六七)。又如晓邦的微妙的《幻想即兴曲》(Fantasie Impromptu),也显然有 A-B-A 的明确的形式。就是近代最大胆,最豪放的,被误解为破坏形式的作曲者欣特米德(一八,末)及欣裴尔希(二〇,后)的作品,仔细研究时也可看出明确的形式。

　　如德国心理学者李普斯(Theodor Lipps)所说,形式以表象(观念)变换中的多样性及其统一的关连性为前提。多样性,就是常常追求新奇,造出变化与对比。统一的关连性,就是使我们容易认识的,有规则的统合体。故形式,就是变化的多样性中又有统一性的布置法。李普斯称这为"多样的统一"。即形式构成上最重要的第一条件为统一性,第二条件是与之相反的对比性及变化性。形式必以此二者为前提,方能发挥美的效果。又可说第三条件是均齐。对比虽为必要的,但不能超越一定的限定。否则乐曲就陷于不统一,而变成不可认识的混沌物。故换言之,比对性就是统一性,不过是更高深的一种统一性。

音乐形式上的统一性,由于协和,保持一定的调,恪守一定的节奏,反复一定的旋律而获得。对比性,由于不协和、和声的变换、转调、异种节奏的插入、主题的展开、乐章的变化等方法而造成。

关于协和与不协和,在前(一六)已经说过。音乐是根基于协和的。不协和不能成为音乐;然仅有协和亦不能成为音乐。因为其过于统一、平凡,而变成倦怠与单调。故前面已经说过,乐曲的调子必须统一,又必须为了变化而转调(二〇)。恪守一定的节奏,全体非常融合,其实例在名曲中很多。例如裴德芬的《第五交响乐》,由他自己所注明的"运命的叩户声"的连续音开始。这"嗒,嗒,嗒,嗒——"的节奏代表不可抵抗的神秘的"运命",为主要动机,在第一乐章中时时处处地反复出现。即这乐章是恪守这节奏的。然过于反复不止,亦易陷于单纯,即"运命"的力易于减弱。所以必须用与之对比的节奏,亦反复出现。其最著的,就是优雅的提琴的第二主题。这时候忽然导入异种的节奏,同时又转调。这交响曲本是 C 短调的,第二主题忽改用降 E 长调。且不但如此,又用种种方法造出其对比性。例如:"运命"的动机的第一主题用和弦的分离音而进行,用 staccato 的力强的演奏;第二主题就改用音阶的进行,用 legato 的柔和的演奏。不久又归于第一主题。其后又把两主题展开,作种种的转调,再顺次演出两主题,而第一乐章告终。这"运命"的动机在第三乐章、第四乐章中又略变其面目而出现。故称为命运交响乐,在乐曲形上也是很有根据的。

听了这《第五交响乐》,可知音乐中必有同一旋律的反复。不反复乐曲是没有的。这在别的艺术上,也都有反复,但不及音乐上的重要。因为音乐是听的艺术,听过一回之后,音就消失,倘不反复,则印象不明,故音乐上的反复更为重要。

四二　动机

构成音乐形式的最小的单位,是动机(motive;motif)。一动机必表出一种意味,故一动机至少必由两个音构成。因为一个音不能表出意味。例如英国国歌 God Save the King,仅乎一 God,不能表出什么音乐的意味,必有 1 1 2(god save our)三个音,始有意味而成为一动机。其次的 7 1 2(Gracious king)又为一动机,全曲由许多动机合成。各动机中有不相全同而又很相类似的,又有全然不同而显然相反的。换言之,即各动机中有反复的,有对比的。于是乐曲始有统一性与多样性。

然这里所谓动机,是音乐上的元素的动机,与华葛纳尔所主张的音乐剧中的"主导动机"(德 Leitmotiv)意义不同。华葛纳尔的主导动机,乃由许多这种元素的动机构成的一个旋律,用以当作剧中的一定的人物、思想、感情或场面的表象的。

四三　乐句

由动机集合而成为乐曲。然其间尚有种种的构成分子。最普通的,由二动机构成一"中节"(section),二中节构成一"大节",或名为"乐节"(phrase),二乐节构成一"章"(sentence;periodc)。又由一章或数章构成一乐曲。普通一动机占一小节,一中节占二小节,一大节占四小节,一章占八小节。这配置合于美学的理论。即八小节所成的章,为一统合的最小构成。因为其中已充分具备着对比性与统一性。专门的美学的理论,这里不便详述。请参考音乐形式学的专书。现在拟仅就实际方面说述。八小节的章的终了,用完全静止法(V－I)。其中央,第一乐节的终了,用不完全静止法或完全静止以外的,相类似的静止法(一六节末)。故第一乐节终了处尚未充分满足,必续出第二乐节。

但乐句的构成,有种种例外的办法。例如前述的英国国歌,其构成如下:

即第一章由六小节,第二章由八小节构成。第二章可分为两大节(每四小节为一大节)。第一章不能分节。倘勉强分为四小节的与二小节的两大节,乐曲的意味就完全失却。故演唱乐曲时,对于乐句的分割必须注意。这一曲是极简单的例,尚容易看出;别的艺术的作品,大都有复杂的构成,乐句的分割更不容易。这分割名为分节法(二二),为音乐演出上最重要的根基。

分节法是乐句的分割法。就是乐节的分割法。又可说是动机的分割法。例如前面曾举例的《最后的蔷薇》(The Last Rose of Summer)，必须分节如下，方能表出正确的意味。

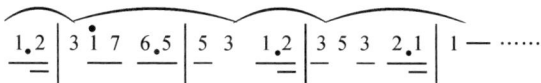

倘非如此分割，就不能表出音乐的意味。这在声乐的歌曲上较为容易看出，因有歌词，可看了歌词的句读而分割乐节。但在器乐曲弹奏上，分节法很不容易。倘有误解，就不能表出原作品的精神。

分节法是乐曲解释的基础。一乐曲的绝对妥当的解释，只有一种，绝没有第二种。然名曲的演奏者，往往各人大同小异，何者为绝对妥当，颇不易决定。这是音乐鉴赏上极有趣味的一事。

四四　主题

构成一乐曲的乐句的数目，没有一定。像修芒的童谣《可爱的星》(Du lieblicher Stern)（作品第七九）十，仅有一乐章构成一乐曲。大曲就有许多乐句，许多章。但倘是全无关系的乐句胡乱凑集，绝不能成为一统一的乐曲。试仔细辨识大曲的许多乐句，可知其性质全异的乐句甚少，不过二三种，多者三四种。由这几种乐句作种种变化、反复，即构成一大曲。这屡屡变化、反复的乐句，为这大曲的全体的基础，即名为"主题"(theme)。

主题必须是明快的、特性的，具有充分的意义的，又独创的。但不可过于详细精巧。因过于详细精巧了，后来没有变化的余地。

变化主题的种种方法,名曰"展开"(development)(五八)。由此很可窥知作曲者的技巧。但欲从展开中窥察作者的技巧,必先记忆其主题。主题即展开中的鉴赏中心。不能记忆主题,即不能鉴赏大曲。

四五　拔萃曲

也有仅由主题而成立的乐曲,例如从歌剧中抽取的拔萃曲(selection)及接续曲(potpourri)、幻想曲(fantasie;fantasy)等便是。这等大都是从歌剧或大曲中抽取有名的美的乐句或一部分,接续而成。故听了容易使人想起那种大曲。但其主题全无展开,顺次连接而移行。其连接亦无何等理论的必然。故普通的鉴赏者听了不容易感到兴味。唯在已经亲近其来源的歌剧或大曲,而略有音乐教养的人,听了方有兴味。然他们既已亲近原本的大曲,没有再听这等拔萃曲的必要。故拔萃曲的效用甚小,倘说为初步音乐教育,理由全不成立。其唯一的用途只有供装饰,即不求听赏,而但求发出一种音乐以增加热闹,点缀场面,则宜用此种乐曲。然这一点利益不能抵偿它的因割裂大曲而起的弊害。仅听华葛纳尔的拔萃曲,一定要误解这德意志大作曲者的技术的下劣;仅听谢邦谛(Gustav Chapentier)的拔萃曲,一定要误解其名歌剧 *Louise* 的没有头绪。故拔萃曲在音乐上是功不补患的。

然拔萃曲中有一种叫做 rhapsody(狂想曲),其艺术的价值比前者高尚得多。像李斯德的有名的《匈牙利狂想曲》(Hungaria Rhapsody),是最高等的艺术品。这是集合特殊的地方的旋律而加以艺术的精巧化的作品,听了可以使人想起其地方或时代。其作曲也有展开,也有理论的必然,听赏时颇有深的兴味。而李斯德的作品,尤富于华丽的色彩,虽非抒情的而为叙事诗的,也颇能魅惑听者。狂想曲大都由徐缓、感伤的 lassan(徐缓的匈牙利舞曲)与急速的 frisca 组成。其音阶与普通的全音阶稍异,节奏亦为特性的。

四六　　形式与内容

关于音乐的形式与内容的论究,是音乐美学的重要的部分,是音乐者所最感兴味的问题。但现在仅为初步者指示优秀的音乐的标准而止,不暇涉及专门的研究。

维也纳的音乐者亨斯李克(Eduard Hanslick)主张音乐为形式的艺术,其美全在于形式。他曾著《音乐美论》(*Vom Musikalisch-Shönen*)一论文。这论在音乐美学界惹起了异常的问题。他确定音乐完全是形式的艺术。这也不免过偏。何以言之? 倘形式是音乐的全部,则 Homahnn 及 Czerny 的教本(前者是有名的提琴教本,后者是有名的洋琴教本。现今世间音乐学生大都用这等为练习书)中的练习曲可与晓邦、李斯德的作品并列而争价了。故霍赛格(Hausegger)反对他,主张"表现的音乐"(Musik als Ausdruck),而力说音乐的情绪的方面。二人各有偏颇的主张,然亦各有卓见。盖音乐必须是形式的,同时又必须是表现的,是无可疑议的事。无论何等的形式音乐,倘没有情绪的表现,绝不能成为高尚的艺术的作品。

音乐的美在于何处? 原是很复杂的一个问题。但也可浅近地说,即音乐美可分为官能美、智性美与情绪美。官能美,就是官能所感到的美的音及音色等。初步的爱好者,尤其是妇人,大都就此可以满足。凡悦耳的,无意味而只有感觉的音,用文学的美辞来形容的美音,都是官能的。管弦乐比室乐更为官能的。更进一步求智性美的人,仅就官能美不能满足。他们必向智性的形式中求美,注重对比性、统一性等音乐形式的原则,根据此等而批评音乐。主题展开、转调等,在他们是重要的问题。他们是从官能美更进而求智性美,故比官能美探求者程度更高。但音乐不仅是智性的,而又是情绪的。故最高的美,非向情绪探求不可。裴德芬、修裴尔德等大家的音乐,虽没有像李谟斯基-可萨可夫的剧烈的色彩,然非官能的而为情绪的,所以可贵。法兰西、俄罗斯的近代音乐,显然有偏重官能美的倾向。拉凡尔(Maurice Ravel)、奥纳格(Arthur Honegger)、格拉左诺夫(Alexauder Glazunov)等的作品,虽有向来所没有的美可使我们悦耳,而在音乐世界中不能占有很高的位置,就为了其仅以官能美满足的原故。

德国音乐美学者才独尔(Arthur Seidl)反对亨斯李克,而发表《音乐的崇高》(*Vom Musikalisch-Erhabenen*)一篇名著,主张音乐的价值在于崇高性。自此以后,音乐的崇高性就为一般人所重视了。实际,作品所具有的美虽有种种,然我们所最注重的是崇高美。这是大哲学者康德以来的定说。罗平斯坦的作品原是美的,但没有裴德芬的崇高性。拉凡尔的作品也是美的,但没有勃拉谟斯的崇高性。剧士音乐热闹而愉快,然全无崇高性。感伤的、滑稽的、优雅的、悲哀的、忧愁的、活泼的作品,在自来的音乐界中不计其数,但真的崇高的作品却少得很。那些感伤滑稽等原是必要的;但崇高性更为必要。裴德芬、修裴尔德、勃拉谟斯、华葛纳尔、马勒、许得洛斯等的作品所以使我们感激者,正为其有这崇高性的原故。

(第六讲终)

第七讲　歌曲形式

四七　歌曲形式

由一章或数章成立的简单的乐曲的形式,名为歌曲形式(song form)。民谣曲(folksong)中最多用此种形式。又不但歌曲用之,器乐曲、舞曲中也盛用这种形式。其实除朔拿大形式、旋转调形式、覆盖乐(均见后)等以外的乐曲,都是照歌曲形式而作的。故歌曲形式很是重要。

四八　一部歌曲形式

最简单的歌曲形式,为"一部歌曲形式"(one-part song form)。仅由八小节的一章成立。例如德国谣曲 Bird in the Greenwood Tree:

$$
1\ 1\ 1\ \left|\ 3\ 2\ 1\ \right|\ 2\ 2\ 2\ \left|\ 4\ 3\ 2\ \right|\ 3\ 5\ 1\ \left|\ 2\ 4\ \underset{\cdot}{6}\ \right|\ \underset{\cdot}{7}\ \underset{\cdot}{5}\ 2\ \left|\ 1\ -\ \bullet\ \right\|
$$

(此曲见 *Everyday Song Book*)便是其适例。修芒的童谣(四四)中此种实例甚多。然十六小节的也有,又不规则的七小节、九小节、十五小节的也有。然过于单纯,对比性不能充分完备,故器乐曲中没有此种形式。

四九　二部歌曲形式

由二乐章成立的歌曲形式,名曰"二部歌曲形式"(binary song form)。前述的英国国歌即是一例。前面六小节为前章,用完全静止;后面八小节为后章,由二乐节(每四小节为一乐节)组成,旋律与前章不同,节奏与前章相关联。即前章为 A,后章为 B。故二部形式的公式为 A+B。

A 与 B 相异,则可作成对比;然过于相异,又失统一,故必须在节奏上或旋律上互相关联,又必须根基同一的动机,例如 B 的末了用与 A 同样的结尾,亦是关联之一法。"Nearer, My God, to Thee"便是其一例(此曲见 101 Best Songs)。此曲由四行(十六小节)成立,前二行为 A,后二行为 B。第一行为 a,第二行为 b,第三行为 c,第四行与第二行全同,亦为 b。故此曲的形式为"A(a+b)+B(c+b)"。

歌曲大都是根据这形式的。器乐曲中则多用此形式为主题(自四八至五一诸节,请参看《音乐的常识》一四八页以下)。

五○　三部歌曲形式

三部歌曲形式(ternary song form)由三章成立,为歌曲形式中最多用的又最理想的。其形式大概第三章与第一章全同,即"A+B+A"。歌曲及行进曲中此种例甚多(开明书店出版《中文名歌五十曲》的《送别》,是其一例。"长亭外,古道边……夕阳山外山"为第一章,"天之涯,地之角……今宵别梦寒"为第二章,第三章为第一章的反复。此外尚有曲例,见《音乐的常识》)。

五一　大三部形式

扩大三部歌曲形式的原则,使其各乐章更长而更复杂,即成为"大三部形式"或"复三部形式"。其 AB 两部各取二部或三部歌曲形式,故其公式大致为"I(A+B 或 A+B+A)+Ⅱ+I"。此种形式的乐曲甚多,行进曲、舞曲等多作此形式(曲例见《音乐的常识》)。这种乐曲的中部,称为 trio,大都是静的部分,与第一部的"主部"(initial)作成对比。

五二　变奏曲形式

变奏曲(variation)即在由一主题成立的歌曲形式的乐曲上后面附加种种变化的乐曲,故又名"主题与变奏曲"(theme with variation),大曲中常常用之。这主题,有时系作曲者特为变奏而作,例如裴德芬的降 A 长调朔拿大作品第二十六的第一乐章便是;有时从别的作品中取来,例如罕顿的《G 长调"皇帝"四重奏曲》作品第七十六第三号(八)的第二乐章便是(取自奥国国歌);又有从别人的作品用取来的,例如勃拉谟斯的作品第五十六 A《根基罕顿的主题的变奏曲》便是。但无论如何,主题总是简单的歌曲形式。所附加的"变奏曲"曲数不一定。上述的裴德芬的例,附加五个变奏曲;罕顿的例,附加四个变奏曲;勃拉谟斯的例,附加八个变奏曲。其多者,例如裴德芬的作品第一百二十,附加变奏曲至三十三曲。曲的最后大都用结尾(coda)或终曲(finale)。

变奏曲的作法,一任作者自由。其主要方法如次:

(1)和声仍照主题,而变化其旋律;

(2)反之,旋律照旧,而变化其和声;

(3)在旋律上施装饰的变化,这是最初步的方法(参看《音乐的常识》一五一、一五二页);

(4)变化拍子与节奏,或其中一个;

(5)施行对位法的变化;

(6)用全然不同的方法表现主题,这是最高级的。

今举一实例:裴德芬的降 A 长调朔拿大的第一乐章的主题,是由非常美丽可亲的旋律作成为歌曲形式。其次的第一变奏曲,和声的基础不变,而把旋律分离,略加变化。第二变奏曲把旋律移于低音部。第三变奏曲变更调性,把 A 长调变成 A 短调,又弛缓其速度,在旋律上加以显著的变化。第四变奏曲恢复原来的调性,而用 staccato 奏出旋律。第五变奏曲归于最初的旋律,而用三连音符奏出。再续以十六小节的沉静的结尾,而全曲告终。

罕顿的例较为单纯。主题用第一提琴伴了别的对位法旋律而奏出奥国国歌的旋律。第二变奏曲改用第二提琴奏此旋律,而用第一提琴为装饰之用,别的乐器皆不用。第二变奏曲又改用 cello。第三变奏曲又改用 viola。最后的第四变奏曲再用第一提琴而略加变化。

大多数的变奏曲,是先奏主题,然后续出各变奏曲的。故听者当先牢记主题,而继续鉴赏其变奏曲。唯法兰西作曲者唐提(Vincent d'Indy)的交响乐变奏曲 Istar 取逆行的次序,奏完七个变奏曲之后,始有明了的主题出现。Istar 是罪恶的女子,她经过七重门而去找寻她的恋人,每经一门,被剥下一次衣服,到了最后一门而变成裸体。

五三　行进曲

行进曲(march)本是伴了人的步行而演奏的乐曲。但后来并不一定伴实际的步行而演奏。其形式普通是三部的。拍子为二拍子、三拍子或六拍子。主部(五一)以前大都附有模仿喇叭吹奏(fanfare)的力强勇壮的一段。例如孟特尔仲的《中夏之夜的梦》中有名的《结婚进行曲》，华葛纳尔的 *Tannhauser* 中的行进曲，均附有这一段。主部大都是力强的节奏的。trio 大都是优美的，旋律的，又都用转调(转于 Ⅳ 者特多)。主部反复以后，曲终大都有结尾。

行进曲有军队、结婚、凯旋、祭典、送葬等种类。军队行进曲自修装尔德以来，作者甚多。美国的苏撒(John Philip Sousa)有"行进曲王"之称号，其作品中亦多军队行进曲。凯旋行进曲，在凡尔第的歌剧 *Aida* 中有著名的例。祭典行进曲在格岁克的 *Arceste* 及莫札尔德的《魔笛》中有著名的例。结婚行进曲在华葛纳尔的 *Lohengrin* 及前述的孟特尔仲的作品中有著名的例。送葬行进曲在华葛纳尔的《诸神的黄昏》、晓邦的《降 B 短调朔拿大》、裴德芬的《第三交响乐》中有著名的例。有的有两个 trio，或别的复杂的构成。晓邦的《送葬行进曲》用三部的形式，第一部为降 B 短调，曲趣悲哀；中央部为降 D 长调，曲趣欢乐，大概是生前的回想及死后的冥福。裴德芬的《第三交响乐》的第二乐章也是一个送葬行进曲，构成较为复杂。第一部由提琴的美丽而悲哀的旋律开始，自成一三部形式(C 短)。继续的是 C 长调的 trio，有木管的美丽的旋律。其次第一部分变化，反复，用覆盖乐的作曲法，最后再把第一部复杂化，奏了结尾而曲终。

五四　谐谑曲

谐谑曲(scherzo)在古昔本来是曲趣谐谑的一种乐曲,但到了今日,已失却谐谑的分子而变成怪异的、特性的乐曲了。故译为谐谑曲,殊不妥当。读者可记忆其原名 scherzo(斯侃尔左)。裴德芬的朔拿大及交响乐中惯用斯侃尔左,他的斯侃尔左是模范的,然我们听时,感到谐谑的分子少而恶魔的、不安的、运动的、粗野的幻想的分子多。像《第五交响乐》的第三乐章的斯侃尔左,带几分阴暗的趣味;《第七交响乐》中的斯侃尔左有快活的阳气的表情。

斯侃尔左的形式普通是三部的。裴德芬的大都如此,《第五交响乐》中的便是一例。其曲由弦乐的低声的特性的旋律开始,继续来的是呜咽如泣的又力强的节奏的旋律(这是由第一乐章的"运命"的动机变化而来的)。以上二者为主部的二主题。trio 由 cello 与 bass 的低声的旋律开始,用覆盖的作曲法。其次为主部的反复,但比最初的主部简单得多。tympani 连续地打出之后,即奏出最初的主题,渐渐消灭,忽然又次第力强,续出凯旋的力强的第四乐章。《第三交响乐》的斯侃尔左也是三部形式的。主部用急速的 staccato 开始,继续由四个 horn 演奏出 trio,经过主题反复,以结尾告终。

然斯侃尔左也有取复杂的形式的。裴德芬的《第七交响乐》的斯侃尔左用"A＋B＋A＋B＋A"的形式。主部 A 反复三次,trio(B)反复二次。晓邦曾为洋琴独奏作四个独立的斯侃尔左。其中最有名的为第四的 E 长调,作品第五十四。其构成为"A(E 长调的第一主题与 B 长调的第二主题)＋B(展开)＋A＋C(trio)＋A＋B＋结尾",亦甚复杂。

五五　舞曲

舞曲(dance)本为伴了舞蹈而演奏的乐曲,后来也离去实用而成为一种音乐形式。故舞曲可分为实际的舞曲与艺术的舞曲(或理想的舞曲)两种。前者是舞蹈场里所用的,非为听赏而为调节身体的运动之用,故现在没有详述的必要。后者则为演奏会所盛用的一种乐曲,是专供听赏的,现在正欲就此种舞曲而说明。因为不伴实际的运动(舞蹈),故其节奏不必用规则的,也不必一定用力强的节奏。而有时为节奏的,有时为旋律的,速度也常常变化。故此种舞曲绝不似实际的舞曲的单调,而富有流动性。

舞曲的主要者,有下列数种(可另参考《音乐的常识》一八七页):

(1)menuet——是起源于法国的一种三拍舞曲。轻快,从容,有贵族的气概。人都用二部形式。交响乐、朔拿大的乐章,屡屡用之。莫札尔德的 G 短调交响乐的第三乐章,是一曲极美丽的 menuet。裴德芬的 scherzo 是从 menuet 转化而成的。

(2)waltz——德名 Walzer,法名 valse,是起源于德国的三拍子的华丽的舞曲。各小节有"腾达达,腾达达……"的一定的伴奏,一听就可辨别。演奏会用的比实际用的更为急速。用此曲的实际舞蹈,其舞蹈者作圆阵,故此曲又名"圆舞曲"。数个圆舞曲连合者称为 valse-suite(圆舞曲组曲)。有名的伊房诺微契(Ivanowitch)描写多瑙河的 Donauwellen 即其一例。这曲由四个 waltz 连合而成,前有序奏,后有结尾。又如许得洛斯的 An der Schönen Blauen Donau 也是描写多瑙河的乐曲,由五个 waltz 连成,亦有序奏。许得洛斯有"waltz 之王"之称,所以 waltz 甚多,就中《艺术家的生涯》(Kunstlerleben),《维也纳林中故事》(Geschichten aus dem Wiener Wald),最为有名。他的父亲也长于 waltz 的作曲,有"waltz 之父"之称。交响乐中也有用 waltz 的。却伊可甫斯基的第四第五两个交响乐,裴辽士的《幻想交响乐》,均以 waltz 有名。却氏特别欢喜这种舞曲,用以代旧时的 menuet 及 scherzo。

(3)polonaise——是波兰国民的舞曲,三拍子,徐缓而有威严,有与行进曲相似的效果。其节奏有特性。晓邦的作品是其有名的例。

(4)mazurka——为波兰舞曲。三拍子,有与 waltz 相似的伴奏,但不像 waltz 的圆滑,而有粗野、热烈之趣。其第二拍或第三拍为强势,与 waltz 显然区别。晓邦的作品为其有名的例。

(5)polka——为波希米亚的舞曲,二拍子而急速。因史梅塔那(Bedrich Smetana)及其门人特复约克等波希米亚作家的制作而艺术化。

(6)galop——与 polaka 相似,为急速的二拍子的舞曲。

(7)tarantella——为意大利的急速的舞曲。普通多用八分之六拍子。

(8)borelo——为三拍子的,有特性的节奏的西班牙舞曲。比才的《西班牙小夜歌》,是根据这种节奏的。

关于古舞曲,在第十讲中当再说明(七三)。

五六　歌曲形式的小曲

歌曲形式的小曲很多。小曲大抵是用歌曲形式的。这等小曲由作者自由命名,故其种类日渐增加,不遑尽述。今但就其重要者数种说明于下。

（1）小夜乐（serenade）——在声乐曲名曰小夜歌。起源于意大利，为二部或三部歌曲形式的抒情的、甘美的小曲。本来是青年们为引诱其恋人而唱的歌。修裴尔德的歌曲集《辞世》（*Schwanengesang*）中的小夜曲，为最著名的例。

（2）夜曲（nocturn）——与小夜乐相似，而更为甘美纤细。裴尔特（John Field，1782—1837）及晓邦的作品最为有名。例如晓邦的作品九第二号降 E 长调夜曲，不但以洋琴曲有名，又有种种的编曲。这是三部歌曲形式的。

（3）无言歌（song without word，德名 Lied ohne Worte）—— 没有歌词的歌曲，即器乐用的歌曲。形式用歌曲形式，性质多甘美的，感伤的。孟特尔仲的作品为其代表者。

（4）浪漫曲（romance）——为一种浪漫的小曲，大都有徐缓而甘美的旋律。

（5）棹歌（barcarolle）——是摇船时所唱的歌，或模仿船歌的歌曲或器乐曲。即合着桨声而歌的或模仿桨声而作的。凡尼司的《共独拉船歌》（Gondoliera），是其名例。奥芬罢哈（Jacques Offenbach）的喜歌剧 *Contes d'Hofmarn* 中有著名的船歌。孟特尔仲的《无言歌》中也有著名的船歌。

（6）摇篮歌（cradle song，法 berceuse，德 Wiegenlied）——本是小儿的眠歌，后来发达为声乐曲或器乐曲。形式简单、纯美，几近于单调，全无剧的要素及兴奋的顶点。修裴尔德、勃拉谟斯、晓邦（器乐曲）等的作品为其著名的例。

（7）即兴曲（impromptu）——是兴酣时所作的小曲。修裴尔德及晓邦的作品最为有名。修裴尔德有一种小曲名为《音乐的瞬间》（Moment

Musical),是同类的作品。

(8)caprice——或译为"狂想曲"(前述的 rhapsody 亦译为狂想曲,易于混同),是自由奔放的一种乐曲,故其形式亦无一定。又有 capriccio,或译为"小狂想曲",性质大致相同。但其实并非 caprice 之小形者,乃作者谦逊而用的名称。

(9)cavatina——一种旋律的小曲。

(10)悲歌或挽歌(elegy)——悲悼死者的歌曲或器乐曲。马史纳(Jules Massent)的作品最为有名。

(11)前奏曲(prelude)——本是别的大曲(尤多歌剧)前面所奏的简短的器乐曲(七一,九三)。但后来具有独立的性质。例如晓邦的短小的前奏曲,并不为别的大曲而作,都是完全独立的抒情的名作。

(12)canzona——为一种旋律的小曲。其小形者名曰 canzonetta。

(第七讲终)

第八讲　朔拿大

五七　朔拿大

朔拿大是由独奏的或二重奏的许多乐曲(每一曲称为一乐章)连合成的大器乐曲。其中至少有一乐章(大都是第一乐章)称为"朔拿大形式"(sonata form)。朔拿大形式由呈示两对比主题的呈示部、主题变化的展开部及其反复的再现部三部构成。其他乐章,则另取别的形式。故"朔拿大"与"朔拿人形式",不可混同。

乐章的数目没有一定。裴德芬的作品四十九的两曲朔拿大,每曲都只有两乐章。罕顿及莫札尔德的多数作品,皆由三乐章成立。裴德芬的朔拿大多数由四乐章成立。四乐章制为最正式的一般的形式。各乐章大都不用题目,仅标明速度。普通第一乐章是急速的(标 allegro),第二乐章是徐缓的(标 andante、largo、adagio 等),第三是急速的 scherzo(五四)或 menuet(五五),第四的终曲(finale)为急速的(标 allegro、vivace、presto)。由三个乐章成立的朔拿大,普通省略第三的 scherzo 或 menuet,由二个乐章成立的朔拿大,又省略第二的徐缓乐章。

朔拿大的调,是指第一乐章的调。到了第二的徐缓乐章,人多变为附属调(例如 V),到了终曲又还原于第一乐章的基调。然也有基调为短

调而终曲改用长调结束的。又各乐章并不全然独立,而相互关联。故朔
拿大在今日的器乐曲中规模最大,形式亦最完备,又最能确保统一性与
多样性,可谓最高级的乐曲形式。三重奏曲、四重奏曲、室乐曲、管弦乐
曲、交响乐曲,虽不称为朔拿大,但其乐曲都是照朔拿大的体裁而作的。

五八 朔拿大形式

"朔拿大形式"为朔拿大的基础的一章,大都用于第一乐章,故又称
为"第一乐章形式"。又称为"sonata allegro"形式,因为这第一乐章大都
是用 allegro 的速度的。这乐章由呈示部、展开部、反复部三部成立。

呈示部(exposition)有两个相对比的明确的主题。第一主题犹之提出
一问题,第二主题犹之对它辩驳。这比喻却很便于说明。例如裴德芬的
《第五交响乐》的第一乐章的二主题,对比作用非常强明(一二七)。其第
一主题用弦乐及 clarinet,第二主题用 violin。又其《第三交响乐》的呈示
部,由全体合奏的和音开始,然后由 cello 导出第一主题,又经过了力强的
全体合奏的乐句而导出第二主题。这第二主题由 oboe 开始,继用
clarinet、flute、violin 等奏出。裴德芬的《降 E 长调朔拿大》(作品三十一第
三)的第一乐章,其第一主题在最初就出现;第二主题在第四十六小节出现。

第一主题是用基调的(例如《降 E 长调朔拿大》,第一主题即用降 E
长调)。第二主题不但在旋律的进行、节奏的构成或演出的样式上与第
一主题相异,其调子也不相同。在古典的作品中,第一主题倘是长调的,
则第二用属调;第一倘为短调,则第二用关系长调(长三度上的长调)或
属短调(V 的短调)。例如裴德芬的《降 E 长调朔拿大》及《第三交响乐》
(亦是降 E 长调)的第二主题,用基调的属调(五度上之调)的降 B 长调。

然例外的也有。例如修裴尔德的《第七 C 长调交响乐》，第二主题用 E 长调；《第八"未完成"B 短调交响乐》，第二主题用 G 长调。盖在近代，古典的作曲法的传统的调的体系已渐渐破坏（二〇）。然两主题不用同一调子，是为欲作成对比性之故。近代作曲家希望这对比性更加强调，故第二主题不转于属调，而转于全然无关的他调了。

　　两主题之间，普通用一种中间乐句，名曰"连句"（link）或"桥句"（bridge passage），可使两主题的转调圆滑进行。又两主题之后，大都用"小结尾"（codetta），以结束呈示部。

　　德国理论者主张两主题之外又可有第三主题的存在。裴德芬最初实行这办法。例如其《第五交响乐》中，第二主题之后又有提琴演奏，《第三交响乐》中也有提琴的下行的乐句，《降 E 长调朔拿大》中也有 trill（二二末）的句乐，都是这第三主题。然这等作品中的第三主题的调子，大都与第二主题相同，故只能视为第二主题的一部分，尚非正式的第三主题。正式地用第三主题的，例如勃拉谟斯的作品便是。但这办法今日尚属例外的。

　　呈示部是呈示主题的部分，故听者须先由此记忆其主题。旧法，这呈示部必奏二遍。罕顿、莫札尔德的作品即是其例。裴德芬的交响乐也大都如此。然今日的作品，呈示部不再反复，演奏旧式作品时亦省略其反复。因为听者训练较深，听一遍已能记忆了。先记忆其呈示部，然后再听展开部，方能发现乐曲的兴味。

　　展开部是显示部中的主题的变化。作者在这部中显示其主题展开的技巧（四四），从别方面表现主题，以与呈示部保住对比。其展开方法有各种各样，不能一一逐述。今转述普亚（Pauer）的《音乐形式》（*Musical Forms*）中所载的方法十条如下：

　　（1）变化动机或主要的主题的节奏，以不破坏其和声及旋律为限。

换言之,即变化音符的价值,把音符倍化或缩短,或用切分法变化拍子,或变化速度。

(2)和声与节奏不变而仅变化旋律。例如乐句的部分的变奏。主要旋律的各部分的精巧化与装饰化。旋律除去装饰而单纯化等。

(3)不变节奏,而变化和声与旋律。由这不变的节奏保持其对于主要动机的类似性。

(4)和声的变化。适用不同的和弦。从长调变短调,或逆行移调。然和声的变化当然有影响于旋律的性质。

(5)旋律与节奏的变化。使和声保住主要动机对主题的类似性,而变化旋律与节奏。但这时候的和弦必须十分明了而为有特性的连续。

(6)伴奏的变化。例如从复音乐式变成单音乐式,或其逆行。特性的方法的补助的伴奏、声部的变奏等。

(7)对位法的变化。即模仿的,canon 的变化。把动机移置于别的声部。用复对位法的转回。

(8)音响的力度及色彩的变化。例如增多或减少乐器,或变换乐器。

(9)音区的变化。将旋律由高音区移置低音区或中音区,或其逆行。

(10)表情的变化。即用 legato、staccato、portamento 等方法。

(此外通行的尚有转调、移调、fugue 化、新旋律导入等方法。)

以上最初五项是主题本身的展开。其余五项是从别方面显示主题。故前者为狭义的主题展开。后者为高级的展开法,最长于这技巧的,是裴德芬。试看他的三十二朔拿大及九大交响乐,其展开部都非常巧妙。狭义的展开,仅行于独奏用朔拿大;交响乐及室乐中间或用之,但以第六项以下为最多用。李谟斯基-可萨可夫等近代作曲家,尤喜用第八项以下的方法。例如他的组曲 Scheherazade(二三),是根基于《天方夜谭》

的,由四乐章成立的色彩的大曲,然其展开的变化都很单调。

罕顿与莫扎尔德的作品的展开部,比较的简单,且不甚长。到了裴德芬,始充分发达。他的《降 E 长调朔拿大》由二百五十三节而成,其中八十八小节为呈示部,四十八小节为展开部。他的展开的特色,是把主题巧妙地切分为断片,而行对位法的办法。《第五交响乐》便是显著的一例。展开部也有插入新旋律的,例如裴德芬的作品第十的第一号、作品十四的第一号等皆是。

展开部之后为再现部(recapitulation;reprise)。此部形式与呈示部相同,亦呈二主题。这是呈示部的再现。不过第二主题不在属调(V)上而与第一主调同用基调。因为两主题的对比性已在呈示部显示,现在需要安定性与统一性了。前述的裴德芬的降 E 长调朔拿大及第三交响乐的展开部,便是其例。

再现部与呈示部取同一形式,但较为简单。呈示部与再现部首尾相对称,中间插入展开部,即必成为完全的三部形式。故朔拿大形式可列表如下:

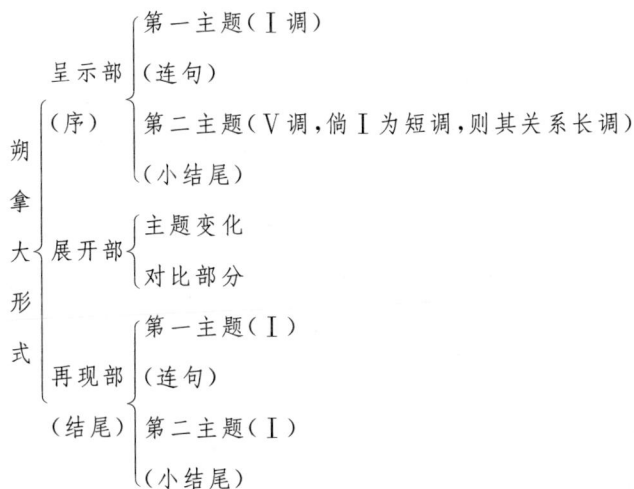

$$
\text{朔拿大形式}
\begin{cases}
\text{(序)} \\
\text{呈示部}
\begin{cases}
\text{第一主题(Ⅰ调)} \\
\text{(连句)} \\
\text{第二主题(V调,倘Ⅰ为短调,则其关系长调)} \\
\text{(小结尾)}
\end{cases} \\
\text{展开部}
\begin{cases}
\text{主题变化} \\
\text{对比部分}
\end{cases} \\
\text{再现部}
\begin{cases}
\text{第一主题(Ⅰ)} \\
\text{(连句)} \\
\text{第二主题(Ⅰ)} \\
\text{(小结尾)}
\end{cases} \\
\text{(结尾)}
\end{cases}
$$

呈示部中所提出的问题(第一主题)及其抗议(第二主题),在展开部中经过了纵横的论战,到了最后而解决,故第一说与第二说在再现部中用同一调子。

呈示部之前及再现部之后,普通另附序与结尾。罕顿的交响乐大都有序,裴德芬的作品大都有结尾。

序(introduction)的速度大都徐缓。罕顿的序,大概用与主题无关系的旋律。其作用是在呈示部以前使听者静心凝神。莫札尔德的降 E 长调(Köch. 第五四三)亦用序,比罕顿的更为重视。然上述二人的独奏朔拿大都不用序。裴德芬的九大交响中,用徐缓的序的,为第一、第二、第四及第七的四曲。但不像罕顿的仅为准备之用,而意义更加重大。却伊可甫斯基的第五第六两交响乐的序意义尤为重大,为支配全曲的主导的乐想。这乐想在后面的各乐章中时时出现。有时不用序,而用与序有同样的效用的乐句。例如裴德芬的《第三交响乐》的最初所奏的两个和音,修裴尔德的《未完成交响乐》的最初用 cello 与 bass 奏出的美丽的旋律,都是与第一主题无关的乐句。裴德芬的洋琴朔拿大亦有此种乐句,其效用比交响乐中的序更为重要。例如作品第十三的《C 短调朔拿大》(《悲怆朔拿大》)的序(grave),形状已变化而短缩,在展开部之始及再现部之末亦出现。

"结尾"(见五二)是由裴德芬提高其价值的。裴德芬的结尾,不是像罕顿、莫札尔德的附录的结句,而为结束第一乐章的有力的一部分,其效用与展开部相仿佛。裴德芬以前的朔拿大形式,专重展开部。裴德芬也致力于展开部;但他的独得的妙技主在于结尾。

朔拿大形式也有稍稍变化的,普通的序曲(七一)及徐缓乐章的朔拿大形式(例如裴德芬的作品三十一第二号,D 短调朔拿大的 adagio 乐章)

是其著例。这等作品中，没有正式的展开部，仅用短的乐句接续呈示部与再现部。又如莫札尔德的《C长调交响乐》及《G长调四重奏曲》的终曲（六六），为朔拿大形式与覆盖乐的混合的形式。其他尚有例外的形式，兹不赘述。

五九　旋转调形式

前面说过，朔拿大及交响乐的诸乐章中，只有一两章用朔拿大形式。其次最多用的是"旋转调形式"（rondo form），即"旋转调"的形式。旋转调本是法兰西的诗的一种形式，即一句反复数回，而在其间插入别的诗句。在音乐上也如此，同一主题反复数回——至少三回——而在其间插入对比的副主题（又名挥句）。倘以主要主题为A，副主题为B与C，则"旋转调"的公式为"A＋B＋A＋C＋A……"。最后的A大都附有结尾。罕顿的旋转调大都照此公式。裴德芬的旋转调就不同，大都按照"A＋B＋A＋C＋A＋B＋A＋结尾"的形式。这比较前者为近代的，故又名"近代的旋转调"。又因其有AB两主题，而"A＋B＋A"为呈示部及再现部，C为展开，故又名"朔拿大旋转调"或"旋转调朔拿大"。然朔拿大形式与旋转调形式有根本的差异，不可忽略。即前者由两个对比的主题及其展开而成立，后来没有展开，而兴味中心在于主要主题与副主题的对比性。

旋转调形式的名曲很多。也有独立的旋转调，例如法兰西的圣赏斯的《序与狂想旋转调》（Introduction et Rondo Capriccioso），罢济尼（Bazzini）的《妖魔旋转调》（Ronde des Lutins），孟特尔仲的《华丽旋转调》（Rondo Brilliante）等皆是。也有为大曲中的一乐章的，例如裴德芬的作品二的三个朔拿大的终曲便是。

六〇　朔拿大的乐章

前已说过,朔拿大的乐章数没有一定。现在请再略说其配列的形式。四乐章的朔拿大,在今日是认为正规的。普通第一乐章用朔拿大形式。第二乐章用歌曲形式(例如裴德芬的第八朔拿大,作品十三),或仍用朔拿大形式(例如莫札尔德的《C 长调用比得交响乐》),或用变化的朔拿大形式(例如裴德芬的第十七朔拿大,作品三十一第二号),或用变奏曲(例如裴德芬的《第五交响乐》,罕顿的《惊愕交响乐》)等。第三乐章用 menuet 或类似的乐曲(这 menuet 在裴德芬用斯侃尔左代替,在却伊可甫斯基用圆舞曲代替。前已说过)。第四乐章的终曲,用朔拿大形式(例如裴德芬的第五及第十四朔拿大即作品十第一号,《月光曲》即作品第七第二号,《第七交响乐》),或用变奏曲(例如裴德芬作品一〇九,第一一一,《第三交响乐》),或用旋转调(同二作品的三曲),或用覆盖乐(同作品一一〇)。

然朔拿大的乐章,并不固守这规则。例如裴德芬的作品二十七的两曲,均以徐缓乐章开始,不照普通朔拿大的形式,而为自由的、幻想的作品。其第一曲由 andante(三部形式)、allegro e vivace(同上)、adagis con espression 及 allegro vivace(朔拿大形式)成立。第二曲由 adagis sostenuto(三部形式)、allegretto (menuet 形式)及 prest agitat(朔拿大形式)成立。两曲的构成都是幻想的。作者亦不以此二曲为普通的朔拿大,而特称之为"幻想曲风朔拿大"(Sonata quassi una Funtasia)。其第二曲题名《月光曲》(Moonlight Sonata),并非作者自己的命意,乃后人所擅自称呼。谓其第一乐章为湖上的月色的描写，第一乐章为风暴或田夫野人的舞蹈，皆全无根据之谈。或云这是月夜即兴而作，或为一盲目的少女而作，或云这是恋慕之曲，为其恋人球丽哀塔而作，然皆无确证。要之，朔拿大的乐章，有种种组织法。仅就裴德芬的作品而论，特例已不胜举。

朔拿大形式的乐曲，大都用华丽、热闹、力强又凯旋的，舞曲的乐章为结束。例如罕顿的交响乐，其终曲大都是自由而活泼的。莫札尔德的终曲比较的为力强而严正。裴德芬的都是热闹的、凯旋的。他的《第五交响乐》的终曲，竟是一首长调的大凯旋歌。这办法可使全曲的终止十分圆满，颇为有效。然也有采反对的方法的，例如却伊可甫斯基便是。他的《第六悲怆交响乐》，用极徐缓又极弱的音静静地告终。这是由于却氏为感伤的悲观主义者的原故。他和裴德芬，在性格上及作风上均有显著的对比。

朔拿大、交响乐、室乐等，必须出许多乐章合成一曲，方能传达作者的意图的全部。各乐章在构造上均完全独立，但仅乎一乐章不能具备充分的意味。例如裴德芬的《第五交响乐》的第三乐章，原是为一首很好的乐曲。但孤立的一曲绝不能有充分的意味与效果。必须插在那谛观的、慰安的第二乐章及凯旋的终曲之间，方能显示充分的意味与效果。只因其主旋律保住第一乐章的印象，所以有价值。其终曲也是如此。又如特复约克的《新世界交响乐》的终曲，是一首光辉的行进曲。这行进曲也因为承接其前面的乐章的旋律，所以有价值的。倘独立演奏，只听见许多无意义的旋律的断片，一定使我们厌烦。必须从第一乐章顺次听来，耳中残留着许多美丽的旋律，然后听到这第四乐章的时候，以前的印象从新总合而再现，就觉得这结束十分满足。因这原故，作曲者常常指示某曲的某两乐章可以不休止而连续演奏。例如裴德芬的《第五交响乐》的第三乐章,与终曲连续演奏。第六的《田园交响乐》,共有五乐章,后面三乐章一气连续,如同一乐章。作品二十七的两曲,亦皆全部连续演奏。

普通演奏朔拿大一类的乐曲时,每乐章定结时听众拍手一次,此办法不甚适宜。因其容易破坏全曲鉴赏的一贯的紧张。自昔伟大的作曲家,大都不欢喜听众的拍手。修芒为嫌恶这事,特作中途全无休止的作品。

六一　朔拿大的历史

今日的朔拿大,其历史并不深长,乃十八世纪中叶所创行。今日的朔拿大,创始于"近代器乐曲之祖"的罕顿。罕顿以前虽早有称为朔拿大的乐曲,然其实际与今日的朔拿大全然不同。故罕顿有"朔拿大之父""交响乐之父"的尊称。然他的朔拿大在技巧上比较今日又大异,故今日的音乐会难得演奏他的作品。

比罕顿迟生而早死的莫札尔德,在朔拿大上有多大的功勋。有许多作品为今日的音乐会所常常演奏。他的为提琴与洋琴而作的朔拿大,尤为今日提琴家所爱好。

承继罕顿与莫札尔德的传统而集大成的,是裴德芬。他的三十二曲洋琴朔拿大,为古来洋琴音乐上最伟大的名作。在音乐者,罢哈的《平均率洋琴曲集》犹之《旧约圣书》,裴德芬的三十二朔拿大犹之《新约圣书》。他的作品显示着洋琴音乐的,朔拿大的一切可能性。他的初期作品受罕顿与莫札尔德的影响;中期始有个性发表的哲学的作品。就中《悲怆》《月光》《华尔斯坦》(Waldstein)、《热情》等,是今日世界上到处演奏的名曲。裴德芬又为洋琴与提琴作朔拿大十曲,亦甚有名。其第九曲

Kreutzer Sonata(奉赠于 Kreutzer 的)尤为有名,几乎无人不知。小说中把此曲当作独奏曲,是错误的。

裴德芬以前,普通称为"古典"时代。古典主义(classicism)是注重形式的均齐的艺术上的主义。裴德芬的朔拿大是古典的,因为其形式十分端正而均齐。但他的后期的作品,已有浪漫的(romantic)倾向。浪漫主义不注重形式而注重感情,不注重均齐而注重内容。音乐上的浪漫主义由裴德芬创始,由修裴尔德及韦伯形成,至孟特尔仲、修芒、晓邦、李斯德等而完成,同时浪漫主义的弱点也明白吐露。但这乐风到今日尚在继续流行。最后的古典主义者勃拉谟斯、华葛纳尔及勃罗克纳(Anton Bruckner)、马勒、许得洛斯等也有浪漫主义者或新浪漫主义者的倾向。

六二　朔拿谛纳

小规模的朔拿人,名曰 sonatine(sonatina)。然两者的区别不甚明确。裴德芬的作品第四十九的两朔拿大,亦有称为朔拿谛纳的。大概朔拿谛纳演奏技巧简单,形状短小,普通由三乐章成立。演奏会及练习上均常用之。

六三　室乐曲

关于室乐(三七)及室乐曲的形式(五七),在前面已经说过。现在要说的是关于其历史的话。然其大致与朔拿大相同,没有特述之必要。略记如下:

罕顿对于室乐有与朔拿大同样的影响。他一生所作室乐,有弦乐四重奏八十三曲、弦乐三重奏二十一曲、洋琴三重奏四十一曲之多。就中今日演奏者尚属不少。特别有名的是、皇帝四重奏、，即作品七十六第三号。用 G 长调，其第二乐章是根据奥国国歌的变奏曲（八及五二）。

莫札尔德的室乐曲，共有四重奏三十曲、洋琴三重奏八曲、弦乐五重奏九曲等。其重要亦不下于罕顿。

裴德芬有弦乐四重奏十七曲，为室乐爱好者所第一不能忘却的名作。就中作品第五十九的三曲，为个性发挥的制作，因奉赠于其保护者俄罗斯贵族拉图莫夫斯基，故名为《拉图莫夫斯基四重奏》。又作品七十四，第一乐章中用 harp，故名《harp 四重奏》。此后的作品更加深刻而复杂。作品一三三是一曲伟大的覆盖乐。

裴德芬在四重奏曲中也讲究主题展开的技巧。又特别注重四重奏曲。亦有洋琴三重奏八曲、弦乐三重奏五曲，但在他的作品中不甚重要。

修裴尔德的室乐，有四重奏十五曲、弦乐五重奏一曲、洋琴三重奏二曲，均富于浪漫的色彩，为重要的作品。裴德芬长于构造的壮大，修裴尔德长于色彩的浪漫。其弦乐五重奏尤为大名作。即根基其歌曲《鳟》而作的《鳟五重奏曲》（三七末）。

浪漫乐人修芒及孟特尔仲亦作室乐。然修芒的弦乐用法不甚高明，孟特尔仲的观念贫弱，故均不重要。

勃拉谟斯的室乐色彩甚涩，但观念优越，构成壮大，故被视为名作而到处演奏。

特复约克的特性的作品，雷格的近代的线的对位法的作品，亦为有名的室乐。

（第八讲终）

第九讲　交响乐

六四　交响乐

在上讲中早已说过,交响乐(symphony)是为管弦乐演奏而作的大规模的朔拿大。然交响乐一译名,普通的用法似乎过偏重演出形式。例如文辞中惯用"味的交响乐""色彩的交响乐""线的交响乐"等语,其交响乐三字仅有"管弦乐合奏"的意义。实则交响乐不但是管弦乐曲,又必须是朔拿大形式的管弦乐曲。

今日意义的交响乐,可说是由罕顿开始的。罕顿以前虽也有交响乐,但与今日的大异,在今日已不演奏了。

六五　罕顿的交响乐

英美的论者,说罕顿的交响乐已全属过去。其实并不如此,今日演奏的尚多。

罕顿所作交响乐,有作品号码者共一百〇四篇。尚有三十八篇未编入作品号码而被确定为罕顿之作,又有三十六篇疑似罕顿之作,尚未确定。至少有二十曲尚在今日的世间各处演奏着。

就中特别有名的,是作品六 D 长调《朝》,作品七 C 长调《画》,作品八 G 长调《夕》及《岚》,作品二十二降 E 长调《哲学者》,作品二十三 D 短调《圣诞》,作品三〇 C 长调 Hallelujah,作品四四《悲哀》,作品四五升 F 调《告别》,作品四八 C 长调 Maria Telesia,作品五三 D 长调《皇帝》,作品五五 E 调《先生》,作品五九 A 长调《火》,作品七三 D 长调《狩猎》,作品八二 C 长调《熊》,作品八三 G 短调《鸡》,作品八五降 B 长调《皇后》,作品九二 G 长调《牛津》,作品九四 G 长调《惊愕》及《打鼓》,作品一〇〇 G 长调《军队》,作品百〇一 D 短调《时计》,作品百〇三《鸣鼓》。这等标题由何而来?不暇一一说明。除地名、人名以外,大概都是作者的描写的游戏。罕顿是一个很滑稽的作者,常常作奇怪的演奏。他的《告别交响乐》(Abschield),演奏者顺次退席,最后舞台上只剩一个奏提琴的人。《惊愕交响乐》(Surprise)在第二乐章中像睡眠一般地消失,突然用全部乐器奏出最强的音,使听者惊愕。《鸣鼓交响乐》(Mit Pauken wirbel)开始用 tympani 演奏,使听者都莫明其妙。

所以他的交响乐全体有欢喜、明快之感,使人听了都愉悦。大都最初有徐缓的序,不似裴德芬的有豪壮之感,也没有悲凄的效果,其徐缓乐章缺乏抒情的趣味。

六六　莫札尔德的交响乐

莫札尔德有交响乐三十九篇。其形式与性质均与罕顿无大差异,但更富于歌谣性及抒情的、深刻的趣味。故其品评比罕顿的高。今日演奏的亦多。

他的交响乐中,有名的是最后三曲,即 Köch 作品五四三,降 E 调,五五〇,G 短调,五五一,C 长调,又称《周彼得交响乐》。降 E 调的有罕顿风,和气而愉快;G 短调的反之,为深刻的抒情的作品;《周彼得交响乐》描写希腊神话,其终曲为对位法的复杂的构成,有崇高的效果。

六七　裴德芬时交响乐

承继罕顿、莫札尔德而集大成的裴德芬,有九曲以上的交响乐。就中这"不朽的九大作"(Immotal Nine)不但为交响乐的模范,又为一切音乐的绝顶。九大交响乐中,有四曲有题目,即第三《英雄》,第五《运命》,第六《田园》,第九《合唱》。

《第一 C 长调交响乐》(作品二一)作于一八〇〇年。由徐缓的序开始,续出朔拿大形式的第一乐章。其序不从基调开始,曾受批评者的非难。第二乐章亦为朔拿大形式的徐缓章。第三乐章为急速的 menuet。终曲为罕顿风的快活的朔拿大形式,最后有较长的结尾。这交响乐中还没有个性的发挥。

《第二 D 长调交响乐》(作品三十六)作于一八〇二年。由装饰的序开始。第二两乐章皆用朔拿大形式。第三乐章为 scherzo,颇有特性。终曲为 rondo,不甚规则,而有快活、华丽的印象。最后的结尾达于华丽的顶点。

《第三降 E 长调交响乐》(作品五十五)作于一八〇四年。此曲原为拿破仑而作的。作曲者当初以为拿破仑为民主主义的权化,心中很崇仰他,为他作此赞颂。后来拿破仑即皇帝位,裴德芬就把此乐谱抛掷在地上,不欲发表。后来从友人之请,消去书面上的拿破仑的名字,而假定为一理想的英雄而作的交响乐而发表。故一般称为《英雄交响乐》

(Eroica)，关于其形式前已说过。

《第四降 B 长调交响乐》(作品六〇)作于一八〇六年。介于伟大的第三与力强的第五之间，有阳和而愉悦的效果。最初有徐缓的序。第一乐章为朔拿大形式，第二乐章为变化的朔拿大形式的热情的曲。第三乐章为奔放的，似 scherzo，又似 menuet。终曲为朔拿大形式，鲜明而热闹。

《第五 C 短调交响乐》(作品六十七)作于一八〇七年。关于这《运命交响乐》(Fate)前面已屡屡说过。

《第六 F 长调交响乐》(作品六十八)作于一八〇七年。这曲中描写田园的风景，各乐章均有简要的标题的解说(八四)，名为《田园交响乐》(Pastoral)。第一乐章为描写"田园到着时的感情"的愉快的乐曲，第二乐章写"小川畔的景色"，皆朔拿大形式，然注重描写，形式不甚规则。自第三乐章至第五乐章连续演奏(六〇，末)。描写"农夫的欢集""雷雨""暴风雨后的感谢"。

《第七 A 长调交响乐》(作品九十二)作于一八一二年。这曲以节奏特别著名，有"舞曲的权化"之称。其序甚工致而长，几同一乐章。第一第二两乐章曲趣均极愉快，第二的徐缓乐章尤为一般人所爱听的名曲(六，末行)。第三乐章为 scherzo，有两个 trio(五四，末节)。终曲为朔拿大形式，热闹而愉快。最后的结尾甚为长大，为全曲的绝顶。

《第八 F 长调交响乐》(作品九十三)作于一八一二年。通常称为"小交响乐"，比第七更为轻快。第一乐章似轻妙的舞曲。这性质在第二乐章中愈加显著。第三乐章为古式 menuet 一类的乐曲。终曲长大而爽快天真，有罕顿风。

《第九 D 短调交响乐》(作品一二五)作于全聋后的一八二三年。其最后乐章中有席勒(Schiller)的《欢喜颂》的合唱，故通称为《合唱交响

乐》。裴德芬的交响乐,第三表现憧憬,第五与运命奋斗,第六向自然中
探求人生的欢喜,罹了耳聋与失恋之后,其超越一切苦恼的欢喜、憧憬与
感谢,忽然变成了伟大的第九而表现。这第九中所表现的,是其超世俗
的宗教的憧憬。第一乐章由空虚的序奏开始,渐入全乐器的强烈的合
奏。第二乐章为 scherzo。第三乐章为富于宗教的感情的崇高的乐曲。
终曲中开始为强烈的管合奏,各主题断片忽隐忽现,给听者以强烈的印
象,然后有上低音(bariton)的独唱出现,继续为合唱及合奏,以非常崇高
又力强的演奏结束全曲。

六八　浪漫乐家的交响乐

　　裴德芬以下的交响乐作者,首推修裴尔德。修裴尔德有交响乐九
曲,其中第七与第八最为有名。《第七 C 长调交响乐》,第一乐章的构成
在前面(五八)已经说过。修芒曾评这交响乐为"天与之长"。全曲长大,
崇高,而富于生气。

　　"第八"通称为《未完成交响乐》,前已说过,乃由二乐章成立。第三
乐章仅作成一小部分。修裴尔德于一八二二年,即二十五岁时作此曲,
未完成而天逝,故名为"未完成"。其第一乐章已在前面(二四)说过。第
二乐章为朔拿大形式。全曲富于谛观与慰安。

　　修裴尔德的作品的特性,是其歌咏的调子。无论如何激烈的部分,
一经这可爱的作曲者的手就变成歌咏的调子。他的旋律常富于歌曲的
优美,节奏常有生气,而富于色彩,这一点为裴德芬所不及。其弱点是不
及裴德芬的有建筑的构成性。

　　修芒的四交响乐中,第一降 B 调《春》与第三降 E 调《莱因》特别有

名。然缺乏生气,乐器用法不甚精工,终不及修裴尔德与裴德芬。故今日所演奏的他的交响乐,皆经过修改订正。他的第三交响乐由五乐章成立,第四乐章富于宗教的崇高之感。

　　孟特尔仲的四交响乐中,第二 A 短调《苏格兰交响乐》及第三 A 长调《意大利交响乐》最为有名。有绘画的效果及其所特有的简明的旋律。但缺乏深刻的乐想及独创性。

　　勃拉谟斯也有四个交响乐。大概曲趣涩而重,管弦乐法拙劣。但他并非缺乏技巧,乃由其特殊的嗜好而生。故勃拉谟斯的交响乐,仔细听赏时便可发现其华丽而崇高的优点。唯其缺点是"音乐者的音乐""玄人的音乐"。十九世纪有名的指挥者褒洛(Hans von Bülow)曾评勃拉谟斯的《第一 C 短调整交响乐》为"第十",即视为裴德芬的"不朽的九大交响乐"以次的大作品。

六九　国民的交响乐

　　国民乐派中,却伊可甫斯基有"俄罗斯的裴德芬"之称。他有六个交响乐,方向与勃拉谟斯全然相反。《第四 F 短调交响乐》以下,为世间常常演奏的作品。《第四交响乐》的第二乐章中的 oboe 的旋律、第三乐章中的弦乐的 pizzicato(二二),《第五 E 短调交响乐》第二乐章中的 horn 的旋律,《第六 B 短调"悲怆"(Pathetique)交响乐》第二乐章的特性的旋律(四分之五拍子),都是却氏的笔。却氏的作品的特点,是其感伤的灿烂的管弦乐法及俄罗斯的特性。

　　十九世纪后半,音乐的各部门显然带了国民主义的色彩。俄罗斯国民的交响乐的作者,除上述的却氏之外,尚有波罗定(Alexander Borodin)、李谟斯基-可萨可夫、格拉左诺夫等。

波希米亚亦有国民派作家特复约克,共作五个交响乐,均富于国民的特性及色彩的效果。其第五尤为著名,系作者在亚美利加旅行中所作,故名为《新世界交响乐》。曲中以亚美利加的及波希米亚的旋律为主题,为近世有名的乐曲。其曲由徐缓的序开始,第一主题由 horn 奏出,继以木管。第二主题为 flute 独奏,结尾为两主题的对位法,非常华丽。第二乐章为有名的 largo,由旷野的黎明一般的和音开始,进于 English horn 的牧歌的旋律,trio 的中间部分有特性的美的木管乐句。第三乐章 scherzo 为异国的节奏的乐曲,其 trio 有舞曲风的节奏。终曲由弦乐开始,继以力强的金属管乐,以优雅的第二主题为根基。

法国不见有优秀的交响乐作者。裴辽士有名为交响乐的作品,然都不是纯音乐的,而是以标题乐著名的(见第十二讲)。只有富郎克(三七)(严格地说,他是比利时人)有一曲 D 短调交响乐。构成的而不甚华丽。

七〇　近代交响乐

反之,德国维也纳承继莫札尔德、裴德芬、修裴尔德的传统,自十九世纪末至二十世纪,常有优秀的交响乐出现。其代表的作者是勃罗克纳与马勒。二人各作交响乐九曲,曲数与裴德芬、修裴尔德偶然相同,亦是妙缘。

勃罗克纳(六一,末)直接承继修裴尔德的交响乐,为浪漫的,而富于技巧。虽有冗漫而缺乏构成性的缺陷,然其美与崇高性不可磨灭。第四降 E 长调《浪漫交响乐》特别有名。

马勒(六一,末)的管弦乐,如前所述,都是大规模的。例如《第八降

E 长调》(三八,一览表中)为七回独唱、二回合唱及一回童声合唱而作,
其完全演奏约需队员千人,故又名《千人交响乐》。其他,马勒的交响乐
中使用声乐的甚多。《第二 C 短调交响乐》中用中音独唱及合唱,第三 D
短调交响乐中用中音独唱及女声合唱、童声合唱,第四 G 长调交响乐用
高音独唱。他这作风虽有过于庞大之讥评,然终不失其为近代伟大的交
响乐作者。他的交响乐的特色,是色彩的,近代的,主观的,崇高的,技巧
的,独创的,且其观念高尚而丰富。

马勒以后,今日的交响乐界状况如何,颇富有研究的兴味。要之,是
对于以前的庞大的反动,大都用简洁的构成。如法国的米洛(二〇,末)
的第一《春》,第二《田园》,第三《小夜曲》,波希米亚的耶拿赛克(Leos
Janacek)的《交响小曲》(Sinfonietta),欣裴尔希(二〇,末)的《室交响乐》
(三八,末)等,即其著例。

七一　序曲

序曲(overture)本是歌剧(九六)或大曲开始以前所演奏的器乐曲
(大都是管弦乐曲)。但在今日已变成独立的,音乐会用的乐曲了。

旧式序曲有法兰西式与意大利式两种。前者由法王路易十四世的
宫廷乐长意大利人罗理(Jean-Baptiste de Lully)完成,其形式由徐缓的
及急速的两 fugue 及舞曲的终曲三乐章成立。亨代尔的神曲(九二,9)
Samson 的序曲是其一例。然也有省略第三乐章的,例如同作者的《救世
主》(三五)的序曲便是。意大利式序曲由史卡拉谛(Alessandro Scarlatti)
创始。其形式与法兰西式正相反对,由"急速,徐缓,急速"的三乐章成
立。为欲显示对比,中间的徐缓乐章大都用少数乐器(或仅用弦)作曲。

此种序曲很少有艺术的作品,仅有莫札尔德的歌剧 *Die Entführung aus dem Serail* 及韦伯的歌剧 *Euryanthe* 的序曲,稍有价值。然意大利式序曲为今日的交响乐的乐章配列的模型,故在历史上有重要的价值。

上述的法式意式两种序曲,次经废止,近代的序曲起而代之。近代式是朔拿大形式或变化朔拿大形式的单一乐章的乐曲。莫札尔德的 *Figaro's Hockzeit* 的序曲便是其例。又这种序曲大概有徐缓的序,例如裴德芬的序曲"Egmont"及其唯一的歌剧 *Fidelio* 的序曲,同歌剧的另一序曲 Leonore,修裴尔德的 Rosamunde 的序曲等,均是其例。

裴德芬仅作歌剧 *Fidelio* 一首,而为此歌剧作了四首序曲。即 Fidelio 序曲一首及 Leonore 序曲三首。Fidelio 是 Leonore 的假名字。Leonore 的丈夫无罪入狱,她就扮装为男子,假名 Fidelio,投身为狱吏,图救她的丈夫。四首序曲中,以 Leonore 第三为最有名。其最初的下行旋律,是暗示她的丈夫的入狱的。

剧的作品上的序曲,不但是预备的信号,又须与剧容合,其甚者暗示剧的全部或一部,使剧的效果加强。这种作曲法,在十八世纪中已有格罗克试行。最普通的方法,是序曲没有结束,而直接与剧相连续,又把剧中的旋律组入序曲中。第一方法就是格罗克的 *Iphigénie en Aulide* 及莫札尔德的 *Die Entführung aus dem Serail* 等所应用的。近代华葛纳尔也常用这方法。然此等序曲欲当作纯器乐曲而在音乐会中独立演奏,非加以变化不可。第二方法为莫札尔德时代以来所通行的。例如上揭的 *Entführung* 的序曲中的 Andante,是从歌剧的最初歌曲上取来的。又如他的歌剧 *Don Giovanni* 第二幕的终曲的石像的音乐,亦取用在序曲中。裴德芬也在 Leonorc 第二号的序中取用 *Fidelio* 第二幕的最初的狱舍中的咏叹调(aria)。韦伯《自由射手》(二三)的序曲也应用这方法。然这方法过分走于极端，结果变成歌剧的接续曲，而损失其纯音乐的价值。其例甚多：爱洛尔特（Louis Joseph Ferdinand Hérold）的 *Zampa*，波亚尔裘（Francois-Adrien Boreldieu）的《白夫人》（*La Dame Blanche*）及 *La Califé de Bagdad*，裴理尼的 *Norma*（二二），杜尼才谛（Gaetano Donizetti）的 *La Fille du Régiment*（《联队的少女》），洛西尼的 *William Tell*，比才的 *Carmen*，华葛纳尔的 *Parsifal* 及其他的序曲和前奏曲，都是犯这弊害的。这种作品中虽也有可当作纯器曲而独立的乐曲，但没有与朔拿大和交响乐同等的价值。只因其华丽而富于效果，又容易演奏，故为一般所爱听而已。

华葛纳尔的 *Tannhauser* 的序曲，也有几分接续曲的性质，即由歌剧中的巡礼合唱开始，续出凡奴司山的淫逸的音乐，描写骑士歌人 Tannhauser 的被诱惑，再以巡礼合唱告终。

关于同作者的 *Lohengrin* 的序曲（华葛纳尔不称为序曲而称为前奏曲，后节说明），在前面已经说过（三八）。这曲中充分暗示着剧的神秘的要素。又如他的 *Rienzi*、《彷徨的荷兰人》（二三）等初期歌剧的序曲，也有接续曲的又艺术的构成，效果亦甚显著。

华葛纳尔在 *Tannhauser* 及 *Lohengrin* 两歌剧以后的作品上，改用"音乐剧"（Musikdrama）的名称。音乐剧之前所奏的器乐曲，不称为序曲而称为"前奏曲"（英 prelude, introduction；德 Vorspiel, Einleitung）。*Lohengrin* 的已称为前奏曲。其后的总名为《指环》（*Der Ring des Nibelungen*）的四音乐剧（九三），*Tristen und Isold*，*Parsifal* 等，都有前奏曲。其曲都根基剧中的主导动机（四二）而构成，暗示剧的内容与性质。

歌剧（或其类似作品）有时不用序曲或前奏曲，而在各幕之间用类似

的器乐曲,普通称为前奏曲或间奏曲(intermezzo; entracte)。*Lohengrin*
的第三幕的前奏曲,以壮大活泼著名。*Carmen* 的第二幕以下各幕前的
三个间奏曲,*Rosamund* 的间奏曲,亦均有名,为音乐会所常常演奏。

　　专为演奏会的独立的器乐曲而作的序曲,名曰演奏会用序曲
(concert overture)。其形式大致与朔拿大形式相同,而稍加变化。其内
容不似朔拿大的为纯音乐,而是描写的,普通多自然描写及故事的音乐
化。孟特尔仲是此种乐曲的大成者。他把苏格兰西方的希伯理第斯的
风景写成序曲 Die Hebriden(又名《芬格尔的洞窟》,即 Die Fiugals
Hohle)。又把 Melusine 人鱼的故事音乐化,成为序曲 Melusine。又根
基贵推(Johann Wolfgang Goethe)的《海洋的静寂》(Meeresstille)及《幸
福的航海》(Glückliche Fahrt)两小诗,作成 Meeresstille und Glückliche
Fahrt 的乐曲。这三曲最为有名,此外尚有不少独立的序曲。Hebriden
描写芬格尔的洞窟的幽寂及海的景色,又加入鸥的啼声及风浪之音。
Melusıne 第一主题描写 Melusine 怨恨她的父亲的虐待她的母亲,把父
亲埋杀了。就被定罪,每周末日须变为人鱼。她的恋人的骑士发现了她
的每周的变态,就离弃她。第二主题就是描写这骑士的。《海洋的静寂》
与《幸福的航海》,由静寂的海的序奏开始,顺次描写海中的风景、航海的
经过与平安的到着,真可谓绘画的笔致。故华葛纳尔称孟特尔仲为第一
流风景画家。

　　裴德芬的 Die Gesehöpfe des Prometheus(《普洛美修斯的创造》)及
Coriolanus、Die Weihe des Hauses(《乐堂的祭祀》)、Egmont 等序曲,虽是
本来的序曲,但在内容上与演奏会用的序曲无甚么差异。

　　标题音乐隆盛之后,标题的序曲也随之而盛行。例如裴辽士、古尔
特马克、却伊可甫斯基、特复约克等的作品,是其著名的例。

裴辽士的《罗马谢肉祭》(Le Carnaval Romain),最初为歌剧 *Benvenuto Cellini* 的第二幕而作,后来变为独立的作品。又有根据莎士比亚悲剧的《李尔王》(*Roi Lear*)亦为独立的序曲。管弦乐规模宏大,而曲趣昂奋,惜观念不甚充足。

匈牙利作曲者古尔特马克(Carl Goldmark)以序曲 Sakuntala 知名于世。他把贵推所改作的印度古诗加以音乐化,而成为此曲。水精之女 Sakuntala 住在神圣的森林中(andante assai 及表示 Sakuntala 的美丽的 moderats),李尔王狩猎来到其地(金属管),见了她,就对她发生恋情(harp 伴奏的 andante 旋律),把结婚的印证的指环赠给她。但在先有一个僧侣爱她,用魔力在王的头脑中消去了关于她的记忆,又使她失落那指环,不得近王(曲的绝顶)。但不久指环就发现,王的记忆亦回复,终于与彼女结婚(华丽的结尾)。此曲富于特性,但价值并不甚高。

却伊可甫斯基的 Romeo and Julieta、Hamlet,都是根基莎士比亚的悲剧的幻想序曲。又有庄严序曲《千八百十二年》(Overture 1812),是描写拿破仑侵入莫斯库而遭逢大败时的战争情形的。为通俗所爱好,但纯音乐的价值不甚高贵。

特复约克的《在自然中》(In der Natur)、《谢肉祭》(Carnaval)及 Othelo 三序曲,全体为三部序曲的艺术品。其价值比别的标题的序曲高贵得多。第一是描写自然的,第二是描写生命的,第三是描写爱的。

近代序曲中最有价值的艺术品,第一要推勃拉谟斯的《大学祭典序曲》(Akadmische Festouvertüre)、《悲剧的序曲》(Tragische Ouvertüte)。前者由他所作的勃雷斯劳大学的主题及四曲德意志学生歌而构成。后者第一主题为对于运命的恐怖,第二主题为希望与曙光。其构成甚为巧妙而深刻。

演奏会用的序曲,也有前奏曲。其中最有名的,即印象派代表者杜褒西的《牧神午后前奏曲》(二七,末)。此曲根基法兰西象征派诗人马拉尔美的诗而作,其诗趣非常幽藐,描写在海岸上半入睡眠的牧神,瞥见入浴的水精的幻影时的情状。杜褒西用他的深刻的洞察与想像,巧妙地把这诗移化为音乐。曲的形式完全自由,与普通序曲不同,曲中有神秘的 harp 的 cresc 与美丽的木管乐句,特独的和声与巧妙的对位法,受全世界的新奇探究者的热烈的欢迎。

（第九讲终）

第十讲　组曲

七二　组曲

组曲(suite)也是由许多乐章连络而成的大器乐曲,与朔拿大交响乐等相似,不过其构成较为轻便自由。初行于第十七世纪,在这一世纪中非常盛行,与今日的朔拿大一样重要。今日的音乐会中也有组曲演奏,然今日的组曲与十七世纪的已显然不同了。

旧组曲(英 lessons,suites of lessons;意 sonata da camera;德 parties, Partita;法 suite)由许多舞曲成立。普通各舞曲同调,而有互相对比的速度与节奏。最古的组曲,由 pavane、galliard、allemande、courante 四种舞曲组成。后来用 allemand、courante、saraband, gigue。其最初有序曲或前奏曲(overture, prelude, preambule, symphonie)。有时 saraband 与 gigue 之间又插入 bourrée, menuet, gavot 等舞曲。罢哈的《第一法兰西组曲》由 allemand、courante、saraband、第一第二 menuet 及 gigue 组成。《第一英吉利组曲》由 prelude、allemand、第一第二 courante(附变奏曲)、saraband、第一第二 bourée 及 gigue 组成。《第二 C 短调 Partita》由 symphonie(序曲)、allemand、courante、saraband、rondo 及 coprice(狂想曲)组成。普通最常演奏的《管弦乐用第二 D 长调组曲》,由 overture、 aria、第一第二 gavot、bourée 及 gigue 组成。又如最常演奏的亨代尔的组曲，用 fugue 甚多。

这种组曲，对于今日的我们已很少直接的关系。虽然没有像朔拿大形式中的对比性，然有很丰富的纯音乐的美。罢哈的作品尤为显著。在今日亦常常演奏。

七三　古舞曲

古组曲中所用的舞曲，其主要者如次（照字母顺序）。

1. allemande——普通用四拍子，从第四拍开始。速度较急，本为德意志舞曲。

2. bourrée——法兰西及西班牙的舞曲，普通用急速的二拍子或四拍子。

3. chaconne——中庸速度的，有低声部主题上的变奏曲的舞曲。与 passacaglia(见后 11) 很相似。其变奏曲数亦无一定。

4. courante——急速的三拍子舞曲。

5. gaillarde——三拍子的，力强而愉快的舞曲。

6. gavotte——中庸速度的，四拍子或二拍子($\frac{2}{2}$)的法兰西舞曲。普通从小节的第三拍开始。此种舞曲今日亦盛行，有典雅之趣。

7. gigue——六拍子或十二拍子的，急速而快活的舞曲。

8. loure——徐缓而严肃的，三拍子或六拍子的舞曲。

9. menuet(五五，1)——三拍子舞曲。起源于法兰西，徐缓而庄严。但自罕顿等取入交响乐中后，其速度非常急速。昔日为徐缓的乐曲，今已变成急速的乐章,这一点很可注意。

10. masette——平稳的,牧歌的舞曲,多保续音。常用为 gavotte 及 menuet 的 trio。

11. passacaglia——与前述的 chaconne 很相类似。也有低声部主题上的变奏曲。不过 chaconne 的变奏曲必在低声部,passacaglia,则有时在上声部。勃拉谟斯的《第四交响乐》的终曲,有三十三个变奏曲,是有名的近代的例。

12. passepied——急速的法兰西舞曲,三拍子或六拍子。

13. pavanne——二拍子或四拍子的徐缓而庄严的舞曲。

14. rigaudon——法兰西的快活的舞曲,二拍子或四拍子,从小节的第四拍开始。

15. rondeau——即 rondo(五九)的原始的舞曲。

16. sarabande——起源于西班牙的,三拍子的徐缓而庄重的舞曲。普通各小节第二拍为强势。

17. tambourin——与前述的 gavotte 相似。用二拍子或四拍子,颇急速。原为法兰西舞曲。法国和声学家拉莫(Rameau)所作最为有名。

此等舞曲形式皆简单,大都分为二部,各部反复。第一部始于基调,转于附属调而告终。第二部始于附属调而终于基调。

allemande、courante、saraband 等有时附有变奏曲。其变奏曲称为 double。

七四　近代的组曲

自近代新行种种舞曲之后，组曲亦起变化。waltz、polka、polonaise（五五）等都取入组曲中，同时形式也变化而自由得多了。例如却伊可甫斯基的第三“特性的”组曲（作品五十三），由悲歌、忧愁的 waltz、scherzo 及主题与变奏曲组成。下至特复约克、杜褒西、唐棣（d'Indy）、罢尔托克（二〇，末）等的作品，组织更为自由。罢尔托克的《舞曲组曲》由六个小舞曲组成，六曲连续演奏。

法兰西歌剧作家马斯纳（Massenet）曾为管弦乐作组曲七首。其中第三首《绘画的情景》（Scenes Pittoresques），第七首《阿尔萨斯的情景》（Scenes Alsaciennes），特别有名。这等作品中已全无旧式组曲的性质，而注重轻的、自然描写的及特性的要素了。李谟斯基-可萨可夫的管弦乐用人组曲 Antar 及 Schéhérazade，均由四乐章成立，且有标题。比才的 Roma（二九，首），亦由四乐章成立，其格式已近于交响乐。然由五乐章成立者亦不少。例如谢邦谛（四五）的《意大利印象》（Impressions d'Italie），麦克道惠尔（Edward MacDowell）的第二《印度组曲》，即是其例。此等作品，各乐章形式均简单，大都取用歌曲形式或旋转调形式。朔拿大形式几乎全不取用。

一般好乐者所爱听的组曲，大都由歌剧或类似的作中取出的名曲组成。例如比才的《阿尔之女》（一九），格理克的 Peer Gynt（二三），却伊可甫斯基的《割胡桃者》，均是其例。《阿尔之女》自从多德（Daudet）的剧上所附的音乐中采取而成的。共有两组曲，均由四乐章成立。其第二曲尤为有名，与其 Carmen 组曲同为好乐者所热爱。Peer Gynt 是从易卜生的剧上所附音乐中采取而成的。亦有两组曲。第二曲的最后乐章又为有名的提琴独奏曲。格理克欢喜轻便而自由构成的组曲,曾为管弦乐及洋琴制作许多类似的乐曲。其作品五十四的抒情的组曲,由六乐章成立,又把其中第一、第二、第四及第三的四乐章另编为管弦乐曲。其艺术的价格虽不甚高,但均有丰富的抒情的美。却伊可甫斯基的组曲中,取自《割胡桃者》的最为有名。其曲为简单的朔拿大形式,由三乐章成立。他又从莫扎尔德的作品中采取数曲,集成一组曲,名曰《莫扎尔德集》(Mozartéania),由四乐章成立。

七五　夜曲

夜曲(英、法 serenade,德 Ständchen,意 nocturn)是一种适于黄昏的情调的音乐(或译 serenade 为小夜曲,nocturn 为夜曲。见前五六)。不是单纯的歌曲类的小曲,而是与组曲等相似的一种连环曲。在今日,夜曲与组曲几乎已经没有差别。旧式的组曲大都是为一乐器而作的;夜曲则与之相反,为许多乐器或小管弦乐团而作。且其各乐器均为独奏乐器,犹如室乐,没有重复的乐器。但到了近代,夜曲渐变为管弦乐曲,乐章数甚多而构造甚单纯。

夜曲本来是在恋人的窗际或室内演奏的乐曲。据莫扎尔德的记录:男子欲对女子表示爱情与尊敬,在其恋人的窗前演奏夜曲,为当时盛行的风习。据说当时在维也纳地方,没有一天晚上不听见夜曲之音。故莫扎尔德所作夜曲甚多。这等乐曲不是为音乐会场而作的,是为私的演奏——尤其是户外演奏——而作的。故大都用管弦乐。但到了今日,已失却原来的意义,大都为音乐会或为独奏乐器而作了。

与夜曲相类似的,有"慰安曲"(divertimento;divertissement)(三七)及"诀别曲"(cassation)等。这等乐曲的成立与夜曲不同,但到了今日,实际已与夜曲相同。莫扎尔德所作此种乐曲甚多。除前三七节所举之外,《F长调慰安曲》(为四重奏及二个horn而作)亦为有名的乐曲。

七六　幻想的连锁曲

幻想的连锁曲一名称乃为叙述便宜而假设,并非音乐形式学上的定名。即凡幻想的、自由构成的连锁曲,总称之为"幻想的连锁曲"。这种乐曲盛行于浪漫时代即十九世纪的后半。其代表的作者是修芒。

修芒特别欢喜作这类的乐曲,他的洋琴曲中很多此种作品,又作室乐曲。详情请参考关于修芒音乐的专书,今但举有名的二三作品,略述于下。

修芒的作品一,《根基于 abegg 的变奏曲》;作品二,由十二个小曲合成的《蝴蝶》(papillons);作品六,为对当时的低级音乐者挑战而作的舞曲;都是幻想的连锁曲。他的幻想癖,在作品九的《谢肉祭》及作品十二的《幻想曲集》(Fantasiestücke)中达于绝顶。

《谢肉祭》不是关于罗马或其他的热狂的祭典的实际的作品,而是作曲者的幻想描写的乐曲。此曲由二十二个小曲合成。各曲的构成均简单而短小,都是独立的,全体极富于个性的、浪漫的感情。

《幻想曲集》为更优秀的作品,更富于浪漫的感情与深的观念。内含八个小曲:第一《夕暮》(Des Abends)。第二为描写人类的野心的《高翔》(Aufschwung),与第一相对比。第三《何故》(Warumö),有一种解释,谓修芒欲与恋人克拉拉(Clara)结婚,而质问她的父母"何故"不允。这是一曲徐缓而美的作品。第四为富于滑稽趣味的"Grillen"。第五为《夜》（In des Nacht），即夜间所起的热情与冥想。第六为《故事》（Fabel）。第七为狂想的《梦的错乱》（Traums Wirren）。第八为《终曲》。

此外，修芒尚有许多幻想的连锁曲：作品十三《交响练习曲》为十二个洋琴曲，又管弦乐的变奏曲。作品第十五《儿童情景》（Kinderszenen）由十三个小曲合成。不但为洋琴用，又编成提琴或洋琴用的独立演奏用的乐曲，例如最有名的《梦想》（Traumerei），便是其例。又有 Kreisleriana、Novelette、Arabeske 等，也是同类的名作。

修芒的幻想性，对于后代的作曲，有很大的影响。例如格理克的《抒情曲集》，马克道惠尔的《森林俚曲》（Waldidyll）、《森林小品集》（Woodland-Sketches）等，都可说是直接受着修芒的影响的。

（第十讲终）

第十一讲　竞奏曲

七七　竞奏曲

　　竞奏曲(concerto)又译为"司伴乐"，是为独奏乐器及伴奏的管弦乐而作的朔拿大类的连关形式的大器乐曲。所谓竞奏，即独奏与合奏的竞奏。近代的竞奏曲，独奏者特别显示华丽的技巧。今日的竞奏曲更甚，独奏者差不多与作曲者竞赛技巧了。这种乐曲，原是作曲者与演奏的技巧磨练作品，故作曲者往往作出演奏不可能的乐句。近代以来的竞奏曲，其独奏的技巧尤为艰深，在初步者往往不易理解。

七八　竞奏曲的独奏部

　　近代竞奏曲的独奏部，几乎尽行表现了一切可能的技巧。故能奏二三曲艰深的竞奏曲的独奏者，在社会就有很大的名望。竞奏曲的有名的作者，在洋琴方面有裴德芬(《第五降 E 长调》尤为有名)、勃拉谟斯、却伊可甫斯基、格理克、李斯德、修芒、圣赏斯等，在提琴方面有裴德芬、勃拉谟斯、勃罗夫(Max Bruch)、却伊可甫斯基、拉洛(Edouard Lalo)、孟特尔仲、格拉左诺夫、特复约克等，在 cello 方面有各尔泰芒(Georg E. Goltermaun)、修芒、特复约克、克伦格尔(Jalius Klengel)、圣赏斯等。莫札尔德为近代竞奏曲的形式基础的建设者,曾作许多竞奏曲(洋琴二十六曲、提琴八曲、flute 四曲、horn 四曲等)。他的洋琴及提琴的竞奏曲大都是很优秀的纯音乐;但在今日看来并不需要高深的独奏技巧,故已不复为独奏巨匠的技巧试金石,而仅供妇女或学校的练习之用了。

过去的洋琴家例如亨美尔(Johann Nepomuk Hummel)、莫希雷斯(Ignaz Moscheles)、提琴家例如裴理奥(Charles de Berliot)、威尼奥斯基(二三)、微奥谛(Giovanni Battista Viotti)、萨拉萨谛(二三)、帕格尼尼(二四)等,曾作许多竞奏曲。但其作品徒重外面的效果,而观念与作曲技巧均甚贫弱,不能认为高贵的艺术的作品,今日演奏的极少。

独奏乐器不限定一个。莫札尔德曾为两洋琴作《降 E 长调竞奏曲》,为三洋琴作《F 长调竞奏曲》,为一 flute 与一 harp 作《C 长调竞奏曲》,为提琴与 viola 作《降 E 长调竞奏交响曲》(concertante sinfonie)等。近代勃拉谟斯也有为提琴与 cello 而作的二重竞奏曲,为提琴、洋琴、cello 而作的三重竞奏曲。

七九　竞奏曲的管弦乐

竞奏曲的独奏所伴的管弦乐,是对于独奏的伴奏,不是像在交响乐中地为主体的。交响乐中也常有某种乐器独奏的部分,其最著的例,便是李谟斯基-可萨可夫的组曲 Schéhérazade。但这时候独奏者仍是管弦乐队中的一人,并不离开原座;又其余的管弦乐并不为他伴奏。反之,在竞奏曲则独奏者坐在特设的最便于看见又听到的座位上——普通都在最近听众的地方,管弦乐的前面——而管弦乐为他伴奏。

　　管弦乐的伴奏方法没有一定。以前大都是单纯的合奏,并不占重势力。但在今日的乐曲上,这伴奏很被重视,与独奏处于同等的地位,而两者相"竞奏"了。两者间的对话、乐句与主题的展开等,均渐渐注重。换言之,近代的竞奏曲中,独奏与管弦乐不似以前地分别,而合并为一全体了。

　　竞奏的管弦乐部,或其与独奏合一而演奏的部分,称为"总奏部"(tutti)。

　　竞奏曲的伴奏部,有时不用管弦乐而用洋琴代替。倘是"洋琴竞奏曲",则同时用两口洋琴,一为独奏,一为伴奏。但这效果绝不及管弦乐的良好。因为洋琴到底没有管弦乐的色彩,又管弦乐的弦乐,在调率法上与洋琴有根本的差异。"洋琴竞奏曲"用洋琴伴奏,效果更为不良。

八〇　竞奏曲的形式

　　竞奏曲的形式,在本质上与朔拿大及交响乐无异。但因了演奏的样式而有二三处变化的地方,请注意之。

　　竞奏曲普通由三乐章(急速—徐缓—急速)成立。其第一乐章一般为朔拿大形式。建设其基础的莫札尔德及其景从者的作品,即古典的竞奏曲,其一乐章的配列如下:

　　　总奏　　　独奏(呈示部)

　　　总奏　　　独奏(展开部)

　　　总奏　　　独奏(再现部)

　　　总奏　　　(结尾,此中常加入独奏)

　　但此外又常加入短少的总奏或独奏。总奏中最初的最长又最重要。与朔拿大及交响乐不同,先呈示之主题,为其后的独奏开路。两主题普通都用基调,然亦有例外的。其后的独奏形式稍变,但也有二主题。

　　近代竞奏曲,大都省去最初的总奏,或虽有而非常短缩。裴德芬的五个洋琴竞奏曲(作品十五,C长调;作品十九,降B调;作品三十七,C短调;作品五十八,G长调;作品七十三,降E调),在其构成上是古典的。自第一至第三,仅就形式而言,与莫札尔德的无甚差异。唯第四最初为独奏,第五最初为 cadenza(八一)。然这与后来的竞奏曲又不同,仅为序奏而已。在内容上,颇有纯音乐的优秀点,第五的《皇帝竞奏曲》尤为优秀,显然与其前的作家不同。孟特尔仲的竞奏曲,艺术的价值无甚高贵,唯其《第一洋琴竞奏曲》(作品二十五,G长调)的最初的总奏极度缩短(仅六小节),而立刻演出独奏,这改革颇有历史的功绩。以后的作曲者都采用他这方法。例如修芒的《A短调竞奏曲》便是其例,最常演奏的格理克的《A短调竞奏曲》也是一例。圣赏斯的有名的《第二洋琴竞奏曲(G短调)》,由长的独奏的 cadenza(八一)开始,经过极短的(仅四小节)总奏的序,立刻移入独奏的第一主题。称为提琴家的至宝的,孟特尔仲的作品第六十四《E短调竞奏曲》,直接由独奏的美丽的旋律开始。勃罗夫的有名的《提琴竞奏曲(G短调)》,由半属 cadenza 的、半属宣叙的(九三)独奏开始,直接进于第一主题。

　　竞奏曲的第二乐章,普通都取歌曲形式而速度徐缓。第三乐章普通都为急速的旋律调,或变奏曲,或朔拿大形式。

　　第二乐章普通不甚重视,都是为对比而用的。如孟特尔仲的《洋琴竞奏曲(G短调)》的第二乐章,论者谓其不是一乐章,而仅为第一乐章与终曲之间的间奏曲,或终曲的序。

　　竞奏曲也有由四个或四个以上的乐章成立的。例如勃拉谟斯的《洋琴第二竞奏曲》(作品八十三,降B调),由四章成立。拉洛奉献于西班牙大提琴家萨拉萨谛的有名的提琴竞奏曲《西班牙交响曲》(Symephoni Espoznole)(这不是交响乐,乃用交响乐法的竞奏曲)由五乐章成立。这是色彩丰富而效果良好的感伤的乐曲,为一般人所最爱听。然其艺术的价值并不甚高。

由三乐章成立的竞奏曲中,也有二个或三个乐章相连续而演奏的。例如裴德芬的《第五洋琴竞奏曲》,第二乐章与终曲相连续。却伊可甫斯基的《提琴竞奏曲》,晓邦的《第一竞奏曲》(作品十一),也都是同样的。勃罗夫奉献于萨拉萨谛的《G短调竞奏曲》,与上述几曲相反,第一第二两乐章相连续。特复约克的《提琴竞奏曲(A短调)》亦如此。孟特尔仲的《G短调洋琴竞奏曲》,三乐章全部相连续。他的有名的《E短调提琴竞奏曲》也如此。格拉左诺夫的《A短调提琴竞奏曲》亦三章连续。

裴德芬的《第五洋琴竞奏曲》,为非常优秀的作品,音乐会中最常演奏。其第一乐章实为最可使人感动的竞奏曲乐章。勃拉谟斯的二竞奏曲也极有名。晓邦的作品于管弦乐上略有不足,但是极美的音乐。故罗平斯坦称他为"洋琴诗人"。却伊可甫斯基的作品,竞奏曲也是俄罗斯风的,富于色彩、热情与感伤性。麦克道惠尔的二竞奏曲中,第一(作品十五,A短调)不甚有名,第二(作品第三,D短调)颇有生气。孟特尔仲对于竞奏曲不甚擅长。现存数曲,仅为初步者练习及教授之用。因为其旋律虽美,而观念平凡,缺乏伟大性与崇高性。格理克二十五岁时所作的《A短调竞奏曲》,也是浪漫风的,较为优秀得多,曾为洋琴大王李斯德所激赏,今日亦常常演奏。其抒情的性质与简明而富于色彩的管弦乐法,非常美妙。圣赏斯的《G短调第二竞奏曲》也是美妙的作品。其徐缓乐章改用神秘的 allegro scherzando,其中的小夜曲风的第二主题尤为快美。李斯德的洋琴竞奏曲,各乐章都非常统一。不但各乐章连续,又常把一乐章中的主题加以律度的、和声的或旋律的变化,而应用于别的乐章中。其《第一降 E 长调竞奏曲》即是一例。这手法更进一步,李斯德常把竞奏曲作成一乐章。这办法创始于韦伯的《竞奏曲》(Concertstück)(作品七十九)。该曲分三章,但实际连续为一章。这是描写十字军的骑士之妻的标题音乐,颇为有名。关于其形式当在后面(八三)再说。

提琴竞奏曲中,莫札尔德的最常演奏。裴德芬的《D 长调提琴竞奏曲》,为古典的作品中之最有名者,形式不甚新颖,内容颇富生气,至今日尚能使人感动。孟特尔仲的 E 短调美丽而富于效果。其第一乐章的歌谣的旋律、第二乐章的重音奏及终曲的华丽的效果,最为动人。勃罗夫的作品(G 短调)注重独奏。勃拉谟斯奉献于十九世末大提琴家约亚希谟(Joseph Joachim)的竞奏曲(作品七十七,D 长调),为技巧困难而音乐优秀的作品。其最初的独奏的,即兴曲风的乐句,最为有名。却伊可甫斯基的作品三十五 D 长调,第一乐章以短促的总奏及宣叙的独奏开始,颇为技巧的。第二乐章为有名的 Conzonetta(五六,12),终曲有奇异的效果。其他,波希米亚的特复约克的可爱的 A 短调,格拉左诺夫的灿烂的 A 短调等,亦为有名的竞奏曲。

八一　卡屯札

说到竞奏曲,不能忘却 cadenza。这是无伴奏的独奏乐器所奏的装饰的乐句,附加于乐章之外,与乐曲形式无关。其长短也没有一定,又普通不规定拍子,任独奏者自由收放。这全是独奏者充分发挥其技巧的地方。

cadenza 普通出现于第一乐章的再现部的终处。但如孟特尔仲的提琴竞奏曲,也有出现于再现部之前的。这乐句或由竞奏曲的作者作出,或作曲者不作,而任独奏者即兴地奏出。但总是根基主题的。在从前盛行即兴曲的时候,这 cadenza 大都任独奏者自由添加。一八四四年,孟特尔仲在英国的 Philharmonia 协会演奏裴德芬的《第四洋琴竞奏曲》,练习三回,每回更换新的 cadenza,均即兴地作出。公演的时候又换第四种新 cadenza,使乐手十分惊佩。近代优秀的提琴奏者伊萨伊(Eugene Vsaye),独奏裴德芬的提琴竞奏曲,曾主张换用自己的 cadenza,确是正当的艺术者的态度。修芒及格理克也采用这方法。孟特尔仲的两洋琴竞奏曲,均不作 cadenza,由奏者自加。

作曲者不作 cadenza,或虽作而被认为不甚美妙的时候,可由别的作曲者补作。这作者大都是演奏者兼作曲者。例如裴德芬的洋琴竞奏曲上,常用达尔裴尔(Eugène d'Albert)的 cadenza;其提琴竞奏曲上,常用约亚希谟、克拉伊斯勒或奥侯(Leopolod Auer)等的 cadenza。这时候大都在演奏会的目录上注明。

cadenza 不但用于第一乐章,别的乐章上有时也用之。

八二　旧式竞奏曲

竞奏曲在十七世纪时早已流行。关于其发达的详细的研究,在这里没有必要。现在但就罢哈及亨代尔的竞奏曲说一说。

罢哈所作竞奏曲甚多。这等作品在今日看来,外的效果并不显著,为初步者所不喜;但当作纯音乐,与他的别的作品同样具有最高的价值。当他那时候,洋琴竞奏曲尚未流行,故他的作品大都是由别的作品(尤以提琴竞奏曲)改编而成的。其作风不求表面的华丽的效果,而置重于全体的统一性,都用对位法的办法。故听者对于他的竞奏曲,不可期待外的效果,须当作纯音乐而听赏。

罢哈作 Brandenburg Concerto 共六曲。这是应了勃郎屯堡侯的要求而作的宫廷管弦乐曲,半属交响的,半属室乐的。其格式与今日的竞奏曲不同,全无外的技巧的效果,乐章的构造亦异,而作类似于旋转调的特殊形式。对位法的应用颇为巧妙。

与罢哈同时代的亨代尔,于歌剧及神曲上有伟大的作品;但在器乐上没有像罢哈的贡献。今日所知的他的器乐曲,只有提琴洋琴的朔拿大及“大竞奏曲”(concerto grosso)。大竞奏曲,是为管弦乐而作竞奏曲,是对于为独奏乐器的小团体而作的“小竞奏曲”(concertino)而称的。亨代尔的大竞奏曲最为有名,这是为管弦乐及二三独奏乐器而作的。

八三　竞奏的乐曲

不必具有竞奏曲的正规的构成与特性,而专重外的技巧的效果的,有管弦乐或其他伴奏的独奏曲,在近代音乐界不乏其例。今假称之为“竞奏的乐曲”。例如韦伯的“竞奏曲”(八〇,末)便是著例。又如李斯德的由《匈牙利狂想曲》(四五,末)第二所编成的《匈牙利幻想曲》(Ungarische Phantasie),修芒的作品九十二,圣赏斯的作品八十九,晓邦的作品四十六,都是洋琴上的此种乐曲。

裴德芬的 Romance(作品四十,G 长调;作品五十,F 长调),也是旋转调形式的徐缓而不甚华美的提琴用的“竞奏的乐曲”。萨拉萨谛的有名的《流浪者之歌》(Zigeunerweisen)(二三,中),也是同类的名曲。流浪者,即 zigeuner,就是英语的 gypsy。从西班牙浪游至匈牙利各处的

gypsy，有一种特性的音乐。其音阶也特别，短音阶的第四度(a 至ḋ)比普通高半音(a 至 ♯ḋ)，不是完全四度而是增四度(一四)。旋律也富于变化，用 cadenza 甚多。故其音乐当然是特性的。萨拉萨谛的《流浪者之歌》充分表出着这特性。他的提琴演奏有神出鬼没的技巧，据说现今所演奏的 Ziegeunerweisen，其速度已比萨拉萨谛自己的演奏加缓二倍，然而还是急速得很，在今日的提琴者认为至难的技巧。

匈牙利的或 gypsy 的作品，大都是特性的。李斯德的《匈牙利狂想曲》、勃拉谟斯的《匈牙利舞曲》，均属其例。

提琴用的竞奏的乐曲，除上述之外，有名者尚有罗济尼的华美而特性的《妖魔旋转调》(五九)，帕格尼尼(Paganini)的《狂想曲》，圣赏斯的《竞奏曲》(Concertatück, op. 20)、《序及狂想旋转调》(五九)，威尼奥斯基的《俄罗斯歌》(Airs Russes，又名曰 Souvenir de Moscou，即《莫斯库的回忆》，见前二三)等。

cello 音乐中也不乏同样的作品。勃罗夫根基希伯来旋律而作《祀歌》(Kol Nidrei)(亦有编为提琴曲者)，裴尔芒(Boellmann)的《交响竞奏曲》(Variations Symphoniques, op. 32)，却伊可甫斯基的《根基洛可可主题的变奏曲》(Variations sur un théme rococo, op. 33)皆属其例。这些都是一般所爱听的乐曲。

（第十一讲终）

第十二讲　标题音乐

八四　标题音乐

标题音乐(programme music),简言之,即具有乐曲所描写的内容梗概的"标题"的音乐。李斯德的"交响诗"(symphonic poem)是其著例。李斯德作交响诗十二曲,其中第三曲题曰《前奏曲》(Les Preludes),节取法兰西诗人拉马尔丁的诗的冥想中的文句为标题,大意如次:

> 我们的人生,无非是"死"所演奏其最初的庄严之音的"未知之歌"的前奏曲的连续。恋爱是各人的心情的黎明。但无论何种运命,幸福的最初的欢喜没有不受狂风的摧残。狂风用严烈的疾风吹散其优美的幻影,用死的电光破坏其圣坛。受了这要害之伤的灵魂,在这颠沛之后没有一个不希望到田园生活的可爱的沉静中去慰安自己的思想。然而人们不堪长久安居在这慰乐的自然情绪中。"警报的喇叭响出的时候",不论战争的情势如何,他又立刻投身于最危险的地位;在争闹的正中,他又达到自己的充分的意识及他的力的完全的所有了。

　　因了这标题,听者便容易理解李斯德的《前奏曲》。详言之,其曲由神秘的弦乐的 pizzicato 的序奏开始,即暗示未知的死的世界,渐渐变成富于爱情的恋爱,不久这又破坏,而变成向田园的逃避,最后又表现向人生的争斗的行进。知道了这内容,就容易听懂了。

　　然而听这前奏曲的时候,不照李斯德所指定的内容,而当作别的题材的描写亦无不可。譬如当它是描写月夜的音乐,则最初是夕暮的阴暗,其次的爱情的部分是初升之明月,忽然黑云蔽月,雷雨骤至。最后云收雨散,又变成月朗风清的良夜。如果有人要这样听赏,未始不可,我们也不能反对。因为听音乐的时候,听者作何感想,联想何物,完全是各人的自由。李斯德在乐曲上加以标题,原非绝对命令听者遵照标题而听赏的意思。他作曲的时候的确是从拉马尔丁的诗中受得暗示的;但我们如何听他的曲,却与这全然无关。裴德芬的《月光曲》(作品二十七第二号,见前六〇)确是从左伊美的拙劣的诗《祈祷的处女》受得暗示而作的;但我们听的时候,没有一定要联想《祈祷的处女》的必要。裴德芬的学生有名的洋琴练习书的作者采尔尼(Czerny)曾把《月光曲》听作幽灵出现的夜曲,诗人兼音乐者可尔纳柳斯(Cornelius)曾把《月光曲》听作 Gothic 教会的描写,均未始不可。其实裴德芬作此曲,并不专为描写左伊美的诗或幽灵或教会,他是用了充分的对比性与统一性而当作纯音乐而作曲的。换言之,这等都是作曲者的抽象的内心的表出。故可知"标题"在音乐上并不是十分重要的——有时纯音乐反而受其阻碍。

　　标题音乐的艺术的价值如何自来经过许多人的讨论,但现在没有论证的必要。因为标题音乐的标题原不是固定的。倘有无标题完全听不懂的乐曲,恐怕谁也要排斥它为非音乐,或音乐以外的拟乐了。标题的效用不过使初步者容易理解而已;在有训练的听者,实在没有读标题的必要。故音乐专门家及批评家,听音乐时都不看其标题,而当作纯音乐而鉴赏。

对于标题音乐,称没有标题的为"纯音乐"(pure m.)或"绝对音乐"(absolute m.)。多数的音乐论者,皆以为纯音乐是不描写诗或剧,而表现音本身的意义的艺术,处于与标题音乐正反对的地位。然而这不是正当的见解。何以言之? 第一,标题音乐要不失其为独立的艺术,绝不能为诗或剧的"说明"。第二,纯音乐也不是全无内容而仅乎表现音的本身的意义的。凡艺术必是"表现"。例如文艺,用描写、叙述及说明当作文学家的表现的手段,而仍不失其为文艺。则音乐中也不妨用描写、叙述说明为手段。然音乐的本质又异于文艺,不适于描写、叙述或说明。仅能用自然音的不完全的模仿或联想唤起等作用,约略描写。且其描写是极不完全的。许得洛斯曾在其名作《英雄的生涯》(Ein Heldenleben)中描写其自己及其夫人,以为英雄的及其配偶者的对立。他曾经对一友人说:"你还没有会过我的妻子,现在(即听了这曲以后)很可以知道她了。将来你到了柏林,更可知道我的妻子是什么样的人。"

虽如此说,但我们听了这曲的描写,只能约略知道其人的性格与精神,而不能知道他身长几尺,颜色如何,他的夫人或肥或瘦,或美或丑……我们所能感得的,只有他的英雄的精神及他的夫人的贞节而富于爱情的性格。然我们所以珍贵这乐曲者,并不为此,乃为其表现力丰富。这乐曲中有下列六种标题:

(一)英雄;

(二)英雄的对敌者;

(三)英雄的配偶者;

(四)英雄的战场;

（五）英雄的和平事业；

（六）英雄的遁世与完成。

他依照了自己的艺术观，用音乐为手段，而表出他自己的理想。当作纯音乐时，在内容上、形式上都是最优秀的。这等标题也是为了听者的理解上的方便而加用的。

音乐不是"音"的空虚的意匠的罗列。在严格的意义上说来，音乐绝不是"绝对的"。作曲者作曲的时候，必然怀抱一种所欲表出的内容。无论罢哈的覆盖乐、裴德芬的朔拿大、晓邦的夜曲，都是有内容的。这内容绝不能用我们的不完全的概念的言语译出——大都是不能翻译为具体的言语的——也不一定像李斯德或许得洛斯的具体而特殊的。有这种抽象的内容的，我们称之为纯音乐；反之，有具体或特殊的描写的，称之为标题音乐。故二者的区别绝不是绝对的或对敌的。一切音乐，都可说是绝对的，同时又可说是标题的。

关于标题音乐，有种种的误解。第一，一般往往误解标题乐为一定是纯器乐曲，其实不然。例如罕顿的神曲《创造》(Die schöpfung) 的前奏曲，是声乐曲之一部分；但看作天地创造以前的混沌世界的表象时，是极优秀的标题音乐。又如罢哈的许多教会音乐 cantata，修裴尔德的许多歌曲，都是以歌词为标题的标题音乐。即离开了歌词，其音乐自能表现与歌词同样的情趣。

标题音乐不一定要有标题。有时没有标题也可当作标题乐而理解。裴德芬的交响乐即是其例。此外仅指示题名而不用详细的标题的乐曲，其例甚多。裴辽士的序曲《罗马谢肉祭》(七一，后) 的内容，稍有音乐的训练及诗的想像的人大都容易理解。又如许得洛斯的《谛尔滑稽者的恶戏》(Till Eulenspiegels lustige streiche)，是对于德国传说中的，十四世纪时放浪各地,作种种恶戏而终于上绞首台的谛尔的故事感到兴味而作曲的,然不用详细的标题。却伊可甫斯基及裴辽士均作Romeo et Julieta,均不用标题。因为莎翁的悲剧为人人所知,不必用标题了。

还有关于标题音乐的形式上的误解,他们以为标题音乐只求说明事象,不拘形式,不必服从形式原则。也是谬见。标题音乐既是"音乐",则欲使我们理解,必须服从前述的形式原则而构成。否则就不成为音乐艺术,不能使我们理解了。不拘形式,无论有何等详细的标题,也不能成为音乐,至少不能成为艺术的音乐。十七世纪以来,常有此种游戏的作品。例如匈牙利的厄斯忒哈稷侯的乐长,罕顿的先辈威尔纳(Gregorius Joseph Werner)有许多游戏的作品,其中有一种名曰"音乐历",由正月至十二月的十二乐章组成,描写四时寒暑、日夜长短及年中诸事。因此其乐曲形式很不合理。倘曲中没有详细的标题,竟使人不易听出其意图。看了其详细的标题,亦不能认承其为艺术的音乐。

标题音乐也是音乐,故也须讲究形式。其各乐句当然要依照前述的原则,由小节、中节、大节、章、乐章而构成。其乐章也有取旋转调形式的(例如前述的《谛尔》),也有取"朔拿大形式"或"朔拿大"的形式的(例如许得洛斯的 Don Juan,裴德芬的《第六交响乐》,孟特尔仲的序曲),也有取变奏曲的形式的(例如唐棣的 Istar,李斯德的《前奏曲》),其他尚有各种形式。

又有一误解,即与"描写音乐"(八五)相混的。音乐中的自然描写,原也是标题音乐的手段之一种;但描写的音乐并不皆是标题音乐,且标题音乐不限定自然描写。例如李斯德的《前奏曲》中,并没有显著的自然描写。

标题与"题名"(title)或"名称"(name)，亦不可混同。所谓标题，如前面所举的李斯德的例，是标明内容梗概的。题名则为乐曲的名称，例如《前奏曲》或《谛尔》等。修芒的作品中，有许多冠着"儿童情景""梦想""谢肉祭"等种种浪漫的又暗示的名称的器乐曲。然这不是标题乐，因为没有标明特定的事象的梗概。也有作曲者自作标题的，例如裴辽士的《幻想交响乐》(Symphonie Fantastique)的标题，全是作曲者自作的。其内容很奇怪，大意如下：

> 一个有病的官能及热烈的想像力的青年音乐者，吞鸦片而图自杀。然药量太弱，不足以致死，陷入熟睡状态，梦见许多奇怪的幻相。这种感觉及思想就成了他的音乐的思想与影像。其所爱的妇人即成了他的音乐的旋律及"固定观念"(八六)。他在到处听见这种音乐。

裴辽士又在各乐章上加以详细的标题。过于冗长，不复列举。李斯德的《前奏曲》，也是根基诗人的大意而自作标题的。杜褒西的《牧神午后前奏曲》(二七；七一，末)根基马拉尔美的诗，许得洛斯的 Don Juan 根基勒脑的诗，李斯德的 Mazeppa(三八)根基许戈(Victor Augo)的诗而作标题的。李斯德的 Orpheus 及李谟斯基-可萨可夫的 Scheherazade，都是作曲者自己作标题的。后者 Scheherazade 所描写的就是《天方夜谭》中的故事。

标题大都刊印在曲目上，或与曲目相联络的曲目解说书上。听者宜先看标题而后听演奏。听蓄音机演奏或无线电演奏时，最好先看了名曲解释的书籍，然后听赏。此种书籍，日本文的及英文的有下列各种，可供参考：

　　太田黑元雄著：《名曲大观》；

　　小泉洽著：　　《泰西名曲之智识》；

　　门马直卫著：《名曲解释》

　　　　　　　　《交响诗解释》

　　　　　　　　《标题音乐解释》；

　　L. Gilman：*Stories of Symphonie Music*；

　　G. Upton：*The Standard Concert Guide*.

　　但标题不是可以在演奏中随看随听的。必须在音乐会以前先把标题阅读。听的时候，当全部精神没入在音乐中，没有再回忆标题的故事的必要。只管听下去，标题的某部分自然会被音乐所勾引而跃出于听者的意识中。倘在演奏中探求音乐与标题的契合点，而穿凿附会，绝不能理解音乐的真味。这是听者所最宜注意的事。

八五　描写音乐

　　描写事象的音乐，名曰"描写音乐"（descriptive m.）。但现在所谓描写音乐，仅指偏重客观的描写的低级的音乐而言。倘这些也能成立为音乐，则不妨说是标题音乐中的一小部分。例如一般最常演奏的米侃利斯（Michaelis）的《林中的打铁匠》（Die Schmied im Walde）即是其例。此曲从林中的破晓开始，先闻鸡鸣，然后天亮，小鸟鸣嗓，打铁就开始。有槌声、砧声，火花爆散之情景，描写颇为逼真，无论何等缺乏音乐教养的人，都听得懂。然而其价值也止于逼真，不过是一种极不完全的"音描写"（tone-description）或"音画"（tonmalerei），此外并无何种深刻的表出。故是一种最低级的音乐。其实这种不能称为"音乐"，只是一种音乐的游戏。还有费尔克(Völker)的《林中的狩猎》(Die Jagd im Walde)，奥尔德(Orth)的《时辰钟店》(In a Clock Store)也是同类的描写音乐(详见《音乐的常识》二〇四页)。

描写音乐在很古的时候早已流行。希腊时代的描写音乐作品，今日尚有留传。关于其历史，没有详说的必要。现在请就标题音乐中的最完全的形式的"交响诗"说一说。

八六　交响诗

"交响诗"像许得洛斯的作品，又称为"音诗"(ton poem)，德名音诗为 Tondichtung，音诗人为 Tondichter。

交响诗创始于李斯德。这是为大管弦乐而作的，形式自由而偏重标题的内容的乐曲。换言之，即用交响乐法而作的诗。其形式大都是一乐章的，依据朔拿大形式或旋转调形式而略加变化。

李斯德的十二交响诗，甚为有名。今略述于下。

第一交响诗是根据许戈的诗《秋花》(Victor Hugo-Les Fleuilles d'automne)而作的，名曰《山上所闻》(Ce qu'on entend sur la Montagne)。诗人立在海边的山上，闻到海中的神的威严而欢喜的声，及陆上的人类的哀诉的声而作此诗。李斯德以此两种对比的声为主题，而作此交响诗。

第二交响诗是根据拜轮的《塔索的悲叹》(The Lament of Tasso)而作的，名曰《塔索，悲叹与胜利》(Tasso, Lamento e Trionfo)。塔索生前不被世人所理解，而死后大受追崇，连他的迫害者都被感动。李斯德在音乐中表出这对比性与热烈的理想。

第三的《前奏曲》在前已经说过。

第四与第五都是描写希腊神话的。第四"Orpheus"(八四,末),第五"Prometheus"皆以自由而傲岸的神的争斗为题材。

第六"Mazeppa"(八四,末),是以描写哥萨克队长马才伯的许戈的诗为标题的。马才伯是一个好色之徒,与伯爵夫人私通,被人发觉,把他缚在野马的背上,放诸山野中,奔驰了三日夜,几乎气绝。幸有一哥萨克人救了他,后来他就在其地做了国王,兴兵与俄罗斯开战。

第七为《祭典之音》(Festklänge),第八为《英雄的哀悼》(Heroide funebre),第九为《匈牙利》(Hungaria),第十为《哈谟列德》(Hamlet),第十一为描写柏林新博物馆中的壁画的《匈奴人的战争》(Hunnenschlacht),第十二为依据席勒诗的《理想》(Die Ideale)。

李斯德除十二交响诗之外,尚有同类的作品,而根基贵推的戏曲的《浮士德交响乐》(Faust),根据但丁《神曲》的《但丁交响乐》,亦为有名的标题音乐。

李斯德的交响诗,及于后来的作曲家的影响甚大。乐剧者华葛纳尔亦采用他的"主导动机"展开的方法。

裴辽士也是标题音乐的有名的作者,但其对于标题似乎过分重视了。例如其《幻想交响乐》(五七),过于着重英国女优史密生的描写,易使听者忽略其音乐。裴辽士于乐曲构成上,称其主导动机为"固定观念"(idee fixe)。

交响诗的作者,除上述二人以外,尚有法兰西人圣赏斯、唐棣、裘卡,波希米亚人史梅塔那、特复约克,俄罗斯人格拉左诺夫等。略述如下:

圣赏斯有四曲交响诗。第一《翁弗尔的纺车》(Le Ronet d'Omphale),

是描写扮装为女子而在利地亚女王之旁摇纺车的罕尔寇雷斯(Hercule)的古故事的。表现弱者对于强者的胜利。第二是描写马车的进行的Phaeton。第三是根基卡萨列斯的怪异的诗的《死之舞蹈》(三〇，末)，描墓中的死骸在夜中出来舞蹈的情景。颇为特性的作品。第四《罕尔寇雷斯的青春》(La Jeunesse d'Hercule)，描写立在快乐与道德的歧途上的青年取道德之路而与一切快乐的诱惑相战斗的情景。

唐棣的狂想曲《山上的夏日》(Jour d'été à la Montagne)，谭诗《魔林》(La Forest enchantée)，交响诗 Wallenstein 等，都是有名的音乐。裘卡的《魔法师之弟子》(二八)根基贵推的诗，描写魔法师不在家时，其弟子用魔法的扫帚运水，后来不能解除魔法，帚上发生洪水，浸没了家屋的情景。

波希米亚人史梅塔那有六曲交响诗，即 Vysehrad、Vltava/Die Moldau、Sàrka、Aus Böhmens Hain und Flur、Tabor、Blanik 六曲合订为一交响诗连锁曲，名曰《我祖国》(Mein Vaterland)。

史梅塔那的门人特复约克有五曲交响诗，即《水人》(Der Wassermann)、《白书的妖魔》(Die Mittagshexe)、《黄金的纺车》(Das goldene Spimnrad)、《林中的鸠》(Die Waldtaube)、《英雄之歌》(Heldenlied)，都是可怕的故事的描写。《水人》描写村女失足落水中，与水中的妖怪结婚。后来归家省母，母亲不放她回去，妖怪来复仇。《白书的妖魔》描写一个母亲欲止婴儿的啼哭，骗他说，妖魔来了。妖魔真果来了，把婴孩夺了去。《黄金的纺车》也是同类的可怕的故事。《林中的鸠》由五部成立:(1)一女子谋害了她的丈夫，送他的棺到墓地上。(2)会见一快活的农夫，带了她去。(3)她就同他结婚。(4)后来她听见了前夫的墓上的鸠的鸣声，受自己的良心的苛责，成为狂人而自杀。(5)终曲。

《英雄之歌》只有题名,别无标题。

俄罗斯的交响诗作者,自格拉左诺夫以下,名家甚多,不遑一一介绍。在近代交响诗上占有重要的地位的,首推史克里亚平。

史克里亚平(Alexander Scriabin)除三大交响乐之外,又作二交响诗,即《法悦的诗》(Le Poeme de l'Extase)与《普洛美推,火之诗》(Prometée,le Poeme du Feu)。《法悦的诗》是描写自由的活动的法悦与创造的活跃的欢喜的,尤为有名。其三大交响乐中之一《神圣之诗》,也是解脱世俗的羁绊的灵的表现,为高尚而深刻的音乐。

德国亦不乏交响诗作者。其最重要的人物是许得洛斯。他的作品以 Don Juan(八四,后)开始,继续作出:

《自意大利》(Aus Italien)

《麦克白》(Macbeth,根据莎翁剧)

《死与净化》

《谛尔滑稽者的恶戏》

《札拉图斯德拉如是说》(Also Sprach Zarathustra)

《童基奥谛》(Don Quixote)

《英雄的生涯》(Ein Heldenleben)

《家庭交响乐》(Symphonia Domestica)

《阿尔卑斯交响曲》(Eine Alpensymphonie)。

就中最有名的是《死与净化》(或译为《死与成佛》)(二八)。这曲所描写的是横在死的床上的不幸者的回想。他回想生时为了理想而作种种苦斗。死去遂得净化而成佛。《谛尔》在前已经说过(五七,后),作曲者自己说"此曲不能有标题"。《札拉图斯德拉》是超人论的尼采的哲学的著作的音乐化,为力强的作品。其主人公为欲解决人生的谜而向宗教中探求;终于失败,又向热情、科学、笑、舞蹈中追求人生的本然,仍不能解决。*Don Quixote* 是作者的写实主义作品,描写 Don Quixote 的冒险。《英雄的生涯》为讽刺的自由的作品,在前面曾经说过(八四,中)。《家庭交响乐》也是描他自己的家庭生活,即第一主题描写父,第二主题描写母,即妻,第三主题描写儿童。用惊异的技巧,表现三人的幸福的家庭。《阿尔卑斯交响曲》是与《自意大利》一样的自然描写的大曲。在此曲中,可以窥见作曲者达于绝顶的雄姿。先由夜开始,次奏出阿尔卑斯的"动机",朝阳的光辉,登山者的活泼的气象,经过森林、溪涧及种种危险,而达于山的绝顶。又经过迷路(fugue)及种种幻想而下山。全曲犹如一部电影。

许得洛斯在本质上是个标题音乐者。但他不止于外的描写。又大都不揭标题,而任听者自由想像。他的志望,是音乐中的近代意识的表现,并非仅乎偏重描写。他这几种作品已可谓充分达到其目的。他常用不协和音及怪异的旋律;但其音常明快而富于效果,直接使我们感动。这作家真可谓近代音乐的代表的人物。

然而他又并非是哲学者或思考者。他的《札拉图斯德拉如是说》并没有像尼采所有的深刻与悲痛。他的英雄的生涯全无何等心理的效果。故他的作品,在这点上显然是客观的,与极端的主观的马勒成为明确的比对。许得洛斯的作品中所以稍稍缺乏崇高的理想的趣致者,便是为有这点客观的性质的原故。

八七　描写的标题音乐

如前所述,描写的标题音乐,可在交响诗的顶点看出。然非交响诗而常为音乐会所演奏的描写的标题音乐,也多得很。孟特尔仲、特复约克及裴辽士的序曲、格理克及李谟斯基-可萨可夫的组曲,便是其例。序曲与组曲之外尚有种种的例,浪漫时代的韦伯的《舞蹈的劝诱》(Aufforderung zum Tanz),新时代的斐比希(Fibich)的《夕景》(Am Abend),为其著者。

《舞蹈的劝诱》原是为洋琴而作的圆舞曲(waltz)。后由裴辽士等改编为管弦乐曲。其曲开始有序奏,男子劝诱女子跳舞,她最初辞却,后来容纳他的要求。序奏后就是圆舞曲。曲终有结尾,为男子的谢礼与女子的答礼,二人退场。此曲在标题音乐中不甚为高级的,但演奏时很有生气而可以动人。

俄罗斯作者李亚独夫(Anatole Ljadow)的谭诗 Kikimora 有标题,大意如下:

> 基基木拉是岩石中的魔术者的女儿。有一只聪明的猫,每天自朝至晚为她讲外国的故事,她每夜睡在水晶的摇篮中。基基木拉年七岁了。弱小而黑色。她的头很大,身体很细,如同藁茎。她每天自朝至晚跳跃游戏。自黄昏至夜半,她呜呜地吹笛。自夜半至天明,她绩麻,纺丝,在机上织出绢的衣服。基基木拉怀着恶的心,反背全人类而纺绩……

俄国又有作家波罗定(六九),有乐曲《中央亚细亚旷野小品》(Eine Steppen-skizze aus Mittelasien),其标题如次:

> 中央亚细亚的单调的旷野中,有一种和平的俄罗斯歌中素

所未闻的和平的歌声。初听见远方有马与骆驼的足音及东洋
音乐特有的音调。继有土人的商队走近来，在俄罗斯的武器的
保护之下安然地通过了广大的沙漠而进行，渐行渐远。俄罗斯
人的歌与亚细亚人的歌结合而成了一种共同的和声，其反响在
旷野的空气中次第消失了。

这曲在日本屡屡演奏。当作描写曲不甚高贵；但在纯音乐中是有生
色的小品。现行的此类乐曲甚多，不遑枚举。

在弦乐四重奏及其他的室乐曲的领域内，描写的标题一向甚为少
用。到了近代，始略有数种出现。举其一例，如史梅塔那的《E 短调四重
奏曲》便是。此曲通称为《从我的生涯》(Aus Meinem Leben)。据作曲者
自己的书函中说，这是描写他自己的生涯的。共有四乐章，第一乐章写
青年期的对于艺术的爱好、憧憬及将来的灾殃的自觉。第二乐章是舞
曲，写少年时代的对于舞蹈的爱好。第三乐章写对于其恋人的初恋的幸
福。第四乐章表示其对于国民的音乐的认识及创作成功的欢喜，曲终写
出其生涯的最初的苦痛的回忆，细弱的希望的光明，及对于不可抵抗的
运命的顺从。

（第十二讲终）

第十三讲　独唱歌曲

八八　独唱歌曲

独唱歌曲(song)的种类甚多；大约的可分为三种,即民谣曲、艺术歌曲及歌剧 aria。例如《最后的蔷薇》(四三),Old Folks at Home, Santa Lucia(简谱见后,详见 Hundred and One Best Songs,上海谋得利洋行等处皆有发售)都是民谣曲。修裴尔德的大部分的歌曲,例如《魔王》(Erkönig),《听哪！云雀》(Hark, Hark, The Lark)(二曲均见 24 Songs, Franz Schubert 或 Fifty Songs, Franz Schubert,谋得利发售)等都是艺术的歌曲。前者不是某作家作曲的,乃由民间自然发生；后者由作曲者制作。歌剧歌曲也是作曲者所制作的；但性质与艺术的歌曲不同。关于这第三种当在第十四讲中说明。现在先就前两种述之。

八九　民谣曲

民谣曲(folksong)是民间自然发生的一种歌曲。例如 Santa Lucia (《赏塔·罗济亚》),本来是意大利那不勒斯地方为罗济亚神的祝祭而唱的歌,后来相传诵而成为民谣。世间各处都有民谣。且各地方的民谣各有一种特殊的趣味。故民谣的研究很有兴味。

民谣曲除特殊情形之外,大概不入音乐演奏会的曲目中。因为其过于单纯,不是艺术的(这里的艺术的一语,乃严格的意义)作品的原故。民谣没有伴奏,也没有特定的调。有时其旋律也无一定。故欲登曲目,必须经过改编。世界上有名的民歌曲,有不少已经改编而在音乐会中演奏,例如俄罗斯民谣《复尔格河的船歌》(Song of the Volga Boatman),意大利民谣 Santa Lucia 等,都有编曲。改编之后,仍能显见各地方的民谣曲的特性。

《复尔格河的船歌》与普通的船歌不同,不是摇船的人所唱歌的,而是船上陆时其劳工所唱的歌。故这歌不合着棹声,而合着劳工的足步而唱的。其曲有俄罗斯音乐所特有的音进行,在俄罗斯民谣曲中特别富于绝望的悲痛的情趣。

俄罗斯的民谣曲大都是悲痛的,深刻的,或激烈的。有时竟是绝望的。这是因为俄罗斯在地理上是北国,闭锁在阴郁的空气中,又长久受专制的帝政的支配的原故。俄国的短音阶歌调特别深刻而有效果。有时其民谣曲中含有非常活泼的快活性,然而快活的底流中仍有一脉的哀愁。故俄罗斯民谣曲最有特色。

Santa Lucia 是那不勒斯的民谣曲,是赞美其地的守护神圣罗济亚的歌,然而全无宗教的趣味,而为欢乐的现世的船歌。这在今日是很普遍的一曲名歌,我国的音乐学生大都爱好这旋律,即(为便利计,仅用简谱记述其旋律):

$$C\ {}^3/_8 \quad \underline{5\ \ 5}.\dot{\underline{1}}\ \big|\ \underline{\dot{1}\ 7}\ \ 7\ \big|\ \underline{4\ \ 4}.\underline{6}\ \big|\ \underline{6\ 5}\ \ 5\ \big|$$

$$\underline{3\ \ 6\ \ 5}\ \big|\ 5\ {}^{\#}4\ {}^{\flat}4\ \big|\ \underline{4\ \ 3\ \ 2}\ \big|\ 6\ \ \ 5\ :\!\|$$

$$\|\!:\ \underline{\dot{3}\ \ \dot{2}\ \ \dot{1}}\ \big|\ \underline{7\ 6}\ \ \dot{2}\ \big|\ \underline{\dot{2}\ \ \dot{1}\ \ 6}\ \big|\ {}^{\#}4\ 5\ \ \dot{1}\ \big|$$

$$\underline{\dot{3}\dot{1}\ \underline{\dot{1}5}\ \underline{5\dot{3}}}\ \big|\ \underline{4\ \dot{2}}\ \ \dot{2}\ \big|\ {}^{\ulcorner 1}\underline{\dot{2}\ \ \underline{6}.\underline{7}}\ \big|\ \dot{2}\ \ \ \dot{1}\ :\!\|$$

$$\ ^{\llcorner 2}\underline{\dot{2}\ \ 3}.\underline{\dot{2}}\ \big|\ \dot{2}\ \ \ \dot{1}\ :\!\|$$

其歌词的第一首的英译如下：

See where the star of eve beams gently yonder;

See where from wave to wave soft breezes wander;

Come, then, ere night is dark, aome to my bounding bark,

Santa Lucia, Santa Lucia, Santa Lucia.

意大利民谣歌大都全体富于美的旋律,流丽而哀伤,显见一种南国的深刻。意大利又多失恋的哀歌,然不至陷于绝望的。意大利的短音阶不似俄国的悲痛,而有感伤的效果。所以初步者——尤其是感伤的人,例如青年女学生等——最欢喜意大利歌曲。

意大利是半岛国,对海很亲近,故其地多船歌;同理,德意志是山国,故多关于山及森林的民谣曲。德国的民谣曲大都平凡,故初听往往不能发生兴味。短调极少用。然健全的与抒情的,为其独得的特色。

法国的民谣曲有德与意的折衷的特性。大都洗练,可爱,而富于生趣。西班牙早已交通东洋,受东洋文化的影响,故富有东洋风的民谣曲。其曲大都有特性的节奏,多装饰的进行,华美而感伤的。关于匈牙利的民俗音乐,在前面已略说过(八三)。

波希米亚及欧洲其他各地亦有种种的民谣曲。最富于特性的,首推苏格兰。苏格兰与英吉兰、惠尔士、爱尔兰同为英国的一州;然此州特别以富于民谣曲。惠尔士民谣曲甚少而不著名,爱尔兰有《最后的蔷薇》(四三)等名曲,经过莫亚(Thomas Moore)的编曲而流传于全世界,然不及苏格兰的富于特性。苏格兰民谣的最显著的特色是五段音阶,例如 Comin'thro' the Rye, Auld Lang Syne, Annie Laurie,都只有 1、2、3、5、6(独、来、米、扫、拉)的五个音构成,而不用第四度(法)与第七度(西)。为便读者鉴赏计,把其简谱记录在下面(后二曲详见 *Hundred and One Best Songs*)。

C 2/4　　　　Comin' thro' the Rye

5.5 5 3 | 2.1 2 3 | 5.5 6 5 | 1.　0 |

5.5 5 3 | 2.1 2 3 | 5.5 6 5 | 1.　0 |

5.3 1 3 | 2.1 2 3 | 5.3 1 5 | 6.　0 |

5.3 4.2 | 3.1 2 | 5.5 6 5 | 1.　0 ‖

F 2/4　　　　Auld Lang Syne

5 | 1.1 1 3 | 2.1 2 3 | 1.1 3 5 | 6. |

6 | 5.3 3 1 | 2.1 2 3 | 1.6 6 5 | 1. |

6 | 5.3 3 1 | 2.1 2 3 | 5.3 3 5 | 6. |

1 | 5.3 3 1 | 2.1 2 3 | 1.6 6 5 | 1. ‖

$$C\ ^4/_4 \qquad \text{Annic Laurie}$$

```
3.2 | 1.1 i.7 | 7 6 — 6 | 5.3 3 21 | 2 — · |
3.2 | 1.1 i.7 | 7 6 — 6 | 5.3 2.1 | 1 — · |
 5  | i.i 2.2 | 3 — · 5 | i.i 2.2 | 3 — · |
3.2 | i.7 6 16 | 5 — 3.2 | 1 i 3 2.1 | 1 — 1 0 ‖
```

试看这三曲中,均不用4(法)字及7(西)字,均有纯朴的特趣,现已为世界的有名的歌曲了。

民谣曲中,也有并非民间自然生出,而由音乐家作出的。例如美国的民谣作者福斯式所作的 My Old Kentury Home、Old Black Joe(均见 *Hundred and One Best Songs*),琪尔希(Silcher)所作的 Lorelei(一四)皆属其例。今用简谱记录其旋律如下:

$$D\ ^6/_8 \qquad \text{Lorelei}$$

```
5 | 5.6 5 i 7 6 | 5. 4 4 | 3 3 2 1 2 | 3. 3 0 |
5 | 5.6 5 i 7 6 | 5. 4 4 | 3 3 5 4 2 | 1. 1 0 |
3 | 2.7 2 5 2 5 | 7. 6 6 | 5 5 #4 5 6 | 5. 5   |
5 | 5.6 5 i 7 6 | 5 3 2 2 | i i 7 6 7 | i — i 0 ‖
```

民谣曲是艺术歌曲的基础,又为国民音乐(六九)的材料。故在音乐上处于重要的地位,但当作艺术的作品,价值高贵的甚少。

九〇　艺术歌曲

艺术歌曲(art-song)是由作曲者创作的。现在不及详述一切艺术歌曲,仅就德意志所称为 Lied 的抒情歌曲而论之。

德国的歌曲,有与他国迥异的特性。法国也有歌曲(chanson),英国也有歌曲,美国也有歌曲(ballad),但与德国全然不同,大都是浅薄的。只有德国的歌曲有深刻的、严正的、悲哀的情趣而富于抒情味。然也不像法国歌曲地陷于感伤,或顾诺、马斯纳等法国人作品似的偏重旋律美。又不像美国的流行歌曲地轻薄。德国的歌曲,是诗与音乐并重的极深刻的艺术的作品。

此种德意志歌曲,系由德国民谣曲,中世纪的 Minnesinger 及 Meistersinger 等歌人的旧歌曲,十八世纪中的歌剧中的独唱歌,十八世纪后半的爱国歌,次第发达而成。其最初也甚平易而通俗。到了十八世纪末及十九世纪初,有作家希勒(Johann Adom Hiller)、李夏尔德(Johann Friedrich Reichardt)、才尔泰(Karl Friedrich Zelter)等出世,歌曲渐渐艺术化。罕顿、莫札尔德、裴德芬,也曾作许多独唱歌曲,然价值并不高,不过是他们的交响乐等大作品的副产物而已。到了修裴尔德,歌曲方才成了独立的艺术的形式,在作曲的世界中占了正式的位置。

被尊为“歌曲之王”的修裴尔德,在三十一年的短生涯中作了六百五十首歌曲。他读诗的时候,脑中不绝地浮出音乐来,故读了贵推、海涅(Heine)等的诗,立刻为之谱曲,立刻作出千古不朽的名曲。例如前述的《魔王》《云雀》,皆其最有名的杰作。

歌曲有两种作法:其一,依照歌词的各部分的要求,而附以各部分不同的音乐,在德国名曰“通作”(durchkomponieren)。例如《云雀》及《魔王》便是。其二,分数部而反复同一的音乐的,名曰“单节歌曲”(stophisches lied)。例如 The Last Rose of Summer、Loreley 等皆是。民谣曲大都是单节的。修裴尔德的作品中也有单节歌曲,例如《野蔷薇》

(Heidenröslein)便是。《野蔷薇》的歌词由三节而成,其音乐的旋律只有一节,反复三回。

修裴尔德的最优秀的杰作,载在《水车场的美少女》(三四)、《冬之旅》(*Winterreise*)、《辞世》(*Schwanengesang*)的三种歌集中。《水车场的美少女》是思慕水车场中的美丽的处女的青年的歌。《冬之旅》由阴郁的二十四首歌曲集成,其间虽无一贯的线索,但有共通的阴郁的情绪。《菩提树》、《道程标》(Der Wegweiser)、《琴游者》(Der Leiermann)等名作皆在其中。《辞世》是修裴尔德的最后的歌曲集,系出版者所命名。最有名的《小夜歌》(Serenade)、《在海边》(三四)、《影》(Der Doppelgönger)等皆在其中。

修裴尔德的歌曲的伴奏,不仅是普通所称为"伴奏",而大都是歌词的解释者。例如写《水车场的美少女》,其伴奏中可以听见岩间的泉水的流声。《菩提树》的伴奏中有木叶的萧萧声。

修裴尔德以后的歌曲作者有孟特尔仲、修芒及勃拉谟斯等。然均不及修裴尔德的精妙。孟特尔仲的歌曲是旋律的,然缺乏灵感而不深刻。他的名作有《歌的翼》(Auf Flügeln des Gsanges)、《冬之歌》(Winterlied)等。亦仅感伤性的通俗的歌曲而已。修芒共有歌曲约二百五十首,为一般人所激赏,然其中真有价值的也不多。他的歌曲大都是洋琴的,且构造简单。评家说他的歌曲都像洋琴练习曲。但其洋琴伴奏的部分很有特色,为修裴尔德的作品中所未见。在《森林的会话》(Waldgespräch)及《春夜》(Frühlingsnacht)中均可看出这特点。修芒的杰作歌曲,大部分载《妇人之爱与生涯》(*Frauenliebe und Leben*)及《诗人之爱》(*Dichterliebe*)二歌集中。

勃拉谟斯所作的歌曲数目与修芒相近,但不似修芒的富于感情与神秘之趣,大都形式复杂而表出单纯。《爱之歌》(Minnelied)、《爱的真实》

(Liebestreu)等即为其名作。

十九世纪中叶的歌曲作者,首推富郎芝(Franz)。他的歌曲有独特的旋律与情绪的和声及线的对位法。但性急的现代人都不欢喜他的作品。

许得洛斯不但是标题的大管弦乐的作者,又作优秀的歌曲。例如《朝》(Morgen)、《小夜歌》《君之黑发覆在我头上》(Breit über mein Haupt dein schwarzes Haar)、《夜》(Die Nacht)等,皆可证明其为优良的歌曲作者。他的作品中常大胆地应用不协和音,在旧时代曾受批评,但在今日已被认为很新颖而自然的了。

马勒也是大交响乐的作者,也有优秀的歌曲作品。其歌曲集《孩子们的奇异的喇叭》(*Der Knabens wunderhorn*)中含有十二首歌曲,都是绝妙的作品。第十二曲《原光》(Urlicht)曾取入他的第二交响乐的第四乐章中,最为有名的歌曲。又有《孩子的死之歌》(Kindertotenlieder),《放浪青年之歌》(Lieder eines fahrenden Gesellen),《大地之歌》(Des Lied von der Erde),是其名作,为近代人所爱唱。故马勒有"近代化的修裴尔德"的称号。

除上述以外,李斯德,格理克,及近代的马尔克斯(Joseph Marx)、雷格、欣裴尔希等也都有美好的歌曲作品流传于世,今不详述。

九一　歌词

歌曲上的歌词,犹之前述的标题音乐上的标题,大都是取自诗人的作品中的。贵推、席勒、乌兰(Ludwig Uhland)、爱亨道夫(Joseph von Eichendorf)、莎士比亚(William Shakespeare)、海涅等文人,供献着许多优良的歌词,在音乐的世界中也有不可遗忘的恩惠。但也有音乐家自作歌词的,如可尔纳柳斯(八四)、华葛纳尔便是。

歌词与音乐,在节奏上与旋律上都要互相适合。但对于歌词的见解如何,全任作曲者的自由。例如海涅的短诗《君如花》(Du dist Wie eine Blume),其歌曲已有十余种之多。修芒所作的浅率,罗平斯坦所作的轻快,李斯德所作的重情感,对于同一诗各人所见不同。又如贵推的《野蔷薇》,修裴尔德所作的曲非常简明、朴素而可爱;凡尔纳所作的非常单纯而感伤。比较各作曲家对于诗的所感的妥当与否,是很有兴味的事。

作曲者对于歌词的解释,并不一定妥当。很有名的作曲家(例如裴德芬),亦有误解诗意的例。歌曲作家的作品中,节奏的错误最多。然而这于歌曲上并无重大损害。因为歌词无论好坏,无论其为中国语或外国语,我们所听的是音乐,不是歌词。我们所欣赏的不是英语、德语、法语或意大利语、希腊语的歌词,而是"世界共通的言语"的音乐。我们听修裴尔德的歌曲时,并不欣赏海涅或贵推的文学,总是随了修裴尔德的音乐而喜笑悲泣。其实修裴尔德的歌曲上所用的海涅等的诗,有几首甚为拙劣,全靠音乐的提携而成立。所以作曲者对于诗即使有误解,于歌曲并无损害。如欲改正,应该把诗依照曲而变换,却没有把曲依照诗而更正的必要。

(第十三讲终)

第十四讲　合唱歌曲

九二　合唱歌曲

关亍合唱与重唱的样式,在前面已经说过(三五)。现在请将关于合唱与重唱的各种乐曲说明之。合唱歌曲中特别有名者,有下列数种。

(1)hymn——译作"赞美歌"。本是宗教上的歌曲,不是纯艺术的。但此种格式常被取入于别的歌曲或别的大曲的一部分中,故为重要的合唱歌曲之一种。

(2)anthem——是盛行于意大利的教会的合唱曲。其歌词取自《圣书》,或改编《圣书》中文字。伴奏或有或无。其乐曲普通都是单声的(和声的)(一九)。

(3)motet——圣合唱曲,与 anthem 相似,但更为对位法的。大都无伴奏。罢哈、莫札尔德的作品最为有名。

(4)mass——拉丁名 missa(弥撒曲),是礼拜用的音乐。由 kyrie、gloria、credo、sanctus、agnus dei 五部分合成。其歌词常用拉丁语。但到了后代,形式甚为自由,且与礼拜并无关系,而在音乐会中演奏了。有伴奏的大规模的弥撒,名曰"庄严弥撒"(missa solemnis)或"高弥撒"(high mass)。自来大作曲者大都有弥撒的制作。就中巴律史德理那

(Palestrina)、罢哈(《B短调庄严弥撒》)、裴德芬(《D长调庄严弥撒》《C长调大弥撒》)等的作品,尤为著名。仅由 kyrie 及 gloria 而成立的,名曰"短弥撒"(missa brevis)。

(5)requiem——译作"镇魂曲",即为死人而作的弥撒。由"Requiem aeternam dona eis..."的歌词开始。普通由"1. requiem, kyrie; 2. dies irae, requiem; 3. Domine Jesu Christe; 4. sanctus, benedictus; 5. agnus dei, lux aeterna"五部成立。这也是自来的作曲者所欢喜作的乐曲。莫札尔德的镇魂曲(D短调)最为优秀,且有奇离的故事。莫札尔德是在一七九一年十二月,以三十五岁夭死的。这一年的夏天,有一个穿黑衣而蒙面的不相识的人,来请莫札尔德为作一镇魂曲,不言姓名而去。后来这奇怪的人又出现,来催促他。他作成了这镇魂曲,就罹了精神的疾病。友人们在他枕边歌咏他这新作品,他听了,忽然叫道:"这镇魂曲是为我自己而作的!"不久就长逝。其实,这是当时有一个伯爵欲拿他的作品来冒充自己的作品,以夸耀世人,故密遣那奇怪的人来请托的。不料竟促成了这大音乐家的夭逝。这原曲后来经过许多人的补订,到今日还到处歌唱着。

(6)cantata——犹之声乐上的朔拿大,是声乐上的大曲。在古代,为独唱及合唱而作,有宣叙句(九三,2)。但在今日形式已自由,大都有伴奏,几与小歌剧无异。唯 cantata 不似歌剧地注重剧的效果,又不要舞台装置。古代名作以罢哈的为最著。其歌词有宗教的,亦有世俗的。前者名曰"教会 cantata",后者名曰"世俗 cantata"。

(7)Stabat Mater——译作"圣母哀悼歌",是咏十字架旁边的悲叹的圣母的一种 cantata。由"Stabat Mater dolorosa..."(圣母悲哀而立着……)的歌词开始。巴律史德理那的作品,彼尔各雷齐的 Nina(一四),洛西尼及特复约克的作品,是其名例。

(8)Magnificat——译作"圣母颂歌",是由"Magnificat anima mea dominum"(我的心崇仰我主)开始的,颂扬圣母的合唱曲。赞美歌第六十五也是其一例。大作曲者所作的艺术的作品亦复不少。

(9)oratorio——译作"神曲"。是与歌剧(九三)同样地为独唱、合唱、宣叙句及其他管弦乐而作的,有剧的效果的大作品。唯其歌词根基《圣书》,为宗教的,其音乐也是宗教的。古代的神曲,与歌剧同样,用舞台装置而演出。故有译为"神剧"者。但今日已不用舞台而在音乐会场上演奏了。

十六世纪罗马僧人纳理(Philippo Neri)曾倡立一"僧会"(oratory),讲演基督的故事,同时又用种种音乐。这就是神曲的起源。其后的大作曲屡有名作,罢哈的 Christmas,亨代尔的《救世主》《在埃及的伊斯来尔》(Israel in Egypt),罕顿的《创造》(八四)、《四季》(Die Jahreszeiten),裴德芬的《橄榄山的基督》(Christus am Ölberge),孟特尔仲的《圣保罗》(St. Paulus)、Elijah 等作品,都是有名的。这种作曲在今日也还盛行着。

罗平斯坦曾作许多"宗教的歌剧"(geistliche oper)。例如《失乐园》(*Das verlorene Paradies*),《巴比尔之塔》(*Der Turm Zu Babel*)等便是。这等作品伴有舞台上的剧的动作,与普通的神曲稍异。故称为"神歌剧"(operatorio)。

(10)passion——译为"受难乐",是与神曲相似的大作品,常咏基督的受难与死,又用"圣咏歌"(次项)合成。受难乐的最有名的作者,首推罢哈。他的《马太受难乐》(St. Matthäuspassion),《约翰受难乐》(St. Johannespassion),不但在受难乐中没有匹敌,又为古今合唱曲中之最美者。

(11)choral——译作"圣咏歌",是德国新教教会所用的赞美歌。亦有转用以称呼器乐曲的。旧教的合唱曲的一部分也用这名称。罢哈所作圣咏歌甚多。有名的宗教改革者路得(Martin Luther)曾用古作曲及民谣曲编成圣咏歌。

(12)madrigal——是一种描写恋情的牧歌,附有短的歌词,为三声部(或以上)的对位法的合唱曲。普通无伴奏。盛行于第十五六世纪间。今日在英国亦甚流行。本是声乐的,但近有改用为器乐独奏曲者。

(13)glee——是英国所特有的重唱曲。与 madrigal 很相近似,普通都不作合唱用而作重唱用(三五),较为和声的。

(14)round——译为"轮唱"。是一种同音的 canon(一九)。即同一旋律先由第一人或第一组歌唱,经过若干节后,第二人再从曲首唱出,与之相合;再经过若干节,第三人再加入……错综而作成对位法。其关系如下图

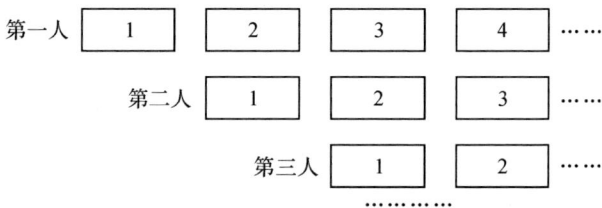

| 第一人 | 1 | 2 | 3 | 4 | …… |

| 第二人 | 1 | 2 | 3 | …… |

| 第三人 | 1 | 2 | …… |

…………

九三 歌剧

歌剧(opera),如文字所示,是伴着歌曲的剧。但伴着歌曲的剧不一定是歌剧。例如贵推的 *Faust* 也有歌曲,但不能说是歌剧。西洋的剧,大都含有歌曲,其他如易卜生的 *Peer Gynt*、贵推的 *Egmont* 等,皆属其

例。此种剧上所附之音乐,名曰"剧音乐"(incidental music);但有剧音乐的剧并不是歌剧。歌剧是剧与音乐相结合,并不是在剧上附加几曲歌。

原名 opera 一语,是"作品"之意。拉丁语作品曰 opus,其复数者曰 opera。原文中并无"歌剧"二字的意义。所以译作歌剧者,是因为其在声乐上占有主要的地位的原故。原名为 opera(作品的复数形)者,因为其由许多作品(剧、音乐,音乐中又有管弦乐、独唱曲、合唱曲、序曲、间奏曲、终曲等)合成的原故。

歌剧有许多种类。今日所流行的,分为"大歌剧"(grand opera)与"轻歌剧"(light opera)两种。前者内容为严肃的,悲剧的,舞台装置及音乐演奏亦大规模的,全体伟大而崇高。例凡尔第的 *Aida*,华葛纳尔的 *Tannhauser*,皆是大歌剧。轻歌剧的内容大都是滑稽的,音乐亦轻快,不注重听乐,而注重剧的场面。英国的基尔勃德(Sir A. S. Gilbert)与萨利望(Sir Sullivan,1842—1902),德国人而在法国活动的奥芬罢哈等的作品,是其著名的例。基尔勃德与萨利望二人常合作轻歌剧,故普通合称二人为"基尔勃德·萨利望"。例如《军舰比那福》(*H. M. S. Pinafore*)、《奔陈斯的海盗》(*The Pirates of Penzance*)、《米卡独》(*The Mikado*)等,都是二人合作的。基氏作歌词,萨氏作音乐,二者十分融合,如出一人之手,故假用这第三人为"基尔勃德·萨利望"的名称。奥芬罢哈的名作有《天国与地狱》(*Orphée aux Enfers*)、《大公姬》(*La Grande Duchesse*)等,皆为世间到处欢迎而常常开演的作品。

除上述两种以外,尚有种种称呼。例如洛西尼的《赛微利亚的理发师》,轻快而富于 humour,又称为"滑稽歌剧"(opera buffa)。莫札尔德的《裴格洛的结婚》(七一)也是一例。这名称之下的歌剧,大致比轻歌剧上品些。

　　反之,严肃的歌剧,名曰"严肃歌剧"(opera seria)。又如英国所流行的,采用小歌曲的歌剧,名曰"小曲歌剧"(ballad opera),例如罢尔夫(M. W. Balfe)的《波希米亚少女》(*The Bohemian Girl*),华雷斯(W. V. Wallace)的《马利塔那》(*Maritana*)等皆是。采用 Last Rose of Summer 的弗洛托(Friedrich von Flotow)的《马尔塔》(*Martha*),也是其一例。这等小歌剧中,收容许多一般人所熟知的旋律的单纯的感伤的小曲。且往往有特为了小曲而作歌剧的。故其全体的剧的效果,倒不及集成此剧的各小曲的重要。

　　法兰西有"大歌剧"与"喜歌剧"(opera comique)两种特有的歌剧。这等名称本是因了其开演的剧场的名称而来。马伊耶裴尔(Giacomo Meyerbeer)的作品大都是大歌剧。例如《恶魔洛斐尔》(*Robert le Diable*)、《新教徒》(*Les Hugunots*)、《预言者》(*Le Prophete*)、《亚非利加之女》(*L'Africaine*)等,是其著名的例。反之,像比才的《卡尔孟》(Carmen),都马(Ambroise Thomas)的《米浓》(*Mignon*),全无滑稽味而非常悲哀的,有特殊的抒情性而典雅洗练的,含有对话的作品,名曰"喜歌剧"。

　　歌剧发祥于意大利,故意大利最富于有名的歌剧,其国的作曲者大都是歌剧作家。但意大利作家的无数的歌剧作品,在今日差不多已全属废物,仅有凡尔第、莱翁卡伐洛(Ruggiero Leoncavallo)、马斯卡尼(二二)、普济尼等的几种作品,在今日尚有生命。以前的作品,例如陶尼才谛的《联队之少女》(七一),裴理尼的《梦游病者》(*La Sonnambula*)及《诺尔马》(二二),洛西尼的 *William Tell*、*Semiramide* 等,仅有剧中的一部分(例如剧中的独唱曲、合唱曲、序曲等)尚为今日的音乐会所演奏,全剧早已被忘却了。

在德国,歌剧与纯音乐一样地盛行。最初注重意大利风的旋律的歌剧。例如莫札尔德的《斐格洛的结婚》、*Don Giovanni*、《魔笛》等,虽名为德国人的作品,实际完全是意大利式的。经过了格罗克,到了韦伯的时代,方有真的德意志的歌剧发生。故韦伯的《自由射手》及 *Oberon*,确是有价值的作品。到了十九世纪中叶,华葛纳尔出现,惹起了歌剧界的大革命。他把歌剧改称为"音乐剧"(Musikdrama),这不但是全世界的剧音乐的变迁,又对于一切音乐上有重大的影响。

现在仅就普通的歌剧,而略说其构造。歌剧由许多作品集合而成。其中主要者如次。

(1)序曲(七一)或"前奏曲"(五六,11)——即歌剧开幕前所奏的曲。前奏曲大概比序曲短小,形式亦自由,不用完全静止的告终,而直接连续于歌剧上。华葛纳尔多用前奏曲。

(2)宣叙调(recitative)——即用宣叙的或朗咏的调子,依照歌词的拍子与节奏而作的曲。或无伴奏,或有简单的伴奏。速度亦大都自由,歌者可以任意缓急。歌剧中大都有宣叙调。

(3)咏叹调——是旋律美的歌曲。比普通的歌曲多含剧的趣味。形式亦自由,大都是三部的。歌剧中的 aria 大都有 cadenza(八一)。旧式歌剧的 aria,用很长的 cadenza。例如 *Mignon*、*Rigoletto* 等皆是。适于音乐会用的 aria 甚多。亦有特为音乐会而作的 aria。

(4)合唱——详见前第三十五节。

(5)重唱——同上。

(6)终曲——歌剧的终曲大都是大规模的,又华丽而力强的。用以结束各幕或全歌剧。

(7)舞蹈——歌剧中常含有舞蹈(dance)。法国的歌剧中舞蹈尤多。

歌剧中的舞蹈,有时与剧的内容有关系,有时全无关系。*Aida* 的第一幕第二场中,有祈战胜的女僧的神秘的舞蹈;第二幕中有祝胜的舞蹈。

Mignon 的第一幕中的 Gypsy 的舞曲,甚为有名。*Faust* 中有与剧的内容无关的舞蹈音乐。特用标题的舞曲,名为 ballet。歌剧中的舞蹈,大都是 ballet。

华葛纳尔指斥从来的歌剧,谓其音乐与剧的结合很不自然而牵强附会,效果不良。故决心创造音乐与剧浑然融合的第三艺术,即所谓"乐剧"(七一)。他的大乐剧《尼裴伦根的指环》(七一)由序及三部合成。其序为《莱因的黄金》(七一),第一部《华尔寇来》(二二),第二部《琪格弗利特》(*Siegfried*),第三部《诸神的黄昏》(二九、末)。其他诸名作,即 *Tristan und Isolde*(七一),*Meistersinger*(二七),*Parsifal*(七一)等。

华葛纳尔为欲达得其目的,故于此等乐剧皆自作歌词,又自作音乐。他作曲时,排斥从前的咏叹调及宣叙调,而用所谓"无终旋律"。又用所谓"主导动机"(四二),以表现剧中的人物及其性格、场面等。又废去从前的不融合的序曲,而改用根据于剧而直接连续于剧上的前奏曲。故他的作品是诗、音乐、动作与装饰所合成的综合艺术。

华葛纳尔的音乐剧曾经风靡一时,他的音乐的技巧,在今日的音乐界确有很大的影响。比才、凡尔第(*Aida* 以后的作品)等歌剧作家,均受他的影响。他以后的歌剧,其剧的综合的效果确比他以前的歌剧丰富得多了。然而他的乐剧的主义与他的死同时被世人所忘却,音乐剧的名称亦只用他自己的作品,今日依旧称为歌剧了。且最近又有反对音乐剧,而提倡意大利的旧歌剧的倾向。即反对那非常困难又不可能的综合的音乐剧,为欲使女优或歌优充分发挥其技术而作的歌剧。例如洛西尼与裴理尼等的作品,便是意大利旧歌剧之一种。故今日的歌剧,是意大利旧式歌剧与华葛纳尔的音乐剧的合流。

歌剧是看的,同时又是听的。但有的人,眼与耳往往不能同时紧张。留心了歌剧,就忽略其音乐;倾听了音乐,剧的内容就混乱。所以爱好纯音乐的人,往往不欢喜歌剧。因为他们欲潜心于音乐,而剧变成了扰乱其注意的障碍物。只有对于两方无所偏好的人,追求耳与眼的官能的刺激的人,才欢喜歌剧。

然艺术的高贵的价值,却不在这一点上。且剧与音乐,也不是容易融合的。就是华葛纳尔的作品中,也有不融合的结果及从属的关系。倘音乐从属了剧,音乐就被强制,被委屈,而失却其意义了。故歌剧中的音乐,往往在剧中有价值,而单独听时全无兴味。这是歌剧容易失败的一原因。

与歌剧相类似的,有种种作品。例如 operetta,类似喜歌剧,而含有许多较为低级的对话。更卑俗的,又有 farce(滑稽剧场)及 review(喜歌剧之一种)。至于 musical play(音乐戏),musical comedy(音乐喜剧),更为浅薄,不过为演奏低级音乐的剧场而已。

(第十四讲终)

第十五讲　演出

九四　演出

　　为音乐的最重的一面,而在音乐的理论书籍中常被忽略的,是其演出。普通的音乐概论一类的书籍,大都不设关于演出的一章。然而没有演出,音乐是不能存在的。乐谱仅属音乐的不完全的记录,并不能代表音乐。在专究音乐的人,或能看了乐谱而立刻感到其音,而听出其无声的音乐。然这是由于眼及想像力的音乐,不是耳的音乐。且这时候又无从鉴赏演出者的技术。故在近代音乐上,演出与作曲占有同样重要的地位。然演出终是实技方面的,这里虽设了一章,读者仍不能从书中听到音乐的演出,亦不过唤起其对于演出的注意而已。

　　"演出"(production;perfomance),即把乐谱上所记录的音乐用实际的音奏出。但乐谱很不完全,作曲者绝不能把他的乐想完全记出在乐谱上。故演出的时候,乐谱必须另加以种种的解释与补充。换言之,演出者对于乐曲的解释,是演出的主要部分。故演出又可称为"解释"(三九)。例前揭的民谣曲 Comin' thro' the Rye(八九),普通唱得很徐缓的又感伤的;倘反之,急速地快活地唱时,倒是好听得多。试把名曲在蓄音机上用各种速度演奏时,可知仅变速度,乐曲的效果亦可发生显著的差异。况且除速度以外尚有种种的事,都是解释者所要顾到的。故乐曲的效果的良否,演出者负着极重大的责任。

演出者当然需要指法弓法等对于乐器的技巧。但仅有机械的技巧,绝不能为完全的解释者。比技巧更重要的,是解释时所驱使的智力与感情。

但解释不仅是补足乐谱的不完全性的。假定乐谱的记录十分完全,演出的时候仍须由演出者加以解释,演出须表现独立的人格(即演出者)。且演者又不仅是一人。即使只有一人,其感情与情绪也常常变更,并不完全同一。

优良的解释者,并不一人适于解释一切乐曲。约亚伊谟(八〇)被评为裴德芬音乐的最优的解释者;但他对于别的音乐并无何等优良的解释。又如有名的指挥者尼克希(Arthur Nikisch),对于裴德芬、华葛纳尔及许得洛斯三人的作品有特殊的解释的才能。故音乐爱好者赴演奏会时,参考批评者的意见,即可知某演出者适于解释某种音乐。

近代是"演出中心"的时代。德国有名的批评家威斯芒(A. Weissmann)在其所著《音乐的解释》(*Die Entgotterung der Musik*,1928)中慨叹在音乐的机械化的今日,不能听到神秘的个人的解释。其实这也是偏见。今日的音乐,一面虽因无线电及蓄音机而机械化了;但另一面的解释也比较从前重视了。现今的音乐爱好者,大都听厌了勃雷希(Leo Blech)、富德·温格勒(Wilhelm Furt Wängler)、史多可斯基(Leopold Stokowsky)等所指挥的蓄音片,而希望同一乐曲的别的解释的蓄音片。这很可证明其对于解释的重视。

在从前,不问谁的指挥,只要是裴德芬的《第五交响乐》的蓄音片,就可以充分代表这名曲。但现在这时代已经过去了。在现在,倘有人听了

《第五交响乐》的一二回的演奏,而自以为对于这名曲的鉴赏已经满足,其人必是浅薄的初学者。德国有名的指挥者兼音乐教师奥克斯(S. Ochs)说:"一首乐曲只有一张蓄音片,而能满足的人,不能说是真的音乐爱好者。"由此可知"演出中心"的倾向,在近来的音乐界已经很普遍而明显了。

九五　速度

速度于乐曲的效果上有重大的影响,在前面已经说过(一一)。又关于音乐的速度与速度标语,在前面亦已略述(一〇)。华葛纳尔谓解释上最重要的是速度。演出者欲保住妥当的速度,是很不容易的事。同是 allegro(一〇),其一个四分音符有时须取 metronome(节拍机,即计算乐曲的速度的器械,其图见《音乐入门》)的一六〇,有时须取一九〇。选定其何者为妥当,是演出者的任务。虽有作曲者自己指定节拍机号数(例如曲首标明. /＝160),但亦不是常常妥当的。在演奏上,屡有把作曲者所定为 allegro 的乐曲改演为 allegrello、presto(一〇)的必要。且在朔拿大或交响乐的一乐章中——甚至在短简的小曲中——速度亦不常常同一。遇到这等时候,作曲者常标明"渐缓""渐速"等记号;但记号是很不明确的。

演出者倘取了徐缓的速度,乐曲就沉静,发生弛缓的感情。倘取了急速的速度,乐曲就有快活的、紧张的效果。倘始终固执同一速度,乐曲就失之于平淡、单调而机械的。倘变化过于激烈,乐曲就犯了速度变换的不统一。故速度一事,是演出者所宜充分考虑的。

九六　分节法

关于分节,在前面已经说起好几回(二二、二三、四六),现在可不必反复说明。为欲表明这在演出上是极重要的一事,故在这里提及。

作曲者所指定的分节法,不一定是常常妥当的。往往有作曲者不指示分节法,由演出者自行分节,亦可得良好的结果。

九七　演奏样式

演奏样式,即 staccato、legato、portamento 等(二二),在解释上也有重大的关系。例如凡尔第的歌剧 *rigoletto* 中的《女心之歌》,最初的三节非用 staccato(二二)的奏法不能有充分的效果。又如前面屡屡说及的 Last Rose of Summer,亦非用 legato 或 portamento(二三)的方法唱奏不可。

演奏样式,除上述以外,尚有种种。例如歌者的声区变换,提琴的弓法,洋琴家的指法及瓣踏的用法,均属于演奏样式。现在不遑一一说述,有心研究的读者,请参看别的专书。

演奏样式,普通是由作曲者指示的。倘演出的第一要件是正确,则应该常常恪守作曲者的指示。但演出有比正确更重要的企求,即乐曲的美与生趣,是比正确更重要的事。为了达得这一点,有时不妨不从作曲者的指示。又作曲者的指示,大都是漠然的,不完全的。全不指示的也很多。这时候必须由演出者自己选定适当的式样。这选定是很不容易的。

九八 力度

演出的力度,大都由作曲者标明在乐谱上。普通用意大利语。其中主要的有下列各种:

piano——略作 p. 弱奏。

pianissimo——略作 pp. 最弱奏。

mezzo-piano——略作 mp. 中庸弱奏。

forte——略作 f. 强奏。

fortissimo——略作 ff. 最强奏。

mezzo-forte——略作 mf. 中庸强奏。

forte-piano——略作 fp. 强而立刻变强。强弱。

crescendo——略作 cresc. 次第加强。渐强。

decrescendo——略作 decresc. 次第减弱。渐弱。

diminuendo——略作 dim. 同上。

morendo——同上。

perdendosi——同上。

sforzando——略作 sf. 特强。

sforzato——略作 sf. 同上。

forzando——略作 fz. 同上。

然不标示力度的乐曲很多。裴德芬以前的作曲家,大都不标力度。例如罢哈的作品中,极少用力度记号。然演出时未有力度不可。决定这力度的,便是演出者。

乐曲上所标示的力度,是很不完全的。因为仅标一强字,其强的程度不能表明。故演出者必须适当地使用自己的力度。不妨视情形而变更作曲者的指示。

力度于演出上有重大的关系。强奏生紧张的效果，弱奏则反之。

以上已就"解释的要素"约略说过。解释者所司的，是音的高度、律度、和声以外的事。然对于高度、律度、和声等也并非全无责任。尤其是高度与律度，往往因唱歌者及指挥而变更其效果。且指挥者不但变化律度，又能变化管弦乐法。孟特尔仲的改编修芒及修裴尔德的交响乐，便是其著名的例。

九九　结言

以上已把音乐的初步者的全般的知识约略说过。读到这结言的读者，已可大约知道音乐界的内幕的情形了。乐曲的价值的高下，即可由此基础知识而辨识。通俗所谓好听的乐曲，其实不过一时的低级的快感。用正当的鉴赏的态度而听来，就觉得卑俗可厌。一班浅薄的人，拥了"音乐的民众化"的名义，迎合无教养的俗众的心理而作出艺术价值极低的音乐，广布于世间，这显然是对于"民众"二字的意义的误解。那种低级的乐曲，绝不能使鉴赏者发生深切的兴味，而只能使人不快。民众虽然没有音乐的专门的教养，但其听觉及情感，本来与音乐家同一基础，不过不惯于音乐耳。岂可不设法提高他们，引导他们向艺术的正途，而用那种低级的音乐来阻止他们的进境？

普劝世间关心于音乐的人，切莫接近那种低级的音乐。切莫因了感觉的一时的愉快或好奇心的一时的满足（例如第五十八节所述的描写音乐），而误认那种为优良的音乐。本书在叙述中屡屡援引世界名曲为实例。读者如欲亲近音乐,务请先向音乐会中或蓄音机上一听这等名作。倘有人一时不能理解其优点,而反以为不及平日所惯听的低级音乐的悦耳,其人的音乐能力必已被那种低级的音乐所中毒! 如能舍除一切陈见,常常亲近世界大音乐家的作曲,吾知其必有归于音乐鉴赏的正途的一日。

（第十五讲终）

《音乐的听法》终

一九二九年七月十二日搁笔

日本的音乐

［日］山根银二 著

丰子恺 译

内容提要

　　本书系作者所著《音乐的历史》中的一章。其中结合日本历代(自日本有史以来,直至中世纪末止)的社会政治情况来叙述日本音乐的沿革、日本音乐的理论及日本音乐的各种体裁、形式及其特点,其中对日本音乐与中国音乐的交流、过去中国音乐对日本音乐的影响等也有详细的论述。

一

　　印度和中国的文化,起源很古;日本文化的产生比较迟得多。日本
历史的开始,是在美索不达米亚和埃及最古的古代文化凋落之后,是在
古希腊文化第二次繁荣之后,即希腊文化已过全盛期而进入"希腊化"
(Hellenism,即希腊文化衰落期)的时候,因此日本的先史时代就更不必
说了;以中国而言,是汉代的初期,或汉兴的前后。这时候还处在以采集
生活资料来维持最低限度生活的原始阶段。所谓"绳文式土器"所表现
的贫乏的文化,便是这时代的产物。不久转入以"弥生式土器"为象征的
文化时代。这时代我们的音乐是怎样的呢? 同别的地方一样:食物采拾
时代及农耕文化初期所常见的笛和鼓已流行,此外还出现了某种弦乐
器。那时候所使用的乐制,是人类最古阶段所必然用到的五声音阶。而
占据音乐中心的是歌曲;乐器只作伴奏之用;歌曲也只是简单旋律的反
复歌唱、叫喊或说白;又大都伴随着舞蹈;和符咒或魔术的仪式相结合,
含有宗教意义的也不少。到了弥生式文化时代,采拾式的自然经济变成
了以农耕为基本的生产方式之后,氏族的共同体内就产生了按身份划分
的阶级制度,音乐也一定随之而发生变化。可惜的是,关于这方面的情
况没有可供论证的确实材料。我们现在只有《古事记》及《日本书纪》等
书中的暗示性的记述、中国《魏志倭人传》等外国记录,以及极少数贵重
的考古学出土物。这种出土物极少,也是日本的不幸。这大概是由于竹
木之类的东西在潮湿的土地里不能永久保存的原故吧。

二

在这样的基础上进一步来想象我国古代的音乐,可得出如下的情况:先说声乐,其中一部分是军歌;"久米歌"等便是例子[1]。此外还有"恋歌";今日我们在《古事记》及《日本书纪》中所看到的全部押韵的歌词,推考起来,在原则上都是能歌唱的。这些歌当时都是通过口头叙述,而叙述不能没有声音的抑扬,所以多少具有旋律的性质。于是,产生了二音和三音的形式;并且同其他各国古代的音乐一样,音域扩大到四度的"四音阶"(tetracordo)。这样的歌曲,有好几种:除"恋歌"之外,还有很多"酒乐歌"、远游而怀念故乡的"思邦歌",包括葬歌等的"悲歌"以及和葬歌相对立的"寿歌"。此外还有童谣和"歌垣"(即古昔男女会集共同游乐时的唱歌。——译者注)。这些歌曲从形式上分类,则有"短歌""长歌""旋头歌"等。据说"歌垣"是从这时期开始出现,而到后来更加盛行的。在东国还有"燿歌",据《释日本纪》所说,这是"男女集会,讽咏和歌,订立盟誓"的歌。在《古事记》及《日本书纪》中,还有少数含有政治讽刺性的俚歌。由于这两部书的内容不排斥民众的文化,所以有许多关于这方面的记载。

---

[1] 这些"久米歌"后来一度失传,到了奈良朝而复活;平安朝以后又消失,到了仁孝天皇的时候又复活(一八一八年)。所以古代的久米歌和现今保存的久米歌并不一样。

三

《古事记》和《日本书纪》中所记述的伴奏乐器,有琴和笛。但古人有时不用伴奏,而非常自由地、助兴地唱歌。要表现节奏时,用手打拍子;伴着舞蹈的时候用鼓打拍子。有一种出土的埴轮(是日本出土的一种明器,即伴葬之物。——译者注),表现拿着鼓的样子,由此推定当时是用鼓打拍子。

除歌曲以外,我们还可从和舞蹈结合的音乐中看到当时音乐的主体。《占事记》中所记载的关于天照大御神的天上的石屋一节,也是其例。据说:有一个叫做"速须佐子男命"的,行为乱暴;天照大御神逃进岩屋中,把门紧闭。八百万神明会集拢来,把天照大御神从岩屋中呼唤出来。最后是:"天钿女命系住天香山上天之日影,以天上的正木花作假发,将天香山的小竹叶结在舞扇上,在天之石屋门口复下大桶,踏着桶发出轰响。神灵附在她身上,她胸前露出两乳,衣带挂到下体。轰动了高天原,八百万神明皆大欢笑。"这天钿女命是猿女的祖先,她起来唱歌跳舞,安慰天照大御神。这便是"神乐"的起源。然而我们可以想象:这种舞蹈在从前也曾有过,决不是从这里才开始的。总之,和舞蹈结合的唱歌及合奏的存在,可从这段记事中看出。

四

我们之所以能够确实断定这种情况,是由于另外还有根据。这根据不是日本人所写的材料,而是中国人的记录;虽然不多,但可供确证。最早的是陈寿(二九七年殁)的《三国志》中的《魏书》卷三十《东夷传·倭人》,通称《魏志倭人传》。其中记录着三世纪初叶日本的状况,有一段说:"始死停丧十余日,当时不食肉,丧主哭泣,他人就歌舞饮酒。"这是日本的风俗,今日也还有通夜歌舞饮酒者,可知起源于远古。其后,范晔(四四五年殁)所作《后汉书》的《东夷传·倭》一篇中,也有大致相同的记载;但据说他是根据《魏志》而作的,并非独立的见解。再后来,魏征(六四三年殁)所作《隋书》的《东夷传·倭国》,通称《隋书倭国传》,其中说"死者殓以棺椁,亲宾就尸歌舞,妻子兄弟以白布制服"云云。内容虽然大略相同,但所描写的对象与《魏志》不同,时间是六世纪末到七世纪初的日本,这一点值得注意。总之,这种热闹的仪式确是事实。所谓"歌舞作乐"(见《后汉书倭传》),便是各种舞蹈和唱歌由乐器伴奏而表演。而其伴奏,据《隋书倭国传》中所记述,是"乐有五弦琴、笛"。由此便可想象这些乐器是和歌舞相协调而演奏的。

在我国的考古学资料中,保存着这种五弦琴的埴轮和可以推测其为实物的琴的断片。前者是群马县相川乡土馆中的埴轮弹琴的男子像和群马县出土埴轮的两个五弦琴;后者是静冈县登吕地方发掘出来的木片中的一部分(参照《东洋音乐研究》第十、十一合并号,本书插图中载其一图。——原书编注者)。

五

关于这个时代的音乐,还有一件大事不可忽略。这便是前面所说的天上的石屋的记载中所谓天钿女命的"神灵附体"。这使我们立刻想起《魏志倭人传》中的"卑弥呼"(卑弥呼是邪马台国的女王,魏明帝景初三年遣使来朝,帝封之为"亲魏倭王"。见《魏志倭人传》。——译者注)。她是邪马台国的女王,"事鬼道,能惑众"。这和天钿女命的神灵附体一脉相通。我们知道:在未开化的民族中,咒术是生活上一件很重要的事。在日本,咒术也是普遍流行的。但施行咒术的人由于神灵附体,而变成了自己以外的灵所依附的媒介,这现象便是"黄教"[1]。这是亚洲大陆东部和北部从古以来根深蒂固的一种原始宗教。由此便可想见:这时候南方的日本对东北亚洲的联系已经很密切了。所谓"神灵附体",大概和降神术及灵媒相同。所谓以鬼道惑人,也是同样的事。这大概不是单纯的咒术,应当视为传入日本的黄教。黄教僧入降神状态时,敲大鼓。鼓声卟人,敲出的节奏是各种各样的。据说有一只神秘的野兽从这鼓声中跳出来,黄教僧就骑了这匹野兽奔向灵的国土。这野兽据说是马或者驯鹿等。大鼓的声音可以驱逐有敌性的幽灵。前述的天钿女命"复下大桶,踏着桶发出轰响",便是用桶代替大鼓的。这就是未开化时代所用的"踏鼓"的一种。《魏志》关于卑弥呼的记载中,这些东西都没有说起,所以详情不得而知。

六

日本古代文化中最初出现的日本音乐,即从弥生式文化时代转入古坟时代而大和政权渐次强大、国家组织日渐确立时的日本音乐,其大概即如上述。日本曾经从朝鲜获得许多东西。因为朝鲜是大陆的一部分,

---

[1] 黄教(Shamanism)的特征,是用媒介。这一点和不用媒介的咒术者有区别。见Hans Findeisen:《西伯利亚黄教与魔术》,第五页。

早已和中国接触,其文化是在和中国的交往中逐渐发达起来的。但是留传到今日的记录并不很多。最古的记录是:允恭天皇死的时候,新罗王备船八十只,载了八十个乐人朝贡日本。他送乐人到日本来,在灵前大哭,叫乐人歌舞,以表示悼意。其次,在正好一百年后的五五四年,百济来向钦明天皇讨救兵的时候,进贡品中有五经、易历、医博士和乐人。再以后,在推古朝时(公元六一二年),百济的音乐家味摩之来朝,归化日本。味摩之来日本时已精通"伎乐"。"伎乐"是中国南方的音乐。政府叫味摩之住在樱井地方,并派几个少年弟子向他学习。这时候对外国人是非常优待的。例如对于从朝鲜逃亡来的人,不仅叫他们从事农业,并叫他们另操某种副业,使他们把朝鲜的优良经验传授给日本人;对于战争中所获得的俘虏,也同样优待。至于对音乐家及长于某种技术的知识分子,则更加尊重。因此,归化者甚众。政府把归化者安顿在它直接支配下的大和地方,以此为中心而分布于摄津、河内、山城等畿内地方。他们都获得一般公民的权利,农民可长期免除课税或终身免除课税。这种待遇是非常优厚的。有的知识分子竟被登用为官吏,做皇族的宾客,参与贵族之列。据嵯峨朝(公元八一五年)所编的《姓氏录》,归化者有汉人一百六十三人、百济人一百零四人、高丽人四十人、新罗人十人、任那人九人[1]。对归化人的优遇,主要是根据对外国文化的强烈的要求。不久这时代渐成过去,到了平安朝中期以后,古风凋落而新生活成立的时候,也就是说,以武士阶级为中心的封建主义登场而文化局面一变的时候,对朝鲜和中国的邦交就断绝了,同时对归化人的优遇也就停止。回想当时国外舶来的新文化,对我们的祖先有何等强大的吸引力,真是不可想象的了。

―――――――――――――

〔1〕　参看岩波讲座《日本历史》末松保和的《日韩关系》。

久 米 舞

日 本 的 乐 器

尺 八

五 弦 琴

三 味 线

和 琴

琵 琶

筝

神乐笛

龙 笛

狛 笛

笙

筚 篥

太 鼓

钲 鼓

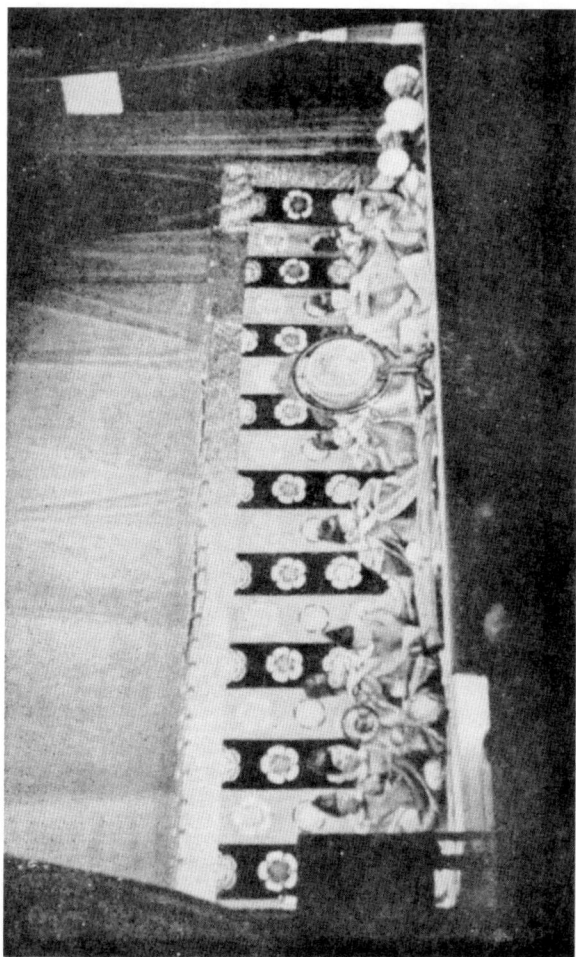

雅乐演出

　　要把当时的中国和日本作简单的比较，是不可能的事；然而大致看来，当时的日本相当于中国历史上的哪一个阶段，这也不容易断定，只是有人说相当于殷代[1]。殷代是公元前十二、十五世纪之交；日本从古坟时代到奈良朝建立的时期，约在殷代之后二千年。换言之，当时的中国已经是殷代之后二千年、将近隋代而不久就要进入唐代的时候。现在假定当时日本的文化相当于中国二千多年前的殷代，那么当时的日本人看到中国文化时的惊奇，就可想而知了。

　　日中邦交从古代就开始，这在《魏志》和《后汉书》中早已明白地记述着。中国文化大规模地输入日本，是从文帝开皇二十年（推古八年，公元六○○年）开始的。据《日本书纪》[2]所载：推古大皇十五年，派小野妹子为使节，溯百济沿朝鲜岸北上，到渤海湾口向西进行，在山东上陆，来到隋都洛阳。[注]接着又有第二次派遣。后来隋变成了唐，这些使节就称为"遣唐使"。遣唐使于舒明天皇二年（六三○年）第一次派出，于仁明天皇承知元年（八三四年）最后一次派出，其间约两百年，前后共派遣了十二次。

　　[注]这时候圣德太子的信，开头是"日出处天子致书日没处天子无恙"，是一句有名的言辞。答礼使送来的隋国的国书，开头是"皇帝问倭王"。这暗示着看不起日本的态度。圣德太子完全是日本人的风度；但是国家的实力有限，所以无可奈何。

---

　　[1]　参看原田大六著《日本古坟文化》第一百八十六页以下。
　　[2]　参看《隋书·倭国传》。

七

在这种情况下,从中国输入日本的音乐之一,便是"雅乐"。七世纪末叶持统天皇(六八六至六九七年在位)时期,唐乐中的燕乐——宫廷飨宴所用的燕乐的一部分早已输入。中国本来的雅乐,意思是雅正之乐,是为宫廷仪式以及郊庙祭祀而作的。这种狭义的雅乐,没有输入日本。日本所谓"雅乐"是这样的:在唐代燕乐输入以前,允恭天皇四十二年(四五三年)从朝鲜输入"新罗乐";钦明天皇十五年(五五四年)输入"百济乐",接着又输入"高丽乐";其后推古天皇二十年(六一二年)由前述的味摩之导入"伎乐";以上各种外国音乐和日本古来的宫廷音乐合并,概称"雅乐"。到了八世纪,又增加了度罗乐、林邑乐以及渤海乐等;到了后世,神社佛阁所用的同系统的音乐都包括在雅乐中了。可知从五世纪到七世纪之间,我们的祖先从大陆方面受到了剧烈的音乐攻势。

文武天皇大宝元年(七〇一年)二月,颁布大宝律令,其中有"雅乐寮制度"。这制度是:和乐用歌师四人,歌人三十人,歌女一百人,舞师四人,舞生一百人,笛师两人,笛生六人,笛工八人;唐乐用唐乐师十二人,乐生六十人;伎乐用伎乐师一人,伎乐生以乐户[1]为之,腰鼓生准此,腰鼓师两人;朝鲜音乐用高丽乐师、百济乐师、新罗乐师各五人,乐生各二十人。看了这制度,可知那时唐乐已经具有很大的比重;而包括伎乐和朝鲜音乐的外国音乐,有乐师三十人,乐生一百二十人以上,其数量之

---

〔1〕 乐户是中国南北朝至唐代的官有音乐奴隶,以俘虏、破产者等"贱民"为之。日本大宝律令中有贱民制度,是模仿中国的。

多,竟有压倒和乐之势。试想当时的日本,国家规模还不很大,而有这样的音乐制度,真是可惊的事情。又据《续日本纪》所载,圣武天皇天平三年(七三一年),雅乐寮的乐生员数规定为:唐乐生三十九人,百济乐生二十六人,高丽乐生八人,新罗乐生四人。这时候还有度罗乐生,人数是六十二人。所谓度罗乐,是济明天皇七年(六六一年)最初朝贡以后输入的;所谓度罗,就是耽罗,也就是济州岛。一说:其中所包含的婆理舞所用的假面,现在保存在东大寺中,样子和印度尼西亚的巴厘岛的假面相似,所以这种舞蹈就是巴厘岛的舞蹈;所谓度罗,就是现今泰国西部的堕罗国。又有一说:这就是西域地方古代的吐火罗地。但堕罗说较为正确[1]。此外,圣武大皇大平八年(七三六年),林邑乐输入。有一个叫做佛哲的和尚来归化日本,带来《拔头》《迦陵频》《菩萨》《倍胪》等乐曲,这就是林邑乐的本源。林邑在现今西贡以北。在这以前不久,圣武天皇神龟五年(七二八年),渤海国来朝贡,渤海乐就在这时候输入。所谓渤海国,就是当时从中国东北的北部到沿海州地方的国家。

这些外来音乐,日本上下一致欢迎,其情况可想而知。其指导力来自宫廷。圣德太子曾经启奏推古天皇说:供养三宝,必用番乐,即外来音乐;人民未曾学习番乐,或虽已学习而难于精通,故今后必须使之以此为世业,代代相传,免除其课税及劳力服役。看了这种主张,便可想象当时对外来音乐的绝对倾倒了。这样的时代,约有两个世纪,即从最初遣使赴隋的推古天皇(约七世纪初叶)时代开始,经过飞鸟、白凤、天平时代,又从奈良朝末叶到平安朝初叶。这期间大规模地显示外来音乐盛行的举动,是孝谦天皇天平胜宝四年(七五二年)所举行的东大寺卢舍那大佛

---

〔1〕　参见《音乐事典》该项,又参看田边尚雄《日本音乐概论》(音乐文库)第二十七页。

开眼供养。在这仪式中,以宫廷雅乐寮为首,诸大寺乐团乐人尽数参加;所奏的从原有的邦乐开始,遍及外来的唐乐、高丽乐、伎乐、林邑乐、渤海乐、度罗乐,又加入唐国的散乐,竟仿佛今日的国际竞技。据《续日本纪》的记载:"雅乐寮及诸寺种种音乐皆来会集,又有王及诸臣的'五节''久米舞''楯伏''踏歌''袍袴'等歌舞,东西发声,分庭而奏。"由此可以想见文化的昌盛。

这约二百年间,是输入及吸收外国进步文化的阶段。到了这两世纪以后,情况一变,日本人根据外来音乐的形式而亲自创作了。人所共知的记载,是仁明天皇(八三三—八五〇年在位)创作《长生乐》《西王乐》等乐曲。作曲的天皇,不久以后还有宇多天皇(八八七至八九七年在位)等。此外,创作外来乐的日本作曲家很多。又把原有的外来乐曲加以改造,即改变乐器的构造和管弦乐的乐器编制,其结果是废除了一部分外来乐器;在音乐理论方面有所修改,也是可以想象的。推察这改变的原因,不外两种:其一,以前所有未曾消化的,听而不解却照样演奏的东西,由技能相当进步的本国音乐家根据自己的理解而加以修整;其二,他们的能力和先已存在于日本人音感中的传统,对新来的原理有所抵触,于是发生了一种变形。总之,在这时期中,日本风的雅乐诞生,日本化的理论成立,此后就沿此道路而进展。

八

足以显著地说明这种变化的,是笙的用法。笙本来是左右手六根手指合起来奏出下列和音的。这叫做"合竹"。如下图谱所示,音的配合很好,但实际音响比此谱高一个八度。

乞　一　工　八　乙　下　十　十　美　行　比
（双）

　　这样地从一个和音移向另一个和音,或者按照西洋的说法,两个和音的连结,前后的共同音(管)不变,仅变其他的管。这叫做"手移"。这时候换管的顺序和时间的参差的安置法,有一定的规划。这是这乐器到了日本之后才规定的。这样地连结两个以上的和音,就产生美好的和声。即使是同一和音,只要长久地延续,和声感就能成立。这样排列的和声,存在于中国古代;更追溯源流,则在西域及其西方的地域;而这也照样地流传到日本,真是可惊的事。以前人们常常说:东洋音乐中没有和声。现在我们有否定此说之必要。阿拉伯是 organum(拉丁文,是复调音乐的最古的形式。——译者注)的源泉,但在这以前,中国和西域早已有了比这更复杂的和音;日本也托庇而比阿拉伯早有;因此日本同欧洲比较起来,很早以前就有 organum 等所不能比拟的复杂的和音种类,以及这些和音所构成的和声了。这一点,我们现在有明确的必要。

　　然而,古代的日本人是否知道充分尊重这种和声,还有可疑的余地。因为这时产生的日本风格的声乐"催马乐"及"朗咏",所用的笙只有一根管子,或者八度关系的两根管子。这显然是这外来乐器输入日本之后经过二百年的消化过程而形成的退步[1]。类此的情形,在拍子的用法上,也就是在筝和琵琶以及大鼓和小鼓的用法上,也可以看到[2]。而合奏

────────────

〔1〕　据吉川英史氏说,这不一定是退步。一根管子的笙,其吹奏技术困难得多,便是理由之一。

〔2〕　参看田边尚雄《日本音乐讲语》第一百二十五页。

所用的乐器种类的减少,也表示着同样的情形。从雅乐的合奏中减去了输入乐器的一部分,而用比较少数的乐器组成,也显然是雅乐日本化后的退步。这退步的来由,大约是对唐的交往没有像以前那么密切的原故。自仁明天皇承和元年(八八四年)派出了最后的遣唐使之后,和中国的交往就断绝了。日本以平安朝宫廷为中心的古代文化成熟的时期,产生了许多贵族文化人;然而在这时候,以中国为中心的国际联系的意识已经非常薄弱,日本人又关闭在自己所特有的狭隘的世界里了。

当时曾经输入而今日日本的雅乐中已经不使用了的乐器,计有下列各种:竽、箜篌、阮咸、腰鼓、鸡娄鼓、楷鼓(答腊鼓)、二鼓、四鼓、铜拍子、方响(方磬)、尺八(与现今的尺八不同)、莫目、卧箜篌、伽倻琴、玄琴、大筚等。现在还使用着的,只有琵琶、筝、横笛、狛笛、笙、筚篥、鞨鼓、一鼓、三鼓、太鼓、钲鼓等少数乐器。

腰鼓　　　　　　　　箜篌

九

从中国输入雅乐,也就是说接受了中国的音乐理论。然而对于这个庞大的体系,是全面地学习呢,还是部分地选择吸收,就不得而知了。总之,关于音的测定和音阶的组成法,确实是我们祖先所完全不懂的,他们对此一定又惊又喜,赞叹不尽,这是可以想象的。同时,这种理论的思考和实验的工夫,在我们的祖先是不惯的,因此产生了许多混乱的状态。

首先,看了中国的音阶,日本人已经相当慌张了。因为日本的音乐阶段,不越出五声音阶之外,而外来音乐明确地交混着七音法,中国乐理阐明了七音组织的理论。在中国,五音称为五声,七音称为七声。五声音阶的阶名是宫、商、角、徵、羽。即由宫出发,用三分损益法得到徵、商,再用同样的方法得到羽、角,这就造成了五声音阶。但倘若计算不止于此而继续下去,就产生变宫和变徵。把这七个音依照高低顺序排列起来,就变成了今日西洋 C 调音阶第四音 fa 高半音的形式。或可说是从 fa 音开始向上进行八度的形式。这在当时的日本能够照样理解,实在是一大进步。但这是规定音阶中各音的相互关系的,即音阶的“阶名”。也就是说,这是与音的高低的绝对值无关的相对关系。那么音本身的名称,即“音名”是甚么呢?这件事有些可笑,因为中国名称和日本名称完全不同;把中国名称放在上面,日本名称放在下面,就变成了:黄钟——壹越、大吕——断金、太簇——平调、夹钟——胜绝、姑洗——下无、仲吕——双调、蕤宾——凫钟、林钟——黄钟、夷则——鸾镜、南吕——盘涉、无射——神仙、应钟——上无。为甚么这样,不得而知[1]。总之,这是音名,即律名。其绝对高度是壹越相当于今日西洋音乐中的 D[2]。在唐乐中,在这几个音上都可以建筑起各种调子。方法是:前述的阶名,

---

〔1〕　伊庭考《日本音乐概论》第五十五页以下有局部的考察,颇有兴味。
〔2〕　据中国音乐研究所所制的《历代管律黄钟音高比较表》,调查件数四十三件中,D 有六件,E 和 F 各有五件,♯F 有十件,G 有六件,等等。到唐代为止,计数起来,总数十九件中 D 只有一件,♯F 有六件。

即七声,从宫到高八度的宫,是一种旋法;同理,从第二个音商到高八度的商,又是一种旋法。在唐朝的音乐理论中,调的幅面非常之广,对于当时西域等地输入的各种音乐的音阶,必须都能处理。结果,阶名的组合从宫到宫、从商到商、从角到角、从羽到羽的四种旋法,结合音名的几种绝对高度,构成了十三个调,这是唐玄宗时代的事。到了中唐时候,为了要适应越来越丰富的音乐现象,各旋法就在十二个绝对音高中的七个上作种种结合,于是旋法就从前述的四个扩大而成为合计二十八个。这时候日本的雅乐,商调中三个,羽调中三个,合计六个,是从唐乐输入的。商调的三个即日本的吕旋的壹越调、太食调、双调;羽调的三个,即日本的律旋的平调、黄钟调、盘涉调。在这情形之下,商调就是西欧教会音乐中的"混合里第亚调式"(mixolydian),在 do,re,mi 的唱法上就是 sol,la,si,do,re,mi,fa,sol(希腊旋法的 hypopbrygian mode)型;羽调就是西欧教会音乐中的"多利亚调式"(dorian),即 re,mi,fa,sol,la,si,do,re(希腊旋法的 phrygian mode)。又,壹越调是壹越(D)音上的混合里第亚调式,即 D E ♯ F G A H c d;太食调是平调(E)上的 E ♯ F ♯ G A H ♯ c d e;双调是 G A H c d e f g;平调是平调上的多利亚式,即 E ♯ F G A H ♯ c d e;黄钟调是 A H c d e ♯ f g a;盘涉调是 H ♯ c d e ♯ f ♯ g a h。这六调中含有枝调,合并而成十二调。这就是唐乐的二十八调压缩而成为六调乃至十二调,这一点具有重大的意义。

这种情形究竟怎样产生的,有略加考究的必要。推想唐乐输入日本时,虽然不是二十八调全部输入,但一定是有多数输入的。为甚么只保存其中的六调呢?虽说六调,只有商、羽两调。这两个音阶形,即两个旋法(mode),正是问题之所在。唐的旋法,同样地压缩起来,全部只有七个;即七音各为主音,成七种型式。在这点上,旋法的观念和印度及希腊相同。其中除中国原有的以外，一定还有起源于印度的东西。总之，其中有四调是唐乐盛行时代的实际的旋法。但这四调是否有同样的比重，不得而知。其中有几个，大概是根据实践按其亲疏关系而把七声都可作为起点的理论的这种旋法加以约缩而成的；这样看来，其中一定有轻重之分。于是其中比重较大的就输入日本。这也是一种看法。根据这情况推考起来，被视为中国旋法的中心的宫调，其中缺少相当于主音（宫）上四度的一个音；这一定是中国式音阶的三分损益算法的结果；然而作为实践的音乐时，这种旋法因为不能组成四声音阶(tetrachord)，所以失去了实践方法的推论。这是否由于音乐理论被理论本身的魔力所迷惑，因而走向与实践相矛盾的方向，有怀疑的余地。

那么这羽调和商调两个调，不外乎就是扩大到七声时的日本的律旋和吕旋，这问题颇有兴趣。我们之所以接受这两个调，就是为了它们最接近日本人的感觉。当时日本人在实践上所用的音阶，是五声音阶；律旋和吕旋，形状在五音的阶段上更加接近。也许在这方面，日本具有古来原有的音组织。这样想来，为中国音乐的实践和理论所风靡的古代日本音乐，也许在这点上特别坚定地维持自己，而以自己的骨干为根据而吸收中国音乐，亦未可知。此外，音乐这东西，本来是难于蒙受外部影响的。音的感受，在生活中经过长期间养育，才能成为坚定不移的习性；一旦固定之后，就不容易动摇。我们在这件事情上，可以感到潜伏在背后的一种庞大的、竟可说是顽强的力量。这便是在这时候已经发生作用的日本固有音乐的传统。在这里我们想重新回顾往昔，肯定我们自己传统音乐的位置；但在这以前，须先把从中国传来的另一件大事，即"声明"，简单地说一说。

一〇

　　"声明"是和佛教的传入相结合的,这是不难想象的事。《东大寺要录》中记述着:在东大寺大佛开眼的音乐祭中,有前述的唐乐、林邑乐及其他国际音乐的竞演,参加的计有梵音两百人、锡杖两百人、呗十人、散华十人。看了这记录,可知那时候已经有一部分佛教音乐输入日本。但佛教音乐的真正深入、对日本音乐给予巨大的影响,是后来在日本"声明"产生后才开始的。最初正式把它介绍给日本的,是弘法大师。他把在唐朝的长安地方学得的传给日本,这便是真言宗的"声明"的起源。还有慈觉大师,把他在五台山所学得的带回来,便是天台宗的"声明"的起源。

　　所谓"声明",是印度的五明[1]之一;是校正声音语法的一种方法;不是声乐,而是修辞发音的方法,即演说佛法时整顿声音语法的一种技术。这两派的"声明"中,前者于十一世纪初由宽朝僧正[2]完成,后者于十一世纪末至十二世纪之间由良忍上人完成。此后"声明"渐次接触民众,而深入于生活中,即所谓"声明"的民众化。于是流派纷起。十二世纪中叶,觉性亲王召集诸派的"声明"师,研究各派的异同,结果整理为四个流派,即本相应院(菩提院)流、新相应院(西方院)流、醍醐流、进流。于是"声明"就依照日本风格而被吸收、改变,即通过了佛教的传播而深

―――――――――

　　〔1〕　所谓五明,即工巧明(理学)、医方明(医学)、因明(论理学)、声明(音韵学)、内明(哲学)。

　　〔2〕　僧正精通音乐及声明,有许多声明作曲。又用雅乐中的太食调新创中曲旋按。参看岩原谛信《声明研究》第五页。

入于群众中,因而给音乐以很大的影响。不久又产生"和赞"和"讲式"。

　　所谓"声明",约言之,就是随伴佛教法事的音乐,又可说是完全的礼拜音乐。其音律在理论上以吕和律的五声为主,但可各加二音而成为七声。在一个八音的上方和下方各加一个八音,自下而上,称为初重、二重、三重。但是这三个八音并非全部使用,而是在三个八音的内部取十一位音;即在初重中取徵、羽二位,在二重中取从宫至羽的五位,在三重中取从宫至徵的四位,合计十一位。用最低的双调(吕)来取音,即成为从壹越到上壹越。下壹越因为太低,不合实用。用黄钟调则为从平调到上平调,用盘涉调则为从下无到上下无,用壹越调则为从黄钟到上黄钟,用平调则为从盘涉到上盘涉,用黄钟调(中曲)则为从徵到上徵(婴徵)[1]。"声明"就是在这范围内调整男声的。"声明"所用的音,限于这个范围,但可互相转调,而向别的调转移,这叫做反音,共有四种。其演奏形式则有独唱和合唱,无伴奏和有伴奏。伴奏用钟、磬、钲、鼓。

始段呗(双调,出音微)

---

〔1〕　参看前述岩原谛信著书第一百七十二、一百七十三页。

一一

　　这时代日本固有的音乐是怎样的呢？"久米舞"继续流行。此外还有正月宴会等所用的"田舞"、"小垦田"、像战斗一般由许多人持楯牌的"楯节舞"，地方风俗舞中则有河内的"吉师部(吉志)舞""筑紫舞""诸县舞"，又有萨摩大隅的"隼人舞"，宫廷用的"五节舞""和舞"等。在民谣方面，前述的歌垣还很盛行。这些富有民族色彩而且朴素的歌舞，被盛极一时的唐乐所激励，又受了它的影响，变得非常丰富，从而建立了日本音乐的骨干——这情况盖可历历想见。在这环境中，奈良朝文学的代表作《万叶集》出世。这里面有许多作品是歌唱的，但据说不是全部歌唱的[1]。《古事记》和《日本书纪》中的歌，是全部歌唱的，《万叶集》则和它们适成对照。《万叶集》中凡没有反歌的长歌，都被歌唱；但这在长歌两百六十二首中只有三十首；短歌中确实被歌唱的，有宴歌、佛前唱歌、国风歌、劳动歌、东歌(相闻、譬喻、防人、挽歌及其他)；旋头歌中只有一部分被歌唱。结果，据高野辰之氏所述，《万叶集》中长歌、短歌、旋头歌合计四千四百九十六首中，有被歌唱的确证的，不到一百首。歌唱时用琴作伴奏，是确实的事。至于乐曲的旋律，则完全不明，考查的线索也没有，这是向来的通说。但最近据林谦三氏的研究，中国敦煌的琴谱已经有人能够理解阅读；那么，和这琴谱有密切的关系的日本古代音乐的构造，一定也可以明白，这是值得庆贺的事[2]。

---

　　〔1〕　参看高野辰之《日本歌谣史》第五十九页以下。
　　〔2〕　林谦三：《对在中国敦煌发现的琵琶古谱阐释研究》，《奈良学艺大学纪要》，第五卷之一，一九五五年十二月版。

《万叶集》中收罗着从天皇起直至农民、边防军人所唱的歌。在某种意义上说来,人民的歌与其说是率直的生活之声,不如说其中有一部分是随当时的支配者的见解,而稍加改变的。高野氏认为:《万叶集》二十卷内载有边防军人的歌一百首,但都是模仿都会人士的口吻的,并且是边防军人的长官们所选出的,所以少有深刻痛切的歌。这话是很对的。然而,壮丁的三分之一被作为兵士征发,去当守卫帝都的卫士,以一年为期,这还算是好的;在九州当边防军人的更有以三年为期的;这对人民实在是一种苦痛的负担。我们现在可以从他们的歌中看出他们必须勉强模仿都会人士的这种痛苦。有许多歌悲叹着骨肉分离的苦痛,可知当时交通不便, 一别便成永诀,人民的痛苦是很深的。有官位的人和富裕的人可以免除劳役,一切苦重的负担都加在贫穷的人民身上。因此人民日渐陷于困境。《贫穷问答》《乞食者咏》,都是这种贫苦生活的表现。这是不胜苛敛诛求之苦的老农民的悲痛的叹诉,是飞鸟时代粉身碎骨地从事强迫劳动的人们的歌。以上高野氏的见解,是很正确的。可知宫廷文化的光明灿烂的反面,早已隐藏着强烈的社会矛盾的胚胎。极大多数的穷苦人民,和极少数在这些人民的牺牲上来展开古代文化的宫廷人的对照,是当时的特质。所以无论什么时代,其优美的艺术一定跟着时代而灭亡,原因就在于此。

一二

日本古来就有的音乐之一,是"神乐"。前述的天之石户便是其例。它同黄教的关系如何,姑且不论。总之,向神座劝请,身入忘我恍惚之境,而旅行镇魂的咒术,是神乐的本意。有人说,这时候神座是"神乐"的语源〔1〕。古代又称之为神游。神就是具有魔力的魂;召请神魂,叫它附在人身上,或者请它废除秽恶;因此需要种种仪式和演艺——这便是"神乐"的内容。这是任何未开化的民族都有的行为;日本古代也有此行为,是不足怪的。

"神乐"分为两个部类而流传到今天。一类是祭祀宫廷神祇的歌舞,叫做"御神乐"。另一类是作为民间技艺而流传下来叫做"里神乐"或仅称"神乐"。这两者在开始时当然是合一的。古神乐是否具有明显的形式,是个疑问。按照《古语拾遗》及其他古书中的寥寥数语而推察,可知这是在九世纪初叶至进入平安朝的十世纪中叶之间方才具备形式的。其所以在这时候具备形式,是因为这时候音乐受了外来乐的影响,和琴、和笛之外又添用筚篥等外来乐器,这事实和"神乐"形式有连带关系。这种尊重传统的仪式音乐中,能加入外来的乐器,可知当时人们已经看惯,不把它们当作外来乐器了。从这点也可看出,这时代外来文化在我们中间消化得非常迅速。一条天皇长保四年(一〇〇二年)十二月在内庭演奏"御神乐",从此开例,从白河天皇(一〇七二至一〇八六年在位)的时代开始,变成了每年例行的仪式——于是"神乐"就确立为宫廷的仪式。一条天皇耽忧"神乐"的散失,曾经亲自制定三十八曲,此外又关心于"东游""催马乐""风俗"等的保存〔2〕。

"御神乐"的内容,由下列六部合成:"庭燎"和"阿知女""采物""大前张""小前张""星歌""杂歌"。所谓"庭燎",就是内庭阶下燃烧着的篝火;由乐长(叫做"人长")在篝火前舞蹈。御神乐开头所唱的是《古今集》中

---

〔1〕 参看本田安次《霜月神乐之研究》。
〔2〕 参看铃木鼓村《日本音乐之话》第二十二页。

的一首歌的第一句："深山中将降霰……"其次的"采物",是乐长拿了供神的物件而舞蹈时所唱的歌。例如拿了榊(一种常青木。——译者注)而舞蹈的时候,唱"榊"歌;接着是"币"歌、"杖"歌、"筱"歌、"弓"歌、"剑"歌、"矛"歌、"杓"歌、"葛"歌、"韩神"歌。这是"御神乐"的中心部分;以后的"大前张"以下,是一种余兴。有人说"前张"就是"催马乐",也有人说不同。"御神乐"中的歌,在当初都是伴着舞蹈的;后来渐渐脱离舞蹈而仅存歌曲。

　　除宫廷的"御神乐"之外,当然还有诸神社的"神乐"。其中有不少由朝廷的乐人前去表演,所以有许多歌曲是共通的。宫廷的"御神乐"的歌曲,已经受俚谣巷歌的影响,并且混入俚谣巷歌的一部分,可见它已和人民生活的各方面相结合;然而关于这一点,传下来的记录很少。至于宫廷以外的人民的"神乐",则具有极大的意义,非强调指出不可。平安朝将近末期的时候,杂艺盛行,这也和"神乐"有密切的关系。

　　还有一种不是"神乐",而是诸神社及宫廷镇魂祭用的东西,叫做"倭舞"。既称"倭舞",是和外来舞相对的,是我国固有的舞,主要指近畿地方的舞。这是合着以和笛及筚篥作伴奏的歌声而跳舞。当它被收进"御神乐"中时,乐器改用和笛及和琴。此外还有"田舞"。这是慰藉耕田人辛劳的,伴着唱歌。乐器用和笛及筚篥。这"田舞"和后来的"田乐"相结合而盛行。这时代的歌曲中还有"东游歌",意思是东国地方的歌曲,合着俚谣而跳舞。歌者只有一人,伴奏用和琴、和笛、筚篥各一[1]。以上是这时代主要的神事歌谣。除此以外,还有和"东游"有密切关系的"风俗",是很重要的一种歌。所谓"风俗",就是民谣,其中大多数是常陆、陆

---

〔1〕　以上都是用筹打拍了而舞蹈的。这势也可以说是乐器的一种。

奥、甲斐、相模等地方的歌,和"东游歌"同是地方的歌曲。歌曲的内容大都歌唱男女间的爱情。这些歌和杂艺并盛于平安朝末期。

一三

最后要说的是"催马乐"。这是怎样的音乐呢?"催马乐"这名称的意义,自来有种种说法。就中最正当的一说:"催马乐"(日本发音saibara。——译者注)这名称来自西藏语 saibaru(音译),即"地方恋歌"的意思。但以地方恋歌而论,这是西藏的恋歌照原样输入日本的呢,还是日本地方民谣袭用西藏名称呢?《三代实录》中贞观元年(八五九年)的话录说:死于这一年的广井女王通"催马乐"。照此看来,这是外来歌曲。然而"催马乐"的盛行,远在这以后,是十世纪末叶至十一世纪初叶之间,即花山和一条两朝的时代。这时候的"催马乐",是日本的民谣;以输入日本后脱离了歌舞的唐乐作为伴奏而歌唱,或者模仿唐乐而另作伴奏。所以我们所实际知道的"催马乐",是日本民谣和唐乐的融合。民谣是唐乐风的,用新式的舶来风格来歌唱,这也是迎合当时宫廷贵族的趣味的。再则,唐乐结合民谣而日本化,也许可以迎合日本人的感觉;也就是说,日本人吸收了唐乐而产生日本风格的唐乐。照这说法看来,伴奏所用的笙的吹法不用雅乐的合竹,而用一个音的单旋律,含有强烈的象征意义,这一说是可以成立的。

"催马乐"的歌词,留传至今日的有六十一首。其中歌咏恋爱的最多,其次是讽刺、祝贺、叙景,也有童谣。旋法分为吕和律两种。伴奏乐器用龙笛、筚篥、笙、琵琶、筝、笏拍子,据说以前也用太鼓。

"催马乐"入镰仓时代而衰退;应仁、文明以后,百事俱废,"催马乐"

也完全灭绝；到了德川时代宽永以后而复兴。《白石绅书》中说："'狂言'歌谣'挠荻'形似'催马乐'，故斟酌其曲调而歌之……"（"狂言"是一种滑稽剧的名称——译者注）。可知当时复兴的"催马乐"是这样的东西。因此高野氏曾经愤慨地说："德川时代再兴的东西，其内容原来如此，这里都暴露出来了。"古代的东西，不限于"催马乐"，差不多一切都断绝了。本来的雅乐也是如此，应仁之乱以后，真正的雅乐传统几乎已经断绝，至少实际的演奏在这时候已经绝迹。笙家丰原统秋目击这种现状，曾经著作一部有名的《体源钞》[1]，传之后世。这部书是日本雅乐的重要资料。幸有这难得的记录，此后屡次遇到危机，都能够保存勿失，以至于今[2]。然而演奏的东西一旦废绝，以后就不能恢复原样，所以今日的雅乐，不能说是从古代照原样流传下来的。前述的"久米歌"和"催马乐"也是如此。

一四

这时候通行的歌，还有"朗咏""歌披讲""今样"等。所谓"朗咏"，即吟诗、唱诗。由于唱法关系，有的不像歌，但高声长吟，必然也是一种声乐。这时候必定有一种音律，必定有一种旋法。总之，吟便是唱。这"朗咏"繁荣于十世纪初叶，即醍醐朝以后。自从遣唐使中止之后，汉学不振，年青人缺乏素养；于是选出一段豪爽的汉诗来，把它朗咏，这在文化

---

〔1〕 永正九年（一五一二年）作。内容不限于音乐，且论及神道、佛教、文学、书道、香的研究，又包括兵法。

〔2〕 德川幕府在江户城内的红叶山召集伶人，研究古谱、古书等，企图使雅乐复活。又，"朗咏"是入明治时代而复活的。见町田嘉章《收音机邦乐鉴赏》第四十页。

人中是被尊重的事。总之,这可说是当时以宫廷为中心、由于有教养的人士倾向于唐朝文化而产生的一种音乐。汉学的素养已非一般人所具有,故这种艺术不能普遍流传。"朗咏"在镰仓时代中叶只留传在几个好古的老人之间。"朗咏"所用的诗集子,有《和汉朗咏集》和《新撰朗咏集》两种,是在这时代前后编纂的。这两个集子里的诗,当然不是全部被朗咏的。

"歌披讲"和"朗咏"相似,时代比"朗咏"稍后。所唱的是"和歌";其始源是把天皇所制的"和歌"像"朗咏"一般地歌唱。

还有"今样",是一条朝(九八六至一○一一年)以后盛行的歌。最初流行于奉神佛的巫女之间,以及演"白拍子"(妓女用的一种歌舞。——译者注)的游女之间,后来才被贵族们所采用。"今样"就是时髦、世风的意思。这时代比前述的"朗咏"稍迟,在所谓"贱民"之间,种种音乐影响浑然融合,产生了各种各样的歌。这叫做"杂艺"。"今样"可说是杂艺之一。其源流是"声明",分流是"梵赞""汉赞""和赞"后的"和赞"。这"和赞"经民众化而变成一种流行歌时,便是"今样"。杂艺中有"古柳""下藤""沙罗林""片下""足柄""黑鸟子"等。还有,这种大众技艺中所最可注目的,乃是"散乐"。这在中国称为百戏或者杂戏,起源于周朝,盛行于汉代;经过六朝以至隋、唐,又包含西域等地来的杂艺,因而更加丰富。唐文化输入时,这种杂艺随之而进入日本[1]。起初在宫廷中置散乐户[2],大寺院中举行法会时也用作余兴。入平安朝,散乐户废止,其乐人降入民间,变成了"贱民"的"散乐法师"。所谓"散乐",就是交混着曲

---

〔1〕　参看尾形龟吉《中世艺能文化史论》中本论第一集《猿乐》。
〔2〕　见前第七节注。

艺和奇术的大众歌舞及模仿表演，所以采用外来的奇异的东西，使它们和我国古代传下来的东西相融合，而形成一种技艺。专门表演这种技艺的人，是在民众中产生并教养起来的。其中当然含有以前日本人所消化了的唐乐的断片，又有"风俗"的一面，并交混着源出于"声明"的"和赞"和"朗咏"。总之，由日本所接受而孕育起来的一切文化反映在日本民众生活上的情况，在这里都可以看到。当宫廷人和文化人等醉心于"高尚"的音乐和舞蹈的时候，民众却自己享受日常的浅易的歌舞。而从宫廷流到平民生活中来的旋律和舞踊的断片，次第被吸收到人民的生活中而表现为各种形式。"散乐"的演技者在人民中也是最下层的贱民，他们把它当作家艺传授下去。有人说："散乐"到了平安时代发展而为"猿乐"[1]；又有人说："猿乐"是"散乐"中给人印象最强烈、最明朗的一种，所以称"散乐"为"猿乐"[2]；又有人说："散乐"和"猿乐"是一种东西，"猿乐"是"散乐"的即名[3]。总之，这种繁杂众多的技艺总称为"散乐"或称为"猿乐"，是无疑的。在这里展开了一个非常广大的人民的大众技艺的场面，其中除以前固有的东西之外，又由外来的唐乐、林邑乐、伎乐等或多或少地供给材料，给与影响，并取其最自然的形式而造成日本庶民的本国形式的娱乐。因为它在古代社会中占有特殊的地位，所以到了以后的时代就发展起来，变成了中心的音乐艺术的基础。我们看了后面所述的"能"的成立，就可知道这类东西是两个时代的桥梁，是产生新时代技艺的动力。这不是古代文化华丽的上层阶级的艺术，而是下层广大民众的艺术。我们一定要看到这个意义。

---

〔1〕　这是能势朝次氏的说法。参看《音乐事典》该项。

〔2〕　参看林屋辰三郎《歌舞伎以前》第十八页。

〔3〕　参看小中村清矩《歌舞音乐略史》第八十九页以下。

一五

这时候我们的音乐史必须转入另一个大不相同的时代。古代已经结束了。那些华丽的舶来音乐已经过时了。日本以前固有的东西兴盛起来了。于是产生了新的曲种。性格完全不同的东西登场了。为甚么如此呢?

我们在这里必须观察作为这时代的社会背景。以前所述的日本古代文化的音乐,是在七世纪中叶所谓大化革新的国家体制的准备上以及半世纪后(即八世纪初叶)的大宝养老律令所详细规定的古代国家政治经济的基础上开花结实的。看了这律令,便可明了当时社会的构造。所引起我们注意的,是人民中的分类,即把人民分为"良"和"贱"两大类。良民中分为有位者、无位者、杂色人三个阶级;贱民中分为陵户、官户、家人、公奴婢、私奴婢五个阶级。陵户居于贱民中的最上位,辖免课役,担任守护陵墓的职务。这种贱民,没有和良民结婚的权利。官户和家人,地位比奴婢高;奴婢之中公奴婢比属于私人的奴婢身分高。私奴婢是最下级的人,法律上和物件同等,奴婢所有者可将其自由买卖、赠送或抵押,且对其操生杀之权。这制度对于统治者压迫人民是有利的。在这阶级制度下,生活的苦痛愈来愈厉害,郁愤的发泄毫无出路。最下级的人最可怜。使人民之间分裂,使人民互相对立,用权势来抑压,这是专制君主分割统治的常用手段。这种手段在这时明白地表现出来。然而,日本的艺能和音乐的基础,是由这些贱民建造起来的;他们仿佛是日本民族音乐的最大公约数,从中产生出丰富的民谣;这些民谣有时影响后代的艺术音乐,给它定形;他们从日本音乐传统的背后或下面支持这传统,使之开花结实。

律令中还有一个要点，就是当时的经济组织。根据这律令，良民到了六岁，由国家授与"口分田"。口分田每一分是少量的，但在大家族中，一家总的数量是很大的。这田是给良民永久使用的，由此产生私领地制的倾向。多数豪族被作为官人而吸收到律令的行政组织中，享受专有的配给，这专有权也是永久的，于是产生私领地制。这些人对实际劳动的人民就有了领主的支配权。于是庄园成立而发展起来。他们为了要免除课役，把这些土地在名义上捐献给神社寺院或官人豪族，从而避免了国家的干涉。但这些土地的经营实权仍旧操在领主手中，中央的贵族及神社寺院只是征收他们的年贡而已。这些领主把土地捐献给贵族和社寺，为的是要订立保护关系。受捐献的叫做"本家"。于是豪族成了大量土地的主人，势力越来越强；而国家的财政，因为租税收入减少而渐次变得贫弱。庄园实际蹂躏了律令制度，在平安朝后期把国家埋葬了。最高权力的藤原一族，拥有最多数的庄园，这是不消说的。最可笑的是，日本国的元首，即主持律令的天皇，例如后三条天皇（一〇六八至一〇七二在位），竟也偷偷地在全国各地置备庄园。[1] 到了此后的政院时代，白河、鸟羽、后白河等天皇也是如此。这些庄园掌握警察权和军事权，在中央政界都有头领，并私自豢养武士，这已经完全是武士权力的时代了。这武士权力的两个头领，便是平家和源氏。平家和源氏，都成了宫廷势力的防身杖，扩张自己的势力范围，在内乱中乘机占有不可动摇的地位，结果就代替宫廷掌握了政权。平家模仿藤原一族，承继其文化。但它并未造出新的政治体制，却变成装饰古代史最后一页的悲剧角色而退出舞

---

〔1〕　参看远山、石母田、高桥的《日本》（《世界历史》）第八十页。

台。日本又另向新的局面进展。在这样地从古代转入封建时代的时候,作为破坏律令国家而转向封建主义的桥梁的庄园,反被它所产生的武士的权力所破坏了。镰仓幕府在全国设置"守护"及"地头",分配御家人担任这些职务,统制政策由此开始;接着,庄园被吸收为"大名领地",分封家臣,庄园于是崩溃,封建制度于是完成。由此可见,庄园制度可说是从古代国家转变为封建制国家的动力[1]。

　　音乐由于这经济基础的激变而改变,是当然的事。

　　要之,以前爱好唐乐和其他宫廷音乐的人们的地盘崩溃了。反之,由于远离这种高等教养的武士们登上了政治文化的舞台,就非发生很大的变动不可了。这状态和罗马灭亡而古代文化凋落是一样的。日本和罗马一样,古代社会解体时,当然有新的事物兴起。现在旧制度已经崩溃,仿佛爬到了圆锥形的顶点而消失,不知去向;剩下的只是生长在日本广大人民之间的文化断片、影响、遗物等而已。但这终是金刚不死之身,下一代的音乐就从这里抽芽。雅乐这东西无论怎样变,也不会变成"能乐"。雅乐的时代已经过去了,全都凋落了。至少,它已经不是像前代那样生动而富有兴味的东西,退避到舞台里面去了。新的音乐和这种东西完全不同,是从另一个根本上生出来的。其土壤就是日本的民众。被分别良贱、被长期鄙视的日本民族的基本阶级,真像金刚不死之身,常常是新艺术的母胎。因为艺术,归根结底不外乎这民族基本的表现。

---

　　〔1〕　参照西冈虎之助《庄园史研究》、牧野信之助《庄园制的崩坏》(岩波讲座《日本历史》)。

411

一六

　　从平家灭亡、古代告终的时候起,音乐就一蹶不振。宫廷文化的没落,使音乐失去了它的承当者。这种有教养的人,不是一朝一夕就能产生的。于是音乐在创作方面、演奏方面、理论方面,都大大地低落了。约言之,简直变成了黑暗时代。由于古代崩溃而发生的现象,世界上到处如此,日本当然也不例外。在平家败亡(一一八五年)后约二百年间,是音乐结实寥寥的时期;这时期终于过去了。总之,在"能乐"出现以前,我们所能听到的只是合着琵琶而歌唱的《平家物语》(是日本有名的军纪故事,可以弹唱,称为"平曲"。——译者注),以及极少的贫弱的音乐而已。

　　有一种歌舞叫做"延年",是僧侣做法会之后的余兴的总称。例如福兴寺的延年,最初表演的是"寄乐",是一种闹热的唐乐;其次是"振矛",即凭魔被的祈祷;又次是唱歌、舞蹈和曲艺等;最后是"散乐"和退场乐"长庆子","延年"就这样结束。

　　歌舞混合而演出,这一点在"田乐"和"延年"是相同的。但这本来是农村里用以庆祝丰年的,后来才发展而为娱乐,就吸收"散乐"及咒师的曲艺等,渐次作为一种艺能而独立了。

　　在这时代,又有从南北朝到室町时代之间所流行的"曲舞"。这是男子及少年的艺能,女子则男装而舞。要之,这和前代的"白拍子"相似,只是所唱的文句比"白拍子"的歌更长而已。这原来在民间发达,后来宫廷和武家贵族也都欢迎,终于被"猿乐能"所采取,成了它重要的要素。伴奏用鼓。

　　其次,还有"宴曲",也充分表示这时代文艺的低落。宴曲正是照字面所示,是游宴用的乐曲。歌词倘是取自前代文学的句子,则必仿照"朗咏"和"催马乐",音乐则属于"声明"的系统,极像"平曲"。不用琵琶,用扇子打拍子而歌唱。

　　最受人欣赏的,是"平家琵琶",又称"平曲"。这是把歌唱平家的灭亡的《平家物语》用琵琶伴奏而弹唱。但这伴奏并不依附在歌上而与之合奏,却放在歌的前后或中间,即前奏、后奏及间奏。但琵琶曲不是一个有头有尾的旋律,所以有时可以补入歌词的空处。在歌的旋律告一段落时,琵琶奏出这旋律的主音;在歌的旋律转向另一音阶时,琵琶奏新音阶的主音;有时并无此种作用,只是一拨而入[1]。琵琶又应用四度复音及八度复音。其旋律有几种类型,组合各种类型而成曲调。但这方法并不是"平曲"创始的,以前的声乐中早已有之。不过在"平曲"那样戏剧风的歌唱上,这一点特别明显而已。这是日本音乐在作曲上的一种惯例,是以后的故事音乐的共同特征。

　　《平家物语》并不是当初就为合着琵琶歌唱而写作的,是后来的琵琶法师采取这故事,应用"声明"技法加上旋律而成的。"平曲"的盛行时代是十四世纪后半至十五世纪初叶之间。

一七

　　把前时代的歌、舞和艺能加以取舍选择,而编成一大作品,便是"能"。这"能"以猿乐的传统为基本,又加上"田乐""曲舞""平曲"的要素和"延年"等,就成为一种具有首尾一贯的梗概的舞台歌舞。这在名和实

---

　　[1]　参看兼常清佐《日本的音乐》第八十页。

两方面,都可说是日本的乐剧或歌剧。"田乐"曾经和"猿乐"相竞争,互相影响,因而产生一种"田乐能"。"延年"也有过舞台的发展,形成一种近于乐剧的"延年舞"。"平曲"不仅是歌唱和叙述,而且是一种具有文学内容的悲剧叙事诗,一种首尾一贯的声乐大曲(cantata),这就促成了乐剧的成立。如前所述,"猿乐"是"散乐"的发展,主要是引起滑稽趣味的艺能;其另一面作为"狂言"而另行发展,采用模仿的手法,这就富于戏剧的性质,这便是日本乐剧形成的原由。因为这是把简单的艺能提高,使它进入艺术之域。换言之,平家没落以后,武家政治传统已经继续了将近两个世纪,武士道已经近于完成;在另一方面,以武力为背景的武士阶级的实力充实起来,文化也随之而向上。这就成了室町时代的上层武士阶级的安定期间所完成的艺术表现。到这时候,我们方才找到了摆脱阴影一般地附在武士权力之上的反艺术倾向和文化低落的线索。

　　"能"是上层武士阶级的生活观的表现,只要一看它的内容就能明白。上层武士的生活的种种断面,表现在"能"中。这可说是上层武士生活的意识形态的艺术形象。由于"能"是这样的东西,所以能培养武人的精神生活,同时也是他们的一种嗜好,一种礼仪[1]。武士的道义的最高点,是封建的主从的道德。"能"所表现的最显著的道德,便是这主从的道德[2]。又,大多数的"能"和佛教思想有关系[3]。然而,当时民间盛行的崇奉念佛的"净土真宗"在这里一点也没有;这里所有的,都是当时

　　[1]　参看长谷川如是闲《能乐和日本生活》(《能乐全书》第一卷)第三百三十页。
　　[2]　参看安倍能成《谣曲中所表现的道义思想》(《能乐全书》第一卷)第二百三十九页。
　　[3]　谣曲两百曲中,全然没有表现佛教思想的,只有十分之一,即二十曲。参看姊崎正治《谣曲中的佛教要素》(《能乐全书》第四卷)第一百五十七页。

京都参与政治的上流武士所信奉的平安时代的"天台宗"和"真言宗"〔1〕,这也是可想而知的事。

当时新兴佛教的"一向宗"和"法华宗"已很繁荣,信奉这两宗的武士也不少。但多数是下层的武士和地方的武士。因此,表现天台宗和真言宗的"能",在德川幕府时代是武家的正式乐艺,而抬高了地位,变成为使武家的世界和庶民的世界相隔绝的一种艺术。这使人意识到武士是位于庶民之上的支配者;又是使他们在精神上和庶民艺术相隔离的一种手段。倘有庶民敢试演武士所独占的"能",就犯了所谓"猿乐罪",须没收衣裳道具,并戴上手梏〔2〕。这样的艺术,形成于古代文化凋落而封建制度初步巩固的南北朝时代到室町时代间,是毫不足怪的事。在这以前,猿乐师都被视为下贱的人;自从将军义满看了新熊野神社的"猿乐"(一三七四年),而醉心于观阿弥清次的艺术之后,"猿乐能"就以旭日升天之势盛行于世,忽然获得了社会地位,而广泛传布它的影响。以前的"猿乐"分为大和及近江两派,大和"猿乐"有金春(圆满井)、观世(结崎)、宝生(外山)、金刚(坂户)四派〔3〕;近江"猿乐"有比睿、下坂、山阶三派。观阿弥清次的拔擢,使得结崎派声势煊赫,近江为之屏息低首。清次是一个优秀的舞手;他的儿子清元(世阿弥宗全)胜于乃父,被称为天才,除表演外,又长于"能"的创作,在"能"的理论建设上发挥了丰富的才能。"能"在他手中奠定了巩固不拔的基础。

---

〔1〕 参看姉崎正治的著作。

〔2〕 参看长谷川如是闲的著作)。

〔3〕 在德川二代将军秀忠的时候,这四派之外还有喜多派,"能"共有五派。

能乐剧场内景

典型的能乐剧场：图中央是舞台，由四根台柱支起一个古典风格的屋顶，后壁画着一棵大松树——这是它的特点。舞台左端的演员过道与后台相连接。两侧装置着许多小松树。舞台全部由柏木制成，给人一种常常纯朴的印象。

能乐演员表演醉猩猩之舞

能乐演出(舞台正面是演员,右侧是歌唱队)

演员从过道步入舞台

演员在舞台上演出

琴、三昧线、尺八三重

　　这样地成立起来的"能"，有多少种类呢？"能"大都是组合几个乐曲而上演的；这组合的次序，就是分别种类的根据。第一种叫做"胁能"。最初出场的是具有祷祝意义的"翁"，属于古典的演出；而这是附随古典演出的，所以叫做"胁能"。胁能中有《高砂》和《鹤龟》两曲。因为这些都与神事有关，所以又称为"神能"。第二种叫做"修罗物"，开始是源平的武将堕入修罗道而受苦，故名。其中有《八岛》《忠度》《巴》《清经》等曲。第三种叫做"鬘物"，男演员戴着鬘，扮作女人而出演，故名。其中有《熊野》《松风》《羽衣》等曲。倘是五曲组成的，那么这鬘物放在中央，是重要部分。第四种含有种种东西，称为"现在物"的"钵木"和表演思子的狂女的"三井寺"等，属于此类。第五种叫做"切能物"，意思是切断的"能"。属于此类的有鬼物"船弁庆"、天狗物"鞍马天狗"等。把以上五种曲组织起来，使成为一个整体演出时，必须服从"序、破、急"的原则。即第一曲为"序"，第三曲为"破"，最后一曲为"急"。至于第二曲和第四曲，都插在中间，大致都近于"破"。在从前，曲数是没有限制的，有的共有十一曲，从白昼一直演到黑夜。倘在各曲之间各插入一个"狂言"，那么分量就更多。但近年来由于生活紧张，曲数减为二曲，中间夹着"舞囃子"或"仕舞"。

一八

　　要研究作为乐剧的"能"的机能，可以观察它在演奏上的组合法。这就是在舞台上舞蹈或唱歌。由三种人组成：担当乐剧中人物的，叫做"立方"；位于舞台上正面的内部而担任乐器伴奏的，叫做"囃子"；位于舞台右侧而担任合唱的，叫做"地谣"。"立方"中扮剧中的主人公的，叫做"仕手"。"能"可说是以这"仕手"为中心而构成的。"仕手"的对手叫做"胁"。帮助"仕手"和"胁"的,叫做"连"——帮助"仕手"的叫做"仕手连",帮助"胁"的叫做"胁连"。还有叫做"子方"的,是少年的意思;叫做"间"的,是从者或农夫的意思。"胁"以下的角色,都是为了要使"仕手"活跃而设的。故"仕手"的责任特别重大,这便是"能"从一人的口述发展而为舞台表演的证明。"囃子"有四人,即笛、小鼓、大鼓、太鼓各一人。这叫做四拍子。也有省去太鼓的,叫做"大小物"。"地谣"是由六人或八人组成的合唱队,十二人组成的也不少;都是男人,表演齐唱。

关于各曲的构成,可用胁能《高砂》为实例而叙述。第一段由"胁"的登场开始。接着的是"次第""名宣""道行"〔1〕。这是序段。所谓"次第",就是"地谣"接上"能"的最初登场的演员所唱出的歌而反复演唱。"名宣"又称"名告",即其人作自我介绍,说出他的目的。"道行"是表明旅途情景。第二段是"仕手"和"连"的登场。表演的有"一声""差""下歌""上歌"。这是"破"的前段。所谓"一声",就是"仕手"走到舞台左面的"桥挂"(从乐队通向舞台的路围以栏干,其形似桥。——译者注)中三分之二的地方时所吟出的一声歌词。所谓"差",就是毫不停滞而流畅地歌唱。"下歌"就是用下音来歌唱,"上歌"就是用上音来歌唱。第三段是"问答"和"初同"。这是"破"的下段。"问答"就是"仕手"和"胁"的对话。这对话很有生气,抑扬相对。接着,"地谣"跟着用上音作"同吟",也就是齐唱。这是最初出来的"同吟",所以叫做"初同"。第四段是"缲"、"差"、"曲"、"论议"、(中入)。这是"破"的后段。这部分由"地谣"担任。"缲"就是"差"和"曲"的准备,就是提前来唱。"曲"就是唱"曲舞"的旋律;这

---

〔1〕　世阿弥自己作的,不分"名宣"和"道行",见高野辰之《歌谣史》第五百四十八页。

地方采取"曲舞"的要素，观阿弥对此道有卓越的创造。这"曲"不叫"仕手"唱，而叫"地谣"唱，是很有趣味的。这表明着：接受主题的"地谣"是非常被重视的[1]。"论议"就是对口唱歌。第五段是"待谣"、"后仕手登场"（出端）、"神舞"、"论议"（切），是"急"段。所谓"待谣"，就是前面的"论议"结束而进入"中入"之后"仕手"回到奏乐处去换衣服，"胁"在外面等他时所唱的歌。这"待谣"结束之后，"出端"的"囃子"就开始，于是"后仕手"出场，表现"神舞"。"神舞"结束之后，再来一个"论议"，合着"地谣"的吟唱而舞蹈，打着"留拍子"而结束。所谓"切"就是结束时的曲调。除上述的以外，常用的还有"和歌""口说""语"三种。"和歌"又可说是"延年童舞若音儿"的声调。"口说"就是叙述自己所想的事，"语"是讲过去的话。

"能"是由以上各部成立的。其剧本并非自己制作，而是把以前固有的东西集合起来，加上曲调而成的。作为曲调骨干的音组织如何？续述如下。

一九

所谓"能"的武家音乐的基础，如前所述，不是前代的宫廷文化的继续，而是用民间的东西来筑成的，即从下面建筑起来的。其精神实质是普及于人民之间的佛教影响，音乐的技法也蒙受佛教的影响。故可以说：这基础和即将形成的中世民谣等的基础相同。其音乐的骨格，和中国及西域来的东西不同。因为唐乐理论中的吕和律的音组织，虽然曾经

---

〔1〕 这一点和重视合唱的希腊悲剧相似。

作为一种理论而吸取,但和日本人的音感不能密切吻合。所以民俗的东西成熟时,就在音组织中把自己的音感清楚地表现出来,这是当然之事。其结果,在前述的"声明"中,也有中国的"声明"中所没有的音阶出现,这音阶叫做"中曲"。据推察,日本人的音阶,是四声音阶从下向上取小三度的。

在今日看来,这种日本民谣的音阶和现在的稍有差别;即把两个这样的四声音阶连接起来成"隔离"形,就造成一个"八度"。这又影响了外来的律的音阶,产生"婴商"和"婴羽",这便是造成律的七声的根本动力。不过,我们只知道中世日本民谣的音组织达到了这"八音"的形式,但在"能"成立的当时是否已经有这"八度",却不得而知。这大概是否定的。何以这么说呢? 因为在尽量采用了当时最进步的音乐技法的"能"的音组织中,这两个四声音阶不是"分离"关系,而是按"接续"关系重叠起来的〔1〕。然而每一个四声音阶,的确具有一个三度。因此我们可以确定:日本人那时候承袭下来的音感,是取这种四声音阶型的;这小三度的四声音阶是日本固有的音组织,在"能"是"接续"形的,在以后的民谣是"分离"形的。

　　照观世派的名称,"能"中有"上音""中音""下音""吕音"的四个"核音"〔2〕,其间各隔四度。即从下方数起,从"吕音"到"下音"是一个四声

---

　　〔1〕　下面一个四声音阶的上端的音和上面一个四声音阶的下端的音相重叠的,叫做"接续";隔开一音的,叫做"分离"。

　　〔2〕　关于"核音",参看小泉文夫《关于日本传统音乐研究的方法论》(杂志《音乐爱好者》所载)。

音阶,从"下音"到"中音"、从"中音"到"上音",各是一个四声音阶,都是用"接续"关系重叠的。宝生派的名称又不同,即照下图谱中括弧内的名字称呼。

又,观世派的"吕音"比宝生派的"吕音"低一个音;在上图谱中,不是♯F而是 E。这当然不是绝对音,而是相对音。在这庞大体制的上部的"上音"上面加一个二度的"上浮音",再在这半音上加一个"缲音",即变成"上音"上的小三度音。这上面还可再加大三度,叫做"甲缲音"。又,"中音"上面二度的"中浮音",是一个重要的音。这音域,并不是从上到下一贯地使用的;当取用的幅面广阔时,便在中途施行音的转移,以求容易吟唱。

以上便是所谓"柔吟"的音组织的大纲。后来发生和这相对的"刚吟"〔1〕。这时候音阶已经崩溃了。"刚吟"和"柔吟"的区别,不仅是音组织的问题,而且唱法不同,是方式上的差别;"柔吟"是歌唱式的,"刚吟"则具有述说的性质,所以音组织也崩溃了。

音组织之外,还有节奏的规则。谱面上所指定的拍子,有"中法""大法""平法"三种,取用其中的一种。"能"的拍节法,以八个强拍为一个句读的单位。"中法"在本文的头上安置节奏的强拍,在节奏的弱拍上安置

---

〔1〕 这大约是进入江户时代之后。参看小林静雄《能的音乐》(《能乐全书》第四卷)第八十一页。

言词的次拍〔1〕。约言之,即在言词两拍上安置一个节奏的强拍。在言词的各拍上轮流配置节奏的强拍和弱拍,所以吟法非常富有节奏味,为勇壮的场面所常用,故又称"修罗法"。"大法"和它相反,言词的各拍上都安置强拍,故拍子自然而弛缓,有舒畅之感。上述两种,拍子的表现法都很明显;但第三种"平法",在这点上就大不相同。这是在前述的八拍句读的拍节中配置七五调的十二个字。其中第一字、第四字、第七字延长而吟唱。这就是说,八拍之中强拍和弱拍共有十六个,因为这八拍配合十二个字的时候,第一字、第四字、第七字都有两拍,再加上最后第十六拍为休止符,故共有十六拍。但这也并不像西洋音乐的拍节那样节奏的头和歌词拍子的头相吻合,而是歌词略微早一些出现,形成一种"切分音"(syncopation)现象。如果不这样吟唱,就不能正确地表现"能"的样式。此外,拍子中间应用一种微妙的 tempo rubato(盗拍子,不规则拍子)〔2〕,也是"能"的特征。这种 rubato 的用法,跟着大鼓和小鼓的敲法而不同,实际上呈各种复杂的现象。总之,节奏的微妙可说是"能"的特征;推而广之,也可说是日本音乐的特征。

由"能"转化而来的,是"谣曲"和"仕舞"。所谓"谣曲",约言之,就是去掉舞台动作的"能"。反之,"谣曲"加了舞台动作而完整地演出,便是"能"。所谓"仕舞",本来是"能"的各种动作;但现今的"仕舞",是把"能"的一小部分动作合着四拍子的"地谣"的跳舞。关于"能",还有世阿弥所著的《花传书》(应永九年,即一四○二年),是一部优秀的美学书。这书

---

〔1〕 这里为说明便利起见,用节奏的拍子和言词的拍子两个名称。关于日本的拍子,参看金田一春彦《日本语》。

〔2〕 在西洋音乐中,有一种技法:不机械地规定音符的长短,而微妙地侵涉邻音或被邻音侵涉,而全体又符合拍节。演奏肖邦等的乐曲时,这种技法很必要。

不仅是关于"能"的,对于西洋音乐也有许多中肯的议论。书中论述音乐家的艺术的成长,是日本人为日本人所作的一部最优良的书。

二〇

在这时代的音乐中,还有和"能"并演的"狂言"和武家所特别爱好的"幸若舞"。"狂言"是"能"从"猿乐"发展起来的过程中以滑稽表演为中心而独自形成的一种东西,和"能"有很深的血统关系。"狂言"常常夹在"能"的中间而和"能"一起演出。在室町时代末期,属于观世座的"鹭"流和对"金春"座有密切关系的"大藏"流盛行一时。入德川时代后,又有"和泉"流出现。"狂言"之所以异于"能"者,"能"是上层武家的艺术,向往于古代的贵族文化;"狂言"则结合下层武士阶级和下层人民的生活和思想,而奔放地表现下层人民的生活感情。[注]"狂言"具有可以尽情描模的特点,处处加入讽刺和笑料。音乐比"能"稀薄,主要是用科白来进行表演。但在必要的时候也采用歌和舞,所以也可说是一种乐剧[1]。

[注]虽然如此,但两者并不矛盾,并非上层武士即不喜欣赏"狂言"。却是两者密切联系,互相提携而成长的。上层武士也喜欢看对他们自己的讽刺。这犹之欧洲的喜歌剧(opera buffa)嘲弄贵人们,而贵人们偏偏爱看它。表面看来是矛盾的,但往往有这样的现象。

---

〔1〕 参看林屋辰三郎《中世变化的基调》第六章《狂言中所表现的中世人物像》,以及同人的《歌舞伎以前》。

"幸若舞"也是武家的艺术。就音乐的系统方面说,这是从"曲舞"来的。但更进一步观察,这也是"贱民"之间所产生的[1]。"幸若舞"和"猿乐能"不同,富有浓厚的尚武主义气味,因此当时的武将信长和家康都爱看。"幸若舞"中没有男女爱情之事,所描写的主要是武将的壮烈的战斗,因此为中流武士所拥护。"幸若舞"对于后来的"净琉璃"有重要的关系,这是很有兴味的事。

二一

应仁之乱开始于应仁元年,即一四六七年。停战时应仁年代已经过去,是文明九年,即一四七七年。十年间的兵火,使首都所积蓄的文化财产都化作灰烬。文书、资料、乐器以及无价之宝都烧毁了。音乐受到了不可挽回的损失,其荒凉不可言喻。但是后来,在再建这都市的群众中产生了新的动态。而且不限于这一都市,各地方都有这气象。以前的文化,主要以首都为中心,首都所产生的便是一切。然而在日本人民中蕴藏着自发的力量。艺术方面也以此为基调而产生各种样式。前节所述的"能"和"狂言",是其显著的例子。从这时候到稍后的江户音乐盛行时代之间,便是这种潜在的力量广泛地、深固地建立日本音乐的基础的时代。例如民谣等,当然是每一个时代都有的;然而今日我们所能得到的那种有旋律、有歌词的民谣,岂非中世时代——主要是这时代——中所培植而成长起来的东西么? 至少,今日我们所能听到的民谣的基础,是

---

[1] 折口信夫的《日本艺能史笔记》第一百八十二页。上说:"'幸若'是从奴隶中间产生的。"

在这时代中形成的。有了这基础,我们才能产生"能",产生"狂言",而使后来的各种各样的音乐开花结实。

十五世纪中叶以后的日本政界,出现了一连串的动荡现象。应仁之乱前后农民起义的盛行,是其重要的要素。一向宗徒的起义也是一大事件。以京都为中心的文化,随着这些骚扰事件而散播到各个地方。封建制度的经济基础由于庄园的变质而日渐稳固地建立在人民中。文化和这过程相俟而行,也筑成了中世的艺能的底子。一方面农村生产日渐向上,另一方面商品流通异常盛行。于是商业资本显著地活跃起来了。但在这时期中,没有发生显著的音乐现象。都市中的市民们所欣赏的,只是"风流""念佛踊",以及从《闲吟集》中取出的"小歌"和"狂言"所造成的所谓"狂言小歌"而已。此外,前时代确立了的"能",现在不再是武家所专有,市民也可享受;"平曲"和"幸若舞"也获得了广泛的支持者。在"小歌"的系统中,后来十六世纪末叶又有从当时十分近代化了的堺地方传来的"隆达节"〔1〕。但关于堺还有一件更重要的事,即琉球乐器"蛇皮线"的输入。这是十六世纪过半时的事,但也有不同的说法,未能确定〔2〕。而且也许不一定是从堺地方输入的。但堺在当时是一个贸易港,和琉球有交往,所以很有可能。后来"蛇皮线"上的蛇皮换了猫皮,即成为"三味线"。这乐器后来成为日本声乐的主要伴奏乐器。

---

〔1〕 "隆达节"产生在堺地方的旧家高三氏家里。高山家的祖先是一一七四年从南宋归化日本的。参看林屋《歌舞伎以前》第二百零七页。

〔2〕 参看《音乐事典》该项。

二二

在这十六世纪中叶,还有一个极重要的事件。这便是一五四九年(天文十八年)萨维埃尔(Fransisco Xavier,是西班牙的基督教士,是最初把基督教传入日本的人。——译者注)来日本,同时带来了基督教的礼拜音乐。萨维埃尔在马六甲布教的时候,认识了一个日本人,就由这个日本人引导他来日本。萨维埃尔曾经到过京都,后来又回到山口,在那里建立教堂,在日本居留两年多,然后回国。传教由留美的宣教师继续担任。日本人中出了许多信徒,大友宗麟、有马晴信、大村纯忠等大名鼎鼎的人,都受洗礼,是众所周知的事。各地方设立教会,办学校,音乐亦尽可能地使用天主教会中的正统的乐曲。[注]不但山口和大分地方如此,而且京畿地方和堺地方也如此。歌词译成了日文,就产生效果。又举办了用日语歌唱的神秘剧。这也许是用外国音乐的最初的乐剧。然而所唱的并非全是外国的东西,例如永禄九年(一五六九年)岛原地方举行的复活祭中,基督的埋葬和墓前的马利亚等场面,都用日本角色和日本演出方式;又用当时日本人所唱的长歌、短歌或琵琶歌。这时候教会里大都用和"幸若舞"同类的一种新式舞。

[注]天文十二年基督降诞节,全体耶稣教士集中在周防山口,举行唱歌弥撒。葡萄牙东方根据地卧亚教会寄给葡萄牙耶稣教士的通信中说:"我们唱弥撒,声音虽不很好,但基督教徒闻之大喜。"到了弘治年间,日本人教徒的教育进步了,和宣教师们一起唱歌。圣徒中组织了两个圣歌队,举行典礼。参看海老泽有道《洋乐演剧事始》。

　　乐器也输入了，有长笛、唢呐（charamera）、中提琴、罗面弦（rabeca）、大曼陀铃（lute）、竖琴、克拉维尔（klavier）和管风琴（orgel）等。管风琴于天正七年（一五七九年）由有马领口津上陆，运往京都时途经高槻，正值复活节，就在当地演奏。由此可见，它并不很大，大约是小型的 positiv（此乃德名，英名 choir organ；管风琴有好几个键盘，其最下一个称为 positiv。有三个键盘的管风琴，也称为 positiv。——译者注）。天正八年、九年间，有马和安土地方创办"研究院"，臼杵地方创办"修练院"，府内地方创办"修道院"〔1〕。有马研究院中新设管风琴为选科而教授演奏法，成绩非常良好。音乐以外的学问，其成绩也大致不让于欧洲少年。大友、大村、有马三大族中，选出十三岁至十五岁的少年四名，作为遣欧使节，赴葡萄牙，又访问罗马，谒见教皇格雷哥利十三世。他们在各种场合中表现了优秀音乐成绩而归国。关于这件事，海老泽有道在《洋乐演剧事始》中曾有详细描述。

　　这时期中日本人访欧，是日本登上世界舞台作为它的一员而活跃的绝好机会。现在谈音乐的时候，特别要提到这件事。两个世界的接触，是很有趣味的。这时候，比之古代从朝鲜及中国输入外来乐器时，不那么使人吃惊；比较起后来明治维新期输入西洋音乐时，也不那么令人惊奇。因为当时的西欧和日本，乃至中国和日本，已经没有很大的差别；日本已经具有确立而完备的音阶，已经懂得理论的训练和雅乐理论及"声明"。所不同的，只是旋法的差异。西欧除最高的艺术声乐曲以外，礼拜用的音乐并不超过日本的声乐水平。这时候日本可说是有了和西欧相

---

　　〔1〕　研究院是当时上流子弟的一般高等教育机关；修练院是修道会入会者修练的地方；修道院是最上级的修道机关。见海老泽上述的书第四十五页。

融合的机会。假使日本不实行为了维持锁国的支配阶级的极少数人的权力而切断绝大多数的国民对世界联系的政策,那么日本此后的命运一定大变。至少在音乐上,不会受到后来明治维新时那样大的打击了。在明治时代,西欧文化已经屡次飞跃上升,而我们却由于政治的压力,音乐和一般文化都受到阻碍而停滞不前,结果两方的差别非常显著。丰臣秀吉开始弹压基督教,这就使日本变成了锁国,我们这时代所有的宝贵的音乐经验和遗物就全部消亡了。

二三

　　在战国的扰乱平息、德川幕府的封建制最后的政府登场之后,换言之,即从十六世纪后半到十七世纪前半的期间,出现了前所未有的民众的音乐。产生“能”和“狂言”的人民的民众阶级,随着时代的变迁、手工业的发达、商品经济的扩充等内部的充实,把以前上层阶级所保有的音乐和艺术加以消化,使它们变成自己的东西,于是又产生了与以前不同的新的形式。这便是使用新输入的三味线的歌曲和演剧。此外,前代传下来的筝的音乐和尺八的独奏,在这时代也登场了。

　　三味线的歌曲,最先出现的是“三味线组呗”。据说它的创制者是石村检校,但此人在现在的论述中不很重要。总之,这种新音乐被堺、大阪、京都的市民阶级所爱好,变成了他们的生活感情的表现者。这已经不是武士的艺术,而是更新鲜的艺术。它的形式最初很朴素,只是若干个没有相互关联的小歌的结合,和我们观念中的“组曲”等完全不同。推察起来,那时候不注重乐曲的内容,而注重三味线这乐器的音,所以歌词随便甚么都好。大概那时候的人认为一个歌曲太短小,一下子就完结,

所以用七八个连接起来,使它历时加长。其中有一种曲叫做"琉球组",
是在琉球传来的三味线曲上加上歌词而成的。后来进步了,要求这组呗
意义一贯,于是在十七世纪末叶产生了一种长歌。但这并不是我们今天
常常有机会听到的"江户长呗"(略称"长呗")。只能说这是"长呗"的源
流。以前的小歌及新作的小品称为"端歌",以别于这种长呗。此外还有
"芝居呗"等,总称为"地呗"。所谓地呗,是和江户相对抗的京、阪地方的
歌,即本地的歌的意思。也称为"上方呗"。地呗初出现的时候,是一种
纯粹的歌曲,仅用三味线作极简单的伴奏。从十七世纪末叶进入十八世
纪之后,其中增加了"手事物",即插在歌曲中间的器乐间奏曲。这是由
"合手"加长而成的。"合手"比较短,"手事物"则从"前呗"和"中呗"结束
的时候开始,形似独立的器乐曲乐章;这一部分在全体中都是具有主要
意义的。这样构成的作品,叫做"手事物"。在西洋音乐中,器乐的诞生
是从用乐器演奏声乐曲开始的;这"手事物"便是和西洋同样的现象。这
一点具有重要的意义。

二四

三味线音乐另一重要的根源,是两个曲子,即出于三河贱民之间的
艺能而接近于平曲的《净琉璃姬物语》和《净琉璃十二段草子》。这两种
说唱的曲子是用三味线作伴奏而表演的,这便是"净琉璃"的起源。这时
候的作曲者,有泽住(角)检校和泷野检校。这些借三味线伴奏而增添色
彩的净琉璃,后来又和傀儡师合作,使用傀儡人形,在京都四条河源上
演。这就更加动人,所谓"人形芝居"(即傀儡戏。——译者注)就在这期
间产生。达时候的中心人物,是堺地方的音乐家,即泽住门下的萨摩次

郎右卫门。他曾在十七世纪最初(宽永年间)到江户去宣传"净琉璃"。在次郎右卫门之前不久,潼野门下的杉山七郎左卫门也曾到江户。这是从文禄到庆长,即从十六世纪末叶到十七世纪初叶的情况。

次郎右卫门优秀弟子丹后太夫、长门太夫、丹波太夫、源太夫。这些弟子又各有许多弟子,在各地创立各种流派。有些人又由江户回到京都,所表演的称为"上方净琉璃"(上方是京畿的意思。——译者注)。以上概称为"古净琉璃",以区别于后来出现的"义太夫节"(节就是乐曲。——译者注)。集合这古净琉璃的成果,而在它的基础上飞跃前进的,是竹本义太夫。"净琉璃"到了他手里而趋于完善,建立了以后发展的巩固的基础。竹本义太夫生于一六五一年(庆安四年),殁于一七一四年(正德四年),是农民出身,曾经师事井上播磨掾门下的清水理兵卫,又曾向宇治加贺掾学习。一六八四年(贞享元年),他开办"竹本座"(座就是剧院。——译者注),他的艺名就叫"义太夫"。他同竹泽权右卫门合奏三味线,演唱近松门左卫门的戏曲。据说他的成功有赖于近松的提携者甚多。因为过去的演剧,思想内容很浅薄,近松却能用巧妙的技术来表现当时新兴市民的生活感情,丰富了剧的内容。倘使没有这内容,无论义太夫的曲调弹得多么巧妙,到底不能感动人心。同时,义太夫的音乐天才使近松的戏曲获得了出色的音乐性,能委曲详尽地弹唱出来,就造成了这种不朽的艺术。这样的天缘会合,实在是日本音乐史的幸运。

二五

大阪地方确立"义太夫节"的时候,京都地方出现了"一中节"。这是僧侣都太夫一中所提倡的流派。一中是萨摩掾的弟子源太夫的弟子山本角太夫的弟子。他所创造的"一中节",主要是作为市民大众欣赏的"净琉璃"而成长起来的;先创设于京都,后移江户,变成江户的"净琉璃"。此"一中节"稍后,江户地方又出现一种"河东节"。这是十寸见河东所创行的。十寸见曾经向一个生在鱼商家的江户半太夫学习。

但江户地方最盛行的,是一中的头代门人都国太夫半中(一六六〇——一七四〇年)在江户创行的"常磐津""富本""清元""新内"等"江户净琉璃"。都国太夫半中后来改名为宫古路丰后掾,在他的老师死后,又改名为宫左路国太夫,创制"半中节"(又称"国太夫节"),声名大震。他到了江户之后,和一个三味线演奏者鸟羽屋三右卫门合作,在"半中节"中加以改变,而编成"丰后节",出演于歌舞伎座或"人形芝居",名震一时。他的演唱法,在"一中节"的柔和音调中加入丰富的情感,深刻痛切地陈述,因此听众极受感动。这样大众化的东西,而能这样地感动人心,当然会引起幕府当局的监视与弹压。丰后掾终于在元文四年(一七三九年)受到干涉,当局禁止他在歌舞伎出席表演,又不许他在自己家里教授学生。其理由是"扰乱风俗"。然而这是凭空捏造的口实罢了。[注]丰后掾只得在元文五年(一七四〇年)回到京都,在寂寞中死去。

[注]"扰乱风俗"是专制主义者所惯用的口实,不一定是事实,以前出版的日本音乐史,几乎全部对于这一点并不怀疑,仿佛认为弹压是正当的,这实在是不正确的批判。只有田边尚雄氏曾经推察幕府的意图,认为也许是由于同僚音乐家的嫉妒所致。但这是否主要原因,亦可怀疑。权势的中伤和示唆,当然起着有力的作用。参见田边尚雄《日本音乐概论》(音乐文库版)第九十二页。

又,入德川时代之后,不但音乐,而且歌舞伎也遭到厄运。此外,街

头巷间的游戏之类的东西,也受到同样的弹压。德川时代以来,民间盛
行而受到禁止的游戏,约计有下列的十二种,由此可见德川幕府对人民
的弹压真是非常凶暴而不人道的(括弧中表示被禁止的年代):

　　印地(宽永初年),左义长(明历五年、宽文六年),纸老鸥(明历二
年),七半(仁治二年),骨牌(宽政三年)、破魔弓(庆安年间、宽夕八年、享
保九年)、花火(万治二年,都市中严禁,唯大川口例外)、吹矢(贞享四
年)、博多独乐(宝永三年、享保十四年),福引(正德元年),三笠附(享保
八年),投扇兴(文政三、四年间)。参看酒井欣《日本游戏史》。

　　丰后掾有许多优秀的弟子,这些人创立了各种各样的乐派。京都时
代的弟子中有一个叫做宫古路园八的,创行"园八节"。还有宫古路繁太
夫,创行"繁太夫节"。此外,在江户驰名的弟子中,有宫古路文字太夫、
宫古路加贺太夫。前者创行"常磐津节",后者创行"富士松节",还有文
字太夫的兄弟兼弟子小文太夫(富本丰前掾)创行"富本节",加贺太夫的
弟子敦贺太夫(鹤贺若狭掾)创行"新内节"。又有二世富本斋宫太夫者,
创行"清元节",其人改名清元延寿太夫。这样,"江户净琉璃"就全部完
备了。文字太夫的"常磐津"的出名是延享四年,即一七四七年;清元的
问世是文化十一年,即一八一四年。这就是说:从十八世纪后半到十九
世纪初叶约十六年间,产生了这样许多乐派。这所谓乐派,当然并非没
有样式上的差异,然而在音乐观及感受法上,差异很少;只能说是偏重于
个人的差异的派别。或者,也有为了建立乐派,而故意在某些地方加以改
变,以求标新立异的。根本上音乐观和感受法不同,而堂堂相互对立的,
其实不多。这半世纪间,指不胜屈的许多乐派在狭小的表现范围内和江
户的狭小的环境内接踵地产生,其必然的理由是甚么就难于考究了。

二六

　　和这"江户净琉璃"相对峙的"江户长呗",也在这时候活跃。"江户长呗"本来是专指歌舞伎中代替舞踊的一种"地呗"的名称。这种"地呗"很长,原来是从"地呗"的长歌而来。从享保到宝历年间,即从十八世纪初叶到中叶的期间,这方面有吉住小三郎、坂田兵四郎、富士田吉次等名人确定了"江户长呗"的形式。最初,"净琉璃"是说白的,"长呗"则是歌唱的,两者的区别非常明显。但后来互相影响,逐渐混同。起初都是戏剧中所用的声乐;但到了十八世纪末叶,从歌舞伎中解放出来,变成了独立的声乐;家庭中也可以用,初学者也便于学习,就更加大众化了。

　　从这"长呗"中分支出来的一种,叫做"荻江节"。有一个在剧场中演唱"立呗"的荻江露友(一七八七年殁),把"立呗"从剧场中取出,改作客厅用的一种"长呗",这便是"荻江节"的创始。

　　此外还有"歌泽(哥泽)节",是"小呗"和"端呗"的流亚。创始者是旗本笹本彦太郎(笹丸)。这人死后,由寅右卫门继承,叫做"寅派歌泽节"。另有一柴田金吉(芝金)者,不满意他的一派,另倡"芝派歌泽节"。这已经是德川幕府濒危的十九世纪后半。"歌泽节"的知名之士,除寅右卫门之外,还有火消辻音、蛇茂兵卫、稻荷泷、鱼屋贞吉等。这班人都喜欢漂亮优雅,富有趣致。[注]

　　[注]见《音乐事典》第六卷第八十八页。又,他们有种种特别的戒律:"不可在澡堂中歌唱。""不任意合三味线。""不可胡乱放弃曲调。""不可无故地用尖锐声音。""一概以'一中节'为标准。"

二七

最后还须略述在这时代的音乐中占有重要地位的乐器筝和尺八的音乐。

十三弦的筝,是从中国来的,是雅乐中所用的,这一点大家早就知道了。但筝作为歌曲伴奏或作为独奏,是否和雅乐一起从唐朝输入,则不能确定。在雅乐中,筝是为了节奏用的,不是旋律乐器;但后来到了"催马乐"和"朗咏"的时代,筝就替唱歌作伴奏,而且可以想象,它可能压倒和琴。但那时候有没有筝的独奏,还是疑问。因为器乐必须以声乐为基地而产生,必须充分成熟方能独立。倘使这时代已有筝的独奏曲,那么这些独奏曲一定是从中国传来的。

这种筝音乐在平家失败之后,大都由作为"殿上人"(殿上人即允许上殿的贵族。——译者注)的武士郎党一族散布在全国各地。平家人逃往最多的九州地方,筝曲流传更多。但也不是仅由这一线流传的,此外还由种种路线从中国传来。《阳关曲》等用唐韵歌唱的筝曲,至今还流传着[1]。但在九州北部,还有古代的筝音乐。十六世纪后半有一个叫做贤顺的僧侣,整理这些筝音乐,又加创作,就产生了一个乐派叫"紫竹流"。贤顺的弟子名叫法水,法水的弟子名叫八桥检校,他把老师所传授的东西加以改进,使它更加完美,创作组歌十三曲,就创立了所谓"八桥流"。其特征是排斥从来的吕旋律的写法,而改用律旋律[2]。推察八桥

---

〔1〕 参看田边尚雄《日本音乐概论》(音乐文库版)第四十九页。

〔2〕 参看田边同上书第五十三页。《琴曲抄》中的所谓"加谣声",无疑地是使用半音。

活动的时代及八桥是三味线名手这个事实,可知不仅筝是依照中国古风的。八桥是盲人,他的事业后来由盲人检校继续。《六段》是他的作品,但一说是他的弟子北岛检校的作品。《乱》也是他的作品,但一说是仓桥检校的作品。总之,这些作品的出现,确实是表明纯器乐曲的成立。但其方向并不是仅由这几个乐曲独立而发展的。从这第一步开始,开辟了许多筝曲合奏和竞奏的道路。这是主要的骨干,其他的器乐曲就以此为中心,这一点是日本音乐进展的特征。然而这时候已经产生优秀的作品,例如前述的《六段》,便是优秀的纯器乐独奏曲。设想这乐曲的创作时期(十六世纪中),可知那时候在西欧还没有产生像《六段》那样的器乐曲。看了这乐曲的优越性,便可想象筝是很早就具有独奏器乐曲的传统的。除非这是由中国传来的,此外想不出这时期突然产生《六段》那样的音乐的理由。可惜的是,日本的历史并不向这正统的方向努力推进。在西欧,声乐先用复调音乐形式作种种尝试,作种种修订,然后进入民众生活中,然后移到乐器上——经过这样的步骤,方才成熟,方才产生器乐。但在日本,成熟的时期很不充分,修订方法也缺乏科学性,又没有像西欧那样应用复调音乐的理智,只是发乎感情、止于感情地作多种变化而已。在以前,雅乐等由唐朝舶来,现成地交给日本人,仿佛从天上掉下来的,后来适当地加以改变,使它调和,使它同化,经过了平安时代和镰仓时代,到了室町时代末期,方才有日本平民的音乐从下面成长而繁盛起来。到了这时候,我们日本人的真正的创造力方才表现在音乐中。但在一方面,可惜日本的统治势力不容许它具有发扬光大的方策。于是平民的活动被上方监视,受上方弹压;这样,音乐怎么能够进步呢!

现在简单地叙述一个筝曲界近年代发生的事例,即光崎检校所受到的迫害。光崎检校曾经正确地发展《六段》中所表现的筝独奏曲的方向,他是一位不世的天才。他所作的《五段砧》,是两个筝的二重奏曲,听者没有一个人不吃惊,真是非常优秀的作品。这是调子不同的两个筝的复音乐表现,是完全的协奏曲。这样优秀的多声作曲,出于我们祖先的手笔,谁说日本音乐没有和声及对位法呢? 日本音乐的特征,的确是"支声"(heterophone,即分声),并且还不止于此。《五段砧》不过是其一例。然而这样纯粹的器乐曲,这样具有首尾一贯的结构而应用十分合理的音乐技法的乐曲的存在,连日本人自己也不知道。作这曲的光崎检校,又会创作著名的《秋风曲》等。由于他的创作能力过分突出,他的作品过分优越,就在当时的盲人同业公会中被幕府的封建统治特派员安村职检校所嫉视,结果是没收版本,流放远岛。德川幕府的政治真是残酷之极:像音乐,向被认为是忝列社会事业末座的东西,稍微表现了些创意,就被弹压。因此日本人的创造力全被蹂躏,不能得到正当的发展,这是很可悲的事。音乐终于为德川一族和追随他们的上层武家的极少数人而牺牲了。在这种状况之下自由的动人的音乐怎么能够在狭隘的日本国土上发芽呢? 即使能够发芽,也一定在嫩芽时期就被摧毁了。筝曲已经发展到了独奏曲的地步,然而前途阻塞,不能进步,其原因正在于此。

在光崎以前,筝的历史上有不可不记的一件事,即北岛检校的弟子中有一个叫做生田检校的,创立一派,叫做"生田流"。生田检校的活动时期是在元禄时代,即从十七世纪末到十八世纪初。他从当时盛行的三味线音乐中选取"地呗"作为筝曲,而创造了一种新的形式。他又把三味线的"手事物"导入筝曲中,创行三味线和筝的合奏。八重崎检校等便是这时代的名手。八重崎的弟子中,在京都有上述的光崎检校;在名古屋有吉泽检校,曾作《千鸟曲》等"古今组曲"。在江户比这略微前一些时候,十八世纪末叶至十九世纪初叶的期间,山田检校把"江户净琉璃"移到筝上,而创造新的形式。他把"富本""一中""河东"等曲移到筝上,而制作出以歌为主的各种筝曲。这叫做"山田流"。

二八

尺八的起源也很古。据说最初是在推古朝由中国输入的。这是雅乐中所用的乐器之一,但详情当然不得而知。据史传,圣德太子喜爱这乐器,曾亲自吹奏;他当时所用尺八现今秘藏在法隆寺中。小中村清矩氏在他的《歌舞音乐史略》中说:"尺八,今大和法隆寺所藏,乃当时真物。以曲尺(是日本长度名,约合十二英寸。——译者注)量之,有一尺四寸五分。可知唐小尺为一尺八寸。近时普化僧所专用之'一节截尺八',在曲尺为一尺八寸,乃后世制品。"但据林谦三氏说:尺八是唐太宗贞观年间吕才所发明的乐器;而圣德太子生在这以前,是唐高祖武德五年逝世的;所以时代不合。那么,圣德太子所用的恐是另一种笛。无论怎样,全心全意地倾慕中国文化的圣德太子,拿任何种舶来乐器来亲自吹奏,是可喜的事。至于它的真伪,除证明当时宫廷中爱用此乐器以外,别无重大关系。在此后约一世纪,圣武天皇也有同类的乐器,其遗品保存在正仓院的宝物库中。竹有三个节,吹口斜切,指孔正面五个、背面一个。筒音是徵,能发羽、变宫、宫、商、角、变徵、徵共七音。据说音量很大。《源氏物语》(是十一世纪初紫式部所作的故事小说,是日本有名的古典文学。——译者注)中说:"大筚篥、尺八等笛,大声吹出。"可知尺八是和大筚篥并用的乐器。但今日所用的当然不同了。

尺八盛用于宫廷中的时代,到平安朝中叶为止;在平家灭亡、古代告终之后,这乐器就绝迹了。到了中世,又产生"一节切"尺八。据说室町时代中叶,即十五世纪中叶,中国有一个和尚(或云非和尚,未确)叫做卢安的,将此乐器传到日本,但此说亦无确证。总之,这"一节切尺八"和古代尺八种类不同。竹只有一个节,指孔五个,四个在正面,一个在背面。其特征是以竹根的一端为吹口,而以他端为筒口。这乐器和古代尺八相反,是民众中的低层阶级所使用的。应仁之乱以后的社会混乱的时代,即十五世纪末至十六世纪间,有二种乞食僧叫做"荐僧"的,盛用这乐器。在平民和武士之间也通用这乐器。不久织田信长的家臣大森宗勋(一五七〇至一六二五年)出世,"一节切"的音乐就大大发展。据说在当时是用这"一节切尺八"合着当时流行的山歌曲而吹奏的。据说歌曲的旋律由尺八吹奏,由此可知这是发展到尺八独奏的一个过程。十七世纪末叶,即贞享、元禄时代,是其盛行时期;进了十八世纪而凋落。在另一方面,十七世纪初,承继从前的荐僧的传统的浪人们的组织,叫做普化宗徒,又称虚无僧的,使用现今所用的尺八,当作法器,但一般人都不使用。笛管用粗竹的根部;因为它也当作武器使用,所以镶铁条或装铅[1]。但这办法在今日当然已经不通行了。在普化宗两本山(一月寺、铃法寺)当尺八指导的黑泽琴古(一七一〇至一七七〇年)出世,遍游各地,收集传来的乐曲,制定了三十六曲的尺八曲本。留存在各地方的乐曲,本来是和民谣相结合的;后来脱离民谣,由尺八独奏,变成了器乐,这里也可看到尺八发展为独奏乐器的过程。尺八的本质便是如此。明治以后,普化宗废止,"琴古流"创立。和这相对的,是关西的普化宗本山的明暗寺系统的一派,叫做"明暗流";又有中尾都山所建立的一派,叫做"都山流"。

---

〔1〕 参看栗原广太《尺八史考》第一百八十页。